Lisbeth Jarosch

Last Haven – Tödliche Geheimnisse

Dystopischer Roman

PIPER

Mehr über unsere Autoren und Bücher:
www.piper.de

ISBN 978-3-492-50009-8

Covergestaltung: FAVORITBUERO, München
Cover Motiv: Marjan Apostolovic/shutterstock; graysolid/shutterstock;
Aleksandr Stezhkin/shutterstock
Redaktion: Theresa Schmidt-Dendorfer
Dieses Werk wurde vermittelt durch die Autoren- und Projektagentur
Gerd F. Rumler (München).
Printed in Germany

Lisbeth Jarosch

Last Haven – Tödliche Geheimnisse

Dystopischer Roman

Kapitel 1

»Miss Green?«

Ich schrecke aus meinen Gedanken hoch und blicke auf. Zwei Männer in schwarzen Uniformen haben soeben das Foyer betreten und kommen direkt auf mich zu. Ich spanne unwillkürlich meine Muskeln an und nehme eine straffere Haltung ein. Sie sehen streng aus. Einer der beiden ist klein und kahl geschoren, außerdem hat er keine Augenbrauen. Mein Blick bleibt jedoch an dem größeren der beiden hängen. Er scheint noch sehr jung zu sein, bestimmt nicht älter als ich. Obwohl die Uniform ihn erwachsener wirken lässt. Ich fühle mich trotz des fehlenden Altersunterschieds sofort untergeben, wie ich so nervös und beklommen vor ihm sitze. Auf seiner Brust prangt das goldene Emblem von Last Haven, ein Anker, umgeben von einem Ring aus Stacheldraht.

»Sind Sie Miss Green?« Der Kahle hebt fragend die nicht vorhandenen Augenbrauen.

»Ja«, antworte ich zurückhaltend und versuche mich an einem Lächeln, das hoffentlich nicht so gezwungen aussieht, wie es sich anfühlt.

»Dann folgen Sie uns bitte!«

Langsam stehe ich auf. Die beiden Männer nehmen mich in ihre Mitte und eskortieren mich nach draußen. Sie halten mich nicht fest und lassen doch keinen Zweifel daran, dass es sinnlos wäre, ihrer Anweisung nicht Folge zu leisten. Aber das habe ich ohnehin nicht vor. Ich weiß ja, dass mir nichts passieren wird. Dennoch sind meine Hände schweißnass und in meinem Kopf hämmert es wie wild. Ich muss mich regelrecht dazu zwingen, einen Fuß vor den anderen zu setzen. Anstatt meinem inneren Impuls zu folgen, einfach auf dem Absatz kehrtzumachen und zurück in meine Wohneinheit zu flüchten.

Draußen wartet ein schwarzer Wagen mit abgedunkelten Scheiben auf uns. Der Kahle steigt vorne ein, der Junge bedeutet mir, auf die Rückbank zu klettern und setzt sich neben mich. Mir fallen seine schlanken Hände auf, als er seinen Gurt anlegt und mich auffordert, es ihm gleich zu tun. Solche Hände passen nicht zu jemandem, der bei den Wächtern arbeitet. Weshalb es gleich zwei von ihnen braucht, um mich zu meinem heutigen Termin zu begleiten, ist mir ein Rätsel. Als würde ich versuchen wollen abzuhauen. Als könnte ich es – wohin sollte ich denn?

Die Fahrt beginnt und ich sitze schweigend auf dem Rücksitz. Meine Hände liegen gefaltet im Schoß. Ich bin darauf bedacht, mich so unauffällig wie möglich zu verhalten, was zu funktionieren scheint. Die beiden Wächter tun so, als wäre ich gar nicht da. Wir verlassen das Firmengelände von Techraid. Kaum sind wir auf der Straße, schaltet der Kahle den Autopiloten des Wagens an, gibt eine Adresse ins System ein und lehnt sich zurück. Ich versuche, mich von meiner Nervosität abzulenken, indem ich aus dem Fenster schaue.

Wir bewegen uns in Richtung Landesinnere. Links und rechts der Straße ragen die hohen Mauern der Industriegebäude auf. Hallen, Kräne und Schlote, die im gerade einsetzenden Regen noch trister erscheinen als sonst. Regen. Der erste seit Wochen. Ich kann mir vorstellen, wie die Farmer gerade jubeln! Obwohl – es ist für uns alle ein Grund zu jubeln.

Schon bald sind wir so weit gefahren, dass ich mich nicht mehr auskenne. Kein Wunder, denn, wenn ich mich recht erinnere, habe ich erst einmal in meinem Leben Ring C verlassen. Das war an meinem achten Geburtstag, vor genau zehn Jahren, und mein Ziel ist heute das gleiche Ziel wie damals.

Allmählich verändert sich die Landschaft draußen. Die klobigen Industriebauten weichen immer mehr großen, hellen Bürogebäuden. Die prachtvoller werden, je weiter wir ins Zentrum kommen.

Wir sind noch in Ring B, aber es kann nicht mehr lange dauern, bis wir den Regierungsbezirk erreichen. Von den Außengrenzen zum Landesinneren werden die Ringe immer kleiner, das weiß ich noch aus der Schule. Den Aufbau von Last Haven habe ich seit meiner Kindheit genau im Kopf, dafür haben unsere Lehrer gesorgt.

Der äußere Ring des Landes, Ring D, ist der größte von ihnen. Dort befinden sich die landwirtschaftlichen Flächen für die Lebensmittelversorgung der Bevölkerung. Ich war noch nie dort, weiß aber, dass sich die Farmen bis weit über den Horizont erstrecken. Sie sind größer, als ich es mir überhaupt vorstellen kann, und ausgerüstet mit der besten und effizientesten Erntetechnik, die es auf dieser Welt derzeit gibt. Manchmal stelle ich mir vor, wie es sein muss, dort zu leben. Jeden Morgen die klare Luft einzuatmen und die Sonne auf der Haut zu spüren. Aber das sind nur Tagträume. Mein Platz ist woanders.

Bewegt man sich weiter ins Zentrum, durchquert man den Ring C, in dem ich groß geworden bin und aus dem wir gerade kommen. Er besteht ausschließlich aus Industriefläche, die für die Produktion jeglicher Art von Gütern und die Erzeugung von Strom verwendet wird. Ring B, den wir gerade durchfahren, ist unser Verwaltungszentrum. In den Bürogebäuden, die wir passieren, wird geplant, beraten, entwickelt und organisiert. Auch die meisten Forschungseinrichtungen von Last Haven befinden sich hier. Ich selbst jedoch habe keines der Gebäude, an denen wir vorbei fahren, jemals von innen gesehen und werde es auch niemals tun. Unser Ziel ist Ring A, der Regierungsbezirk. »Das Gehirn von Last Haven«, so wird er in den Nachrichten oft genannt. Denn von dort aus wird alles gesteuert, was im Land passiert, und die geistige Elite des Landes hat dort ihren Sitz.

Es ist bereits Mittag, als wir die schweren Stahltore erreichen, die den Zugang zum Regierungsviertel vor unbefugten Besuchern schützen sollen. Ein schwarz uniformierter Pförtner klopft an das Fenster des Wagens und bedeutet meinen Begleitern, die Scheibe herunterzulassen. Der junge Wächter mit den schlanken Händen reicht einen Umschlag nach vorne. Mit gelangweiltem Blick öffnet der Pförtner ihn und prüft gründlich die Papiere, die sich darin befinden. Schweigend mustert er mich für einen Moment, bevor er den Umschlag zurück gibt und uns passieren lässt. Ich fühle mich unbehaglich unter seinem Blick. Wie eine Ware, die man vor der Annahme gründlich begutachten muss. Dabei ist es ja nicht so, dass ich hier sein *will*!

Mittlerweile regnet es in Strömen und der Scheibenwischer des Wagens hat einige Mühe, mit den herabfallenden Wassermassen fertig zu werden. Ich drücke mein Gesicht näher an die Scheibe, um mehr zu sehen. Ich weiß, dass sich hier die verschiedenen Ministerien befinden, aber ich kenne kaum eines der Gebäude. Bis auf eines natürlich.

Als die hohen steinernen Mauern des Verteidigungsministeriums vor uns auftauchen, weiß ich sofort, was ich vor mir habe. Kein Bauwerk taucht in den Nachrichten öfter auf als dieses. Obwohl ich mir sicher bin, es bei meinem letzten Besuch im Regierungsbezirk mit eigenen Augen gesehen zu haben, bin ich auch heute nicht weniger überwältigt von seiner unfassbaren Größe.

Direkt daneben befindet sich das MediOffice, ein weißes, zweistöckiges Gebäude. Neben den hohen Mauern des Ministeriums wirkt es mehr als schlicht. Wir sind am Ziel. Ich erinnere mich daran, wie ich das letzte Mal hier war. Es war heiß und im Licht der Mittagssonne strahlten die weißen Wände derart hell, dass es einem in den Augen wehtat. Jetzt, im Regen, sieht es grau und trist aus. Unscheinbar, obwohl hier so vieles entschieden wird. Sofort beschleunigt sich mein Puls wieder, und der Hauch von Gelassenheit, den ich mir während der langen Fahrt so mühsam erkämpft habe, ist innerhalb eines Augenblicks verschwunden.

Auch hier müssen wir unsere Papiere zeigen, bevor wir einfahren dürfen. Eine junge Frau mit hochgestecktem roten Haar und adrettem weißen Kittel kommt uns bereits entgegen, als unser Fahrer vor dem Haupteingang des Gebäudes anhält. Sie trägt einen weißen Schirm, den sie schützend auch über mich hält, nachdem ich ausgestiegen bin. Sie wechselt ein paar Worte mit meinen Wächtern, die daraufhin davon fahren und mich bei der fremden Frau zurücklassen. Mit großen Schritten geht sie zurück ins Haus und ich muss mich beeilen, mit ihr mitzuhalten, um nicht nass zu werden. Ein kurzer Moment der Erleichterung darüber, der Gesellschaft der beiden Wächter endlich zu entgehen; doch dieses Gefühl hält nicht lange an.

Die Eingangshalle ist groß und geräumig und trotz des schlechten Wetters in angenehm warmes Licht getaucht. Überall stehen farbenfrohe Blumentöpfe, die mit Palmen und fremdartigen Gewächsen bepflanzt sind. Das Ambiente soll ohne Zweifel eine heimelige und gemütliche Wirkung erzielen. Bei mir funktioniert dieser Trick jedoch nicht.

Die junge Frau legt den Schirm ab und wendet sich mir zu. »Sie sind also Aida Green.« Ich nicke. »Mein Name ist Andrea Weaving. Ich bin die Assistentin von Dr. Henderson, der heute Ihre Gesundheitsprüfung II durchführen wird. Bitte nehmen Sie noch einen Moment Platz, ich werde ihm Ihre Ankunft melden.« Mit einem höflichen Lächeln bedeutet sie mir, auf einem der weißen Lounge-Sessel Platz zu nehmen, die sich rechts vom Empfangstresen in einer Art Wintergarten befinden. Ich folge ihrer Anweisung, lehne mich in dem bequemen Sitz zurück und versuche, mich zu entspannen. In Gedanken wiederhole ich das, was man mir über die kommenden Stunden erzählt hat.

Die Gesundheitsprüfung II ist im Grunde nur eine reine Routineuntersuchung. Jeder Einwohner von Last Haven ist gesetzlich verpflichtet, sich an seinem achtzehnten Geburtstag im Medi-Office einzufinden und sich einer umfangreichen Prüfung der eigenen Gesundheit zu unterziehen. Auf diese Weise soll das Wohlbefinden aller sichergestellt werden, indem Krankheiten frühzeitig erkannt und behandelt werden können. Es gibt im Leben eines jeden Einwohners drei große Screenings: die Gesundheitsprüfung I zu Beginn des achten Lebensjahres, eine weitere mit achtzehn Jahren und die letzte schließlich mit 38. Alle Untersuchungen dienen ausschließlich unserem persönlichen Wohlergehen.

Ich schließe die Augen und atme tief ein und aus. Alle haben das bisher durchgestanden, also schaffe ich das auch. Was soll schon passieren? Mike, der das ganze schon vor Jahren mitgemacht hat, hat erzählt, dass es nicht lange dauert. Nicht schmerzhaft ist. Lediglich etwas unangenehm. Aber was soll's. Heute Nacht werde ich schon wieder zuhause bei Techraid in meinem gemütlichen Bett liegen. Meg wird zu mir unter die Decke schlüpfen und ich werde ihr haarklein alles erzählen, was ich heute erlebt habe. Sie wird mich ausfragen. Wir werden kichern. Wie Freundinnen das eben so machen. Kein Grund zur Panik also. Wäre da nur nicht die beängstigende Vorstellung … Was, wenn die Ärzte etwas finden?

Der Widerhall von hohen Absätzen auf den hellen Fließen kündigt die Rückkehr von Andrea Weaving an. Wie auf Kommando knipst sie ihr höfliches Lächeln ein, als sie mich erblickt. Das Weiß ihrer Zähne leuchtet unnatürlich zwischen den geschminkten Lippen. Ich kann mich nicht erinnern, bei Techraid jemals eine Frau mit Make-up gesehen zu haben.

»Bitte folgen Sie mir nun, Miss Green!«

Ich brauche mich nicht bitten zu lassen, schließlich kann ich es kaum erwarten, die ganze Prozedur hinter mich zu bringen. Wir gehen durch lange, enge Gänge, die mir wie ein Labyrinth vorkommen und die weit weniger einladend und freundlich wirken als noch das Foyer. Links und rechts von uns ziehen Büros und Labore vorbei. Über einen Aufzug gelangen wir in den ersten Stock, von da an geht es durch weitere Flure, die genauso aussehen wie unten. Schließlich bleibt Andrea Weaving vor einer Tür stehen und klopft an. Rechts von der Tür hängt ein Schild, auf dem in goldenen Buchstaben »Dr. Romulus Henderson« eingraviert ist.

»Herein!«, ruft eine tiefe Stimme von innen. Miss Weaving öffnet die Tür und ich betrete hinter ihr den Raum. Auf den ersten Blick handelt es sich um ein Büro, doch der Raum ist mit weiteren Zimmern verbunden, die mithilfe von schweren weißen Vorhängen abgetrennt sind. Ich nehme an, dass man dahinter direkt in die Behandlungsräume gelangt.

An dem großen Eckschreibtisch, der fast die Hälfte des Raumes einnimmt, sitzt ein hochgewachsener, kräftiger blonder Mann mit buschigen Augenbrauen und einer Lesebrille auf der Nase.

Er blickt auf, legt die Brille beiseite und steht auf. »Guten Tag, Miss Green. Mein Name ist Romulus Henderson. Ich werde Sie durch die heutige Gesundheitsprüfung führen.«

Ich schüttle ihm die Hand und ein kurzer Schauer jagt mir über den Rücken. Die Stimme des Arztes klingt freundlich, doch seine stechenden grauen Augen blicken mich an, als könne er direkt durch mich hindurchsehen. Und sie sind unnatürlich hell. *Reiß dich zusammen, Aida!,* schimpfe ich mich selbst und versuche, mir meine Anspannung nicht anmerken zu lassen.

»Miss Weaving, Sie können gehen. Ich werde Sie rufen, wenn wir mit der Untersuchung fertig sind.« Die junge Frau nickt höflich und verlässt den Raum. Dr. Henderson zeigt auf einen Stuhl vor seinem Schreibtisch. »Bitte nehmen Sie doch Platz!«

Er lässt sich ebenfalls nieder und faltet die Hände vor sich auf dem Schreibtisch. Ich versuche, sein Alter zu schätzen, aber es fällt mir schwer. Er ist älter als ich, aber vermutlich nur wenige Jahre. Sein Gesicht könnte nett wirken, wenn er nicht diese unheimlichen Augen hätte.

»Nun, Sie sind heute also hier für die Gesundheitsprüfung II. Keine Sorge, die Untersuchungen werden nicht allzu viel Zeit in Anspruch nehmen und sind weder schmerzhaft noch anstrengend. Ich werde Ihnen zunächst ein wenig Blut abnehmen. Anschließend werden wir Sie mithilfe des Körperscanners gründlich durchleuchten. Der Scan dauert etwa eine halbe Stunde, danach haben Sie es im Grunde schon geschafft.« Er lächelt mir aufmunternd zu und ich bemühe mich, sein Lächeln zu erwidern. Eine reine Kontrollmaßnahme also. Sie dient meinem Wohl, das darf ich nicht vergessen.

»Haben Sie innerhalb der letzten Monate irgendwelche Beschwerden gehabt?«

»Nein.« Meine Stimme fühlt sich ganz kratzig an, so wenig habe ich sie heute benutzt.

»Hervorragend!« Er macht sich eine Notiz. »Dann können wir direkt loslegen. Haben Sie noch Fragen, Miss Green?«

Ich habe das Gefühl, unter seinem Blick zu schrumpfen, doch

ich nehme all meinen Mut zusammen und räuspere mich. »Ja. Wann erfahre ich die Ergebnisse meiner Untersuchungen?«

Dr. Henderson lehnt sich gelassen in seinem Stuhl zurück. »In zwei Tagen. Wir schicken das Ergebnis digital an die für Sie zuständige Stelle. Das ist in Ihrem Fall die Firma Techraid.«

»Was passiert, wenn Sie bei der Untersuchung irgendwelche Krankheiten feststellen?«

»Das hängt davon ab, in welcher Schwere sie vorliegen. Die üblichen Beschwerden, die während der Gesundheitsprüfung erkannt werden, können mit einfachen Mitteln behandelt werden. Aber machen Sie sich keine Sorgen.« Er hebt beruhigend die Hände. »Ein negativer Befund ist äußerst selten und ich bin mir sicher, dass Sie kerngesund sind.«

Ich nicke. Das gleiche habe ich auch von meinen Mitbewohnern und Kollegen gehört. Tatsächlich weiß ich von keinem Fall, in dem es nach der Prüfung zu ernsthaften Problemen gekommen ist, doch muss das nicht viel heißen – die meisten Leute halten sich bedeckt, wenn es um ihren gesundheitlichen Zustand geht und würden mit einem negativen Bescheid kaum hausieren gehen. Krankheit wird gleichgesetzt mit Leistungsabfall und niemand will den Eindruck erwecken, nicht voll arbeitsfähig zu sein.

Dr. Henderson erhebt sich. Er wirkt ein wenig schwerfällig. »Wenn es keine weiteren Fragen gibt, schlage ich vor, dass wir beginnen. Sie haben noch einen weiten Rückweg und wollen sicher nicht allzu spät nach Hause kommen. Bitte folgen Sie mir.«

Er schiebt den weißen Vorhang, der nach rechts führt, zur Seite und ich folge ihm. Wie ich bereits geahnt habe, handelt es sich bei dem angrenzenden Raum um ein Behandlungszimmer. Es ist groß und die Einrichtung ist eher spärlich. Ich fühle mich etwas verloren und bin froh, als ich nach Aufforderung von Dr. Henderson auf der ausladenden Liege in der Mitte des Raumes Platz nehmen kann. Ich soll meinen Arm freimachen. Nachdenklich beobachte ich den Arzt dabei, wie er die Spritze vorbereitet. Als er meine Haut mit einem Tuch desinfizieren will, jagt mir erneut ein Schauer über den Rücken und die Härchen an meinen Armen stellen sich auf.

Der Arzt blickt kurz zu mir auf und wendet sich dann mit leisem Lächeln wieder der Kanüle zu. Ich ärgere mich über meine Unruhe und denke, dass er mich für ein schreckhaftes dummes Ding halten muss. Und wahrscheinlich hat er damit auch recht. Ich kann mir mein Unbehagen selbst nicht erklären, doch die ganze Umgebung hier wirkt auf mich irgendwie bedrohlich. Die weißen Kittel, die nackten Wände, die ganzen medizinischen Apparate – sie jagen mir Angst ein.

Ein kleiner Stich und ich kann sehen, wie dunkelrotes, fast schwarzes Blut aus meinem Arm in die Spritze strömt.

»Alles in Ordnung?«

Ich nicke und versuche erneut, ein Lächeln zustande zu bringen. Nach der vierten Ampulle klebt Dr. Henderson mir ein Pflaster auf den Arm und ich folge ihm in einen weiteren Nebenraum. Ich weiß, was mir jetzt bevorsteht.

»Der Körperscanner«, erklärt Dr. Henderson unnötigerweise.

Mike hat mir von dem Scanner erzählt. Eine große Säule aus teils durchsichtigem und teils milchigem Glas befindet sich in der Mitte des Raumes.

»Innerhalb der nächsten halben Stunde wird der Scanner Ihren gesamten Körper durchleuchten. Er erfasst Gewicht, Körperfettanteil, Größe und Zustand von inneren Organen sowie Knochen und detektiert jegliche Anomalien.« Der Arzt drückt einen Knopf an der gläsernen Zelle und mit einem leisen Zischen schwingt die Türe zur Seite. Ich spüre, wie sich mein Herzschlag ein klein wenig beschleunigt.

»Wenn Sie sich nun bitte freimachen würden, Miss Green.« Dr. Henderson zeigt auf eine mit einem Vorhang abgetrennte Kabine, wo ich meine Sachen ablegen kann. »Anschließend treten Sie bitte auf die Markierung hier am Boden.« Er deutet auf eine Stelle in der Glaszelle.

»Der Scan dauert etwa eine halbe Stunde. Keine Sorge, Sie werden dabei nichts spüren. Ich lasse Sie währenddessen allein. Sie dürfen sich innerhalb der Markierung frei bewegen, der Scanner korrigiert Bewegung automatisch. Sobald die Prozedur beendet ist, hole ich Sie hier wieder ab.«

Ich ziehe den Vorhang der Umkleide zu und fange langsam an, meine Sachen auszuziehen. Ich gebe mir Mühe, dabei so auszusehen, als würde es mir nichts ausmachen, mich vor einem wildfremden Mann nackt zu zeigen. Obwohl er mich hinter dem Vorhang ja noch gar nicht sehen kann. Ich schnüre meine Schuhe auf, hänge meine braune Arbeitskleidung über einen Stuhl, schäle mich aus meiner Unterwäsche. Dr. Henderson hat sich derweil dankbarerweise abgewandt, um einige Einstellungen am Körperscanner vorzunehmen. Ich überlege, ob ich versuchen soll, meine Blöße mit den Händen abzudecken, und komme zu dem Schluss, dass das lächerlich wäre.

Ich räuspere mich und Dr. Henderson tritt zur Seite, um mich in den Scanner zu lassen. Ein goldener Kreis kennzeichnet den Bereich, in den ich mich stellen soll. Der Arzt drückt einen Knopf und die Tür schließt sich langsam. Kein Laut dringt in meine Zelle, doch wenige Sekunden später deutet ein leises Summen an, dass die Messung gestartet wurde. Durch das Glas sehe ich, wie Dr. Henderson den Raum verlässt. Dann bin ich allein.

Als er eine halbe Stunde später wieder kommt, fühlen sich meine Beine schon müde an und ich bin froh, der Glaszelle zu entkommen. Eilig streife ich meine Klamotten über und nehme dankbar zur Kenntnis, dass Dr. Henderson sich erneut taktvoll abwendet, um mir die Situation so wenig unangenehm wie möglich zu machen. Anschließend gehen wir zurück in sein Büro und er stellt mir ein paar Fragen über meine Arbeit. Über Beschwerden, die ich in den letzten Jahren hatte, meinen Ernährungsplan und solche Dinge.

Als Miss Weaving hereinkommt, um mich zurück zu bringen, reicht er mir seine Hand zum Abschied. Ich verlasse gerade den Raum, als er mich zurückruft. Mit ungutem Gefühl im Magen bleibe ich stehen, drehe mich um und blicke ihn erwartungsvoll an. Er erwidert meinen Blick seltsam ausdruckslos und ich habe das Gefühl, gerade ein zweites Mal durchleuchtet zu werden.

»Alles Gute zum Geburtstag, Miss Green!«, sagt er dann knapp. Ein flüchtiges Lächeln, dann greift er nach seiner Lesebrille und widmet sich wieder seinen Unterlagen. Ein wenig verwirrt folge ich Miss Weaving zum Ausgang.

Es ist schon dunkel, als unser Wagen langsam auf das Firmengelände von Techraid rollt. Als ich mich auf den Weg Richtung Schlafsäle mache, frage ich mich, ob Meg noch wach ist. Die Wohnanlage C23 liegt dunkel und scheinbar verlassen vor mir. Doch ich weiß, dass hinter jedem der Fenster mindestens fünf meiner Kollegen schlafend in ihren Betten liegen, um sich für den kommenden Arbeitstag auszuruhen. Die Flure sind ebenfalls dunkel, aber ich brauche kein Licht. Ich kenne diesen Weg in- und auswendig. Ich drücke die Tür zu meinem Schlafsaal auf und schlüpfe hinein. Drinnen empfängt mich der ruhige Atem meiner schlafenden Mitbewohnerinnen. Ein erleichtertes Seufzen entweicht mir. Endlich bin ich wieder zuhause. Alles hier ist mir so vertraut wie meine rechte Hand – die schlichten, zweistöckigen Betten, der große graue Einbauschrank, in dem wir unsere Kleidung aufbewahren. Der helle, schmucklose Tisch, an dem genau acht Personen Platz finden können. Acht Plätze, für die sieben Frauen, die mit mir in dieser Wohneinheit leben, und mich.

Geräuschlos entledige ich mich meiner Kleidung und lege mich ins Bett. Ich atme tief durch und versuche, mich zu entspannen, doch meine Gedanken kehren immer wieder zurück zum MediOffice. Zu Dr. Romulus Henderson und der stillen, bedrohlichen Atmosphäre in den Behandlungsräumen.

»Hey, Aida!«, flüstert plötzlich eine leise Stimme.

Ich blicke nach oben und sehe schemenhaft durch die Dunkelheit das grinsende Gesicht von Meg über mir auftauchen. Ihre dicken schwarzen Haare hängen über den Rand des Stockbetts und reichen fast bis zu mir herunter. Wenige Sekunden später ist sie schon die Leiter heruntergeklettert und schiebt mich zur Seite, um sich neben mich zu legen.

»Und, wie war es? War es so, wie Mike erzählt hat?«

Wir reden die halbe Nacht lang und ich erzähle Meg alles, was ich erlebt habe. Ich erzähle ihr von den Wächtern, dem MediOffice mit seinen kahlen Fluren, von Romulus Henderson und seinen eisigen Augen, von meiner Beklemmung und Verwirrung. Meg war schon immer eine gute Zuhörerin und so ist es auch diesmal. Sie will alles ganz genau wissen und durchleidet mit mir die Ereignisse des heutigen Tages noch einmal. Als sie beteuert, dass ihr jetzt schon unwohl dabei ist, wenn sie sich vorstellt, in ein paar Monaten selbst ins MediOffice zu müssen, muss ich schmunzeln. Mir ist klar, dass sie das nur um meinetwillen sagt. In Wirklichkeit gibt es kaum etwas, wovor Meg Angst hat. Im Gegenteil, während ich mich vor jeder neuen Situation fürchte und mich in meine gewohnte Umgebung zurück wünsche, kann Meg es kaum erwarten, etwas Aufregendes zu erleben. Für mich bedeutet das Leben hier bei Techraid mit seinem geregelten Tagesablauf, den braunen Overalls und denselben Gesichtern Tag für Tag Sicherheit, Geborgenheit. Für Meg ist es wie ein Gefängnis.

Aber ich weiß zu schätzen, dass sie mir gut zureden möchte. Bevor sie wieder nach oben in ihr Bett verschwindet, drücke ich sie kurz an mich und denke mir, dass unser Leben hier doch gar nicht so schlecht ist, wie sie manchmal denkt.

Kapitel 2

Der Tag beginnt wie jeder andere Tag bei Techraid: mit dem Klingeln des Weckers um sechs Uhr morgens. Während die übrigen Bewohnerinnen der Wohneinheit C23 zügig aus ihren Betten kriechen, drehe ich mich mit einem leisen Fluch noch einmal um. Ziehe mir die Decke über den Kopf, um der Helligkeit im Raum zu entgehen. Ich habe schlecht geschlafen, weil Elaine sich im Bett nebenan die ganze Nacht über mit Albträumen hin und her geworfen hat. Das geschieht in letzter Zeit ständig und ich habe das Gefühl, dass ich unter Elaines Albträumen mindestens ebenso sehr leide wie sie selbst.

»Was zum Teufel hast du denn vor?« Das Gesicht von Meg erscheint plötzlich über mir. Unsanft wälzt sie mich zur Seite und macht sich in meinem Bett breit, während sie versucht, mir die Decke vom Gesicht zu ziehen. »Willst dich wohl vor der Arbeit drücken? Das könnte dir so passen!« Meg setzt eine strenge Miene auf, die in ihrem fröhlichen Gesicht mit dem großen Mund und den lustigen Augen so fehl am Platz wirkt, dass ich unwillkürlich lachen muss.

»Ich würde alles geben für nur eine weitere Stunde Schlaf!«, murmele ich. Trotzdem setze ich mich langsam auf.

Meg hebt fragend die Augenbrauen und deutete mit dem Kopf nach nebenan. »Elaine schon wieder?«, fragte sie flüsternd und verdreht die Augen.

Ich nicke und beginne wie jeden Morgen, Megs dichtes schwarzes Haar zu einem langen Zopf zu flechten. Anschließend bindet sie mir mein eigenes, schulterlanges hellbraunes Haar nach oben. Was wesentlich schneller geht. Es gab eine Zeit, da habe ich Meg regelrecht um ihre Mähe beneidet. Aber im Grunde sind solche Dinge hier egal. Eine Frisur muss *praktisch* sein, nicht schön.

Meg steht auf und zieht mich schwungvoll auf die Füße. Ich greife nach frischer Wäsche und meinem braunen Arbeitsoverall. Die anderen unserer sechs Mitbewohnerinnen haben sich bereits umgezogen. Eine Reihe von braungekleideten Frauen unterschiedlichen Alters drängt sich an uns vorbei. Meg hakt sich bei mir ein und zusammen schlendern wir in Richtung Gemeinschaftsbadezimmer unserer Wohneinheit, um uns für den Arbeitstag frisch zu machen.

Die Firma Techraid, bei der Meg und ich arbeiten, ist mit ihren bestens ausgebildeten Mitarbeitern und modernen Produktionsanlagen das stählerne Herz der Rüstungsindustrie des Landes Last Haven. Auf einem riesigen Firmengelände in Ring C werden in höchster Effizienz Rüstungsgüter jeglicher Art produziert. Die Aufträge hierfür erhält Techraid ausschließlich vom Verteidigungsministerium. Dessen Hauptaufgabe besteht in der Sicherung der Grenzen von Last Haven gegen die sich im Bürgerkrieg befindlichen Nachbarländer. Die Geschichte unseres Landes ist noch jung. Im Angesicht der drohenden Übervölkerung der Welt haben sich die Menschen hier vor Jahren dazu entschieden, einen neuen Staat zu gründen. Wissenschaftler, Politiker, die geistige Elite der Welt. Sie alle haben sich zusammengeschlossen, um gemeinsam einen Weg zu finden, das Problem in den Griff zu kriegen. Kontrollierte Fortpflanzung, Automatisierung von Prozessen – jahrzehntelang wurden die verschiedensten Konzepte erprobt, evaluiert und weiterentwickelt. Doch was als reines Forschungsprojekt gestartet hatte, wuchs mit der Zeit weit über dieses Ziel hinaus. Als Last Haven vor etwa 200 Jahren schließlich seine Unabhängigkeit erklärte, lief die Abspaltung aus dem bisherigen Staatenbund nicht gewaltfrei ab.

Dennoch kam die Entscheidung gerade noch rechtzeitig. Nur wenig später kollabierte die Weltwirtschaft bei einer Bevölkerungszahl von mehr als fünfzig Millarden Menschen. Das Chaos brach quasi über Nacht aus. Kriege um Wasser und Land überzogen die gesamte Erde in einer blutigen Serie, die noch immer anhält. Putsche, Militärdiktaturen und Bürgerkrieg – das Gesicht der Welt hat sich drastisch verändert. Bis heute ist Last Haven der einzige Staat auf dem amerikanischen Kontinent, der den sogenannten Übermaßexzessen nicht zum Opfer gefallen ist. Im Gegenteil. Last Haven ist für die Menschheit der letzte, sichere Hafen, so haben es sich die Gründer unseres Landes vorgestellt, und aus diesem Grund haben sie den Anker auf unser Wappen gesetzt. Während außerhalb unserer Mauern Tod und Hunger herrschen, hat sich unser Land nach Jahren der Disziplin und des Verzichts zu einem funktionierenden System entwickelt. *Disziplin, Kontrolle, Mut.* Das sind die drei Pfeiler, auf die unsere Gesellschaft gebaut ist. Es sind die ersten Worte, die wir lernen, auch wenn wir erst später verstehen, was sie für uns bedeuten.

Heute steht Last Haven dank dieses Programms für die modernste Technik der Welt. Jeder von uns hat seinen Teil zur Aufrechterhaltung der Gesellschaft beizutragen. Weil wir nicht zulassen dürfen, dass wir das rechte Maß genauso überschreiten, wie die Menschen außerhalb unserer Grenzen. Sie bezahlen für ihren ausschweifenden Lebensstil und ihre fehlende Weitsicht. Während wir in Last Haven einen sicheren Lebensstandard haben. Der Verzicht auf Familie, Freizeit und Ungebundenheit ist der Preis, den jeder einzelne Tag für Tag dafür entrichtet. Wir haben uns unseren Wohlstand hart erarbeitet und viele Opfer dafür gebracht. Wir alle hier *verdienen* ihn und sind stolz auf das, was wir gemeinsam geleistet haben.

So auch Meg und ich. Wir führen ein unkompliziertes Leben, das sich von morgens bis abends um die Arbeit dreht. In dem jeder Tag dem vorherigen ähnelt. Jeder von uns seinen festen Platz hat, seine Rolle spielt. Wir haben uns in dieses System gefügt. Ich in stiller Akzeptanz und ohne große Ansprüche, Meg in unterdrückter Wut und mit dem Gefühl, in Langeweile zu ersticken. Aber uns geht es gut – im Gegensatz zum Rest der Welt. Dafür sollten wir Last Haven jeden Tag dankbar sein.

Im Speisesaal wimmelt es bereits von anderen Techraid-Mitarbeitern, als Meg und ich zur Essensausgabe gehen. Wir holen unser Frühstück ab. Ich halte mein dunkelgraues Mitarbeiterarmband gegen den Scanner und warte. Wenige Sekunden später erscheint ein Tablett mit einer Scheibe Brot, einem halben Apfel und einem Glas Milch in der Ausgabe.

Meg, die dasselbe bekommt, reibt sich voller Vorfreude die Hände. »Hmmm, Erdbeermarmelade! Heute muss unser Glückstag sein!«

Ich verdrehe die Augen und suche nach einem freien Tisch. Die Essensrationen sind während der letzten Monate spürbar kleiner geworden. Wir wurden von unseren Vorgesetzten darüber informiert, dass Last Haven aufgrund von Missernten während der letzten Jahre aktuell Probleme mit der Lebensmittelversorgung hat. Wir haben von den schlechten Ernten in den Nachrichten zwar erfahren, aber dass das Problem so dringlich ist, war uns bisher nicht bewusst. Von nun an wird also strenger rationiert. *Disziplin*, rezitiere ich in Gedanken und ermahne mich, dass Undankbarkeit eine Untugend ist. Ich habe immer noch mehr als die meisten Menschen auf dieser Welt.

Wir haben uns gerade niedergelassen, als ein wild aussehender Mann mittleren Alters mit struppigem kurzem Bart und schwarzem Haar angetrottet kommt. Mit einem lauten Stöhnen setzt er sich zu uns.

»Morgen, Mike«, murmele ich mit vollem Mund und lächele ihm zu.

»Guten Morgen, meine zwei Hübschen. Die Sonne geht auf, wenn ich euch sehe!«

»Lass stecken, Mike!« Meg zwinkert ihm zu.

»Das ist ja ein richtiges Festmahl!« Mike wirft einen spöttischen Blick auf unsere Teller.

Meg sieht ihn skeptisch an. »Sag bloß, du hast mehr bekommen?«

Mike schüttelt den Kopf. »Schön wär's!«

Ein paar Kollegen kommen vorbei und unterbrechen uns. Sie

klopfen Mike auf die Schulter und wünschen uns einen guten Morgen. So ist es immer mit Mike. Er kennt hier alles und jeden. Und jeder kennt *ihn*. Für Meg und mich ist das manchmal nervig, zu oft aber auch ungeheuer praktisch. Deshalb verdrehen wir nur die Augen und sagen gar nichts.

»Was gibt's Neues bei dir?«, frage ich und gähne herzhaft, als wir wieder allein sind.

»Alles beim Alten.« Mikes Blick bleibt an einem der Bildschirme hängen, die im gesamten Speisesaal angebracht worden sind. Sie dienen unserer Unterhaltung und geben uns die Möglichkeit, uns über das aktuelle politische Geschehen zu informieren. Ich drehe den Kopf, um sehen zu können, was seine Aufmerksamkeit fesselt. Es ist der Zusammenschnitt eines Interviews mit unserem Präsidenten Chester Fields, das er am Vorabend anlässlich der zunehmenden Dringlichkeit der Probleme mit der Lebensmittelversorgung gegeben hat. Der Ton ist zu leise, als dass ich seine Worte von hier aus verstehen könnte, daher wende ich mich wieder meinen Freunden zu.

»Sieht ein bisschen abgespannt aus, der Gute. Meint ihr nicht auch?«, sagt Mike besorgt. Ich drehe mich noch einmal kurz zum Fernseher, um zu sehen, ob Mike recht hat. Jetzt, wo ich darauf achte, fällt mir sofort auf, was er meint. Chester Fields' Gesicht ist blass und glänzend. Dunkle Schatten haben sich um seine Augen gebildet. Der große Druck, der schon seit Monaten auf ihm lastet, muss ihm ganz schön zusetzen.

»Ja, er sah schon mal besser aus.« Megs Stimme klingt gelangweilt. Für Politik hat sie ebenso wenig übrig wie ich.

Mikes Miene ist dagegen grüblerisch. »Ich hoffe, er hält noch ein bisschen durch. Momentan gibt er keine gute Figur ab. Lange werden sich die Ratsmitglieder das Ganze nicht mehr ansehen!«

Nach allem, was ich während der letzten Tage am Rande mitbekommen habe, könnte Mike damit durchaus recht haben. So wie es derzeit aussieht, wartet man eigentlich nur darauf, dass Chester Fields jeden Moment seines Amtes enthoben wird. Womöglich ist der einzige Grund, weshalb es noch nicht soweit gekommen ist, die ungewöhnliche Beliebtheit des Präsidenten in der Bevölkerung. Der Rat hat Skrupel, diese Entscheidung zu treffen, hat Mike mir neulich erklärt. Sie haben Angst davor, dass es Unruhen oder Streiks geben könnte, insbesondere in den äußeren Ringen. Unserem Ring. Denn hier ist Chester Fields besonders angesehen.

»Mike, es ist zu früh für Politik, okay?« Meg schnalzt ungeduldig mit der Zunge und stürzt ihr Glas Milch in einem Zug herunter.

Ich muss grinsen, weil ich daran denke, dass Meg sich auch zu keiner anderen Zeit des Tages für politische Themen erwärmen könnte. »Was steht heute an, Mike?«, frage ich, um das Thema zu wechseln.

Mike wendet seine Aufmerksamkeit vom Bildschirm ab und fährt sich nachdenklich durchs struppige Haar. »Fran hat heute ihren letzten Tag.«

»Die Glückliche!« Meg seufzt frustriert. »Was würde ich dafür geben, wenn ich mit ihr tauschen und diesem Mistladen ein für alle Mal den Rücken kehren könnte!«

»Meg!«, sage ich eindringlich. Nervös sehe ich mich um, um zu sehen, ob irgendjemand uns zuhört. Schon einmal hat es Ärger gegeben, als Meg uns eines Tages lauthals verkündet hat, dass sie die erste Gelegenheit nutzen würde, um von hier abzuhauen. Mit solchen Äußerungen muss man hier vorsichtig sein. Sonst kann es einem passieren, dass man Besuch von Vertretern des Nachrichtenministeriums bekommt und sich lang und breit darüber belehren lassen muss, weshalb Dankbarkeit gegenüber unserem System angebracht ist.

Ein seltsamer Ausdruck tritt auf Mikes Gesicht. »Hmm.«

Ich runzle die Stirn »Was hast du denn? Freust du dich nicht für Fran?« Francis Lang ist eine langjährige Freundin von Mike und arbeitet wie er als Anlagenführer in der Schusswaffenproduktion. Anlässlich ihres sechzigsten Geburtstags, der heute ist, endet ihr Dienst bei Techraid und sie wird in den wohlverdienten Ruhestand entlassen.

»Ich weiß nicht. Irgendwie …« Mike verstummt.

»Irgendwie was?« Er antwortet mir nicht. Ich meine zu wissen, was ihn belastet. »Es wird ihr dort gut gehen, mach dir keine Sorgen,« sage ich.

Wie auch alle anderen wird Fran mit dem Austritt aus der Firma in eine andere Unterkunft umgesiedelt werden. Es gibt einfach nicht genug Platz, um alle hier zu behalten. Schließlich rücken jedes Jahr neue Mitarbeiter nach. Im Grunde aber kann ich Meg nur zustimmen. Keine Arbeit mehr, die Gesellschaft von Gleichaltrigen, so viel Freizeit, wie man sich nur wünschen kann – das hört sich auch in meinen Ohren nach einer deutlichen Verbesserung an.

»Vielleicht kannst du einen Antrag stellen, sie dort einmal zu besuchen?«, schlage ich vor.

Meg lacht höhnisch auf. »Ja klar! Eher fällst du auf der Stelle tot um, als dass du für so was hier in diesem verfluchten Saftladen einen freien Tag bekommst!« Sie schnaubt.

Einige der Kollegen an den Nachbartischen drehen neugierig die Köpfe zu uns. Ich werfe Meg einen ärgerlichen Blick zu, der sie zum Schweigen bringt. Obwohl sie damit vermutlich recht hat. Einen freien Tag zu bekommen, ist so gut wie unmöglich. Wochenenden, Urlaub, all diese Dinge kennen wir nur aus Erzählungen hinter vorgehaltener Hand und Reportagen über die Zeit vor Last Haven. Und jetzt sehen wir ja, wohin das geführt hat.

»Mach dir keine Sorgen um Fran. Ich bin mir sicher, dass es ihr, wo immer sie auch landen wird, sehr viel besser gehen wird als uns hier.« Ich drücke freundschaftlich Mikes Arm.

»Oh ja, darauf wette ich!«, stimmt Meg mir vehement zu.

Mike grummelt noch ein wenig vor sich hin, schneidet das Thema jedoch während des restlichen Frühstücks nicht mehr an. Auch Megs Laune hebt sich allmählich wieder. Wir verabschieden uns von Mike in Richtung Werkstatt. Meg und ich geben ihm wie jeden Morgen ein Küsschen auf die Wange. Mike knufft uns freundschaftlich in die Seite und wünscht uns einen schönen Arbeitstag.

»Er ist in letzter Zeit ein bisschen melancholisch, meinst du nicht auch?«, spottet Meg auf dem Weg zur Werkstatt.

Ich hebe die Hand, um Craig zu grüßen, der uns unterwegs

überholt. Er ist der Werkstattleiter und Megs und mein direkter Vorgesetzter. Craig nickt uns beiden zu und tippt streng auf eine nicht vorhandene Uhr an seinem Handgelenk.

»Was will der denn, wir haben noch zehn Minuten«, mault Meg leise.

»Mike macht sich einfach Sorgen«, versuche ich unseren Freund zu verteidigen. »Fran war ihm wie eine große Schwester. Es ist nicht leicht für ihn, sich von ihr zu verabschieden.«

Ich habe Mitleid mit Mike und stelle mir vor, wie es mir selbst in seiner Situation gehen würde. Tatsächlich ist Mike in meinem Leben ziemlich genau das, was Fran für Mike gewesen ist. Ich kenne ihn schon, solange ich denken kann. Als ich mit acht Jahren zu Techraid kam, war Mike mein Tutor. Er hat sich meiner angenommen und sich wie ein großer Bruder um mich gekümmert. Das tut er bis heute. Er und Meg sind für mich mehr als nur Freunde oder Kollegen. Wir sind hier alle eine Familie, genauso, wie es sich die Gründer von Last Haven damals vorgestellt haben. Die Jüngeren profitieren von den Erfahrungen der Älteren, wir kümmern uns umeinander und verbringen unsere Arbeits- und Freizeit gemeinsam. Soziale Kontakte werden als wertvoll betrachtet und ihre Bildung gefördert, denn ein zufriedener und gut eingebundener Arbeiter bringt bessere Leistungen als ein frustrierter, einsamer. Glücklicherweise wird es noch Jahre dauern, bis Mike in den Ruhestand geschickt wird. Doch wenn ich daran denke, kann ich durchaus verstehen, dass er wegen Frans Abschied ein wenig durch den Wind ist.

»Ach, Aida, du bist wie ein Engel!« Meg lacht und legt einen Arm um mich. »Du hast für alles Verständnis und siehst immer nur das Beste in den Menschen! Ich wünschte, ich wäre so wie du!«

»Ich kenne jemanden, der darüber sehr enttäuscht wäre.« Wir betreten die Werkstatt und ich nicke anzüglich in Richtung eines jungen Mannes in dunkelbrauner Arbeitskluft.

Er steht an einer der Drehmaschinen und grüßt uns freundlich. Meg wird ein wenig rot und gibt mir einen kleinen Schubs, bevor sie unserem Kollegen zuwinkt. Chris ist ein paar Jahre älter als wir beide und ich muss mir eingestehen, dass er unheimlich gut aussieht. Er ist groß und schlank, hat kräftige Hände und dichtes, helles Haar. Wir kennen ihn schon seit Jahren, doch erst seit einigen Monaten fällt mir auf, dass Chris und Meg sich eindeutig zueinander hingezogen fühlen. Ihre Schwärmerei für Chris ist so ziemlich das Einzige, womit man Meg ärgern kann, und ich nutze diese Tatsache immer wieder gerne aus. Obwohl ich sie insgeheim auch ein wenig beneide. Nicht direkt wegen Chris selbst, sondern vielmehr darum, dass die beiden so glücklich zusammen sind. Manchmal wünsche ich mir nichts sehnlicher, als mich ebenfalls zu verlieben. Dem Alltagstrott für eine Weile entkommen zu können. Ich denke zurück an meine kurze Romanze mit Robbie aus der Produktion. Das Ganze ist mittlerweile schon zwei Jahre her und mir eher peinlich, als dass ich mich in diese Zeit zurücksehne. Denn auch wenn ich Robbie natürlich gemocht habe, so richtig verliebt bin ich eigentlich nicht gewesen. Und so leuchtende Augen wie Meg hat, wenn sie Chris sieht, habe ich ganz sicher nie dabei gehabt. Als Robbie sich schon nach wenigen Monaten von mir getrennt hat, habe ich nicht geweint und war insgeheim sogar ein wenig erleichtert. Seitdem gab es keinen mehr, für den ich wirklich geschwärmt habe, und das finde ich mehr als schade.

Nach einer kurzen Besprechung mit Craig gehen wir an die Arbeit. Die Herstellung eines Prototypen für ein Raketenabwehrsystem beschäftigt das ganze Team bereits seit Tagen. Meine Aufgabe besteht in der Fertigung der Zahnräder. Im Grunde haben Meg und ich mit unserem Job Glück gehabt. Mike, der als Anlagenführer tagein und tagaus das Gleiche zu tun hat, beneidet uns um die Arbeit in der Werkstatt, wo immer wieder neue Aufgaben auf uns warten. Früher war er selbst hier tätig, doch vor einigen Jahren wurde er in die Produktion versetzt.

Der achtjährige Jaden, unser Lehrling, schleicht an mir vorbei und gesellt sich zu Chris, der sich geduldig um ihn kümmert. Ich habe den schüchternen Kleinen längst ins Herz geschlossen und zwinkere ihm aufmunternd zu.

Ich überprüfe die Fräsmaschine auf ihre Funktionstüchtigkeit, nehme die nötigen Einstellungen vor und konzentriere mich auf die Arbeit. So gut ich kann. Die Müdigkeit macht es mir schwer und die Stunden ziehen sich unangenehm in die Länge. Immer wieder unterbreche ich meine Beschäftigung und laufe ein paar Schritte durch die Werkstatt, um meinen Kreislauf wieder in Schwung zu bringen.

Als wir etliche Stunden später beim Mittagessen sitzen, bin ich bereits so müde, dass mir fast die Augen zufallen. Die Pause ist lang, damit wir nach dem Essen noch unseren Freizeitbeschäftigungen nachgehen können. Als Ausgleich zur Arbeit. Sport, Handarbeiten, die unsere Fingerfertigkeit und Fitness trainieren und dabei gleichzeitig Spaß machen. Oder auch einfach Fernsehen, entspannen, plaudern.

Meg schimpft lautstark gegen Craig, der am Morgen Jaden eine saftige Standpauke gehalten hat, aber ich höre nur mit einem Ohr hin. Der Junge hatte zuvor aus Versehen eine Flasche Schmieröl fallen lassen und Craig war daraufhin außer sich gewesen vor Wut.

Mein Blick wandert von Megs Gesicht über ihre Schulter wieder auf einen der großen Bildschirme, wo gerade ein Liebesfilm ausgestrahlt wird. Drumherum sitzen zahlreiche meiner Kollegen und lassen sich von der seichten Unterhaltung berieseln, bevor sie zurück zur Arbeit müssen. In der Hauptrolle erkenne ich trotz mäßigem Interesse Melody Blue-Sky, die wohl bekannteste Schauspielerin des Landes. Sie arbeitet für das Nachrichtenministerium, in dessen Verantwortungsbereich sämtliche Medien von Unterhaltung bis hin zu Nachrichten fallen. Aufgrund ihrer Schönheit ist sie jedoch auch noch weit über die Grenzen von Last Haven hinaus bekannt. Verführerisch lächelt sie in die Kamera und schüttelt ihre blonde Lockenpracht, als ich aus meiner Träumerei gerissen werde.

»– Ich meine, was bildet der sich eigentlich ein?« Megs Stimme ist lauter geworden. Ich spüre instinktiv, dass gerade meine Zustimmung verlangt wird und nicke energisch mit dem Kopf. Meg scheint jedoch zu merken, dass ich nicht bei der Sache bin.

»Du bist ganz schön müde, hab ich recht?«

»Hmm.«

»Am besten legst du dich auf eine der Bänke dort drüben und versuchst, noch ein bisschen zu schlafen. Ich weck dich dann auf, wenn's weiter geht.«

Ich nicke dankbar und trotte in Richtung der Bänke, die sich in der Ecke des Speisesaals befinden. Hier ist etwas weniger los und ich mache es mir so gemütlich, wie es die kahlen, kissenlosen Sitze eben möglich machen. Sofort fallen mir die Augen zu und innerhalb kürzester Zeit bin ich auch schon eingeschlafen.

Megs Weckruf dringt unangenehm und dröhnend mitten in meinen Tiefschlaf hinein. Ich öffne langsam die Augen und quäle mich hoch.

»Wir müssen leider. Sonst gibt's wieder Ärger mit Craig.«

Ich weiß, dass Meg recht hat und stehe schwerfällig und wacklig auf. Bei Unpünktlichkeit kann Craig tatsächlich sehr ungemütlich werden. Ich will es definitiv nicht darauf ankommen lassen, heute ebenfalls noch eine Standpauke zu erhalten.

Zurück in der Werkstatt gehe ich wieder an die Fräsmaschine, doch es fällt mir schwer, einen klaren Kopf dabei zu behalten. Immer wieder spüre ich den argwöhnischen Blick meines Chefs auf mir und hoffe inständig, dass ich den Nachmittag ohne Fehler überstehe. Ich spanne einen neuen Bohrer ein und stelle fest, dass er stumpf ist. Jaden, denke ich sofort. Sich darum zu kümmern, dass das Werkzeug in einwandfreiem Zustand ist, gehört eigentlich zu seinen Aufgaben.

»Aida, bist du bald fertig? Was dauert da denn so lange?!« Craigs Stimme klingt ungeduldig und seine Laune ist noch immer schlecht.

In der Hand hält er einen handlichen Rechner, auf dem er sich hin und wieder Notizen zu unserer Arbeit macht. Er muss seinem Vorgesetzten regelmäßig berichten, ob wir unsere Sache gut machen oder nicht. Ich hoffe, dass er heute gnädig ist und auf einen Vermerk zu meiner Langsamkeit verzichtet. Sonst könnte ich bald selbst Besuch vom Nachrichtenministerium bekommen und mir lang und breit anhören, dass meine Beschäftigung hier kein Spaß, sonder ein Privileg ist, das ich entsprechend würdigen sollte. Ich habe diese Erfahrung zwar noch nie gemacht, weiß aber von Kollegen, dass die Sitzungen sehr lästig sind. Ich seufze, entschuldige mich für meine Trödelei, nehme den stumpfen Bohrer und mache mich auf den Weg zum Schleifbock.

Noch bevor ich weiß, wie mir geschieht, zieht es mir die Beine unter dem Körper weg und ich kippe nach hinten. Reflexartig drehe ich den linken Arm rückwärts, um meinen Kopf vor dem harten Aufprall auf dem gefliesten Boden zu schützen. Ein unbeschreiblicher Schmerz durchzuckt meinen Arm, als ich mit meinem ganzen Gewicht auf meiner angewinkelten linken Hand lande. Ich schreie auf und krümme mich auf dem Boden zusammen. Nur wenige Augenblicke später taucht Megs erschrockenes Gesicht über mir auf.

»Aida! Was ist passiert? Hast du dir was getan?«

»Meine Hand!« Ich stöhne und versuche, mich aufzusetzen. Der Schmerz treibt mir die Tränen in die Augen. Eilig wische ich mir mit der unverletzten Rechten übers Gesicht, damit die anderen es nicht merken. Auch Craig, Jaden und Chris haben sich mittlerweile um mich versammelt und blicken besorgt auf mich herab.

»Kannst du aufstehen?« Meg lässt von mir ab und rutscht ein wenig zurück, um mir Platz zu machen. »Soll ich dir helfen?«

Ich schüttle den Kopf und bewege probehalber beide Beine. Alles in Ordnung, sie funktionieren ohne Probleme. Auch mein rechter Arm ist unverletzt und ich kann ihn benutzen, um mich mühsam hochzuhieven. Dabei durchfährt ein wilder Schmerz meine linke Schulter, doch ich beiße die Zähne zusammen und versuche, den Arm zu beugen. Es gelingt besser als erwartet, obwohl das Stechen in meinem Handgelenk mittlerweile bis zum Ellbogen strahlt.

»Geht es?« Megs Stimme zittert.

»Ich glaube schon. Aber meine Hand …« Ich betrachte das Gelenk, das bereits beginnt, anzuschwellen und sich zu verfärben. »Ich glaube, sie ist gebrochen.«

»Ganz sicher sogar.« Craig mischt sich nun mit ernstem Gesicht ein. »Ich hab das Knacken gehört.«

Bei der Vorstellung wird mir schlecht. Und ein wenig schwindelig. Meg hilft mir, mich auf dem nächstgelegenen Stuhl niederzulassen.

»Dann muss sie ins MediOffice«, sagt Chris bestimmt.

»Ja, ich rufe einen Sanitäter.« Craig steht auf und verschwindet in seinem Büro, das direkt an die Werkstatt grenzt.

»Wie konnte das nur passieren? Bist du gestolpert?« Chris reicht mir ein Glas Wasser und sieht mich fragend an.

»Bin ausgerutscht«, murmele ich mit einem kurzen Seitenblick auf Jaden, der die Geschehnisse bisher schweigend und mit großen Augen verfolgt hat.

Tatsächlich bin ich genau an der Stelle gestürzt, wo er am Morgen das Schmieröl verschüttet hat. Wahrscheinlich hat er beim Sauberwischen einige Stellen übersehen. Ich will ihm jedoch kein schlechtes Gewissen machen und hoffe, dass Craig nicht eins und eins zusammen zählt. Der Junge ist heute ja bereits genug dafür bestraft worden. Jaden selbst scheint meinen Hinweis jedoch sofort zu verstehen und blickt schuldbewusst zu Boden.

»Oh.« Mehr hat Chris nicht dazu zu sagen. Natürlich ist auch ihm sofort klar, was ich damit meine.

Es dauert etwa fünfzehn Minuten, bis der Krankenwagen ankommt. Während wir warten, werden die Schmerzen immer stärker und mein Arm fühlt sich unerträglich heiß an. Ein unangenehmes Pochen geht von meiner Hand aus. Craig treibt die anderen dazu an, weiter zu arbeiten. Nur Meg darf eine Pause machen und mit mir warten. Sie hat sich einen Stuhl geholt und ihren Arm tröstend um meine Schultern gelegt. Sie ist in den letzten Minuten ganz still geworden. Ich frage mich, was ihr gerade durch den Kopf geht. Und wieso sie so schweigsam ist, obwohl sie sonst so ein Plappermaul ist. Ich wünschte, sie würde ein paar ihrer albernen Späße machen. Einfach nur, um mich zu beruhigen und mich von den Schmerzen abzulenken. Erschöpft lehne ich meine Stirn gegen Megs Schulter. Ich verfluche mich für meine Ungeschicktheit, obwohl ich weiß, dass ich im Grunde nichts dafür kann. Ich war einfach müde, habe nicht aufgepasst. Und selbst wenn hätte ich den Ölfleck dennoch übersehen können. Ich blicke erneut zu Jaden, der unschlüssig in der Gegend steht und nicht zu wissen scheint, was er tun soll. Ich rede mir ein, dass ich ihm nicht böse bin, obwohl ein kleiner Teil von mir ihn am liebsten übers Knie legen würde. Aber ein solches Missgeschick kann jedem passieren und es ist unzweifelhaft, dass er in Zukunft umsichtiger sein wird.

Auch meine eigene Ausbildung hat bereits im Kindesalter begonnen. Mit acht Jahren. Ich weiß noch genau, wie furchtbar spannend und aufwühlend die erste Zeit hier für mich selbst war. Wie auch ich nach jedem Fehler, der mir unterlaufen ist, panische Angst vor den Folgen hatte. Meine Berufswahl war ebenso wenig eine Wahl, wie es die von Jaden war. Das Ministerium für Bevölkerungsplanung entscheidet darüber, wer an welcher Stelle gebraucht wird, entsprechend dem Bedarf an Fachpersonal und den körperlichen und intellektuellen Voraussetzungen der Kinder. Diese wiederum werden im Rahmen der Gesundheitsprüfung I ermittelt. Genau wie Meg und ich ist auch Jaden auf diesem Weg hier bei Techraid gelandet.

Schließlich kommt Craig mit einem Sanitäter, der das strahlende Weiß des MediOffices trägt, auf uns zu. Ich verabschiede mich von meinen Kollegen. Als ich aufstehe, wird mir wieder schwindelig. Meg durchbricht die seltsame Stille, die während der letzten Minuten geherrscht hat und versucht doch noch, einen Scherz zu machen, um mich aufzumuntern. Meine Reaktion ist nicht mehr als ein gezwungenes Lächeln.

»Wir sehen uns später!« Mit meiner unverletzten Hand greife ich nach Megs und drückte sie kurz und fest.

»Ja, bis später!«, antwortet Meg, doch etwas in ihrem Blick beunruhigt mich. Mit leisem Zittern lasse ich ihre Hand los und verlasse gestützt von Craig und dem Sanitäter die Werkstatt.

Kapitel 3

Wir fahren in den Ring A zum MediOffice. Ein Blick auf meine Hand hat dem Sanitäter gereicht, um zu entscheiden, dass ich dort am besten aufgehoben sein werde. Die kleinen medizinischen Einrichtungen, die alle paar Kilometer in den äußeren Ringen des Landes anzutreffen sind, würden mich ohnehin umgehend weiter schicken.

Das ist nun also schon das zweiteMal innerhalb weniger Tage, dass ich dort sein werde. Und ich will jetzt gerade genauso wenig hin wie letztens, obwohl mir klar ist, dass es sein muss.

Insgesamt ist es das vierte Mal, wenn man es ganz genau nimmt, überlege ich. Wie fast alle Bewohner von Last Haven bin schließlich auch ich im MediOffice zur Welt gekommen. Nur kann ich mich daran natürlich nicht mehr erinnern. Direkt nach der Geburt hat man mich von meinen Erzeugern getrennt und in einer staatlichen Einrichtung gemeinsam mit den anderen Kindern großgezogen. Mithilfe der besten Erzieher, die das Land zu bieten hat. Wir wachsen umgeben von Gleichaltrigen auf, spielen und lernen zusammen. In älteren Filmen sieht man manchmal, wie Kinder bei ihren Erzeugern großwerden. Auf mich wirkt das ziemlich verschwenderisch und ineffektiv. Schließlich haben die Erzieher uns besser betreut, als zwei Erzeuger ohne jegliches Fachwissen es je gekonnt hätten. Außerdem brauchen die ihre ganze Kraft, um ungestört ihrer Arbeit nachgehen zu können. Die Kindererziehung ausgebildetem Personal anzuvertrauen, erscheint mir sinnvoll. Man sollte dies Menschen überlassen, die dafür geeignet sind, schließlich ist unser Nachwuchs für die Zukunft des Landes so ungeheuer wichtig.

Die Schmerzen in meiner Hand reißen mich aus meinen Gedanken. Mir wird übel, weil der Wagen so schaukelt. Das Schwindelgefühl, das ich noch immer nicht loswerde, verstärkt das Ziehen in meiner Magengegend zusätzlich. Ohne, dass ich mich dagegen wehren kann, muss ich mich plötzlich auf den Fußboden des Wagens übergeben. *Auch das noch!* Der Sanitäter, der neben mir sitzt, stöhnt entnervt auf. Er gibt seinem Kollegen auf dem Fahrersitz, der das Tempo wegen des Zwischenfalls verringert hat, ein Zeichen weiterzufahren. Ich laufe knallrot an und stottere eine Entschuldigung. Die Situation ist mir mehr als peinlich. Als ich ihm helfen will, den Boden sauberzuwischen, drückte er mich freundlich, aber bestimmt in meinen Sitz zurück. Ich schließe die Augen und versuche, zur Ruhe zu kommen. Die Fahrt ist noch lang. Draußen setzt langsam die Dämmerung ein.

In der Einfahrt werde ich von einem weiteren Sanitäter, einem freundlichen kleinen Mann mit Halbglatze, in Empfang genommen. Er führt mich am Empfangstresen und dem schönen Wintergarten mit den gemütlichen Sesseln vorbei in ein Behandlungszimmer im Erdgeschoss.

»Wie ist Ihr Name?«

»Aida Green.«

Er hilft mir, mich zu setzen, und lässt mich einen Moment allein, um zu telefonieren. Während ich in einer Mischung aus Ungeduld und Schmerz mit den Knien zappele, weil ich so schnell wie möglich zurück zu Techraid will. Nur rasch eine Schiene anlegen, das wird hoffentlich reichen.

Als der Sanitäter wiederkommt, zieht er eine Spritze mit einer gelblichen Flüssigkeit auf und meinen Ärmel ein wenig nach oben. Die Schmerzen in meiner Hand strahlen so stark in meinen linken Arm aus, dass ich den Stich nicht einmal spüre. Als der Sanitäter vorsichtig meine Verletzung inspizieren will, schreie ich unwillkürlich auf und zucke zusammen. Er sieht mich über den Rand seiner Brille geduldig an.

»Keine Sorge, das Schmerzmittel wird jeden Moment anfangen

zu wirken.« Er deutet auf die leere Spritze, die er neben sich abgelegt hat. »Sie werden gleich nichts mehr spüren.«

Ich nicke tapfer und beiße die Zähne zusammen, als er sich wieder daran macht, mein Handgelenk in seinen Händen zu drehen und zu wenden. Als wenige Augenblicke später die Wirkung des Serums einsetzt, lehne ich mich erleichtert zurück. Er hat Recht gehabt. Mit einem Schlag sind die Schmerzen verschwunden. Es fühlt sich fast an, als wäre meine Hand gar nicht vorhanden.

Der Sanitäter lächelt mir aufmunternd zu. »Sehen Sie, Miss Green. Schon ist es besser.«

Meine Hand wird geröntgt und anschließend eine provisorische Schiene angelegt. Ich bin erschöpft und wünsche mich sehnlichst zurück in meine Wohneinheit, wo Meg bestimmt schon auf mich wartet und nach Details giert.

»Was passiert jetzt mit mir?«, frage ich den netten Mann.

Er sieht auf und rückt seine Brille zurecht. »Ein Arzt wird sich Ihre Verletzung ansehen. Die Hand muss wahrscheinlich operiert werden. Das heißt, dass Sie die Nacht über in der Klinik bleiben müssen.« Er zögert einen Moment und senkt den Blick wieder auf meine verbundene Hand. »Wie es danach mit Ihnen weitergehen wird, kann ich leider nicht sagen. Das ist die Entscheidung der Ärzte.«

»Was meinen Sie damit, wie es *danach* mit mir weitergeht?« Mit einem Mal habe ich einen dicken Kloß im Hals.

Dem kleinen Mann scheint die Richtung, in die sich unser Gespräch entwickelt hat, nicht zu gefallen. Er windet sich ein wenig, bevor er antwortet. »Das ist eine Entscheidung, die von den Ärzten getroffen wird«, wiederholt er. »Sie wird davon abhängen, wie schwer die Verletzung ist, ob bleibende Schäden zu erwarten sind und ob sie für Ihre derzeitige Beschäftigung von Bedeutung sind.«

Es dauert einen Moment, bis ich begreife, *was* er da gerade gesagt hat. Mein Magen zieht sich schmerzhaft zusammen und ich muss nach Luft schnappen.

In diesem Moment kommt eine junge Frau mit hochgestecktem, rotem Haar herein und schickt den Sanitäter wieder fort. Es ist Andrea Weaving. Sie trägt wie beim letzten Mal ihren weißen Kittel und schreitet mit großen Schritten durch den Raum. Meine Unruhe wächst unaufhörlich, während ich ihr folge. Ein Anflug von Panik droht, mir die Luft abzuschnüren.

»Miss Green, schön Sie wieder zusehen. Auch wenn die Umstände natürlich eher unangenehm sind.« Es kommt mir so vor, als würde sie den Text von einem Tonband abspielen, so unbeteiligt klingt ihre Stimme. Aber mich beschäftigen gerade ohnehin andere Dinge als albernes Höflichkeitsgeplänkel. Ich will wissen, was mit meiner Hand los ist. »Ich bringe Sie jetzt zu Dr. Henderson. Er wird sich um Sie kümmern und alles Weitere veranlassen. Sie kennen ihn ja bereits.«

Wir gehen durch die verlassenen Flure, denselben Weg entlang wie noch vor wenigen Tagen. Trotzdem bin ich mir sicher, dass ich ohne die Hilfe von Miss Weaving das Büro des Arztes kaum wieder finden würde. Als sie schließlich vor einer Tür stehen bleibt und sie leise öffnet, erkenne ich lediglich am Türschild, dass wir angekommen sind.

»Setzen Sie sich doch. Dr. Henderson wird gleich bei Ihnen sein, Miss Green.« Die junge Frau lächelt mir noch einmal höflich zu und verlässt den Raum.

Ich lasse mich auf dem unbequem aussehenden Stuhl nieder, der neben der Tür steht. Versuche, mich zu entspannen. Das Schmerzmittel wirkt hervorragend, doch das unangenehme Pochen und die Hitze sind geblieben. Es kommt mir vor, als würden Stunden vergehen, ohne dass etwas passiert. Auf meiner Stirn hat sich ein Schweißfilm gebildet und mein Kopf fühlt sich an, als würde er gleich zerspringen. Gerade als ich aufstehen will, um nach draußen zu gehen und jemanden zu suchen, geht die Tür auf und Dr. Henderson kommt herein. Er wirkt müde, was jedoch nicht verwunderlich ist. Es dürfte langsam auf Mitternacht zugehen. Wahrscheinlich ist er schon den ganzen Tag auf den Beinen.

Als sein Blick auf mich fällt, schenkt er mir ein warmes Lächeln, das mich etwas ruhiger werden lässt. »Ich hatte nicht erwartet, Sie so schnell wieder zu sehen, Miss Green.«

»Ich auch nicht.« Ich bin ebenfalls erschöpft. Von den Schmerzen, dem schlechten Schlaf der letzten Nächte, der langen Fahrt und der Arbeit. Doch ich bemühe mich nach besten Kräften um Freundlichkeit. Mit einer schwungvollen Bewegung zieht Dr. Henderson einen weiteren Stuhl heran. Setzt sich mir direkt gegenüber und bedenkt mich kurz mit einem prüfenden Blick unter hochgezogenen Augenbrauen.

»Darf ich?«, fragt er höflich und greift vorsichtig nach meinem Arm, ohne eine Antwort abzuwarten. Er zieht die verletzte Hand zu sich heran und ich zucke zusammen, als er die provisorische Schiene abnimmt.

»Hat Ihnen der Sanitäter kein Schmerzmittel gegeben?« Er schaut mich fragend an.

»Doch, er hat mir etwas gespritzt. Es ist schon viel besser.« Vom Anblick des unförmig angeschwollenen Klumpens, der einmal meine Hand gewesen ist, wird mir erneut übel. Für einen kurzen Moment befürchte ich, dass ich mich noch einmal übergeben muss. Bei dem Gedanken, auf Dr. Hendersons Kittel zu kotzen, steigt wieder die Panik in mir auf. Schnell wende ich die Augen von meiner Hand ab.

Nach einigem langsamen Drehen und Wenden, bei dem ich glücklicherweise nicht das Geringste spüre, sieht der Arzt auf. »Ich habe die Röntgenaufnahmen bereits gesehen. Bei Ihrem Sturz haben Sie sich zwei Finger und einen Mittelhandknochen gebrochen. Unglücklicherweise sind durch die plötzliche Überstreckung der Gelenke auch zwei Sehnen gerissen. Um eine OP werden Sie nicht herum kommen. Wir werden den Eingriff gleich morgen früh vornehmen.«

Ich nicke enttäuscht. Dass nur eine Schiene nötig ist, wäre ja auch zu schön gewesen. Dabei war ja eigentlich zu erwarten, dass ich mit meiner Verletzung nicht einfach wieder zurück geschickt werde. Schon gar nicht um diese Uhrzeit.

»Wie lange wird es dauern, bis ich wieder arbeiten kann?« Das ist das Einzige, was mich jetzt noch interessiert. Ich hoffe, dass Dr. Henderson mir nicht dieselbe ausweichende Antwort geben wird wie der Sanitäter.

Er antwortet nicht gleich, lässt seinen Blick jedoch unverwandt auf mich gerichtet. Seine Augen haben etwas Hypnotisches. »Es wird Wochen und womöglich Monate dauern, bis die Verletzung vollständig abgeheilt ist. Sie werden Ihre Hand eine ganze Weile nicht belasten können. Und …« Er zögert kurz und räuspert sich. »… und es ist unwahrscheinlich, dass Sie Ihren Beruf je wieder aufnehmen werden.«

Ich erschrecke so sehr, dass es mir für einen Moment die Sprache verschlägt. Die Wucht seiner Worte, die er einfach so in den Raum schleudert, als würde er über das morgige Wetter sprechen, trifft mich mit voller Kraft. So hart, dass ich das Gefühl habe, jeden Moment vom Stuhl zu fallen. *Das kann doch alles gar nicht wahr sein!* Unwillkürlich muss ich an Meg und Mike denken.

Es dauert einen Moment, bis ich die Fassung wieder erlange und mit krächzender Stimme antworte. »Wie meinen Sie das? Ich kann nicht mehr arbeiten?«

Dr. Henderson seufzt und steht auf. Langsam streift er sich die Handschuhe ab. »Miss Green, es tut mir leid, wenn ich Sie so erschrecke, aber ich will ehrlich zu Ihnen sein. Selbst wenn die Verletzung verheilt ist, wird die Beweglichkeit Ihrer Hand auch danach mit hoher Wahrscheinlichkeit stark eingeschränkt sein. Die Feinmotorik wird aufgrund der gerissenen Sehnen nie wieder dieselbe sein. Die Gesetze lassen uns Ärzten leider keinen Spielraum. Wenn Sie die Anforderungen Ihrer Berufsklasse nicht länger erfüllen können, kann ich Sie nicht einfach zurückschicken. Das Land kann es sich nicht leisten, Mitarbeiter an Stellen zu setzen, wo sie keine volle Leistung erbringen können.« Seine Stimme klingt sanft und passt überhaupt nicht zu den brutalen, unbarmherzigen Worten, die er da gerade spricht.

»Aber … was soll ich denn dann tun? Ich arbeite in diesem Beruf seit ich denken kann.« Mein Puls ist unnatürlich hoch und in meinem Kopf dreht sich alles.

»Wir werden schon eine neue Beschäftigung für Sie finden.« Ein tröstendes Lächeln zeigt sich auf dem Gesicht des Arztes. »Aber machen Sie sich darüber jetzt keine Sorgen, wir haben nach Ihrer OP noch genug Zeit, um über die Zukunft zu sprechen.«

Mit diesen Worten steht er auf und bedeutet mir, noch sitzen zu bleiben. »Ich schicke Ihnen Miss Weaving, sie wird die OP vorbereiten«, sagt er in geschäftsmäßigem Ton. »Wir sehen uns dann, wenn Sie wieder wach sind.«

Mit einem kurzen Nicken verabschiedet er sich, ehe ich noch etwas erwidern kann, und lässt mich mit meinen Zukunftsängsten allein.

Nach der Operation erwache ich orientierungslos in einem weichen Bett mit weißen Laken, die angenehm sauber riechen. Ein Blick aus dem Fenster sagt mir, dass es bereits Tag ist. Trotzdem habe ich nicht das geringste Gefühl dafür, wie spät es ist. Der klobige Gips an meiner linken Hand erinnert mich erbarmungslos daran, aus welchem Grund ich hier bin. Mir fällt auf, dass jemand mein Armband durch ein neues, weißes Band ersetzt hat, während ich geschlafen habe. Ein flüchtiger Anflug von Beunruhigung überkommt mich bei diesem Anblick, obwohl es nur bedeutet, dass ich mich im MediOffice in gewissem Rahmen frei bewegen darf. Es heißt aber eben auch, dass ich *nicht* mehr zu Techraid gehöre.

Jemand hat einfache, graue Kleidung für mich bereitgelegt. Neue Kleidung werde ich wohl erst dann erhalten, wenn feststeht, wo ich lande. Ich ziehe sie an, obwohl sie nicht richtig sitzt, doch es ist ja nur vorübergehend. Meinen braunen Arbeitsoverall kann ich nirgendwo entdecken. Es fühlt sich ungewohnt und merkwürdig an, ihn nicht zu tragen. Und die Vorstellung ihn nie wieder zu tragen, lässt mich kurz frösteln.

Lustlos esse ich mein Frühstück. Getreidebrei, Joghurt und einen Apfel, die mir von einem schweigsamen Pfleger ans Bett gebracht worden sind. Die Ereignisse des vergangenen Abends kommen mir jetzt, im Licht des neuen Tages, ganz unwirklich vor. Meine Befürchtungen geradezu absurd. Ich bin und bleibe einfach ein Angsthase, denke ich ärgerlich. Meg würde sich von dieser Situation nicht halb so sehr einschüchtern lassen wie ich. Natürlich wird es einen Weg aus diesem Schlamassel geben. Den gibt es immer, ich bin bestimmt nicht die erste, die einen Arbeitsunfall hat.

Die nächsten Stunden verbringe ich mit Warten. In einer Schublade finde ich ein paar Magazine. Manche sind seichte Unterhaltungsblättchen, vornehmlich mit Interviews bekannter Schauspieler, allen voran Melody Blue-Sky. Bei den anderen handelt es sich um politische Informationsbroschüren. Sie wurden allesamt vom Nachrichtenministerium herausgegeben, ganz gleich wie der Inhalt aussieht. Ich bleibe an einem Interview mit Chester Fields hängen, in dem es um die Lebensmittelverteilung in Last Haven geht. Es ist *sein* großes Thema und der Grund, weshalb der Rat ihn trotz anderweitiger Diskrepanzen vor einigen Jahren vom Agrarminister zum Präsidenten befördert hat. Nachdem er in Ring B in einer Forschungseinrichtung aufgewachsen ist, mehrere Jahre in Ring D auf den Farmen vor Ort geforscht und Prozesse optimiert hat, wurde er schließlich zum Agrarminister gewählt, als es vor einigen Jahren schon einmal Probleme mit der Versorgung gegeben hat. Aufgrund dieses Werdegangs kennt Chester Fields die Möglichkeiten und Grenzen unserer eigenen Landwirtschaft besser als jeder andere. Und die Menschen kennen *ihn*. Sogar ich, obwohl Mike mich immer für mein mangelndes Interesse am politischen Geschehen schimpft. Chester Fields hat damals als Agrarminister wahre Wunder bewirkt und sich die Zuneigung und das Vertrauen der gesamten Bevölkerung verdient. Und genau solch ein Wunder erhoffen sich die Menschen von ihm auch jetzt.

Ich blättere weiter ohne große Begeisterung und bin trotzdem dankbar für die kurzzeitige Ablenkung.

Irgendwann kommt Miss Weaving herein, um mich zu Dr. Henderson zu bringen. Sofort kehrt die Nervosität zurück. Die Vorstellung, dem durchdringenden Blick des Arztes erneut ausgesetzt zu sein ... Fast wünsche ich mir, Miss Weaving würde dieses Mal während der Besprechung bei mir bleiben. Stattdessen hält sie mir aufmerksam die Tür zur Praxis auf und verabschiedet sich.

Dr. Henderson ist bereits anwesend. Er trägt seine Lesebrille und ist in einen Stapel Unterlagen vertieft, der vor ihm liegt. Neben ihm auf dem Schreibtisch steht eine Tasse mit dampfendem Tee. *Minze*, kommt mir unvermittelt in den Sinn, als der Geruch in meine Nase dringt. Ohne aufzusehen bedeutet er mir mit einer Handbewegung, mich zu setzen.

Ich tue wie geheißen und lasse mich auf dem Stuhl ihm gegenüber nieder. Das Gefühl der Beklemmung steigt an, während ich schweigend meine eingegipste Hand betrachte und vergeblich versuche, meine Finger darin zu bewegen.

»Wie geht es Ihnen?« Dr. Henderson schaut von seinen Unterlagen auf, legt die Brille ab, nimmt seine Tasse in die Hand und betrachtet mich prüfend.

»Gut«, antworte ich sachlich. »Ich habe allerdings kein Gefühl in meiner Hand.«

»Das ist völlig normal. Es kann ein paar Tage dauern, bis Sie Ihre Finger das erste Mal wieder bewegen können.« Er sieht mich mit interessiert an. »Wie geht es Ihnen sonst? Wir haben Sie lange schlafen lassen, damit Sie sich gut ausruhen und von der OP erholen konnten. Fühlen Sie sich im Vollbesitz Ihrer geistigen und körperlichen Kräfte?«

Die Frage verwirrt mich. »Ja, ich denke schon.« *Wenn man von meiner zerstörten Hand absieht.* »Wie lange habe ich denn geschlafen?«

Er ignoriert meine Frage. »Ich muss Sie das fragen, weil Sie in den nächsten Stunden eine Reihe von Tests absolvieren werden.«

»Was denn für Tests?«, frage ich zwar neugierig, aber irgendwo in mir schrillt eine Alarmglocke.

Der Arzt lehnt sich gelassen zurück. »Tests, mithilfe derer ich beurteilen werde, für welche Tätigkeiten Sie zukünftig eingesetzt werden können. Dazu gehört insbesondere auch ein Intelligenztest, der Ihre volle Konzentration erfordert. Fühlen Sie sich dazu imstande?«

Ich zucke hilflos mit den Schultern. »Ich denke schon«, sage ich erneut. Dann erinnere ich mich an meine morgendliche Zuversicht. »Ist das denn nötig? Es finden sich sicher andere Aufgaben in der Werkstatt für mich und meine Kollegen werden mich unterstützen, so gut sie können.«

So sehr ich mich auch anstrenge, ich schaffe es einfach nicht, meiner Stimme einen festen Klang zu geben. Ich höre mich weinerlich an. Wie ein verängstigtes Kind.

Es dauert einen Moment, bis Dr. Henderson mir antwortet. »Miss Green, ich weiß, dass Sie sich wünschen, wieder an Ihren Arbeitsplatz zurückzukehren. Ich befürchte jedoch, dass das nicht möglich sein wird.«

Ich schlucke.

Der Arzt setzt zu einer Erklärung an. »Unglücklicherweise fallen jegliche Tätigkeiten, die bei Techraid ausgeübt werden, in die Berufsklasse 2. Die Klassen legen verschiedene Anforderungen an die Arbeiter fest. Bei Klasse 2 gehört dazu unter anderem und in erster Linie vollständige körperliche Unversehrtheit.« Er macht eine Pause um zu prüfen, ob ich ihm folgen kann. Als ich mich weder rühre noch etwas sage, fährt er fort. »Mit einer verletzten Hand, die aller Wahrscheinlichkeit nach nie wieder ihre ursprüngliche Beweglichkeit erlangen wird, erfüllen Sie diese Anforderungen leider nicht mehr. Ich kann Sie daher nicht zurück schicken.«

Ich habe unwillkürlich die Luft angehalten, während Dr. Henderson gesprochen hat. Gleich werde ich ersticken.

»Ich bin mir aber sicher, dass wir anderswo eine Beschäftigung für Sie finden werden, die Ihren Fähigkeiten besser entspricht. Aus diesem Grund werden wir heute die bereits angesprochenen Tests durchführen. Es sei denn –« Er lächelt mir zu. »– Sie fühlen sich gerade aus irgendeinem Grund nicht dazu in der Lage.«

Seine Worte machen mich sprachlos. Ich brauche mehr als einen Augenblick, bis ich diese Information verdaut habe. Ich werde nicht zu Meg und Mike zurückkehren. Der Gedanke daran, wie die beiden auf diese Neuigkeit reagieren werden, ist fast noch unerträglicher als die Tatsache selbst. Ich suche mir einen Fixpunkt an der tristen weißen Wand hinter dem Arzt, starre ihn an Dr. Henderson vorbei an und versuche so, die aufsteigenden Tränen wegzublinzeln.

Die Aussicht darauf, mich den Tag über in irgendwelchen Eignungstests beweisen zu müssen, gefällt mir genauso wenig. Aber es ist ja nicht gerade so, als hätte ich eine Wahl. Wenn ich ohnehin nicht um die Prozedur herum komme, kann ich es ebenso gut auch gleich hinter mich bringen. Auf weitere Stunden der Ungewissheit, der Grübelei und Sorge kann ich verzichten.

»In Ordnung.« Das sind die einzigen Worte, die ich herauskriege. Sie klingen, als hätte eine Fremde sie gesprochen.

»Gut, dann werde ich Ihnen jetzt das weitere Vorgehen erläutern.« Dr. Henderson stützt sich mit den Ellbogen auf den Tisch und faltet die Hände zusammen. Sein Tonfall wird ernst und ich reiße mich zusammen, um nichts von dem zu verpassen, was jetzt kommt.

»Üblicherweise gehört die Überprüfung Ihrer körperlichen Leistungsfähigkeit zum Testprogramm. Unter den gegebenen Umständen macht es jedoch wenig Sinn, sich damit aufzuhalten.« Er deutet auf den Gips an meiner Hand. Ich bringe ein trauriges Lächeln zustande. Damit hat er wohl recht. Wie es um meine körperliche Leistungsfähigkeit bestellt ist, braucht keiner mehr zu fragen.

»Ihr letzter Körperscan liegt erst wenige Tage zurück, den brauchen Sie ebenfalls nicht zu wiederholen. Die Ergebnisse haben ja keinen Grund zur Beunruhigung geliefert. Zunächst wird deshalb unsere Psychologin Dr. Williamson Ihre sozialen Fähigkeiten und Ihre psychische Belastbarkeit beurteilen.« *Das geht ja gut los.* Auf ein Gespräch mit einer Psychologin verspüre ich wirklich nicht die geringste Lust.

Angestrengt, um ja nichts zu verpassen, lausche ich den Erklärungen von Dr. Henderson, der mir die bevorstehende Prozedur beschreibt. Mit jedem Wort, das er spricht, wächst der Berg an Sorgen, die ich habe, an, obwohl ich eigentlich kaum mehr machen muss, als ein paar Gespräche zu führen. Ich verspanne mich, weil es mir so sehr widerstrebt, auf dem Prüfstand zu stehen und von allen Seiten begutachtet zu werden wie eine Ware auf dem Fließband, von deren Qualität man sich überzeugen will. Was, wenn diese Gespräche ergeben, dass ich in die Kategorie Ausschuss falle? Ich versuche trotzdem, mir alles, was der Arzt mir erklärt, genauestens einzuprägen, damit ich mich gedanklich darauf vorbereiten kann. Als er zum Ende kommt ist meine Laune auf dem Tiefpunkt angelangt.

»Zum Schluss…« Er macht eine kurze Pause, in der er sich zurücklehnt, um einen Schluck aus seiner Tasse zu nehmen. »Zum Schluss werden Sie unter meiner Aufsicht einen Intelligenztest durchführen. Die Ergebnisse aller Untersuchungen werden von mir ausgewertet und ich werde anschließend eine Entscheidung treffen. Haben Sie dazu noch Fragen, Miss Green?« Erwartungsvoll schaut er mich an.

Mir liegt die Frage auf der Zunge, was mit mir passieren wird, wenn ich in allen Tests durchfalle. Vor meinem inneren Auge taucht kurzzeitig ein unschönes Bild von mir auf. Wie ich in einem dreckigen Kittel Böden schrubbe und Kleidung flicke. Obwohl – für solche Dinge wird schon lange keiner mehr eingestellt. Was davon noch nicht automatisiert abläuft, müssen die Angestellten zusätzlich neben ihrer richtigen Arbeit her machen. Wenn man Pech hat und beim Faulenzen oder irgendwelchen unerlaubten Dingen erwischt wird, kann es einem ebenfalls passieren, dass man dazu verdonnert wird, solche Jobs für eine Weile nebenher zu übernehmen. Ich ärgere ich mich selbst über meine pessimistische Einstellung. *Das ist nicht hilfreich*, ermahne ich mich. Ich schüttle den Kopf, um die düsteren Gedanken loszuwerden.

»Gut.« Der Arzt steht auf und greift zum Telefonhörer. Ich erhebe mich ebenfalls und gehe Richtung Tür, als er mich noch einmal zurück ruft. »Miss Green!« Dr. Hendersons Blick ist unergründlich. »Geben Sie einfach Ihr Bestes!«

Ich nicke überrascht und drücke mit meiner gesunden rechten Hand die Klinke herunter.

Miss Weaving gönnt mir zunächst eine kleine Pause, in der ich mit Tee und etwas Gebäck versorgt werde. Kekse habe ich bei Techraid schon seit Monaten nicht mehr bekommen. Ich hatte völlig vergessen, wie gut sie schmecken. Frisch gestärkt werde ich in das Behandlungszimmer von – wie mir das Türschild verrät – Dr. Williamson geführt. Es ist ein kahler, heller Raum. Wie die meisten hier. Verschönert wird er nur durch eine einsame Zimmerpflanze am Fensterbrett, die dringend etwas Wasser benötigt. Keine Bilder, keine persönlichen Gegenstände, keine anderweitige Dekoration. Anstelle von Stühlen gibt es eine kleine Sitzgruppe, doch die Sessel sind aus grauem Kunststoff und sehen unbequem und wenig einladend aus. Ich warte mehrere Minuten, bis Dr. Williamson endlich eintrifft. Inzwischen habe ich mich niedergelassen und versucht, meinen Atem zu beruhigen und mich auf das Kommende vorzubereiten. Meine verletzte Hand ruht in meinem Schoß.

»Bleiben Sie ruhig sitzen, Miss Green. Mein Name ist Jules Williamson, ich werde eine Reihe von Persönlichkeitstests mit Ihnen durchführen.« Dr. Williamson streckt mir die Hand hin und ich schüttle sie höflich.

Ein schwerer, süßlicher Duft geht von der Ärztin aus. Ein wenig benebelt ziehe ich meine Hand zurück. Während Dr. Williamson mir das Vorgehen erklärt, mustere ich sie unauffällig. Sie ist mittleren Alters und trägt ihr rotbraunes Haar in einer praktischen Kurzhaarfrisur. Ihr Gesicht ist grell geschminkt. Wie bei Miss Weaving. Offensichtlich haben die Frauen hier im MediOffice keine Schwierigkeiten, an Make-up heranzukommen. Für Meg und mich wäre das ein Ding der Unmöglichkeit gewesen.

Die folgenden zwei Stunden verbringe ich mit der Durchführung der Tests. Zunächst stellt mir die Psychologin Fragen. Unzählige. Sie sind mehr als privat, und die Aufrichtigkeit meiner Angaben wird umgehend mithilfe eines Lügendetektors überprüft. Sie fragt nach meiner Freundschaft zu Meg und zu Mike. Will wissen, ob ich einen Freund habe. Ich gebe mir Mühe, die Fragen so ehrlich wie möglich zu beantworten. Als Dr. Williamson jedoch anfängt, meine Beziehung zu Robbie genauer unter die Lupe zu nehmen, werde ich allmählich wütend.

»Wofür soll das denn wichtig sein?«, zische ich irgendwann aufgebracht, weil mir nicht klar ist, was die aufdringliche Fragerei soll. Mein Liebesleben geht ja wohl niemanden außer mir selbst etwas an.

Dr. Williamson zieht eine ihrer nachgeschminkten Augenbrauen in die Höhe, erwidert meinen feindseligen Blick mit ausdrucksloser Miene und macht sich eine Notiz auf ihrem Rechner.

Na toll. Ich kann mir schon denken, was da jetzt auf dem Bildschirm steht. »Verliert schnell die Beherrschung.« Ich könnte mich selbst ohrfeigen für meine patzige Reaktion.

Dann, ohne Überleitung, fragt mich die Psychologin, ob ich mir manchmal gewünscht habe, Techraid zu verlassen.

»Nein«, antworte ich ehrlicherweise und der Lügendetektor bestätigt meine Antwort. Anders als Meg habe ich nie den Wunsch verspürt, etwas anderes zu tun als das, was ich tue. Getan habe. Und auch jetzt würde ich alles dafür geben, einfach zurück in der Werkstatt zu sein.

Dr. Williamson legt nachdenklich den Kopf schief und mustert mich aufmerksam. »Ist es Ihnen wichtig, dass Sie mit Ihrer Arbeit einen Beitrag zum Erfolg unseres Landes leisten?«

Ich öffne überrascht den Mund. Mit dieser Frage habe ich nicht gerechnet. Weil sie so politisch ist und eigentlich nicht viel mit meiner Situation zu tun hat.

»Natürlich«, sage ich nachdrücklich und hoffe inständig selbst, dass diese Antwort der Wahrheit entspricht. Weil es das ist, was man mir seit meiner Kindheit eingeschärft hat, zu glauben, und es sicher nicht gut ankommt, wenn ich daran Zweifel äußere. Jeder muss mit anpacken, damit das System funktioniert. Ich schiele auf den Lügendetektor und obwohl ich ja wirklich an diese Philosophie glaube, muss ich mir ein erleichtertes Seufzen verkneifen, als er meiner Aussage recht gibt.

Es geht weiter. Wie reagiere ich auf Zurückweisung, Beleidigungen, Lob, Kritik? Mein Kopf fühlt sich an, als würde er gleich platzen. Das führt leider dazu, dass meine Antworten weiterhin zunehmend unfreundlich ausfallen. Ich bin mir sicher, dass Dr. Williamson all das in ihren Unterlagen vermerkt. Ich bitte um eine kurze Pause, die mir jedoch verweigert wird. Sofort habe ich das todsichere Gefühl, dass ich mich mit dieser Frage selbst disqualifiziert habe.

»Gut.« Als ich kurz davor bin, auszurasten, legt Dr. Williamson schließlich ihren Rechner beiseite. Ich atme erleichtert auf, doch die Freude ist nur von kurzer Dauer. »Hier geht es weiter.« Wir sind also noch nicht fertig. Als nächstes werde ich in einen abgedunkelten Raum geführt, wo mein Kopf mit Elektroden verklebt wird, um meine Hirnströme messen zu können. Ich muss mich setzen. Dr. Williamson schaltet einen Monitor vor mir ein und verlässt den Raum.

Es beginnt harmlos mit der Ansicht verschiedener Orte, die mir zum Teil bekannt, zum Teil jedoch auch völlig fremd sind. Ich war noch nie am Meer, kenne es nur aus Filmen und den Nachrichten. Ein Wald, eine Lichtung, ein Industriegebiet mit verfallenen Fabriken. Irgendwann werden die Bilder hässlicher. Sie zeigen Szenen aus den Übermaßexzessen, den Kriegen, die um Last Haven herum wüten. Leichen, zerbombte Häuser, von Giftwaffen entstellte Kinder. Ich atme tief ein und aus und versuche, die Bilder völlig sachlich und unbeteiligt zu betrachten. Auf einmal wird mir Megs Gesicht gezeigt. Sie liegt bewegungslos auf einer verlassenen, zerstörten Straße in einer Lache aus Blut. Mein ganzer Körper zuckt zusammen vor Schreck und mein Herz beginnt zu rasen. *Woher haben sie dieses Bild?* Schon zeigt das nächste ein Massengrab, beinahe komplett von Schnee verdeckt ist. Dann erneut Meg. Sie zielt mit einem Maschinengewehr auf mich und hat eine blutige Wunde im Gesicht. *Die Bilder sind gefälscht*, schärfe ich mir ein, *sie wollen mich nur testen.* Meg befindet sich in Sicherheit. Wahrscheinlich isst sie gerade mit Mike zu Abend und macht sich schreckliche Sorgen um mich. Kalter Schweiß tropft mir von der Stirn.

Immer wieder sind die Bilder nun mit Menschen aus meinem Freundeskreis gespickt. Mike, der an einem Baum aufgehängt wurde. Meg weinend in einem Lazarett. Der kleine Jaden, dessen Leiche von einer Ratte angenagt wird.

Als die Tortur zu Ende ist, zittere ich am ganzen Körper und bin völlig durchgeschwitzt.

»Das wäre es jetzt von meiner Seite, Miss Green!« Dr. Williamson kommt herein und lächelt mich aufmunternd an.

Am liebsten würde ich ihr in das geschminkte Gesicht schlagen, bevor ich mich auf den Weg zurück mache.

Romulus Henderson wartet bereits in seiner Praxis, als Miss Weaving mich später dort abliefert. Ich habe die letzte Stunde damit verbracht, etwas zu essen und mich auszuruhen. Zu versuchen, die schrecklichen Bilder aus meinem Kopf zu vertreiben. Als ich die Tür hinter mir schließe, bin ich beinahe froh, wieder an einem mir bekannten Ort zu sein. Nachdem ich den halben Tag in der Gesellschaft von Miss Weaving und Dr. Williamson verbracht habe, freue ich mich fast über den Anblick von Dr. Henderson.

»Miss Green, da sind Sie ja. Ich habe Ihre Untersuchungsergebnisse bereits vorliegen. Wie fühlen Sie sich?« Aufmerksam blickt er mich an.

Ich überlege, ob ich ehrlich sein soll. Mit seinen Röntgenaugen erkennt er vermutlich sowieso, wenn ich lüge. Andererseits will ich nicht den Eindruck erwecken, nichts aushalten zu können. Auch wenn es dafür, wenn ich es mir recht überlege, wohl ein bisschen zu spät ist. »Es geht mir gut«, lüge ich schließlich.

»Brauchen Sie etwas zur Beruhigung oder gegen Kopfschmerzen?«

Ich zögere. Wie es scheint, kann der Mann also wirklich meine Gedanken lesen. »Etwas gegen Kopfschmerzen könnte nicht schaden«, sage ich vorsichtig.

»Natürlich.« Er presst die Lippen zu einem kleinen Schmunzeln zusammen. »Trinken Sie einen Schluck davon!«

Über den Tisch reicht er mir eine Ampulle mit einer zart rosafarbenen Flüssigkeit. Ich nehme sie dankend an. Öffne das Fläschchen und rieche daran, kann jedoch keinerlei Geruch feststellen.

»Das wird Ihnen sofort helfen, wieder einen freien Kopf zu bekommen. Ich kann mir vorstellen, dass die Ereignisse der letzten Stunden … *aufreibend* für Sie waren.«

Ich nehme einen winzigen Schluck und spüre unmittelbar, wie sich eine angenehme Wärme und Leichtigkeit in mir ausbreitet. Die Anspannung in meinem Kopf löst sich mit einem Mal in Luft auf. Die latente Angst, die mich den ganzen Tag über begleitet hat, ist wie weggeblasen. Meine Sinne fühlen sich ungewohnt scharf an. Ich betrachte das Gesicht von Dr. Henderson, als würde ich ihn das erste Mal vor mir sehen. Seine Wimpern sind genauso blond wie sein Haar, stelle ich fest. Und er sieht abgespannt aus. Mir fallen seine Augenringe auf und ich rieche wieder Minze, was von der benutzten Teetasse ausgeht, die noch immer auf dem Tisch steht. Ich kann meinen eigenen Herzschlag wahrnehmen, der sich mit einem mal so ruhig und gleichmäßig anhört, als würde ich schlafen. Obwohl ich mich so wach fühle wie noch nie zuvor.

»Besser?« Romulus Henderson sieht mich gespannt an.

»Das kann man wohl sagen! Was ist das für ein Mittel?« Davon hätte ich heute definitiv schon früher etwas gebrauchen können.

»Mentalin. Allerdings …« Er zögert und kratzt sich am Hals »… ist der Einsatz dieses Mittels bei unseren Untersuchungen eigentlich nicht gestattet. Ich muss Sie also bitten, Stillschweigen darüber zu bewahren, dass ich Ihnen das Fläschchen angeboten habe.«

Das überrascht mich. »Weshalb haben Sie es dann getan?«

»Ich weiß, dass die bisherigen Untersuchungen Ihnen einiges abverlangt haben. Und ich will sicherstellen, dass Sie im letzten Test Ihr Möglichstes geben können.« Sein Tonfall vermittelt mir das Gefühl, als wäre das das Selbstverständlichste auf der Welt. Ich runzle die Stirn. Überlege, was ich davon halten soll. Nur habe ich jetzt keine Zeit mehr weiter darüber nachzudenken.

Der IQ-Test soll etwa eineinhalb Stunden dauern und in einem der Nebenräume stattfinden. Der Raum ist klein und erinnert mich an eine Kommandozentrale, wie ich sie aus Filmen kenne. Vor einem bequemen, modernen Stuhl sind zwei große Bildschirme und ein handliches Bedienpanel angebracht. Dr. Henderson startet die Software und lässt mich probehalber einige kurze Testaufgaben lösen, um mich mit dem Programm vertraut zu machen. Die Bedienung ist intuitiv und bereitet mir auch mit nur einer gesunden Hand keinerlei Schwierigkeiten. Nach kurzer Zeit startet der Arzt den eigentlichen Test. Löscht das Licht, schließt die Tür hinter sich und lässt mich allein im Dunkeln zurück. Ich danke ihm im Stillen für das Mentalin.

Die erste Aufgabe erscheint auf dem rechten Bildschirm, während der linke die dafür bleibende Zeit sowie den Testfortschritt anzeigt. Ich sehe mir das Rätsel genauer an. Eine Zahlenreihe, die ich vervollständigen soll. Nach kurzem Überlegen, gebe ich die Antwort ein und drückte auf *Weiter.* Das Programm gibt keine Rückmeldung, ob meine Eingabe korrekt war. Doch das muss es auch nicht. Ich weiß auch so, dass sie es war.

Es bleibt zunächst bei Zahlenreihen, wobei sich der Schwierigkeitsgrad der Aufgaben ständig steigert. Auf die Reihen folgen Matrizen, auf die Matrizen geometrische Formen. Ich vervollständige Bilder, schließlich auch Sätze und Redewendungen. Bei jedem neuen Thema starten die Aufgaben auf einem einfachen Niveau und werden im Verlauf des Tests immer kniffliger. Ich brauche zunehmend länger für ihre Lösung. Alles in allem bin ich aber zufrieden mit meiner Leistung und habe das Gefühl, mich wenigstens diesmal einigermaßen gut zu schlagen. Mich zumindest nicht zu blamieren.

Hin und wieder schaffe ich es nicht, eine Frage innerhalb der vorgegebenen Zeit zu lösen. Ich lasse mich nicht dadurch beirren und konzentriere mich weiter auf die kommenden Aufgaben. Ein kurzer Blick auf die Zeit sagt mir, dass das Ende des Tests nahe ist. Der letzte Fragenblock beginnt. Ein kurzer Anflug von Nervosität, als ich feststelle, dass es sich dabei um Gedächtnisübungen handelt. Ein gutes Gedächtnis hat noch nie zu meinen Stärken gehört.

Eine weitere Zahlenreihe wie zu Beginn. Mir bleiben einige wenige Sekunden Zeit, um sie mir einzuprägen. Bei der anschließend verlangten Widergabe komme ich mehrmals ins Stocken. Auch bei den folgenden Aufgaben, die aus verschiedenen Zahlen- und Wortkombinationen in unterschiedlicher Länge bestehen, habe ich einige Schwierigkeiten. Als der Test schließlich zu Ende ist, hat sich trotz des Mentalins bereits wieder ein dünner Schweißfilm auf meiner Haut gebildet. Ich sehne mich nach einer warmen Dusche. Einem gemütlichen Bett, um mich auszuruhen.

Ich beende das Programm und gehe zurück ins Büro, wo Dr. Henderson gerade mit der Auswertung beschäftigt ist. Miss Weaving ist bei ihm, um mich in Empfang zu nehmen und nach draußen zu begleiten. Der Arzt sieht nur kurz von seinem Bildschirm auf und lächelt mir zu. Als ich an ihm vorbei zur Tür gehe, werfe ich einen kurzen und unauffälligen Blick auf seinen Rechner. In der Hoffnung, dort bereits einen Hinweis auf meine Leistung zu erkennen. Und tatsächlich – am rechten unteren Bildschirmrand kann ich in dicker, roter Schrift die Anzeige meiner IQ-Punkte erkennen. 112. Erleichterung überkommt mich. *Das ist gar nicht so schlecht.* Daraus kann man sicherlich etwas machen. Beinahe wäre mir ein verräterischer Seufzer über die Lippen gekommen. Dr. Henderson tippt etwas in das Programm und ich nehme im Vorbeigehen noch aus dem Augenwinkel wahr, wie er manuell aus meinen 112 IQ-Punkten 122 macht.

Miss Weaving führt mich in den Warteraum, in dem ich vorhin auch schon meine Pause verbracht habe. Sie frischt die Injektion des Schmerzmittels in meiner Hand auf, bringt mir ein Glas Wasser und lässt mich dann mit meinen Gedanken allein. Ich spüre, wie die Wirkung des Mentalins langsam nachlässt und wieder Platz für alle meine Sorgen schafft, die sich unerbittlich ihren Weg zurück in meinen Kopf suchen. Ich habe Angst vor dem, was mich erwartet. Davor, dass ich nicht gut genug gewesen bin und das Testprogramm ergibt, dass ich zu gar nichts mehr tauge. Diese Vorstellung ist sogar noch schlimmer als die furchteinflößende Aussicht darauf, irgendwo außerhalb meiner Werkstatt ein völlig neues Leben anzufangen. Eines ohne Meg, ohne Mike, ohne Craig, Chris, Jaden und all die anderen Menschen und Dinge, die mir vertraut und lieb sind. Meine Kollegen sind doch alles, was ich habe. Ich fühle mich mit einem Mal furchtbar einsam. Ich sitze einfach so da und starre auf meine eingegipste Hand. Sehe unvermittelt wieder Dr. Henderson vor seinem Rechner vor meinem inneren Auge. Aus welchem Grund hat er wohl mein eigentliches Ergebnis gelöscht und mir 122 Punkte eingetragen? Oder habe ich mich beim ersten Blick getäuscht und da hat bereits von Anfang an 122 gestanden? Ich kann mir keinen Reim darauf machen. Plötzlich bin ich mir überhaupt nicht mehr sicher, ob ich das gerade wirklich gesehen habe. Möglicherweise habe ich es mir nur eingebildet.

Mein Herz klopft bis zum Hals, als ich einige Zeit später dem Arzt gegenüber Platz nehme. Ich wünsche mir noch mal einen kräftigen Schluck Mentalin gegen die Nervosität, traue mich jedoch nicht, darum zu bitten. Romulus Henderson sieht ernst aus und ich halte automatisch den Atem an, weil ich dem Augenblick seines Urteils fast genauso entgegenfiebere, wie ich ihn fürchte. Eine steile Falte hat sich auf seiner Stirn gebildet.

»Ich habe mich mit meinen Kollegen besprochen und wir sind zu einem Ergebnis gekommen.« Er räuspert sich und macht eine kurze Pause, in der ich gegen den Drang ankämpfe, unruhig auf meinem Stuhl hin und her zu rutschen. »Dr. Williamson beurteilt Ihre sozialen Fähigkeiten als akzeptabel, kann Sie jedoch aufgrund von mangelnder psychischer Belastbarkeit nicht für soziale Berufe empfehlen. Ebenso wenig für Tätigkeiten, bei welchen Sie unter hohem Druck stehen. Ihre Leistungen waren leider ungenügend.«

Ich spüre, dass ich rot werde vor Wut. Und auch ein bisschen vor Scham. Das ist ja wohl die Höhe! Ich kann nicht begreifen, was die Psychologin dazu bewogen hat, mich als labil einzustufen. Sicher habe ich keine Glanzleistung geliefert. Trotzdem habe ich den Test gut durchgestanden. Bin lediglich etwas nervös gewesen, was mir aufgrund der Wichtigkeit der Untersuchungen wohl kaum jemand vorwerfen kann.

Dr. Henderson scheint zu spüren, was in mir vorgeht, geht jedoch nicht weiter auf die Ergebnisse meines Gutachtens ein. »In Ihrem Intelligenztest haben Sie dagegen sehr gut abgeschnitten. Mit einem Intelligenzquotienten von 122 haben Sie die Anforderung für bestimmte Anstellungen im Staatsdienst oder der Wissenschaft erfüllt. Da Sie durch Ihre bisherige Tätigkeit bereits Erfahrung mit Rüstungsgütern aufweisen, habe ich Sie für eine Stelle in der Entwicklungsabteilung des Verteidigungsministeriums vorgeschlagen.«

Ich bin zugleich enttäuscht und erleichtert. Tief in mir habe ich mich an die Hoffnung geklammert, doch noch zu Techraid zurückkehren zu können. Andererseits bin ich froh darüber, dass es auch weiterhin irgendwo einen Platz für mich gibt. Dass ich nicht in jeglicher Hinsicht ungenügend und nutzlos bin. Nicht irgendwo

Böden schrubben oder Schlimmeres tun muss. Alles wird sich zum Guten wenden. Jetzt muss ich nur noch eine Möglichkeit finden, mit meinen Freunden Kontakt aufzunehmen. Sie machen sich bestimmt längst unheimliche Sorgen um mich.

Dr. Henderson nimmt meine gemischte Reaktion mit einem Schmunzeln zur Kenntnis. »Ich habe bereits mit den Verantwortlichen im Ministerium gesprochen und dort alles abgeklärt. Sie werden während der nächsten sechs Monate gründlich eingearbeitet.« Mit einem Mal wird der Arzt wieder sehr ernst. »Während dieser Probephase werden Ihre Betreuer ein besonderes Auge auf Ihre Leistungen haben. Ich kann Ihnen nur raten, in dieser Zeit all Ihre Kraft und Mühe darauf zu verwenden, sich von Ihrer besten Seite zu zeigen. Andernfalls behält das Ministerium es sich vor, Ihre Dienste doch noch abzulehnen.«

»Was würde in so einem Fall denn mit mir passieren?«, frage ich mit trockenem Mund. Aber ich bin mir plötzlich gar nicht sicher, ob ich die Antwort darauf überhaupt hören will.

»Am besten lassen Sie es einfach nicht darauf ankommen, Miss Green.«

Kapitel 4

Ich erschrecke, als mir eröffnet wird, dass ich bereits am nächsten Morgen meine neue Stelle antreten und noch heute Abend umziehen soll. Miss Weaving zeigt mir, wie ich mir in den folgenden Tagen das Schmerzmittel selbst injizieren kann, wenn die Schmerzen zu stark werden. Sie gibt mir die Anweisung, die Hand, soweit es mir möglich ist, zu schonen. In den nächsten Wochen werde ich regelmäßig im MediOffice erscheinen müssen, damit Dr. Henderson die Ausheilung der Verletzung überprüfen kann.

Bevor ich umziehe, will ich Meg und Mike eine Nachricht über meinen Verbleib zukommen lassen. Ich würde alles dafür geben, jetzt bei ihnen zu sein. Mit ihnen über die Ereignisse der letzten Tage reden zu können. Über Dr. Williamson herzuziehen und darüber zu philosophieren, wie ich den IQ-Test geschafft habe. Der Gedanke daran, die beiden nun wirklich zurücklassen zu müssen und nicht einmal mehr die Gelegenheit zu haben, mich persönlich zu verabschieden, versetzt mir einen derart heftigen Stich, dass mir die Tränen in die Augen schießen.

Mein neues Zuhause befindet sich ebenfalls in Ring A. So nah am MediOffice, dass ich ohne Probleme zu Fuß rüber spazieren könnte. Doch Miss Weaving besteht darauf, mich abholen zu lassen. Während ich warte, lasse ich mir am Empfangstresen etwas zu Schreiben geben und verfasse einen kurzen Brief an Meg.

Liebe Meg,
es geht mir gut, macht euch bitte keine Sorgen um mich! Ich werde ins Verteidigungsministerium versetzt und komme euch so bald wie möglich besuchen.
Alles Liebe,
Aida

Ich reiche den Brief der Dame hinterm Tresen und bitte sie freundlich, ihn an meine Freundin weiterzuleiten. Sie notiert sich den Namen der Firma und die Nummer unserer Wohneinheit und versichert mir, die Nachricht noch heute abzuschicken.

Als der angeforderte Wächter schließlich auftaucht, um mich ins Verteidigungsministerium zu bringen, ist es draußen bereits dunkel. Ich verabschiede mich von der Dame am Empfang und folge dem Wächter angespannt und innerlich aufgewühlt nach draußen. Ich muss mich beeilen um hinterherzukommen. In mein neues Zuhause. Nicht für einen kurzen Besuch, sondern um dort zu *leben*. Bei der Vorstellung, wie schnell mein Leben gerade auf den Kopf gestellt wird, wird mir beinahe schwindelig.

Wir überqueren eilig die Straße, auf der kein einziges Auto unterwegs ist. Schon stehen wir direkt vor dem Zaun, der die hohen Sandsteinmauern des Verteidigungsministeriums einfasst. Nur wenige Meter weiter befindet sich der Eingang. *Einer* der Eingänge, wie ich weiß.

»Dies ist der Westeingang und gleichzeitig auch der Haupteingang des Ministeriums«, erklärt der Wächter gelangweilt. »Es gibt vier Zugänge, auf jeder Seite des Gebäudes einen. Er liegt jeweils in der Mitte der entsprechenden Außenmauer.«

Er muss mir das nicht sagen. Jedes Kind in Last Haven kennt schließlich den Aufbau des Gebäudes. Von klein auf lernen wir alles über die Geschichte unseres Landes, seinen Aufbau, seine Funktionsweise. Und das Verteidigungsministerium spielt eine zentrale Rolle darin. Obwohl meine Schulzeit längst vobei ist, könnte ich noch heute aus dem Kopf die Namen der dort ansässigen Minister aus den letzten fünfzig Jahren herunterbeten.

Der Grundriss des Gebäudes ist quadratisch. In seiner Mitte befindet sich eine Parkanlage und in deren Zentrum wiederum ein weiteres Bauwerk. Das Regierungsgebäude. Dort residiert unser Präsident. Man kann es von der Straße aus nicht sehen. Es gibt kaum einen Ort in Last Haven, der besser geschützt ist, da jeder potenzielle Angreifer zunächst die äußeren und inneren Mauern des Verteidigungsministeriums überwinden müsste.

Es ist das mit Abstand größte und einflussreichste unserer Ministerien. Dabei ist es vielmehr als nur eine politische Einrichtung. Von hier aus haben unsere Gründer jahrzehntelang das Projekt Last Haven koordiniert. Regeln für die Neuordnung der Gesellschaft entwickelt und aufgestellt, die innere Ordnung bewahrt. Die Lösung aus dem Staatenbund Schritt für Schritt und unter der Hand vorbereitet. Und hier haben sie vor mehr als 200 Jahren schließlich die Unabhängigkeit des Landes erklärt. Während die meisten Forschungseinrichtungen von Last Haven in Ring B anzutreffen sind, sind Wissenschaft und Politik hier heute noch so untrennbar miteinander verbunden wie damals, als Last Haven entstanden ist.

Kaum jemand erhält je die Möglichkeit, einen Fuß in das Gebäude hinein zu setzen. Mike und Meg würden aus dem Staunen gar nicht mehr herauskommen, wenn sie mich jetzt sehen könnten! Aber das können sie nicht. In meinem Bauch bildet sich ein schmerzhafter Knoten beim Gedanken daran.

Wir steigen die Stufen hinauf zu dem schweren Tor, dass von vier weiteren Wächtern flankiert wird. Sie scheinen über unser Kommen unterrichtet zu sein. Ohne zu zögern, machen sie uns den Weg frei. Beim Vorbeigehen frage ich mich, ob sie es mir ansehen können, wie sehr mich ihr Anblick einschüchtert.

Das Foyer ist deutlich größer als das des MediOffices. Und bei Weitem prunkvoller. Ein großer, roter Teppich mit goldener Stickerei bedeckt beinahe den gesamten Boden. In einer Ecke stehen Sessel und Stühle, in einer anderen Skulpturen aus Marmor und Bronze. Ich kann aus der Entfernung nicht erkennen, was sie darstellen sollen, aber allein durch ihre Größe wirken sie eindrucksvoll. Hinter dem Tresen, der ebenfalls aus Marmor besteht, stehen weitere Wächter. Bei genauerem Hinsehen entdecke ich außerdem mehrere, unauffällige Kameras, die den gesamten Raum überwachen. Umgehend nehme ich eine straffere Haltung an und fühle mich noch unwohler als zuvor. Ein schmächtiger Mann mit kurzem blondem Bart sitzt flankiert von den Sicherheitskräften am Empfang und winkt uns ungeduldig zu sich.

»Sie sind also Miss Green?«, fragt er ohne uns zu begrüßen.

Ich nicke nervös und lächle ihm freundlich zu, was er jedoch ignoriert.

»Ihre Hand bitte!« Verwirrt lege ich den klobigen Gips auf den kühlen Marmor. Er seufzt, schaut auf und sieht mich an, als wäre ich schwer von Begriff. »Die *andere* Hand bitte!«

Meine Wangen werden heiß und ich reiche meine gesunde Hand herüber. Erst als er mit einer großen, silbernen Schere das weiße Armband entfernt, das mir im MediOffice angelegt wurde, verstehe ich, was er vorhat, und komme mir dumm vor. Ohne mich nur eines weiteren Blickes zu würdigen, tauscht er es gegen ein leuchtend rotes. Er scannt den Code und gibt anschließend etwas in seinen Computer ein.

»Von nun an können Sie sich auf dem Gelände des Ministeriums frei bewegen, Miss Green. Ich habe Sie registriert und Ihnen die nötigen Berechtigungen zugeordnet. Sie können die Bereiche des Gebäudes, die für Ihre Arbeit wichtig sind, ungehindert betreten. Zusätzlich dazu stehen Ihnen sämtliche Sozialräume zur Verfügung.« Er schaut auf und bedenkt mich mit einem strengen Blick. »Zu anderen Bereichen jedoch haben Sie keinen Zugang. Insbesondere nicht zu den Laborräumen im Untergeschoss. Haben Sie das verstanden?«

»Ja«, erwidere ich eifrig, um nicht wieder wie eine hohle Nuss zu wirken.

Er gibt mir eine knappe Sicherheitsunterweisung. Es ist eine Auflistung von Dingen, die ich nicht tun darf. Zumindest nicht, wenn ich nicht persönliche Bekanntschaft mit den Wächtern machen möchte. »Keine Bildaufnahmen, keine Besuche ohne Anmeldung, keine Ausflüge ohne vorherige Abmeldung.«

Mir ist mulmig zumute. In diesem Gebäude befindet sich alles, was Last Haven an Know-how hinsichtlich Waffentechnik und Kriegsführung zu bieten hat. Es leuchtet mir ein, dass man diesen Ort schützen muss. Dennoch, all die Wächter, Kameras und Vorschriften erzeugen in mir das unangenehme Gefühl, hier eingesperrt zu werden. Der Ort gleicht einer Festung.

»Hey! Kann ich kurz stören?«

Ich drehe mich um, um zu sehen, wer da gesprochen hat. Ein junger Mann drängelt sich neben mir an den Tresen.

»Hallo, Titus.« Der Pförtner grüßt ihn in einem Tonfall, der wesentlich freundlicher und wärmer ist, als der, mit dem er mich anspricht. Überhaupt werde ich plötzlich wie Luft behandelt. »Was gibt's?«

»Unten im Labor schließt eine Tür nicht mehr richtig, wir brauchen ein neues Schloss«, sagt der junge Mann. Während der Pförtner sich notiert, um welchen Raum es sich handelt, fällt sein Blick auf mich und ein Lächeln erscheint auf seinem Gesicht. »Hi«, sagt er freundlich. »Entschuldige bitte das Vordrängeln, ich hab's ein bisschen eilig.«

Als ich seinen Blick erwidere und ihm zum ersten Mal richtig anschaue, stockt mir für einen kurzen Moment der Atem. Ich weiß nicht, ob ich jemals einen so gut aussehenden Mann gesehen habe. Er hat dichtes, dunkles Haar, hohe Wangenknochen und ein markantes Kinn. Seine Augen sind ebenso dunkel wie sein Haar und leuchten warm in seinem freundlichen Gesicht.

Mein Mund wird trocken und meine Stimme klingt seltsam krächzend, als ich spreche. »Kein Problem.«

Wahnsinn – sie hätten mich ins Nachrichtenministerum als Redenschreiberin versetzen sollen.

Aber schon hat er sich wieder abgewandt und verabschiedet sich. Während der Pförtner damit fortfährt, mir Anweisungen zu geben, schaue ich dem Mann nach und hoffe, dass mir keiner der anwesenden Wächter ansieht, dass ich rot angelaufen bin. Dann werde ich entlassen und in meinem neuen Zuhause herumgeführt. Wir passieren eine Sicherheitsschleuse, die ich dank des Chips in meinem neuen Armband ohne Probleme durchschreiten kann. Der uniformierte Wächter geht schweigend voran und ich folge ihm ebenfalls wortkarg durch verschiedene Gebäudetrakte. An einer Wand entdecke ich einen Plan, doch mein Führer bleibt nicht stehen und so kann ich nur einen kurzen Blick darauf erhaschen. Vier Treppenhäuser gibt es, die sich jeweils bei den entsprechenden Eingängen befinden. Mehr erkenne ich auf die Schnelle nicht.

»Wie viele Stockwerke gibt es?«, frage ich höflich nach.

»Fünf«, erklärt mir der Wächter kurzangebunden. »Die gesamte erste Etage ist für die Unterbringung und Versorgung der Mitarbeiter bestimmt.«

Er führt mich durch die freundlichen, hellen Gänge. Die Lampen strahlen ein warmes Licht aus, große Topfpflanzen und Gemälde an den Wänden sorgen für eine angenehme Atmosphäre. Man kann sich hier wohlfühlen, ist mein erster Gedanke, obwohl ich noch weit davon entfernt bin, mich heimisch zu fühlen. Aber immerhin – kein Vergleich zu den nackten, kahlen Fluren des MediOffices. Und alles ist so viel sauberer und wirkt neuer als bei Techraid. Ich sehe mich staunend um und vergesse für einen Moment meine Angst vor der großen Veränderung, die meinem Leben gerade bevorsteht.

Wir durchqueren einen großen offenen Speisesaal, der gut gefüllt ist. Ich ziehe den Kopf etwas ein und ignoriere die neugierigen Blicke. Über riesige Fensterfronten kann man einen Blick in den Innenhof werfen. Es ist dunkel draußen, doch Laternen beleuchten die Wege, die durch den dort angelegten Park führen. Im Fernsehen kann man ihn immer wieder sehen, weil sich in seiner Mitte das Regierungsgebäude befindet. Ich nehme mir vor, gleich morgen in meiner Pause einen Spaziergang durch die Grünanlage zu machen. Bei Techraid musste ich, um frische Luft zu schnappen, mit dem betonierten Umschlagplatz vor den Hallen vorlieb nehmen.

Doch nicht nur der Park unterscheidet das Ministerium von dem, was ich kenne. Auch das Innere des Gebäudes ist anders als das, was ich von unserer Unterkunft bei Techraid gewohnt bin. Keine Spur von dem schäbigen, schlichten Mobiliar und der abbröckelnden Farbe an den Wänden. Alles ist neu und modern und wirkt, als hätte sich jemand Gedanken darüber gemacht. Sogar die Bildschirme, auf denen gerade Nachrichten laufen, sind größer. Die Menschen sehen zufrieden aus. Weniger abgespannt als bei Techraid. Die bunte Kleidung verstärkt diesen Eindruck noch. Offensichtlich gibt es hier keine einheitliche Kleiderordnung. Ich bin baff. Mir war nicht wirklich bewusst, wie anders die Menschen außerhalb von Techraid leben. *Besser*, irgendwie.

Obwohl es mir in meiner alten Unterkunft bislang ja an nichts gefehlt hat, aber ich kannte nichts Anderes. Die Ausstattung dieser Anlage ist so ungleich hochwertiger, dass mir vor Staunen die Kinnlade herunterklappt. Es will mir noch nicht so recht in den Kopf gehen, dass das hier mein neues Zuhause ist. Dass ich in diesen Räumen von nun an meine Freizeit verbringen werde.

Wir passieren etwas, das wie ein kleiner Laden aussieht. Ich erhasche einen kurzen Blick nach drinnen und bin völlig überwältigt. Luxusartikel – hier haben die Frauen also das Make-up her.

»Wie …?« Fragend schaue ich den Wächter an und weiß nicht genau, wie ich meine Frage formulieren soll, ohne wie ein Idiot dazustehen. Aber ich kann mir nicht vorstellen, dass ich einfach in den Kiosk spazieren und mir nehmen kann, was ich möchte. Es muss eine Art von *Bezahlung* geben.

Der Wächter wirkt genervt, versteht aber offenbar, worauf ich hinauswill. »Überstunden«, sagt er. »Wenn du freiwillig länger arbeitest oder dich für Gemeinschaftsdienste meldest, kannst du die Stunden sammeln und sie gegen irgendwelche Artikel eintauschen.«

Ich nicke, als wäre das völlig einleuchtend für mich. Während ich mich frage, wieso wir bei Techraid auch Überstunden und zusätzliche Arbeiten machen mussten – ohne, dass wir dafür irgendeine Gegenleistung erwarten konnten. Das finde ich unfair.

Schließlich erreichen wir die Schlafsäle. Schilder an den Wänden weisen darauf hin, dass es sich hier um eine Ruhezone handelt. Wie bei Techraid gibt es eine strikte Trennung zwischen Frauen- und Männerschlafsälen. Der Sicherheitsbeamte öffnet eine der Türen und ich trete hinter ihm ein. In dem länglichen Raum befinden sich acht Stockbetten mit schlichten, weißen Decken. Eine der Wände wird von einem großen Schrank eingenommen, wo die Bewohner dieser Einheit wohl ihre Kleidung aufbewahren. Gelb-orange gemusterte Vorhänge und ein Tisch mit einem Strauß Trockenblumen verleihen dem Raum trotz der spärlichen Einrichtung eine gemütliche Ausstrahlung. Eine Frau mit langem braunem Haar sitzt über ein aufgeschlagenes Buch gebeugt. Bei unserem Eintreten blickt sie auf und grüßt freundlich. Sie sieht nett aus, stelle ich erleichtert fest, als ich den Gruß erwidere. Von ihr abgesehen ist der Raum menschenleer. Ich nehme an, dass sich die anderen Bewohner gerade beim Abendessen oder in den Aufenthaltsräumen befinden. Und das ist mir auch ganz Recht. Ich habe heute so viel Neues gesehen, dass mir der Kopf schon raucht. Ich wünsche mir sehnlichst eine Pause.

Der Wächter zeigt auf ein freies Bett im Raum und verabschiedet sich. Seufzend lasse ich mich darauf nieder und schließe für einen Moment die Augen. Ich bin erschöpft und würde mich am liebsten sofort hinlegen, glaube jedoch nicht, dass ich jetzt schon einschlafen kann.

»Du hattest wahrscheinlich einen anstrengenden Tag, hab ich recht?«

Ich öffne die Augen wieder und sehe, dass die fremde Frau aufgestanden und zu mir herüber geschlendert ist. Ohne zu fragen setzt sie sich neben mich aufs Bett und lächelt mich an.

»Ja, das kann man wohl sagen.«

»Ich bin Ariana. Und du musst Aida sein. Man hat mir gesagt, dass du kommen würdest. Ich bin die Vorsteherin dieser Wohneinheit und ab heute für dich verantwortlich. Wenn du also Fragen oder Probleme hast, bin ich deine erste Ansprechpartnerin.«

Während die Frau spricht, betrachte ich sie ein wenig genauer. Sie muss um die vierzig Jahre alt sein. Ihr durchaus hübsches Gesicht zeigt bereits erste Fältchen, besonders um den Mund herum. Sie hat ein kräftiges Kinn, das ihr einen groben Zug verschaffen würde, wenn ihre Augen nicht diesen sanften, gütigen Ausdruck hätten.

»Hast du schon zu Abend gegessen?«

»Nein, aber ich habe auch keinen großen Hunger«, antworte ich ausweichend.

Ariana nickt verständnisvoll. »Wahrscheinlich bist du müde. Wenn du etwas brauchst, kannst du dich jederzeit an mich wenden.«

Mit einem Mal fällt mir ein, dass ich überhaupt nicht weiß, wo ich morgen früh erscheinen soll. Ich frage Ariana danach.

»Mr. Jenkins erwartet dich um sieben Uhr in seinem Büro im dritten Stock. Ich kann dich dorthin begleiten, wenn du möchtest.«

»Kennst du ihn?« Trotz meiner Erschöpfung und dem Wunsch nach Ruhe bin ich mehr als neugierig auf meinen neuen Vorgesetzten. Zudem hoffe ich, dass Ariana mir zumindest ein bisschen was von meiner Angst vor dem nächsten Morgen nehmen kann. Beim Gedanken an den neuen Arbeitsplatz und neue Kollegen ziehen sich meine Eingeweide zusammen. Was, wenn ich nur Fehler mache?

Ariana nickt nachdenklich und streicht sich ihr langes Haar aus dem Gesicht. »Ich kenne ihn, wenn auch nicht besonders gut. Er ist sehr jung und ein brillanter Kopf. Manche sagen, einer der besten in ganz Last Haven.« Diese Informationen tragen nicht wirklich zu meiner Beruhigung bei. Ich hätte viel lieber so etwas gehört wie: *Er ist sehr nett und hat ein angenehmes und unkompliziertes Wesen. Ein lustiger Typ.* »Er hat den Ruf ausgesprochen ehrgeizig zu sein. Ich habe aber gehört, dass er seinen Mitarbeitern gegenüber sehr umgänglich sein soll. Vorausgesetzt sie bringen eine entsprechende Leistung. Gegenüber von *Systemschmarotzern* …« Ariana spuckt das Wort förmlich aus. »… kann er dagegen durchaus ungemütlich werden.«

Ich muss schlucken und spüre, wie mein Mund leicht trocken wird. *Systemschmarotzer.* Dieses Wort ist die wohl größte Beleidigung, mit der man in Last Haven konfrontiert werden kann. Jemand, der sich grenzenlos an den Ressourcen bedient und nichts leistet, der auf Kosten anderer lebt wie ein Parasit. Das gehört schließlich zu den Dingen, die die Menschen außerhalb unserer Grenzen ins Verderben geführt haben. Systemschmarotzerei auszumerzen, steht ganz oben auf der Agenda von Last Haven, schon seit der Gründung unseres Staates.

Ich betrachte meine kaputte Hand und versuche mir einzureden, dass Ariana nicht mich damit gemeint hat, sondern ihre Bemerkung ganz allgemein war.

»Keine Sorge.« Ariana ist meine Reaktion nicht entgangen. Freundschaftlich legt sie mir ihre Hand auf den Arm. »Ich bin mir sicher, dass du dich schnell eingewöhnt hast und auch in Zukunft einen guten Beitrag zu unserer Gesellschaft leisten kannst.« Mit einem nachdenklichen Blick auf meine Verletzung fährt sie fort. »Du wärst schließlich nicht hier, wenn du dich nicht dafür qualifiziert hättest. Du musst ein schlaues Mädchen sein.« Sie stupst mich in die Seite. Ich versuche, ihr Lächeln zu erwidern, doch es will mir nicht so recht gelingen. Durch meinen Kopf geistert noch immer das Wort Systemschmarotzer. Glücklicherweise scheint Ariana das nicht zu bemerken. »Aber wir können morgen weiterreden. Du siehst aus, als würdest du ein wenig Ruhe brauchen nach der Anstrengung der letzten Tage.«

Sie steht auf und kehrt zu ihrem Buch zurück. Ich bin dankbar dafür, dass sie mich alleine lässt. Versuche, es mir in meinem Bett gemütlich zu machen und mich mit meinem neuen Zuhause anzufreunden. Die Unruhe endlich abzuschütteln, die sich so hartnäckig in mir festgebissen hat. Unter der Bettdecke liegt fein säuberlich zusammengelegt ein frisches Nachthemd. Es ist das gleiche, schlichte Baumwollkleid, wie Meg und ich es auch bei Techraid getragen haben. Der Gedanke tröstet mich ein wenig. Eine winzige Spur Vertrautheit so fern von meinem alten Zuhause. Auch das Bett selbst ist bequem, sauber und riecht angenehm frisch.

Mit dem Gesicht zur Wand liege ich da und versuche zu schlafen. Ich bin müde. Trotzdem schaffe ich es nicht, meine Gedanken abzustellen und mich zu entspannen. Mir kommt die Idee, doch noch einmal aufzustehen und nach draußen in Richtung der

Gesellschaftsräume zu gehen. Mich abzulenken. Weil ich, obwohl ich es nicht will, mir vorstelle, wie der morgige Tag ablaufen wird. Was alles Neues auf mich zukommen wird. Ich fühle mich der Sache nicht gewachsen und habe furchtbare Angst davor, die Erwartungen an mich nicht erfüllen zu können. Doch ich verwerfe den Einfall gleich wieder. Genug Neues für heute. Ich brauche meinen Schlaf, damit ich mich morgen früh von meiner besten Seite zeigen kann.

Ariana hat aus Rücksicht auf mich das Hauptlicht gelöscht. Nur eine kleine Lampe brennt noch auf dem Tisch, an dem Airana sitzt und bereits wieder in ihr Buch versunken ist. Hin und wieder dringt das Rascheln der Seiten in mein Bewusstsein und durchbricht meine wirren Gedanken. Im Halbschlaf bekomme ich mit, wie nach und nach die anderen Mitglieder der Wohneinheit eintreffen. Sie tuschelten leise miteinander, und obwohl ich nicht verstehen kann, was sie sagen, kann ich mir vorstellen, worüber sie flüstern. Oder vielmehr über *wen*. Aber niemand versucht, mich zu wecken, und so stelle ich mich weiter schlafend. Ich fühle mich so verloren hier, irgendwie entwurzelt. Wie eine Pflanze, die man ausgerissen und einfach anderswo wieder eingepflanzt hat. An einem Ort, wo sie gar nicht hin gehört. Ich habe schon jetzt furchtbares Heimweh und weiß nicht, wie ich hier ohne Meg zurecht kommen soll … Erst, als Ruhe einkehrt und alle in ihren Betten liegen, öffne ich wieder die Augen. Lasse den Tränen stumm freien Lauf und starre in die Dunkelheit über mir, bis mir vor Erschöpfung die Lider zufallen.

Am nächsten Morgen erwache ich, als jemand sanft an meinem Arm rüttelt.

»Aufwachen!«, flötet eine angenehme Stimme direkt an meinem Ohr. Ich öffne die Augen. Von meinen Tränen heute Nacht sind sie ganz klebrig und geschwollen. Die Helligkeit im Raum ist so unangenehm, dass ich ununterbrochen blinzeln muss.

Ein junges Mädchen kniet neben meinem Bett und blickt mich gespannt aus großen blauen Augen an. Sie hat honigblondes Haar und trägt eine schlichte hellblaue Bluse über einer grauen Stoffhose. Sie kann kaum älter als zwölf sein.

»Zeit fürs Frühstück!« Das Mädchen grinst und zeigt dabei eine Reihe blitzweißer Zähne. Ich setze mich auf und stütze mich dabei aus Versehen auf meiner verletzten Hand auf. Ein stechender Schmerz durchzuckt meinen Arm und ich schreie leise auf. Die Wirkung des Schmerzmittels hat offensichtlich über Nacht nachgelassen. Mit einem Mal bin ich hellwach. In meinen Sachen wühle ich nach der nächsten Spritze.

»Hast du große Schmerzen?«, fragt das Mädchen besorgt und beobachtet mich dabei, wie ich die Nadel ansetze.

»Nein, es geht schon, danke.«

»Gut!« Sofort erscheint wieder ein Grinsen auf ihrem Gesicht. »Es ist sechs Uhr. Du hast jetzt Zeit, um dich frisch zu machen und dich anzuziehen. Anschließend können wir zusammen zum Frühstücken gehen. Ariana wird dich dann nach oben zu Mr. Jenkins begleiten.« Das Mädchen reicht mir einen Stapel frischer Wäsche. Es handelt sich um ähnliche Kleidung wie die, die sie selbst trägt. Bluse und Hose in unauffälligen Farben. Nach der braunen Arbeitskluft bei Techraid kommt mir jedoch sogar das gedeckte Blau und Grau unnatürlich bunt vor. »Ich bin übrigens Ivy.«

»Ich bin Aida.«

»Ich weiß.« Ivy grinst mich an. »Wir haben gestern erfahren, dass du zu uns kommen wirst. Ich finde das toll, dann bin ich nicht mehr alleine in diesem Bett!« Sie deutet nach oben. »Ich schlafe über dir.«

Ich muss schmunzeln. Das ist also meine neue Bettnachbarin. Sie ähnelt Meg kein bisschen, trotzdem glaube ich, dass wir uns gut verstehen werden.

Der Raum ist mittlerweile voller Frauen in verschiedenen Altersklassen, die sich auf den heutigen Arbeitstag vorbereiten. Zum ersten Mal werfe ich einen Blick auf meine neuen Mitbewohnerinnen. Einige von ihnen winken mir freundlich zu und grüßen mich, bevor sie den Raum verlassen. Zwei von ihnen kommen an mein Bett, stellen sich als Kate und Sue vor. Andere beachten mich dagegen überhaupt nicht und tun so, als wäre ich unsichtbar. Aus dem Augenwinkel sehe ich Ariana. Sie ist mit einer griesgrämig aussehenden Frau mit dünnen Strichlippen und kurz geschorenem schwarzem Haar in ein Gespräch vertieft.

Ich folge den Frauen ins Badezimmer, zu den Gemeinschaftsduschen. Ich dusche kalt, um richtig wach zu werden, und muss dabei aufpassen, dass mein Gips nicht nass wird. Ich stelle erleichtert fest, dass die Angst vor dem heutigen Tag sich zwar nicht über Nacht aufgelöst hat, aber zumindest auf ein erträgliches Maß heruntergefahren ist. Ich halte bibbernd den Kopf unter das kühle Wasser und nehme mir vor, das Beste aus meiner Situation zu machen. Mich nicht unterkriegen zu lassen. So würde auch Meg an die Sache rangehen, da bin ich mir sicher. Ich verharre noch einen Moment unter dem Strahl und wappne mich innerlich für das, was heute auf mich zukommt.

»Wasser sparen!«, ruft die Frau in der Duschzelle neben mir streng und klopft gegen die Trennwand. Hastig drehe ich den Hahn zu und schnappe mir mein Handtuch.

Als ich zurück ins Zimmer komme, sitzt das Mädchen, das mich geweckt hat, bereits fertig angezogen auf meinem Bett und wartet auf mich. Sie hat ihr Haar hochgesteckt und sieht sehr hübsch aus.

»Wollen wir los?«, fragt sie fröhlich.

»Klar.«

Ich bin glücklich über Ivys Gesellschaft und lasse mich gerne durch ihr Gequassel auf dem Weg zum Speisesaal von meiner Nervosität ablenken. Mein erster Arbeitstag im Verteidigungsministerium. Ich bin so wahnsinnig gespannt auf meine Aufgaben, meine neuen Kollegen, meinen Vorgesetzten.

Ivy plaudert munter vor sich hin. Erzählt mir, was ich wo finden kann und wo man sich am besten verabredet, wenn man sich gemeinsam einen Film ansehen will. Sie flüstert mir zu, von welchen meiner neuen Kollegen ich mich besser fern halten sollte und wer besonders nett ist. Es scheint sie nicht im Geringsten zu stören, dass ich nur einsilbig antworte, weil ich zu sehr damit beschäftigt bin, mich umzusehen, und das Reden überwiegend ihr überlasse.

Nach dem Scannen unserer Armbänder erhalten wir unser Frühstück an der automatischen Ausgabe, genau wie bei Techraid. Für mich gibt es Brot mit verschiedenen Aufstrichen, ein Glas Milch und etwas Obst. Ivy erhält zusätzlich dazu noch eine Portion gekochten Schinken und einen Müsliriegel. *Wachstumsphase,* schießt mir durch den Kopf. Auch ich habe in diesem Alter oft größere Portionen als meine Mitbewohner erhalten. Doch auch jetzt habe ich mehr als noch vor wenigen Tagen bei Techraid. Das überrascht mich. Ich hatte damit gerechnet, dass die Rationen wegen der Nahrungsmittelkrise überall gleichermaßen klein ausfallen würden.

Wir setzen uns an einen freien Tisch und essen. Unauffällig halte ich dabei nach dem hübschen Mann Ausschau, den ich gestern Abend am Empfang getroffen habe, aber ich kann ihn nirgends entdecken. Ivy will alles wissen. Über meine frühere Beschäftigung in der Fabrik, meine Verletzung und die Untersuchungen, die ich in den letzten Tagen über mich ergehen lassen musste. Ich erzähle ihr die Kurzfassung und freue mich, endlich darüber reden zu können. Insbesondere mit jemandem, der mir nicht das Gefühl vermittelt, als würde ich mit meiner Verletzung allen zur Last fallen. Und ohne, dass dabei Worte wie *Systemschmarotzer* oder *Leistung* fallen. Ivy ist eine gute Zuhörerin, fast so gut wie Meg. Langsam spüre ich, dass ich mich nicht mehr ganz so elend und verloren fühle wie noch gestern Abend.

Mit großem Interesse frage ich Ivy nach *ihrer* Arbeit. Ich bin überrascht, als das Mädchen mir anvertraut, dass sie überwiegend mit der Programmierung von Kampf- und Aufklärungsdrohnen beschäftigt ist. Diese Information muss ich erst verdauen. Aber was habe ich auch erwartet? Krieg gehört hier genauso zum Tagesgeschäft wie bei Techraid.

»In welchem Alter hat Last Haven mit deiner Ausbildung begonnen?«, hake ich wissbegierig nach.

»Mit acht Jahren, wie bei dir wahrscheinlich auch, oder? Wobei wir ja auch vor dieser Zeit schon gut gefördert werden. Aber seitdem bin ich im Ministerium. Ab meinem zehnten Geburtstag wurde ich dann einzeln unterrichtet, weil ich schneller Fortschritte gemacht habe als die meisten.« Ivy ist sichtlich stolz auf ihre Begabung. Ich gönne ihr den Erfolg von Herzen, wenngleich ich auch etwas eingeschüchtert bin. Der Gedanke daran, dass es hier im Verteidigungsministerium nur so von Wunderkindern wie Ivy wimmeln muss, lässt mich schlucken, führt er mir doch unangenehm vor Augen, unter welch hohem Druck ich während des kommenden halben Jahres stehen werde.

Wir sitzen noch zusammen und tratschen, als Ariana zu uns an den Tisch kommt, um mich abzuholen. Wir machen uns auf den Weg in den dritten Stock. Ivy, deren Arbeitsplatz sich in der zweiten Etage befindet, verabschiedet sich gut gelaunt und wünscht mir viel Spaß. Ich habe die leise Ahnung, dass Spaß nicht zu den Dingen gehört, die ich heute haben werde. Trotzdem bemühe ich mich darum, einen zuversichtlichen Eindruck zu machen.

Wir fahren mit dem Fahrstuhl nach oben. Einige der Türen, an denen wir vorbeilaufen, haben kleine Fenster, durch die ich Büro und Seminarräume erkennen kann. Trotz der frühen Stunde sind bereits fast alle besetzt.

Ariana bleibt schließlich vor einer Tür mit dem Schild »Rex Jenkins, Entwicklungsleiter für Waffentechnik« stehen und klopft an. Mein Herz schlägt mir unvermittelt wieder bis zum Hals. *Reiß dich zusammen, Aida!*

Der Mann, der uns erwartet, kann kaum älter sein als ich. In seinem grauen Anzug, mit tadellos weißem Hemd und glatt nach hinten gekämmtem, rotblondem Haar sitzt er hinter seinem Schreibtisch. Ich bin überrascht. Und beunruhigt. Ich erinnere mich, dass Ariana ihn als jung bezeichnet hat, doch *damit* hatte ich nicht gerechnet. Er erhebt sich, als wir eintreten.

»Guten Morgen, Mr. Jenkins. Ich bringe Ihnen Miss Green.«

Mr. Jenkins reicht mir die Hand zur Begrüßung und lächelt höflich. Mir fällt sofort auf, dass seine Augen nicht diesselbe Sprache sprechen. Sie sind hell und erinnern mich unwillkürlich an die Augen von Reptilien. Kühl blicken sie auf mich herab und ich weiß auf Anhieb, dass ich meine Schwierigkeiten mit diesem Mann haben werde.

»Miss Green, schön Sie bei uns zu haben.« Das Zucken an seinem Kinn sagt mir etwas anderes. Ich habe das Gefühl, ein Stück zusammenzuschrumpfen.

»Mein Name ist Rex Jenkins. Ich leite die Entwicklung der Waffentechnik, die Sie zukünftig mit Ihrer Arbeit bereichern werden.« Sein Blick bleibt kurz an meiner verletzten Hand hängen. Spätestens jetzt bin ich davon überzeugt, dass er mich entgegen seiner Worte alles andere als gerne bei sich hat. »Ich danke Ihnen, Miss Quinn. Ich übernehme Miss Green ab hier.«

Ariana schließt die Tür hinter sich und überlässt mich der Obhut von Mr. Jenkins. Nervös streiche ich mir die Haare aus der Stirn und nehme nach Aufforderung meines neuen Chefs ihm gegenüber Platz. Trotz seiner Jugend strahlt er mit jedem Wort und jeder Bewegung eine Selbstsicherheit aus, die ich nur bewundern kann. Auch wenn sie mich einschüchtert und bewirkt, dass ich mir selbst mehr denn je vorkomme wie ein einfältiger Teenager.

Über den Tisch reicht Rex Jenkins mir einen prall gefüllten schwarzen Ordner. »Ich habe Ihnen Stundenpläne erstellt, die Ihren Tagesablauf während der nächsten sechs Monate genauestens regeln werden. Die Auswahl der Fächer ist individuell auf Sie zugeschnitten – wie bei allen Schülern.« Sein Tonfall ist unbeteiligt, geradezu gleichgültig. Ein weiterer, kurzer Seitenblick auf den klobigen Gips an meiner Hand. »Üblicherweise beginnt die Ausbildung unserer Fachkräfte in einem Alter von acht Jahren, wobei auch die vorherige Entwicklung der Kinder bereits entsprechend gefördert wird. Mit zehn Jahren sind unsere Nachwuchswissenschaftler meist schon in der Lage, eigenständig Projekte zu bearbeiten.« Er macht eine kurze Pause, die ich dazu nutze, artig zu nicken und damit höfliches Interesse vorzutäuschen. »Wir können es uns nicht leisten, Ihnen jetzt noch die gleiche umfassende Ausbildung zu bieten. Der Zeitplan für Ihre Schulung ist daher sehr straff und ich rate Ihnen, Ihr Bestes zu geben. Ich dulde in meiner Abteilung niemandem, der unserem System auf der Tasche liegt, ohne etwas zurückzugeben. Wir sind gemeinsam nur so stark wie das schwächste Glied der Kette.«

Er blickt mich freiheraus an, ohne mit der Wimper zu zucken. Die Botschaft ist klar formuliert. Obwohl die Härte seiner Aussage mich bestürzt, bin ich ihm doch beinahe dankbar. Zumindest versucht Rex Jenkins nicht, die Tatsachen hinter beschönigenden Worten zu verschleiern. Ich weiß, woran ich bin. Und *was* ich bin. Nämlich das schwächste Glied der Kette, zumindest im Moment.

Als er fortfährt, wird seine Stimme ein wenig milder. »Ich bin jedoch zuversichtlich, dass Ihre bisherigen Erfahrungen bei Techraid Ihnen bei Ihrer zukünftigen Tätigkeit von Vorteil sein werden. Sicher werden Sie die Nachteile, die uns durch Ihre Betreuung entstehen, wieder wettmachen.« Er macht noch eine Pause.

Ich nehme die Gelegenheit wahr, um eine Frage loszuwerden. »Bitte, Mr. Jenkins. Worin genau wird meine Arbeit bestehen?«

Jenkins nickt nachdenklich und lässt mich dabei nicht aus den Augen. »Sie werden an der Entwicklung von intelligenten Waffensystemen beteiligt sein. Insbesondere an der Entwicklung von Selbstschussanlagen. Ihre Aufgabe wird es sein, neue Systeme sowie Produktionskonzepte zu entwickeln. Dabei werden Sie zunächst noch von erfahrenen Wissenschaftlern des Bereichs bei Ihrer Arbeit begleitet und angeleitet.«

Das klingt gar nicht so schlecht, versuche ich es mit ein wenig Optimismus. Mit der Produktion von Rüstungsgütern habe ich schließlich bereits mein halbes Leben verbracht. Ich werde nicht völlig bei null anfangen müssen.

»Fühlen Sie sich dieser Aufgabe gewachsen, Miss Green?«

Ich nicke, weil ich ja schlecht Nein sagen kann, selbst, wenn es so wäre.

»Gut. Ihre Ausbildung startet noch heute Morgen mit den ersten Kursen. Haben Sie weitere Fragen, Miss Green?«

»Ja. Dr. Henderson meinte, ich würde nach einem halben Jahr beurteilt werden. Ist das korrekt?«

»In der Tat. Wir behalten es uns vor, Ihre Leistungen während der Probephase zu überwachen und darüber zu entscheiden, ob wir Sie hier gebrauchen können.«

Höflich bedanke ich mich für die Antwort, lasse mir aber nicht anmerken, wie sehr mich die Vorstellung beunruhigt, von nun an unter ständiger Beobachtung zu stehen. Mir keine Fehler erlauben zu dürfen. Auch bei Techraid wurden die Mitarbeiter regelmäßig evaluiert, aber mehr als eine Belehrung über Arbeitsmoral musste ich dort nie fürchten.

»Gut. Dann schlage ich vor, Sie machen sich auf den Weg zu Ihrer ersten Stunde.« Jenkins reicht mir erneut die Hand und ich bin fürs Erste entlassen.

Ich bin heilfroh, das Büro endlich verlassen zu können. Der Gesellschaft des unsympathischen Mannes zu entkommen. Vor der Tür werfe ich einen Blick auf den Stundenplan, um zu sehen, was mich als Nächstes erwartet. Wie ich bereits befürchtet habe, ist er brechend voll und startet jeden Tag um sieben Uhr morgens, endet um sechs Uhr abends. Die Vormittage habe ich Unterricht, nachmittags werde ich im Büro beschäftigt sein. Lediglich zur Mittagszeit habe ich täglich eine zweistündige Pause. Bei Techraid waren meine Arbeitszeiten die gleichen. Allerdings konnte ich mich da nach Feierabend ohne weitere Gedanken an die Arbeit zu verschwenden mit Meg und Mike entspannen. Spiele spielen, fernsehen. Hier muss ich noch zusätzliche Stunden am Abend fürs Lernen einplanen. Die nächsten Monate werden kein Zuckerschlecken, so viel steht fest. Angespannt mache ich mich auf den Weg zu den Schulungsräumen, wo die erste Unterrichtsstunde bereits in vollem Gange ist.

Kapitel 5

Mr. Salmon, der etwa die Hälfte der Fächer auf meinem Stundenplan unterrichten wird, ist ein kleiner Mann mittleren Alters. Mit seiner runden Brille und dem gewaltigen, bereits angegrauten Schnauzbart erinnert er mich ein bisschen an ein Walross. Der Tag startet mit Grundlagen der Konstruktion. Es ist eines der Fächer, auf die ich mich am meisten freue. Hier sollte ich mit meinen Erfahrungen aus der Werkstatt gut punkten können. Soweit die Theorie.

Neben mir besuchen noch drei Mädchen und fünf Jungen im Alter zwischen acht und zehn Jahren den Kurs, was meiner Motivation einen kleinen Dämpfer versetzt. Die Aussicht darauf, meine Leistungen mit denen von Kindern vergleichen lassen zu müssen, ist alles andere als erfreulich. Sie alle sind mir weit voraus. Natürlich. Obwohl ich bei Techraid ebenfalls unterrichtet wurde und ähnliche Fächer hatte, ist schon jetzt klar, dass es hier deutlich mehr in die Tiefe gehen wird.

Die anderen Schüler lassen sich von meiner Anwesenheit nicht stören und beachten mich kaum. Allerdings sprechen sie auch untereinander wenig. Stattdessen ist die volle Konzentration der Klasse auf Mr. Salmon und seinen Unterricht gerichtet. Schon nach kurzer Zeit weiß ich auch, wieso das so ist. Es ist kaum möglich, ihm zu folgen, wenn man den Faden erst mal verloren hat.

Als wir endlich in die Mittagspause entlassen werden, bin ich erleichtert. Von dem, was Mr. Salmon uns beigebracht hat, wird sicher nur ein Bruchteil in meinem Gedächtnis hängen bleiben. Ich sehe schon vor mir, wie ich meine freien Abendstunden wohl oder übel mit der Wiederholung des Stoffes verbringen werde.

Ich fahre zurück in den ersten Stock, hole mir mein Mittagessen an der Essensausgabe ab und suche den Speisesaal nach Ivy ab. Da ich sie nirgendwo entdecken kann, setze ich mich an einen freien Tisch. Erst, als ich fast fertig mit dem Essen bin, taucht sie auf. Ich erzähle ihr von meiner ersten Kursstunde mit Mr. Salmon. Ivy blättert mit großem Interesse meine Unterlagen durch.

»Ach, das ist ganz einfach!«, meint sie beiläufig, als sie bei den komplizierten Gleichungen angelangt, die mir jetzt schon Kopfzerbrechen bereiten.

»Wenn du meinst«, erwidere ich vorsichtig. Ich fühle mich dumm. Hoffnungslos unterbelichtet.

»Ich kann dir bei den Übungen helfen, wenn du möchtest!«

»Ist das dein Ernst?«

»Klar. Das wird sicher lustig.« *Ja, ich kann mir gar nichts Lustigeres vorstellen!,* würde ich am liebsten antworten, lasse es dann aber bleiben. Wer weiß, wie empfänglich das Mädchen für Sarkasmus ist.

Beim Studieren meines Stundenplans fällt mir auf, dass ich zwei Stunden pro Woche zum Sport muss. Ich darf mir selbst einteilen, wann es mir passt. Das ist neu für mich. Bei Techraid gab es so etwas nicht. Natürlich gab es die Möglichkeit, sich körperlich zu betätigen, und hin und wieder haben Meg und ich uns mit ein paar Kollegen abends noch zum Ballspielen verabredet. Aber die Teilnahme an solchen Aktivitäten war eben freiwillig, nicht verpflichtend. Ivy erklärt mir, dass es sich dabei um eine Gesundheitsmaßnahme handelt. Jeder, der überwiegend im Büro tätig ist, muss auf diese Weise einen Ausgleich schaffen. Auch sie selbst gehört dazu. Sowie fast alle anderen hier.

Die verbleibende Zeit der Mittagspause verbringen wir vor einem der Fernseher. Einige andere Kollegen haben sich dort bereits versammelt und sehen sich eine Unterhaltungssendung an. Melody Blue-Sky ist zu Gast bei einer Talkshow und spricht über die Arbeit an einem neuen Film, der demnächst zu sehen sein soll. Ein Kriegsdrama. Darin spielt sie eine Wächterin, deren komplette Einheit jenseits der Grenze von fremden Milizen niedergemacht wird. Der

Film zeigt ihren langen und beschwerlichen Weg durch das verwüstete und gefährliche Umland bis zurück in die sichere Heimat.

»Der Film wurde in großen Teilen tatsächlich außerhalb der Mauern Last Havens gedreht«, sagt der Interviewer mit schmachtendem Blick auf die Schauspielerin. »Hatten Sie große Angst während der Dreharbeiten?«

Melody Blue-Sky lächelt bezaubernd und schüttelt fröhlich den Kopf. »Aber nein«, flötet sie. »Die Drehorte wurden jedes Mal hervorragend von echten Wächtern abgesichert. In ihrer Anwesenheit habe ich mich durchgehend sicher gefühlt.«

»Bestimmt waren Sie trotzdem heilfroh, als Sie wieder zuhause waren.«

Die Schauspielerin wird umgehend eine Spur ernster. »Das können Sie laut sagen«, stimmt sie ihm zu. »So viel Gewalt und Zerstörung. Wir alle in Last Haven können uns glücklich schätzen, dass wir in einem Staat leben, der so gut für uns sorgt. Das ist mir während der Arbeit am Film wieder einmal deutlich bewusst geworden.«

Ivy stupst mir in die Seite und flüstert hinter vorgehaltener Hand. »Ich hab sie übrigens schon mal in echt gesehen.«

»Wen meinst du?«

»Na, Melody Blue-Sky. Sie kommt hin und wieder ins Ministerium.«

»Was macht sie denn hier?« Eine Schauspielerin im Verteidigungsministerium. Das erscheint mir merkwürdig, ihr Platz ist ja eigentlich das Nachrichtenministerium.

Ivy runzelt die Stirn und schüttelt leicht den Kopf. »Das weiß keiner so genau. Und die, die es wissen müssten, reden nicht darüber. Aber ich weiß, dass sie ins Untergeschoss geht, wenn sie hier ist.«

»Und was ist dort unten?« Meine Neugier ist geweckt. Ich rücke ein Stück näher an Ivy heran. Der Pförtner hat mich ja selbst scharf darauf hingewiesen, dass ich dort unten nichts zu suchen habe.

»Zum einen Speziallabore der ›Abteilungen für Biologische und Chemische Waffen‹. Aber möglicherweise auch noch andere Dinge, von denen keiner weiß. Höchstwahrscheinlich sogar. Denjenigen, die dort unten arbeiten, ist nicht erlaubt, darüber zu sprechen. Zutritt haben nur wenige ausgewählte Wissenschaftler und Ärzte.«

»Weshalb Ärzte?«, frage ich verwirrt.

Ivy zuckt mit den Schultern, aber ihre Augen glitzern. Die geheimnisvollen Besuche der Schauspielerin scheinen sie zu faszinieren. Ich muss lächeln. Das wäre eine Geschichte, die auch Meg und Mike interessieren würde. Der Gedanke, dass ich sie ihnen nie erzählen kann, fühlt sich gleichermaßen schmerzhaft und unwirklich an. Um mich abzulenken widme ich mich wieder der Talkshow. Melody Blue-Sky und ihr Interviewer sind mittlerweile dabei zu diskutieren, ob man mit den Menschen außerhalb unserer Grenzen denn nun Mitleid haben sollte oder nicht. Sie sind sich nicht ganz einig, der Interviewer äußert seine Überzeugung, dass sie sich ihr Schicksal selbst zuzuschreiben hätten und die Früchte ernten, die sie während all der Jahre gesät haben. Weil sie im Überfluss gelebt haben, maßlos.

»Disziplin ist etwas, wofür man sich *entscheidet*«, beharrt er freundlich. »Nichts, was man in die Wiege gelegt bekommt. Jeder ist seines Glückes Schmied.«

Melody Blue-Sky legt den Kopf schief und erwidert seinen Blick so lange und standhaft, dass es ihm irgendwann unangenehm zu werden scheint.

»Wie gut, dass es in Last Haven so viele fleißige Schmiede gibt«, sagt sie leise mit einem merkwürdigen Lächeln. Dann winkt sie plötzlich energisch ab. »Aber genug davon. Lassen Sie uns über etwas anderes reden.«

Den Nachmittag verbringe ich im Büro von Clive Newman, der die Entwicklung der Selbstschussanlagen betreut. Er ist mein direkter Vorgesetzter. *Sein* Chef wiederum ist Rex Jenkins persönlich. Mr. Newman macht einen umgänglichen Eindruck. Ehrlich und direkt. Außerdem strahlt er nicht diese kühle Distanziertheit aus, die mir hier viele Menschen gegenüberbringen. Allen voran Jenkins selbst.

Ich teile das große Büro mit Newman und meinen drei Teamkollegen Sarah Liffey, Jason Cunningham und Benjamin Wood. Von ihnen erfahre ich, dass erst vor wenigen Tagen ein ehemaliger Mitarbeiter während der Arbeit zusammengebrochen, ins Medi-Office gebracht worden und anschließend nie wieder aufgetaucht ist. Sein Arbeitsplatz gehört jetzt mir. Ich starre auf den Schreibtisch und stelle mir umgehend vor, wie es gerade in der Werkstatt bei Techraid aussieht. Auch dort ist ja gerade ein Arbeitsplatz freigeworden. Auf fast die gleiche Weise.

Jason Cunningham scheint über mein Auftauchen nicht sehr erfreut zu sein. Er behandelt mich, als wäre ich Luft, und wirft mir nur hin und wieder einen herablassenden Blick zu. Doch Sarah und Benjamin, der mein persönlicher Tutor während der Probephase sein wird, sind zuvorkommend und hilfsbereit. Sie präsentieren mir die Projekte, an denen sie arbeiten und Benjamin gibt mir eine kurze Einführung in die Programme, mit denen ich arbeiten soll. Ich schließe den ruhigen jungen Mann mit dem verträumten Gesicht und den Sommersprossen sofort ins Herz. Er ist geduldig und gibt sich alle Mühe, seine Ruhe und Gelassenheit auf mich zu übertragen. Es gelingt ihm mehr schlecht als recht. Dennoch weiß ich seine Freundlichkeit zu schätzen. Ich bin heilfroh, ihn und nicht Jason Cunningham als Tutor abgekriegt zu haben.

Wir arbeiten an einer neuen Selbstschussanlage für unseren Grenzschutz. Die Reaktionszeit der bisherigen Anlagen ist zu lang, die Zielgenauigkeit nicht hoch genug. Die verbesserten Systeme sollen zukünftig überall entlang der Mauer, die Last Haven einfasst, installiert werden. Jeder, der sich ihr von außen nähert, soll umgehend erschossen werden.

»Die Mauer ist das Einzige, was uns von der Welt da draußen trennt«, erklärt mir Jason Cunningham überheblich, obwohl ich das genauso gut weiß wie jeder andere in Last Haven. »Es ist unsere Aufgabe, dafür zu sorgen, dass der Abschaum, der jenseits unserer Grenzen lebt, auch genau dort bleibt.«

Angriffe auf Last Haven gab es schon seit seiner Gründung. Und je größer das Chaos wurde, desto heftiger haben die Leute außerhalb versucht, unsere Grenze zu überwinden. Auf der Suche nach Schutz, Nahrung. Aber bedürftige Menschen aufzunehmen, steht seit jeher außer Frage. Wir sind auch so schon genug Leute. Und wer weiß schon, wen wir uns da mit ins Boot holen würden? Ungebildete, kranke, möglicherweise sogar feindselige Menschen. Die zu uns kommen mit der Absicht, unser funktionierendes System zum Zusammenbrechen zu bringen.

Ich erinnere mich daran, dass wir bereits vor etwa einem Jahr einen Prototyp dieser Schussanlage gebaut haben. Craig war zu der Zeit, als wir an dem Projekt gearbeitet haben, noch schlechterer Laune gewesen als üblich. Die Fertigstellung hatte sich länger hingezogen hat als erwartet. Danach ist jedoch meines Wissens bis heute kein weiterer Auftrag bei Techraid eingegangen.

»Wenn du unruhig wirst, leidet deine Konzentration«, gibt mir Benjamin zu bedenken, als er mich zum wiederholten Male nach einer Berechnung fragt und ich keine Antwort für ihn parat habe. Obwohl er mir den Ansatz nun schon dreimal erklärt hat. Ich weiß natürlich, dass er recht hat. Aber eben leider nicht, wie ich meine Nervosität abschalten kann.

»Sobald du dich an die neue Situation gewöhnt hast, wirst du das alles ganz schnell lernen. Du bringst schließlich alle Voraussetzungen dafür mit.« Benjamin lächelt mir zu.

»Danke. Es ist nett von dir, das zu sagen.« Ich fühle mich unwohl. Wie jedes Mal, wenn meine angeblichen Fähigkeiten zur Sprache kommen. Ich selbst bin mir keinesfalls sicher, ob ich meiner neuen Aufgabe gewachsen bin. Und ich habe furchtbare Angst vor dem, was passieren wird, wenn sich nach sechs Monaten herausstellt, dass ich es nicht bin. Trotzdem versuche ich, mir seine Ratschläge zu Herzen zu nehmen.

Am Abend bin ich unendlich erschöpft. Aber auch ein bisschen stolz auf mich. Ich habe den ersten Tag gemeistert, bin dabei weder in Tränen ausgebrochen noch habe ich gejammert. Unter den gegebenen Umständen ist das mehr, als ich von mir erwartet hätte.

Beim Abendessen treffe ich erneut auf Ivy, die mich zu sich an den Tisch winkt. Neben ihr sitzt Ariana und die streng blickende

Frau mit den kurz geschorenen schwarzen Haaren. Sie stellt sich mir als Shania Flicker vor und arbeitet gemeinsam mit Ariana in der Abteilung für Strategische Kriegsführung. Sie ist höflich, aber abweisend mir gegenüber. Ich muss schmunzeln, als Ivy mir in einem unbeobachteten Augenblick eine Grimasse schneidet, die eindeutig Shanias griesgrämigen Gesichtsausdruck imitieren soll. Nach dem Essen zeigt mir Ivy die Bibliothek. Ich staune, weil ich noch nie soviele Bücher auf einmal gesehen habe. Bei Techraid gab es zwar auch die Möglichkeit, hin und wieder etwas nachzuschlagen, aber das geschah eher nebenbei und fast alles digital. Echte Bücher gab es bei uns nur sehr, sehr wenige. Der Raum hier dagegen ist speziell zum Studieren eingerichtet, es gibt Sessel und Schreibtische, Leselampen und Rechner zur freien Verfügung. Ich sehe nicht nur Schüler, sondern auch den ein oder anderen Erwachsenen, der die Zeit vor dem Schlafen lieber mit Fachlektüre als Fernsehen verbringt.

Gemeinsam mit Ivy gehe ich das Gelernte vor dem Schlafen noch einmal in Ruhe durch. Ich bin froh, dass sie mir dabei hilft. Noch mehr darüber, dass es ihr nicht das Geringste auszumachen scheint und sie mir nicht das Gefühl gibt, dass ich ihr damit zur Last falle.

Am nächsten Morgen beim Frühstück frage ich Ariana, ob es möglich ist, das Gelände irgendwann zu verlassen, um meine Freunde zu besuchen. Ich bräuchte dafür einen Tag frei, anders kann es nicht funktionieren. Allein die Fahrt dauert mehrere Stunden. Meine Hoffnungen fallen entsprechend nicht sehr groß aus, aber probieren will ich es dennoch.

»Grundsätzlich wäre das natürlich denkbar, wir sind hier ja nicht im Gefängnis.«

Ich vermeide es, Ariana mitzuteilen, dass genau das meine Befürchtung gewesen ist. Die hohe Anzahl an Wächtern, die Sicherheitsvorkehrungen und die dicken Mauern vermitteln mir genau dieses Gefühl.

»Allerdings ist es nicht vorgesehen, dass Mitarbeiter ihren

Arbeitsplatz verlassen. *Wir* sind jetzt deine Familie. Dein Leben wird von nun an hier stattfinden. Ich bin mir sicher, dass das bei Techraid ähnlich gehandhabt wurde?«

Also doch ein Gefängnis, denke ich resigniert. Im übertragenen Sinne natürlich. Dann fällt mir ein, wie Meg früher von den Wächtern zurückgeschleppt worden ist, als sie versucht hat, Techraid zu verlassen. Über Wochen hinweg musste sie daraufhin jeden Abend disziplinarische Gespräche über sich ergehen lassen und wurde außerdem dazu verdonnert, neben ihrer Arbeit noch Gemeinschaftsdienste zu verrichten. Ariana hat recht. Hätte ich bei meiner alten Firma nach einem freien Tag gefragt, wäre ich genauso abgeblitzt.

»Wenn du deinen Freunden einen Brief schreiben möchtest, kann ich allerdings dafür sorgen, dass er bei Ihnen ankommt.« Sie drückt mir kurz die Schulter.

Die Gewissheit, Meg und Mike nicht mehr sehen zu können, tut so weh, dass meine Augen wieder zu brennen beginnen. Sobald ich mit dem Essen fertig bin, entschuldige ich mich und schließe mich in der Toilette ein. Dort lasse ich den Tränen freien Lauf.

Die nächsten Tage sind nicht weniger anstrengend als der erste und laufen nach immer demselben Schema ab. Ich stehe um sechs Uhr auf und nutze die Zeit nach dem Frühstück mit Ivy, um den gelernten Stoff vor dem Unterricht noch einmal zu wiederholen. Den Vormittag verbringe ich mit meinen Mitschülern in verschiedenen Kursen, wo mein Kopf bereits nach wenigen Stunden zu rauchen beginnt und ich zusätzlich die Demütigung ertragen muss, dass die anderen mir trotz ihres geringen Alters meilenweit voraus sind. Persönlichen Kontakt zu ihnen habe ich kaum. Eine Ausnahme ist Sam. Er ist der Jüngste in der Runde. Hin und wieder gesellt er sich zu mir und fragt mich nach meiner Zeit bei Techraid. Ich lege selbst auch keinen großen Wert darauf, mich mit den anderen anzufreunden. Eigentlich bin ich jedes Mal glücklich, wenn ich den Raum mit den strebsamen Wunderkindern hinter mir lassen kann.

Die Nachmittage im Büro fordern ebenfalls meine gesamte

Konzentration. Doch in der Gegenwart von Mr. Newman und Benjamin fühle ich mich wesentlich wohler. Newmans Launen machen mir manchmal ein wenig zu schaffen. Die meiste Zeit über ist er jedoch jovial und ausgelassen und hat einen Hang zu derben Witzen, die mich regelmäßig zum Lachen bringen.

Die langen Mittagspausen nutze ich, um zu entspannen oder Sport zu machen. Es gibt einen großen Trainingsraum mit verschiedenen Geräten. Aufgrund meiner Verletzung sind jedoch nicht alle für mich geeignet. Ich muss mein Armband an einen Scanner daran halten, bevor ich sie benutzen kann. So wird die Zeit, die ich mit Sport verbringe, minutengenau abgerechnet und ich kann ständig überprüfen, ob ich mein Soll schon erfüllt habe. Ich gehe am liebsten alleine ohne Ivy, weil es eine der wenigen Gelegenheiten ist, wo ich abschalten kann, auch wenn der Raum immer gut gefüllt ist. Aber keiner erwartet von mir eine Unterhaltung. Und außerdem ist ab und zu der junge, gut aussende Mann dort, wenn ich komme. Titus, hat der Pförtner ihn genannt. Jedes Mal, wenn ich den Trainingsraum betrete, hoffe ich, ihn zu sehen, obwohl ich mich dann ohnehin nicht traue, ihn anzusprechen. Aber er erkennt mich, das sehe ich ihm an, und er schenkt mir immer sein wunderschönes Lächeln, bei dem mir die Knie ganz weich werden.

Jeden Abend verbringe ich nach dem Essen noch ein paar Stunden in der Bibliothek, um zu lernen. Mit ihrer riesigen Auswahl an Fachbüchern zu jeglichen Themen, ihren gemütlichen braunen Sesseln und ihrer warmen Beleuchtung wird sie schon bald zu meinem Lieblingsort im ganzen Gebäude. Ivy leistet mir auch weiterhin oft Gesellschaft, hilft mir beim Lösen von Gleichungen oder unterhält mich mit lustigen Geschichten über ihre Kollegen und unsere Mitbewohnerinnen. Hin und wieder lassen wir die Lernerei links liegen und sehen uns stattdessen einen Film an oder spielen Schach. Es versteht sich von selbst, dass Ivy immer gewinnt.

Auch Benjamin gesellt sich des Öfteren zu uns. Sensibel, wie er ist, entgeht ihm nicht, wie sehr mich der Unterrichtsstoff und die Arbeit fordern. Genau wie Ivy hat er es sich zur Aufgabe gemacht, mich nach ganzen Kräften zu unterstützen. Er macht deutlich mehr, als es seine Aufgabe als Tutor eigentlich erfordert. Manchmal frage ich mich, womit ich die Freundlichkeit der beiden verdient habe. Er und Ivy verstehen sich auf Anhieb. Trotz seiner ruhigen Art, die Benjamin sonst an den Tag legt, taut er regelrecht auf, sobald Ivy mit ihrem frechen Mundwerk und den leuchtenden Augen auftaucht.

Die Stunden mit Ivy und Benjamin sind für mich die schönsten am Tag, obwohl ich währenddessen meistens über Büchern brüte oder auf den Rechner stiere. Die beiden sind die einzigen, in deren Gegenwart ich mich wie ein ganz normales Mädchen fühle. Ich spüre, wie ich selbst noch nach Wochen im Speisesaal, in der Bibliothek, im Trainingsraum und sogar in meiner Wohneinheit die Blicke aller anderen auf mich ziehe. Und auf meine eingegipste Hand. Ich höre ihr Tuscheln, das schlagartig verstummt, wenn ich mich nähere. Tapfer versuche ich, mir nicht anmerken zu lassen, wie sehr mich dieses Verhalten verletzt. Ich fühle mich wie ein Eindringling, obwohl ich alles dafür tue, mich hier einzugliedern, und ich mir meinen Platz ja genauso wenig aussuchen kann wie jeder andere. Aber es ist, als würden die Leute hier gar nicht *wollen*, das ich das tue. Bei Techraid war ich ein Teil der Gemeinschaft, hier stehe ich alleine außerhalb dieses elitären Kreises und keiner außer Ivy und Ben macht ernsthafte Anstalten, mich hineinzulassen.

Doch auch Ivy selbst scheint Schwierigkeiten damit zu haben, Freundschaften zu schließen. Wenn ich vom Unterricht oder der Arbeit komme, treffe ich sie meist alleine. Nur hin und wieder in Gesellschaft eines gleichaltrigen Mädchens namens Maja, die sie noch von ihrer Unterrichtszeit kennt. Ich wundere mich darüber. Nicht nur, dass Ivy lustig und aufgeschlossen ist. Sie ist auch unter den Leuten hier aufgewachsen und kennt die meisten bereits seit vielen Jahren. Und doch spüre ich, dass unsere Kollegen sie meiden, was nicht nur daran liegen kann, dass sie sich mittlerweile überwiegend in meiner Gesellschaft aufhält und meine Unbeliebtheit auf sie abfärbt. Eines Tages beschließe ich spontan, Ariana auf meine Beobachtung anzusprechen.

Sie seufzt schwer. »Ja. Das siehst du richtig. Und der Grund dafür ist wahrscheinlich ein ganz banaler. Sie sind neidisch auf Ivy.«

Ich bin überrascht. Mit dieser Antwort habe ich nicht gerechnet. »Aber weswegen?«

»Nun ja, wir alle hier sind sehr klug, ansonsten wären wir schließlich nicht hier. Doch Ivy ... Ihre Intelligenz ist außergewöhnlich. Noch bevor ihr Unterricht begann, stach sie damit unter den Gleichaltrigen hervor.« Ariana sieht mich vielsagend an. »Ivy hat einen Intelligenzquotienten von über 140. Damit ist ihr eine große Karriere quasi vorprogrammiert. Bereits jetzt im Alter von dreizehn Jahren werden ihr Aufgaben übertragen, die die Kompetenz ihrer älteren Kollegen deutlich übersteigen. Du kannst dir sicher vorstellen, dass es viele Leute hier gibt, die ihr diesen Erfolg nicht gönnen.«

Ich schlucke, als ich von Ivys IQ höre. Mir war klar, dass sie ein schlaues Mädchen ist, doch 140 ist deutlich mehr als das. Trotzdem nehme ich mir vor, mich davon nicht einschüchtern zu lassen. Es stimmt mich traurig und wütend, dass die Menschen hier nicht gewillt sind zu erkennen, was für ein liebenswertes, lustiges Mädchen Ivy ist.

Kapitel 6

Der Sommer nimmt langsam so richtig Fahrt auf. Warm ist es schon seit Wochen, doch jetzt folgt die große Hitze. So etwas wie einen richtigen Frühling gibt es hier ohnehin schon seit vielen Jahrzehnten nicht mehr. Der Winter dauert länger und geht beinahe unmittelbar in den Sommer über. Das Klima war früher anders, das weiß ich aus dem Unterricht. Es ist trockener, heißer geworden. Der Anstieg des Meeresspiegels hat die Problematik der Übervölkerung der Welt entscheidend verschärft. Die Küstenlinien haben sich weit ins Landesinnere zurückgezogen und lassen noch weniger Platz für die vielen Menschen. Der Klimawandel hat somit direkt zur Gründung von Last Haven beigetragen. Die letzten Jahre waren jedoch so extrem trocken, dass auch hier die Ernten gefährlich knapp ausgefallen sind.

Während des Unterrichts ertappe ich mich immer öfter dabei, gedankenverloren aus dem Fenster zu schauen. Die hohen, weißen Haarwolken zu beobachten, die am strahlend blauen Himmel auftauchen. Das sonnige Wetter kann meine triste Stimmung nicht wirklich heben. Ich werde allmählich melancholisch. Und ich bin müde. Vor allen anderen Dingen. Weil ich oft bis spät in die Nacht lerne und anschließend mein Kopf so voll mit dem Stoff und meinen Sorgen über das Bestehen der Probezeit ist, dass ich selbst dann nicht richtig schlafen kann. Nicht selten wälze ich mich die halbe Nacht hin und her, versuche mich zum Schlafen zu zwingen, doch der Druck macht es mir nur noch schwerer. Je müder ich werde, desto weniger behalte ich von dem Unterrichtsstoff. Je weniger ich behalte, desto größer wird der Stoß an Unterlagen, die ich noch nacharbeiten muss und meine Angst vor dem Versagen. Es ist ein Teufelskreis und ich finde keinen Ausweg heraus. In meiner Müdigkeit und meinem Frust reagiere ich zunehmend gereizt auf alles, was um mich herum geschieht.

Ivy entgeht nicht, wie schlecht es mir geht und gibt ihr Bestes, mich aufzuheitern. Ich danke es ihr, indem ich meine schlechte Laune an ihr auslasse. Hinterher fühle ich mich schuldig. Glücklicherweise ist Ivy nicht nachtragend, am Abend sitzt sie wieder mit mir über meinen Büchern und fragt mich mit Engelsgeduld über den Stoff der letzten Stunden aus. Die Aufgaben und Übungen bereiten ihr im Gegensatz zu mir nicht die geringste Mühe. Immer wieder schüttelt sie freundlich den Kopf, wenn ich einen Fehler mache, und erklärt mir alles von vorne. Mir ist klar, dass ihr längst aufgefallen sein muss, wie groß der Abstand zwischen unseren geistigen Fähigkeiten ist. Dankenswerterweise spricht sie mich nicht ein einziges Mal darauf an. Ohne die Unterstützung durch Ivy und Benjamin dürfte ich mir nicht die leiseste Chance ausrechnen, meine Probephase zu bestehen.

Von Ariana erhalte ich die Nachricht, dass ich am Abend im MediOffice erscheinen soll, um meine verletze Hand begutachten zu lassen. Das hat zur Folge, dass meine Nerven schon früh am Morgen zum Zerreißen gespannt sind. Immer wieder kehren meine Gedanken zu Romulus Henderson und den furchtbaren Eignungstests zurück. Zu allem Überfluss soll ich vor meinem Termin im MediOffice noch im Büro von Rex Jenkins erscheinen. Das kann nichts Gutes bedeuten.

Der Tag beginnt ohnehin schrecklich. Mr. Salmon verliert langsam seine Geduld mit mir und fragt mich vor der Klasse über den gestern behandelten Stoff aus. Ich stottere vor mich hin und versuche krampfhaft, alles, was ich darüber im Kopf behalten habe, zusammenzukratzen. Es ist nicht besonders viel.

Mr. Salmon betrachtet mich mit einem Blick, von dem ich nicht weiß, ob er Mitleid oder Verachtung ausdrückt.

»Nun, Miss Green?«, drängt er mich, während ich allmählich ins Schwitzen komme, weil mir klar ist, dass jeder meiner Mitschüler mich gerade anstarrt. »Welche verschiedenen mathematischen Ansätze lassen sich hier anwenden?«

Ich bin mir sicher, dass Ivy mir gestern Abend noch die Ansätze erklärt hat, doch ich habe sie mir nicht gemerkt. Weil ich sie ohnehin nicht verstanden habe. Irgendwann gebe ich auf. Entschuldige mich zähneknirschend und kehre zu meinem Platz zurück. Dabei sehe ich, wie die beiden Mädchen in der Reihe vor mir hämisch grinsen und sich etwas zuflüstern.

»Sehr schade, Miss Green«, sagt Mr. Salmon bedauernd, aber erneut bin ich mir nicht sicher, ob dieses Bedauern echt oder ein gemeiner Scherz ist. Ich setze mich hin und starre aus dem Fenster, damit niemand das verräterische Glitzern in meinen Augen sehen kann.

Um meine Laune noch schlechter zu machen, gibt es am Nachmittag einen Zwischenfall mit Jason Cunningham. Die letzten beiden Tage habe ich in mühsamer Arbeit damit verbracht, eines der Modelle für die neue Selbstschussanlage zu überarbeiten. Wie sich jetzt herausstellt, ist mir dabei eine ganze Reihe an Fehlern unterlaufen. Jason muss das Modell noch einmal komplett überprüfen und die Zeichnungen nachziehen. Als er mir ins Gesicht schleudert, dass ich mit meinen schlechten Fortschritten das ganze Team unnötig verlangsame, treffen mich seine Worte hart.

»Ich weiß wirklich nicht, was sich Jenkins gedacht hat, als er dich zu uns geschickt hat«, faucht Jason mich an.

»Es tut mir leid.« Ich weiß nicht, was ich sonst sagen soll. Ich fühle mich so elend, wie noch nie zuvor. Am liebsten würde ich mich in mein Bett verkriechen und nie wieder aufstehen.

»Davon wird's auch nicht besser!«, höhnt Jason weiter. »Ich weiß nicht, warum du dich so anstellst. Manchmal könnte man wirklich meinen, du seist dumm!«

»Jetzt reicht es aber, Jason!« Benjamin hat sich von seinem Platz erhoben und springt mir bei. »Aida ist gerade mal ein paar Wochen hier. Lass ihr etwas Zeit, um sich einzuarbeiten.«

»Jedes Kind hat mehr drauf als sie!«

»Halt den Mund!« Ich habe Benjamin noch nie wütend erlebt,

doch jetzt ist sein Kopf hochrot vor Zorn. Der ruhige und besonnene Benjamin. Und das alles auch noch meinetwegen. Jason schaut hämisch von Ben zu mir und wieder zu Ben. Dann schnaubt er verächtlich und verlässt das Büro.

»Mach dir nichts draus, Aida!« Benjamin wendet sich zu mir und legt mir beruhigend die Hand auf die Schulter.

»Ja, Jason ist wirklich ein Idiot!«, wirft Sarah ein. Sie hat die ganze Szene von ihrem Platz aus beobachtet, jedoch ohne sich einzumischen. Jetzt setzt sie sich zu mir, um mich zu trösten. Das ist zu viel für mich. Ich breche in Tränen aus und fange an, unkontrolliert zu schluchzen. Benjamin nimmt mich in den Arm, während Sarah mir übers Haar streicht und mir beruhigende Worte zumurmelt. Ich weine mich an Bens Schulter aus, bis sein Hemd ganz nass ist. Als ich mich endlich augeheult habe, reicht mir Sarah ein Taschentuch und ich wische mir das Gesicht trocken.

»Geht's wieder?«

»Ich denke schon.« Ich putze mir die Nase und mustere verlegen den nassen Fleck auf Bens Hemd. Wie peinlich. Traurig und betreten denke ich an meinen Eignungstest und das Urteil der Psychologin zurück, die mich als labil eingestuft hat. Vielleicht hat sie ja doch recht gehabt.

»Mach dir nichts draus. Das wird schon.« Benjamin tätschelt mir den Arm und ich nehme ein paar tiefe Atemzüge, damit meine Stimme nicht mehr so erstickt und wackelig klingt.

Nur kurze Zeit später kommt Mr. Newman herein. Sein Blick bleibt einen Moment an meinem verheulten Gesicht hängen. Kurz scheint er in Erwägung zu ziehen, sich dazu zu äußern. Doch dann rauscht er an uns vorbei zu seinem Platz und widmet sich stattdessen seiner Arbeit. Sarah erhebt sich ebenfalls und schließlich kehrt auch Ben wieder an seinen Schreibtisch zurück.

Als ich in den Speisesaal gehe, bin ich noch immer so beschämt, dass ich den Kopf hängen lasse, um niemanden in die Augen sehen zu müssen. Bestimmt sieht man es mir meilenweit an, dass ich geweint habe. Wobei sich das vermutlich ohnehin herumsprechen wird. Auf Jason Cunningham ist sicher Verlass. Ich kann mir nicht vorstellen, dass eine Gelegenheit entgehen lässt, mich bloßzustellen. Als ich meine Mahlzeit abgeholt habe, mache ich mich auf den Weg in Richtung unseres Stammplatzes, wo Ivy bereits auf mich wartet. In meinem Bestreben, niemandem ins Gesicht zu schauen, stoße ich mit einem jungen Mann in hellgelbem Hemd zusammen. Das Tablett, das ich in meiner unverletzten Hand balanciere, fällt mit einem lauten Krachen zu Boden. Bedeckt ihn mit einer unappetitlichen Masse aus Orangensaft, Kartoffelpüree und Hackfleischbällchen. Ich könnte im Erdboden versinken. Jemand hinter mir lacht und ich spüre, wie ich rot werde. Ohne aufzusehen nuschele ich eine Entschuldigung. Es kommt mir vor, als hätte ich heute den ganzen Tag über nichts anderes getan.

Ich knie nieder, um die traurigen Reste des Essens vom Boden aufzusammeln. Doch es ist klar, dass davon nichts mehr zu gebrauchen ist. Heute werde ich also hungrig ins Bett gehen müssen. Die beschissene Krönung eines beschissenen Tages.

»Warte, ich helfe dir!« Der junge Mann stellt sein Tablett, das trotz unseres Zusammenstoßes noch immer sicher in seinen Händen liegt, zur Seite. Dann lässt er sich neben mir auf dem dreckigen Boden nieder.

»Das ist nicht nötig«, sage ich schnell und schaue ihm endlich ins Gesicht. Ich schnappe nach Luft, als ich erkenne, dass es niemand anderes als Titus ist, den ich da gerade mit meinem Essen überschüttet habe. Auch das noch. Seit Wochen hoffe ich, dass ich ihm über den Weg laufe und dabei endlich den Mut aufbringe, ihn in ein Gespräch zu verwickeln. Aber *so* habe ich mir das ganz sicher nicht vorgestellt.

»Ist schon in Ordnung, ich mach das selbst«, füge ich hinzu.

Aber Titus grinst mir nur nett zu und beginnt, mit Papiertaschentüchern den Boden sauber zu wischen. Mein Herz macht einen Satz, als ich sein Lächeln sehe. Mir wird klar, dass ich ihn anstarre, und ich wende mich rasch wieder ab, bevor ihm das ebenfalls auffällt. Ungeschickt helfe ich ihm dabei, mein Chaos zu beseitigen. Ivy, die das ganze aus der Ferne mitbekommen hat, ist inzwischen herbei geeilt und hat noch mehr Taschentücher mitgebracht.

Als die Sauerei schließlich beseitig ist, streckt der Mann mir seine Hand hin. »Endlich lernen wir uns also persönlich kennen«, sagt er freundlich. »Ich bin Titus Moore. Bitte entschuldige den kleinen Zwischenfall, ich habe nicht darauf geachtet, wohin ich gehe.« Wieder zeigt er sein magisches Lächeln und mir wird seltsam heiß.

»Ich bin Aida Green. Und es war nicht deine Schuld, sondern meine.« Ich bin fasziniert von ihm. Trotzdem will ich nichts wie weg von hier, so peinlich ist mir die Situation.

»Ja, ich weiß, wer du bist.« Er mustert mich nachdenklich mit einem wissenden Schmunzeln. Ich verabschiede mich hastig, bevor noch mehr schief läuft, und schleife Ivy zurück zu unserem Platz.

»Du kannst was von mir abhaben. Ich hab keinen Hunger mehr.« Ivy schiebt mir ihr Tablett zu. Ich schüttle den Kopf. Der Hunger, den ich noch vor wenigen Minuten verspürt habe, ist wie durch Zauberhand verflogen. Aus dem Augenwinkel beobachte ich, wie Titus sich ein paar Tische weiter zu seinen Kollegen setzt. Herzhaft lacht er über etwas, das der kleine, dünne Mann mit Glatze neben ihm gesagt hat. Bei der Vorstellung, es könnte sich dabei um einen Witz über mich handeln, wird mir schlecht.

»Iss wenigstens den Müsliriegel!«, sagt Ivy mit strenger Stimme. Ich nehme den Riegel an mich und kaue halbherzig darauf herum.

»Kennst du ihn?«, frage ich mit einem Nicken in Richtung des gut aussehenden Mannes.

»Nicht gut. Aber ich weiß, dass er in der Abteilung für Chemische und Biologische Waffen arbeitet.«

Das lässt mich hellhörig werden. »Du meinst, er arbeitet in den Laboren im Untergeschoss?« Ich erinnere mich plötzlich undeutlich daran, dass er mit dem Pförtner über ein defektes Schloss dort unten gesprochen hat.

»Ja, genau.«

»Dort, wo Melody Blue-Sky hingeht, wenn sie zu Besuch im Ministerium ist?« Die Neugier lässt mich für einen Moment die unsägliche Schmach vergessen, dass ich Titus so tollpatschig umgerannt habe.

»Ja.« Ivy schielt ebenfalls in seine Richtung und runzelt die Stirn. »Jetzt, wo du's sagst, ich könnte sogar fast darauf wetten, dass ich die beiden schon mal zusammen gesehen habe.«

Ich reiße mich von Titus' Anblick los.

»Er gefällt dir, oder?«, Ivy fragt freiheraus und grinst mich an. Ich stöhne innerlich auf. So eindeutig ist das also. Ich kann nur hoffen, dass Titus nicht genauso aufmerksam ist wie Ivy.

»Er sieht ganz gut aus«, gebe ich schließlich zu. Ich kann ihr nichts vormachen. Und diese Tatsache lässt sich ohnehin nicht bestreiten.

Ivy nickt zustimmend. »Das kann man wohl sagen! Es gibt wenige hier, die mit ihm mithalten können.«

»Bist du nicht ein wenig zu jung, um dir Gedanken über das Aussehen von Männern zu machen?«, necke ich sie.

»Ich bin schon dreizehn!« Ivy stemmt entrüstet die Arme in die Hüften und verdreht die Augen. Ich muss lachen. Zum ersten Mal heute. Wir bleiben noch ein paar Minuten sitzen und albern herum, bevor es Zeit für mich wird, Jenkins aufzusuchen.

»Miss Green, kommen Sie herein!« Rex Jenkins lächelt förmlich und fordert mich auf, mich zu setzen. Dann streicht er sich das blütenweiße, einwandfrei gebügelte Hemd glatt und lässt sich mir gegenüber nieder. Wieder kann ich über die Perfektion seines gesamten Auftretens nur staunen. Der Anzug könnte nicht besser sitzen, nicht eine Strähne des rotblonden Haars liegt an der falschen Stelle. Seine Gegenwart und sein Auftreten machen mir mehr als alles andere bewusst, wie unscheinbar und wenig perfekt ich selbst bin. Es ist, als kämen wir beide von unterschiedlichen Planeten, nicht aus unterschiedlichen Ringen.

Meine Handflächen sind unangenehm feucht und meine Brust fühlt sich an, als würde irgendetwas Schweres sie zusammen quetschen. Ich bin mir sicher, dass der Grund für unser Treffen kein angenehmer ist.

»Nun, Miss Green. Sie sind nun seit einigen Wochen bei uns. Ich denke, es ist an der Zeit, ein erstes Zwischenfazit zu ziehen, damit Sie eine Vorstellung davon haben, auf welchem Stand Sie sich derzeit befinden.«

Ich nicke höflich. Denke mir insgeheim, dass ich meinen aktuellen Stand nur allzu gut kenne. Ich hoffe bloß, dass der peinliche Zwischenfall mit Jason Cunningham Jenkins noch nicht zu Ohren gekommen ist.

»Wie gefällt es Ihnen denn bei uns?« Jenkins lehnt sich in seinem Stuhl zurück und sieht mich abwartend an. Ich überlege einen Moment und wähle meine Worte mit Bedacht.

»Es gefällt mir gut! Die Arbeit ist äußerst interessant und ich habe bereits sehr viel gelernt. Ich freue mich auf die Herausforderungen, die noch auf mich warten.«

Jenkins lächelt überheblich. »Ja, das ist natürlich etwas anderes als das, was Sie bei Techraid getan haben.« Der herablassende Tonfall seiner Stimme entgeht mir nicht. Ich zwinge mich dazu, ruhig zu bleiben. Mir meinen Ärger darüber nicht anmerken zu lassen. Dabei habe ich bei Techraid sehr wohl ebenfalls verantwortungsvolle Aufgaben übernommen. Tätigkeiten, die Jenkins selbst mit Sicherheit nicht ausführen könnte. Er verschränkt die schlanken Finger vor sich auf dem Tisch und fährt fort. »Ich muss Ihnen gestehen, dass ich nicht sehr begeistert von der Idee war, Sie bei uns aufzunehmen. Meine Mitarbeiter gehören zu den Besten der Besten und werden von mir mehr oder weniger handverlesen. Aus diesem Grund verstehen Sie sicher, dass es zunächst einmal eine Last für uns darstellt, Sie einzuarbeiten.«

Das ist nichts Neues für mich, auch wenn es mir einen Stich versetzt, das so offen gesagt zu bekommen. Daraus hat er schließlich von Anfang an keinen Hehl gemacht. Genauso wenig wie Jason.

»Mr. Jenkins, darf ich fragen, weshalb ich dennoch in Ihrem Team gelandet bin?« Ich weiß nicht, woher ich den Mut genommen habe, diese Frage zu stellen, und hoffe, dass sie nicht so bitter klingt. Jenkins mustert mich einen Moment nachdenklich, bevor er antwortet.

»Nun ja. Es ist leider so, dass auch ich mich gewissen Regelungen beugen muss. Aufgrund eines … *Unglücksfalls* in meiner Abteilung habe ich bei der Regierung einen Antrag auf neues Personal gestellt. Das Ministerium für Bevölkerungsplanung kümmert sich um solche Angelegenheiten. Üblicherweise wird die freigewordene Stelle in so einem Fall von entsprechend qualifiziertem Nachwuchs besetzt.« Er räuspert sich. »Das Gesetz besagt jedoch, dass bereits vorhandene, freie Ressourcen ...« Er nickt mir zu. »... bevorzugt eingesetzt werden müssen. Vorausgesetzt, die freie Person überschreitet ein Höchstalter von zwanzig Jahren nicht und die Anforderungen der Berufsklasse werden erfüllt.« Er macht eine kurze Pause. »Mit Ihren achtzehn Jahren haben Sie also die Möglichkeit, hier zu arbeiten, obwohl Ihre bisherige Tätigkeit anderer Natur war. Sie haben diese Chance deshalb, weil die Regierung davon ausgeht, dass Sie jung und intelligent genug sind, um sich das benötigte Wissen innerhalb einer akzeptablen Zeit anzueignen.« Er hebt die Augenbrauen und sieht mir direkt in die Augen. »Als Dr. Henderson mir mitgeteilt hat, dass Sie die Anforderungen erfüllen, hatte ich kaum eine Wahl, als unserem System zu vertrauen. Und auch, wenn das zunächst mit einigen Unannehmlichkeiten verbunden ist – bis jetzt hat sich diese Vorgehensweise doch immer bewährt. Weshalb sollte sie das also nicht auch dieses Mal tun?«

Ich schweige. So etwas habe ich mir schon gedacht. Dennoch schmerzt mich die unverhohlene Verachtung, die mir entgegenschlägt. Ich bin eine Last für alle. Es kommt mir vor, als hätte meine verletzte Hand mich gebrandmarkt. Keiner will mich jetzt noch haben. Noch größere Bauchschmerzen bereitet mir aber das, was Jenkins zuletzt gesagt hat. Was, wenn das System sich in meinem Fall eben doch nicht bewährt? Weil ich gar nicht so klug bin, wie alle denken? Mit mulmigem Gefühl denke ich an meinen IQ-Test zurück.

»Wie auch immer«, fährt Jenkins in geschäftsmäßigem Tonfall fort. »Mr. Newman hat mir berichtet, dass es heute einen kleinen Zwischenfall während der Arbeit gegeben hat.«

Natürlich, denke ich bitter. Ich habe nichts anderes erwartet, trotzdem bin ich maßlos enttäuscht. Dass Newman selbst meinen Streit mit Jason umgehend an seinen Vorgesetzten gemeldet hat, tut weh. Eigentlich habe ich ihn bisher ganz gerne gemocht und bin davon ausgegangen, dass das auf Gegenseitigkeit beruht.

»Das wird nicht wieder vorkommen«, beteuere ich beschämt.

»Das will ich Ihnen auch raten, Miss Green!« Jenkins Blick ist vernichtend. »Weder Mr. Newman noch die Lehrer sind mit Ihrer Leistung bisher zufrieden. Angesichts Ihres Testergebnisses bin ich eigentlich davon ausgegangen, dass Ihre Einarbeitung hier viel rascher vonstatten geht. Sie müssten schon deutlich weiter sein. Deshalb schlage ich vor, dass Sie Ihre ganze Kraft und Zeit zukünftig darauf lenken, den Rückstand zu Ihren Mitschülern und Kollegen aufzuholen. Ansonsten sehe ich schwarz für Ihre Zukunft, Miss Green.«

Das ist so ungerecht, dass ich kurz davor bin, schon wieder in Tränen auszubrechen. Als würde ich nicht bereits mein Bestes geben! Als würde ich nicht jede freie Stunde damit verbringen, an mir zu arbeiten!

Ich verlasse das Büro und gehe ins Foyer. Ich fühle mich wie ein geprügelter Hund. Heute haben es offensichtlich alle auf mich abgesehen. Und ich habe ganz genau verstanden, was Jenkins mir eigentlich sagen wollte: Wenn ich es nicht schaffe, seinen Anforderungen innerhalb der Probephase gerecht zu werden – wonach es derzeit aussieht – dann war es das für mich hier. Und was dann? Was, wenn niemand mich mehr brauchen kann? Die Angst davor, nicht gut genug zu sein, macht mir das Atmen schwer.

Ich melde mich am Empfang. Der Mann hinter dem Tresen ruft im MediOffice an, um abzuklären, ob ich erwartet werde. Wieder werde ich von einem Wächter eskortiert. Als müsse man befürchten, dass mir während der wenigen Schritte von einer Tür zur anderen irgendetwas widerfahren könnte.

Beim Anblick von Romulus Henderson fühle ich mich unmittelbar an den Tag meines Eignungstests zurückversetzt. Ich versuche, das aufkommende Zittern meiner Hand zu unterdrücken, als der Arzt sie in seine nimmt.

»Wie geht es Ihnen, Miss Green?« Dr. Henderson legt die Brille zur Seite und sieht mich wohlwollend an. Dabei zeigt er auf meine Hand, die noch immer in dem unförmigen Gips steckt.

»Gut.« Auch wenn es mir sonst alles andere als blendend geht, meine Hand zumindest fühlt sich deutlich besser an. Ich brauche hin und wieder noch eine Spritze gegen die Schmerzen, aber das Gefühl in den Fingern ist zurückgekehrt. Regelmäßig übe ich, sie zu strecken und zu beugen, was mir von Tag zu Tag besser gelingt.

Romulus Henderson beugt sich ein wenig vor und streckt die Hand nach meinem Gips aus. Interessiert beobachte ich den Arzt dabei, wie er ihn aufschneidet. Als ich die geröteten, dicken Narben auf meinem Handrücken sehe, kriege ich einen gewaltigen Schreck. Ich habe nicht damit gerechnet, dass die Operation so deutliche Spuren hinterlassen würde. Und trotzdem. In erster Linie bin ich glücklich darüber, dass der Gips endlich ab ist. Hoffe, dass ich dadurch in Zukunft weniger Blicke auf mich ziehen werde. Dr. Henderson prüft die Beweglichkeit meiner Finger und macht sich Notizen dazu.

Als er sich daran macht, weitere Gipsbinden einzuweichen und meine Hand erneut einzuwickeln, stöhne ich innerlich vor Enttäuschung auf. Soviel also dazu.

»Wie gefällt es Ihnen im Ministerium?«, fragt Dr. Henderson beiläufig. Ich nehme mir einen Moment Zeit. Denke darüber nach, was ich antworten soll. Die gleiche Frage hat mir heute schon einmal jemand gestellt. Ein jäher Anfall von Müdigkeit überkommt mich. Die schlaflosen Nächte haben ihre Spuren hinterlassen. Ich schwanke auf meinem Stuhl und muss mich an der Tischkante festhalten, um nicht ungewollt auf dem Boden zu landen.

»Die Arbeit ist sehr ungewohnt für mich, aber ich werde mich daran gewöhnen.« Habe ich das richtig formuliert? Ich bin mir nicht sicher, ob meine Worte einen Sinn ergeben. Mir wird schwindelig. Ich habe das furchtbare Gefühl, gerade die Kontrolle über mich selbst zu verlieren.

»Geht es Ihnen gut?«

Ich kann nicht sagen, woher die Stimme kommt. Der Raum dreht sich plötzlich. Ich versuche, ein Nicken zustande zu bringen. Dann wird mir schwarz vor Augen. Ich bemerke es gerade noch, wie ich von meinem Stuhl rutsche und wie ein nasser Sack zu Boden falle.

Ich erwache mit furchtbaren Kopfschmerzen. Für einen Augenblick weiß ich nicht, wo ich bin. Erst, als ich den Kopf zur Seite neige und hinter dem schweren weißen Vorhang den Schreibtisch von Romulus Henderson erkenne, wird mir klar, was passiert sein muss. Mir ist schlecht. Mein Schädel fühlt sich an, als würde er jeden Moment explodieren. Außerdem tut mir mein Knie weh. Ich muss mich daran gestoßen haben, als ich vom Stuhl gefallen bin. Glücklicherweise bin ich nicht auf meiner ohnehin schon lädierten Hand gelandet. Als ich mich aufsetzen will, wird mir sofort wieder schwindelig. Dr. Henderson drückt mich sanft zurück auf das Kissen und bittet mich, noch einen Moment liegen zu bleiben. Ich bin so erschöpft, dass ich nicht einmal auf die Idee komme, Widerstand zu leisten. Der Arzt zieht sich einen Stuhl heran und setzt sich neben mich. Mit ernstem und besorgtem Blick mustert er mich dabei, wie ich mir die pochenden Schläfen massiere.

»Passiert Ihnen das öfter?«

Ich schüttle den Kopf und merke zu spät, dass das ein Fehler war. Die Müdigkeitsattacken kenne ich nur zu gut, ohnmächtig bin ich bisher aber noch nie dabei geworden. Die Situation ist mir unangenehm. Wieder einmal muss ich Dr. Henderson den Eindruck bestätigen, keinerlei Belastbarkeit aufzuweisen. Auf einmal stellt sich mir die Frage, wie ich vom Schreibtisch zur Liege gekommen bin. Bei der Vorstellung, der Arzt könnte mich hierher getragen haben, laufe ich rot an.

»Wie viele Stunden pro Nacht schlafen Sie etwa?«

Ich zögere. Wie viel Schlaf soll man in meiner Situation schon finden?! Dr. Henderson presst die Lippen aufeinander.

»Miss Green, ich kann mir denken, dass Sie momentan keine leichte Zeit durchleben. Die Probephase ist schwierig und fordert Ihre ganze Kraft, doch Sie sollten sich darüber im Klaren sein, dass sich zu wenig Schlaf nur negativ auf Ihre Leistung auswirken wird.

Ich bin mir nicht sicher, ob Sie sich das in Ihrer Situation leisten können.«

Am liebsten würde ich mir die Ohren zu halten. Ich kann das dauernde Gerede von Leistung nicht mehr ertragen. Als wäre ich eine Maschine, die nicht richtig läuft.

»Ich habe mit Mr. Jenkins über Sie gesprochen. Er ist nicht sehr zufrieden.«

Allmählich reicht es mir. Ich spüre, wie sich neben meiner Angst allmählich ein neues Gefühl seinen Weg von meinem Innersten an die Oberfläche bahnt. Nämlich Wut.

»Ich bin auch nicht sehr zufrieden!« Ich setze mich mühsam auf und knirsche mit den Zähnen. Ignoriere dabei die Schmerzen in meinem Kopf und in meinem Knie.

Dr. Henderson ist erstaunt. Dieses Mal erwidere ich seinen Blick, ohne sofort wieder wegzusehen. Ich habe das alles so satt. Den herablassenden Ausdruck in den Augen aller, wenn sie mit mir sprechen. Den ständigen Druck.

Aufgebracht fahre ich fort: »Ich bin zum Beispiel nicht zufrieden damit, dass mich jeder behandelt, als wäre ich eine Aussätzige. Weil ich mir die Frechheit erlaubt habe, mir die Hand zu brechen. Und ich bin nicht damit zufrieden, Tag und Nacht mein Bestes zu geben und mir dafür anhören zu müssen, dass meine Fortschritte auf sich warten lassen. Ich bin genauso bereit, meinen Beitrag zu leisten wie alle anderen, ich will dem System nicht auf der Tasche liegen.« *Kein Schmarotzer sein*, füge ich in Gedanken hinzu, spreche es aber nicht aus. »Und vor allem …« Die Worte sprudeln nur so aus mir heraus. »… vor allem bin ich nicht zufrieden damit, im Ministerium eingesperrt zu sein und meine Freunde nicht besuchen zu dürfen.«

Mir wird wieder schwindlig, so sehr rege ich mich auf. Vorsichtshalber stütze ich mich ab, um nicht erneut umzukippen. Trotzdem. Befreit atme ich durch. Ich bin erleichtert. Endlich losgeworden zu sein, was mir auf der Seele brennt, seit ich meinen Fuß in das Verteidigungsministerium gesetzt habe.

Dr. Henderson seufzt tief und reibt sich die Stirn, als würde er ebenfalls von Kopfschmerzen geplagt werden. »Ich verstehe.«

Mehr gibt es dazu nicht zu sagen?!

»Die Sache ist leider ernst, Miss Green. Ich weiß, was Sie momentan durchmachen. Bitte glauben Sie mir das. Ich muss Ihnen dennoch raten, sich davon nicht unterkriegen zu lassen.«

»Das versuche ich ja. Aber ich bin keine Maschine!« Ich spüre, wie mir wieder die Tränen in die Augen steigen. *Seit wann bin ich eigentlich so nah am Wasser gebaut?* »Es tut mir leid, dass ich nicht so ein Genie bin wie alle anderen um mich herum!« Die Bitterkeit in meinen Worten ist unüberhörbar, doch ich schere mich nicht darum.

Romulus Henderson sieht mich eine Weile gedankenverloren an, bevor er etwas erwidert: »Sie sollten sich selbst nicht unterschätzen. Schließlich haben Sie sich ebenso für die Arbeit im Ministerium qualifiziert wie Ihre Kollegen.«

Ich denke an den schrecklichen Tag zurück, an dem ich mich der Reihe an Tests unterziehen musste. *Der IQ-Test!*, schießt es mir wieder durch den Kopf. Ich erinnere mich daran, aus dem Augenwinkel wahrgenommen zu haben, wie Romulus Henderson mein Testergebnis veränderte. Auch wenn ich mir nicht mehr sicher bin, was genau ich gesehen habe.

»Was passiert, wenn ich die Probephase nicht bestehe?« Ich reiße mich zusammen. Versuche, etwas gelassener zu klingen. Obwohl ich innerlich ein Wrack bin.

Der Arzt lächelt, doch es kommt mir ein wenig gezwungen vor. »Machen Sie sich darüber keine Gedanken, Miss Green. Ich bin mir sicher, dass es nicht so weit kommen wird.«

Das kann doch nicht wahr sein! Ich bin so frustriert darüber, dass ich keine befriedigende Antwort bekomme, dass mir jetzt tatsächlich die Tränen kommen. *Auch das noch!* Dr. Henderson beobachtet mich mit unergründlichem Blick dabei, wie ich mir mit dem Ärmel die Tränen aus dem Gesicht wische. Dann steht er von seinem Stuhl auf und geht zu seinem Schreibtisch. Als er zurückkommt, hält er ein weißes Kästchen in der Hand. Er zögert.

»Ich habe hier etwas, was Ihnen vielleicht dabei helfen wird, die nächsten Wochen zu überstehen.« Er öffnet das Kästchen. Es enthält kleine Glasampullen, die ordentlich aufgereiht in einer Halterung stecken. Die Flüssigkeit darin ist schwach rosa gefärbt. *Mentalin!* Ich bin sprachlos. Nur zu gut kann ich mich an die Wirkung des Medikaments erinnern. Das ist genau das, was ich jetzt brauche!

»Mentalin«, erklärt Dr. Henderson überflüssigerweise. »Es ist in erster Linie ein Beruhigungsmittel, wobei die Wirkung stark von der Dosierung abhält. Es hat den entscheidenden Vorteil gegenüber anderen Mitteln, dass es dabei nicht schläfrig macht. Stattdessen eliminiert es jegliche Stresssymptome – die Kopfschmerzen, die Anspannung, das Gefühl, schlecht Luft zu bekommen. Dadurch wiederum wird Ihnen sowohl das Lernen als auch das Schlafen deutlich leichter fallen, denn für beides brauchen Sie in erster Linie einen freien Kopf.«

Her damit! Gierig starre ich auf die Glasampullen, die mich so verlockend anglitzern. Am liebsten würde ich ihm das Kästchen aus der Hand reißen.

»In höheren Dosierungen kann die Einnahme allerdings zu rauschartigen Zuständen führen. Deshalb ist ein verantwortungsbewusster Umgang mit dem Mittel von allergrößter Wichtigkeit.« Streng runzelt Dr. Henderson die Stirn. »Ein Schluck von der Substanz vor dem Zubettgehen wird genügen, keinesfalls sollten Sie mehr als ein halbes Fläschchen einnehmen.« Er zögert wieder und beißt sich auf die Lippe. Irgendetwas scheint ihm an der Sache nicht zu gefallen. Ich dagegen habe neuen Mut gefasst. *Gib mir einfach das Kästchen!* Plötzlich fühle ich wieder so etwas wie Hoffnung.

»Ich muss Sie darauf hinweisen, dass Sie nur im äußersten Notfall darauf zurückgreifen sollten. Mentalin kann sehr schnell abhängig machen.« Innerlich nicke ich ungeduldig. *Ja, und jetzt gib es mir.* Mit Sorge in den grauen Augen beobachtet Romulus Henderson die verräterischen Regungen in meinem Gesicht. Noch immer ringt er mit sich selbst. »Ich kann Ihnen das hier …« Er klopft auf das Kästchen »… nur mitgeben, wenn Sie mir versprechen, dass Sie nur etwas davon einnehmen, wenn es nicht mehr anders geht. Die Einnahme sollte keinesfalls zur Gewohnheit werden.«

»Ich verspreche es«, antworte ich wie aus der Pistole geschossen. Unverhohlenes Misstrauen zeigt sich im Gesicht des Arztes. Am liebsten würde ich mir selbst eine Ohrfeige geben. *Ruhe bewahren,* ermahne ich mich, *sonst überlegt er es sich vielleicht noch anders.*

»Gut«, sagt Dr. Henderson langsam. Er macht sich daran, das Kästchen zu schließen, überlegt es sich dann jedoch noch einmal anders und entfernt einige Ampullen wieder aus ihren Halterungen. Ich kann aus meinem Blickwinkel nicht erkennen, wie viel er für mich übrig gelassen hat.

»Das sollte reichen.« Er überreicht mir das Kästchen und ich umklammere es mit meiner gesunden Hand wie einen Schatz.

Wenig später befinde ich mich in Begleitung eines Wächters auf dem Weg zurück ins Verteidigungsministerium. Die Aussicht darauf, endlich eine Nacht mit ausreichend Schlaf zu verbringen, hebt meine Laune beträchtlich.

Kapitel 7

Das Mentalin bewirkt wahre Wunder. Ich schlafe so gut wie noch nie zuvor in meinem Leben, zumindest kommt es mir so vor. Dr. Henderson hat zehn Fläschchen für mich in der Box gelassen. Ich muss sie mir gut einteilen. Denn ich bin mir ziemlich sicher, dass ich nicht so ohne Weiteres um Nachschub bitten kann. Also zwinge ich mich dazu, nur alle paar Tage einen Schluck zu nehmen. Nur dann, wenn auch stundenlanges Hin- und Herwälzen nicht zum Erfolg geführt hat.

Dadurch, dass ich mehr Schlaf bekomme, fällt es mir deutlich leichter, mich auf den Unterricht, die Arbeit und das Lernen zu konzentrieren. Ich ertappe mich des Öfteren bei dem Gedanken, wie verlockend es wäre, bereits tagsüber ein Schlückchen Mentalin zu mir zu nehmen. Obwohl der Arzt mich angewiesen hat, das nicht zu tun. Ich kann mich noch haargenau daran erinnern, wie wunderbar leicht mir der IQ-Test gefallen ist, nachdem ich etwas davon probiert habe. Noch halten die mahnenden Worte von Romulus Henderson mich davon ab, diesen Schritt tatsächlich zu gehen. Doch die Versuchung wird von Tag zu Tag größer.

Das Kästchen verstecke ich in meinem Bett, damit meine Mitbewohnerinnen nichts davon erfahren. Laut Dr. Henderson ist die Einnahme von Mentalin am Arbeitsplatz nicht verboten, trotzdem will ich unter allen Umständen verhindern, dass jemand von meinen Kollegen etwas mitbekommt. Nicht einmal Ivy erzähle ich davon, auch wenn ich manchmal das Gefühl nicht loswerde, dass sie etwas ahnt. Es ist ihr nicht entgangen, dass es mir mit einem Mal besser geht. Meine Gereiztheit ist schlagartig verflogen. Meine

Laune zum ersten Mal, seit ich hier bin, einigermaßen ausgelassen. Wenn ich mich am Tag nach einer ruhigen Nacht fröhlich und ungezwungen an ihren Späßen mit Benjamin beteilige, bedenkt sie mich hin und wieder mit diesem aufmerksamen, prüfenden Blick. Dann bin ich mir sicher, dass sie weiß, was ich tue.

Auch Ben scheint die positive Veränderung an mir aufzufallen. Er freut sich über meine Fortschritte in der Arbeit und gesellt sich auch in den Pausen immer öfter zu Ivy und mir. Ich nutze die erste Gelegenheit, die ich mit ihm allein bin, um mich dafür zu bedanken, dass er mir gegen Jason beigestanden hat.

Ben zuckt nur mit den Schultern und kratzt sich an der sommersprossigen Nase. »Kein Problem, Aida. Dafür sind Freunde da.«

Freunde. Das Wort klingt in meinen Ohren nach und hinterlässt ein warmes Gefühl in meinem Körper, das nicht vom Mentalin herrührt. Natürlich können Ivy und Ben nicht Meg und Mike ersetzen, die seit meiner Kindheit meine Familie waren. Doch ich fühle mich nicht mehr ganz so einsam hier im Ministerium. »Ich bin froh, dass es dir besser geht!« Ben runzelt die Stirn und rückt ein wenig näher, damit die Gruppe schnatternder Kinder hinter uns, die über ihre Hausaufgaben diskutieren, nicht mithören kann. »Ich habe mir wirklich Sorgen um dich gemacht. Du hast ausgesehen wie ein Gespenst. Ich habe jeden Moment damit gerechnet, dass du zusammenbrichst.«

Ich beiße mir verlegen auf die Unterlippe. Dass ich tatsächlich nur kurz nach diesem unschönen Zwischenfall im Büro in Ohnmacht gefallen bin, braucht Ben nicht zu wissen.

»Und jetzt, seit ein paar Tagen – Du kommst mir ganz verändert vor.«

Ich weiß genau, was er meint. Wenn ich in den Spiegel sehe, fällt mir auf, dass die Augenringe verschwunden sind. Meine Haut allmählich wieder eine normale Farbe angenommen hat. Ich sehe jünger aus und fühle mich endlich wieder wie ein normaler Mensch. Ich hoffe nur, dass Ben nicht genau wie Ivy anfängt, sich zu fragen, woher diese plötzliche Wandlung kommt.

»Hey!« Ivy kommt auf uns zugeeilt, als wir gerade auf dem Weg in den Speisesaal sind.

Im Schlepptau hat sie ihre Freundin Maja, ein unscheinbares kleines Ding. Neben Ivy mit ihrem honigblonden Haar und den strahlend blauen Augen wirkt jeder unscheinbar. Ivy ist außer Atem und scheint über irgendetwas aufgebracht zu sein. Sofort werde ich nervös, ohne zu wissen, worum es geht.

»Habt ihr schon gehört?«

»Was denn?«, frage ich mit mulmigem Gefühl.

»Wir haben es eben erst erfahren. Kommt mit!« Ivy schleift mich in Richtung des nächsten Fernsehers.

»Was erfahren?«, bringe ich atemlos hervor.

Benjamin und Maja folgen uns auf den Fersen. Ich blicke mich im Speisesaal um. Irgendetwas Wichtiges scheint vor sich zu gehen. Unruhe breitet sich aus. *Was ist passiert?* Der Anspannung auf den Gesichtern um mich herum nach zu urteilen, kann es nichts Gutes sein. Bewegung kommt auch in die letzten unserer Kollegen. Sie springen auf, lassen ihr Abendessen stehen und versammeln sich um die Bildschirme. Das Gedränge ist groß. Jemand erhöht die Lautstärke und ruft: »Ruhe jetzt!« Prompt kehrt Stille ein. Zu sehen ist der Pressesprecher des Präsidenten. Niemand will verpassen, was er gerade spricht.

»– sind erschüttert, über das was heute geschehen ist.« Der junge Mann mit der großen Brille ringt sichtlich um Fassung. »Doch ich kann und muss Ihnen leider bestätigen, dass unser Präsident Chester Fields tot ist.«

Um mich herum herrscht Fassungslosigkeit. Benjamin schlägt erschrocken die Hand vor den Mund. Einer Frau rechts neben mir entweicht ein kurzer, spitzer Aufschrei. Jemand fängt an zu schluchzen. Ivy greift nach meiner Hand und ich drücke sie fest.

»Er hat vor einer knappen Stunde einen Schlaganfall erlitten. Vor wenigen Minuten ist er an den Folgen gestorben. Die Ärzte konnten nichts mehr für ihn tun.« Die Stimme des Mannes zittert. Er scheint selbst völlig aufgelöst zu sein. *Er hat ihn persönlich gekannt,* fährt mir durch den Kopf. *Vielleicht waren sie sogar befreundet.*

»Was bedeutet das jetzt für Last Haven?«, fragt der Interviewer mit ernster Stimme.

Der Pressesprecher schluckt und fährt heiser fort: »Das bedeutet, dass der Rat der Minister noch heute Abend im Regierungsgebäude zusammen kommen wird, um einen neuen Präsidenten zu wählen. Sie werden das Gebäude nicht verlassen, bevor eine Entscheidung mit eindeutiger Mehrheit getroffen wurde.«

Um mich herum, wo bislang schockiertes Schweigen geherrscht hat, wird es mit einem Mal laut. Keiner achtet mehr darauf, wie dem jungen Mann ihm Fernsehen die Tränen in den Augen glitzern, wie er tapfer versucht, weitere Fragen über die kommende Wahl zu beantworten.

Ich ziehe Ivy hinter mir her aus der Menschenmenge. Ben ist dicht hinter uns und hat Maja an der Hand. Ihre Augen sind weit aufgerissen, als hätte sie soeben einen Geist gesehen. Wir setzen uns in eine ungestörte Ecke, wo wir abseits vom Geschehen sind. Aber die meisten unserer Kollegen stehen ohnehin noch immer um die Bildschirme verteilt. Manche wild diskutierend, andere nachdenklich und ernst. Wieder andere schweigsam und weinend.

»Ich kann es nicht fassen!« Benjamin ist der erste, der seine Sprache wieder findet. »Ich kann es einfach nicht glauben! Von Jetzt auf dann!« Er schüttelt den Kopf und reibt sich die Stirn.

Ich weiß, was er meint. Chester Fields ist jung gewesen, bestimmt noch keine dreißig. *Eindeutig zu jung, um zu sterben.* Ich weiß nicht, was ich sagen soll. Den anderen scheint es ähnlich zu gehen. Ich bin völlig überwältigt von dieser Nachricht. Chester Fields ist ein guter Mensch gewesen, das hat man spüren können. Seine Expertise in der Landwirtschaft war der Grund, weshalb der Rat ihn gewählt hat, doch es war mehr als das, was ihm die Bewunderung der Menschen eingebracht hat. Mit seinem Bestreben, unsere Gesellschaft sozialer zu machen, ist er von Anfang an auf sehr viel Widerstand in den Ministerien gestoßen. Hat sich zahlreiche Feinde in der Politik gemacht. Bei den Bürgern jedoch war er sehr beliebt, insbesondere in den äußeren Ringen. Als einer, der im Gegensatz zu den anderen Politikern das harte Leben dort kennt, weil er selbst dort gelebt hat, und der sich für alle gleichermaßen einsetzt. Das hat ihn von seinen Vorgängern unterschieden. Ein Präsident, der ursprünglich aus Ring B stammt, in Ring D gearbeitet und gelebt hat und schließlich in Ring A gelandet ist. Einer für alle.

»Was meint ihr, wie es jetzt weitergehen wird?«, kommt es plötzlich von Ivy. Sie schaut fragend in die Runde und spielt nervös mit ihren Haaren. Maja wirkt abwesend und scheint die Frage nicht einmal gehört zu haben.

»Ich weiß es nicht« ist alles, was ich herausbekomme. Politik war noch nie mein Thema. Mike war von uns derjenige, der immer eine Meinung zu allem hatte. Der es geliebt hat, zu diskutieren und zu philosophieren. Der selbst einen recht passablen Politiker abgegeben hätte, wenn es ihm möglich wäre. Was es natürlich nicht ist, niemand würde einen Anlagenführer zur Wahl aufstellen. Wir dürfen ja nicht einmal selbst wählen. Dieses Recht ist einigen wenigen bestimmten Personen vorbehalten, unseren Wahlmännern. Einer von ihnen zu werden, ist theoretisch jedem möglich, der die erforderlichen Fähigkeiten für diese Aufgabe nachweisen kann. In der Praxis jedoch sind die Hürden, die auf dem Weg dorthin genommen werden müssen, so hoch, dass nur die wenigsten ihn durchhalten. Was vermutlich gut so ist, so eine verantwortungsvolle Tätigkeit kann man schließlich nicht jedem anvertrauen. Die meisten Wahlmänner stammen aus den beiden inneren Ringen. Darüber hat Mike sich regelmäßig beschwert.

»Das wird sich spätestens morgen zeigen, wenn die Wahl abgeschlossen ist. Doch ich habe das ungute Gefühl, schon zu wissen, wie sie ausgehen wird.« Benjamin klingt erschöpft.

Ich stutze. »Wie meinst du das?«

»Nun ja. Es gibt momentan eigentlich nur einen ernst zu nehmenden Kandidaten für dieses Amt. Greg Livingston.« Ben schaut uns vielsagend an. Der Verteidigungsminister, unser aller Chef. Ich nicke. Wahrscheinlich hat Ben recht mit seiner Vermutung. Greg Livingston ist der mit Abstand einflussreichste Minister im Land, was daran liegt, dass Sicherheit nach innen und außen für Last Haven so eine wichtige Rolle spielt. Ich kenne seinen Namen und sein Gesicht beinahe so gut wie das von Chester Fields. Wie es das Schicksal will, ist Greg Livingston auch einer der größten Gegenspieler des verstorbenen Präsidenten gewesen. Im Gegensatz zu einem Großteil der Bevölkerung war der Rat von Chester Fields' Politik wenig angetan, obwohl er sich zu Beginn so viel von ihm versprochen hat. Weil Chester Fields sich vehement gegen eine militärische Gebietserweiterung eingesetzt hat und auch, weil er es sich zum Ziel gemacht hat, die Automatisierung von Arbeiten zwar nicht zu stoppen, aber doch eine Spur zu verlangsamen. Insbesondere während der letzten Jahre sind die Stimmen nach einer Neuausrichtung immer lauter geworden. Die Nahrungsmittelknappheit und Fields' unerwartete Unfähigkeit, die Krise so rasch zu lösen wie gewünscht, haben ihr Übriges dazu beigetragen. Greg Livingston dagegen hat den Ruf, ein Mann der Tat zu sein. Weniger diplomatisch. Wie kein anderer steht er für Mut, der ein Grundprinzip unserer Gesellschaft ist. Er ist jemand, der auch unangenehme Entscheidungen trifft, sollte es nötig sein. Und danach sieht es derzeit aus.

Wir sitzen noch lange zusammen an diesem Abend. Ariana kommt irgendwann vorbei und setzt sich zu uns. Kurz darauf auch Sarah. Benjamin diskutiert mit Ariana darüber, wie es jetzt mit Last Haven weitergehen wird. Sie offenbart sich als überzeugte Anhängerin von Greg Livingston. Ivy hockt schweigend daneben und wirft hin und wieder besorgte Blicke in Richtung Benjamin. Der scheint das in seinem Eifer jedoch nicht zu registrieren.

»Chester Fields hat sich für das Land verdient gemacht, keine Frage«, räumt Ariana großmütig ein und Sarah nickt zustimmend. »Aber er ist weich geworden während der letzten Jahre. Hat den Blick für das große Ganze verloren und den Menschen in den äußeren Ringen zu viele Freiheiten eingeräumt.«

Benjamin schüttelt verärgert den Kopf. »Das ist Unsinn, Ariana! Wenn es einen Menschen in Last Haven gab, der das große Ganze gesehen hat, dann war es Chester Fields. Für Livingston sind die Menschen auf den Farmen und in den Fabriken doch nicht mehr als seelenlose Arbeitstiere.«

Ich zucke zusammen, weil ich mich dadurch angesprochen fühle. Bis vor kurzem war ich ja selbt einer von den Menschen in den Fabriken. Und Benjamin sagt genau das, was auch Mike immer gesagt hat. Viele Arbeiter bei Techraid haben das Gefühl, dass ihre Interessen im Rat nicht gut vertreten werden. Dass die Menschen aus Ring A und B auf sie herabschauen. Mit derselben Herablassung, denselben Vorbehalten, die mir entgegengebracht werden, seit ich hier bin. Mike sagt, dass körperliche Arbeit in Last Haven einen anderen Stellenwert hat als geistige. Und auch wenn ich mich nicht erinnern kann, diese Aussage schon einmal jemanden explizit habe bestätigen hören – der Blick in Arianas Augen macht mir gerade völlig klar, dass die Leute bei Techraid mit dieser Vermutung Recht haben. Offiziell leisten wir zwar alle unseren Beitrag zum Erhalt des Systems – vom Farmarbeiter in Ring D mit seinen schmutzigen Händen bis hin zum Ministeriumsangestellten im Regierungsbezirk. Aber wie es scheint, ist eben nicht jeder Beitrag gleich viel wert. Dabei *sollte* er das sein!

Chester Fields war damals der Erste seit vielen Jahren, der sich aktiv für eine Verbesserung unserer Arbeitsbedingungen eingesetzt hat. Ich erinnere mich daran, dass er einen erbitterten Kampf im Rat führen musste, um kleine Dinge zu verändern. Eine längere Mittagspause, mehr Angebote für die Gestaltung unserer Freizeit. Solche Aktionen waren es, die dazu geführt haben, dass er in den äußeren Ringen eine für einen Politiker ungewöhnliche Beliebtheit erfahren hat. Und die ihm im Gegenzug nach und nach das Misstrauen und die Verärgerung des Rates eingebracht haben.

Ben ist rot geworden und ich spüre, dass auch er gerade an mich denkt, obwohl oder gerade weil er es so vehement vermeidet, in meine Richtung zu schauen.

Ariana schnaubt höhnisch. »Ein Staatsoberhaupt *muss* das Wohl der Gesamtbevölkerung über das von einzelnen Gruppen stellen, Benjamin«, sagt sie und zieht die Augenbrauen nach oben. »Denn seine Verantwortlichkeit ist einzig und allein das Gemeinwohl und die Sicherung des Fortbestands unseres Staates und unserer Gesellschaft.«

Am Ende werden sowohl Ariana als auch Ben immer lauter und das Gespräch immer allgemeiner. Es artet in einem Streit aus, als es darum geht, ob es vertretbar wäre, die Grenze von Last Haven militärisch zu erweitern, um sich neue landwirtschaftliche Flächen und andere Ressourcen zu sichern.

»Wer ist dir wichtiger?«, fragt Ariana herausfordernd. »Doch hoffentlich die Menschen *hier*!«

»Natürlich sind mir die Menschen hier wichtig«, hält Benjamin beharrlich dagegen. »Ich will, dass es uns in Last Haven gut geht. Aber doch nicht um jeden Preis!«

Irgendwann wird es Ariana zu bunt und sie sucht zornig das Weite. Ich habe mich bis jetzt herausgehalten, weil ich mich nicht getraut habe, meine Meinung kundzutun. Insgeheim jedoch stehe ich auf Bens Seite. Bei Techraid habe ich mir über solche Dinge wenig Gedanken gemacht. Wenn Mike sich mit Kollegen über Politik unterhalten hat, haben Meg und ich nur mit einem Ohr zugehört, wenn überhaupt. Ändern konnten wir alle ja ohnehin nichts an unserer Situation, wozu sich also aufregen? Und so schlecht ging es uns schließlich auch nicht. Ich war ja zufrieden. Jetzt jedoch, seit ich hier bin, muss ich immer öfter an Mike denken. Nicht nur, weil ich ihn so schrecklich vermisse, sondern auch, weil ich immer besser verstehe, wovon er gesprochen hat. Ich bekomme die Überheblichkeit der Menschen hier im Regierungsbezirk gegenüber der Bevölkerung in den äußeren Ringen jetzt mit voller Wucht zu spüren. Auf einmal *betrifft* mich dieses Problem, von dem er immer gesprochen hat.

Als schließlich auch Sarah und Maja aufbrechen, bleiben wir drei noch einen Moment sitzen.

»Ben, das war vielleicht nicht klug von dir.« Ivys Stimme ist leise und ungewohnt ernst.

»Was meinst du?«, fragt Ben überrascht.

Ivy wählt ihre Worte mit Bedacht und schaut ihm direkt in die Augen. »Ich meine damit, dass – wenn sich deine Vermutung heute Nacht bestätigt – ich mich mit Kritik gegenüber Greg Livingston in Zukunft zurück halten würde.«

Ben sieht sie einen Moment lang an, als würde er sie für verrückt halten. Dann nickt er langsam, verzieht verärgert das Gesicht und steht auf. Ohne sich von uns zu verabschieden, eilt er in Richtung Schlafsäle.

Am nächsten Tag, als Ivy und ich zum Frühstücken gehen, haben sich schon wieder große Trauben um die Bildschirme gebildet. Jeder will wissen, ob der Rat über Nacht zu einer Entscheidung gelangen konnte. Wir kennen das Ergebnis, bevor wir überhaupt in die Nähe der Übertragung kommen. Wohin man auch hört, von überall erklingt nur ein Name: Greg Livingston.

Benjamin hat Recht gehabt. Wir zwängen uns dennoch durch die Menge nach vorne, um die Information aus erster Hand zu hören. Unser neuer Präsident gibt gerade sein erstes Interview.

»– Sie sich sicher vorstellen, was für ein Schock es für mich und meine Kollegen war, zu erfahren, dass unser geliebter Präsident Chester Fields für immer von uns gegangen ist. Er war zu jung, um so ein Schicksal zu erleiden.« Greg Livingston schüttelt voller Bedauern den Kopf und fährt sich durch das dichte, braune Haar. »Ein großer Verlust für unser Land.«

Seine Stimme ist voll und laut und ich kann verstehen, was die Ratsmitglieder dazu veranlasst hat, in ihn zu vertrauen. Er ist ohne Zweifel charismatisch. Und während Chester Fields zwar nicht weniger Charisma besessen hat, hat er doch gerade während der letzten Wochen einen schwächlichen und kränklichen Eindruck gemacht. Wohingegen Greg Livingstons vor Stärke und Willenskraft nur so strotzt.

»Mr. Livingston, der Rat hat Sie letzte Nacht beinahe einstimmig zu unserem neuen Staatsoberhaupt ernannt. Was sagen Sie zu dieser Entscheidung?«

Livingston macht eine abwehrende Geste mit der Hand und seufzt dramatisch. »Der Schmerz sitzt noch zu tief, als dass ich mich über diese Ehre freuen kann! Doch ich weiß die Anerkennung, welche die Ratsmitglieder mir damit erweisen, sehr zu schätzen. Ich werde ihr Vertrauen in mich nicht enttäuschen, das verspreche ich!«

Je länger ich ihm zuhöre, desto sicherer bin ich mir, dass seine Trauer vorgetäuscht ist. Und wen sollte es auch überraschen? Es war allgemein bekannt, dass Chester Fields und Greg Livingston kaum unterschiedlicherer Meinung darüber hätten sein können, was für unser Land das Beste ist. Trotzdem. Die Show, die er an den Tag legt, ist mir zuwider.

»Was werden Sie nun als erstes in Angriff nehmen, Mr. Livingston?«

»Nun, wie Sie sicher alle wissen, gab es in den letzten Monaten Probleme mit der Nahrungsmittelversorgung. Deren Lösung muss den Vorrang vor allem anderen erhalten. Es kann nicht sein, dass die Menschen in Last Haven hungern müssen!«

»Die Probleme sind aufgrund der schlechten Ernten während der letzten Jahre entstanden. Was beabsichtigen Sie, kurzfristig dagegen zu tun?«

Greg Livingston räuspert sich und blickt ernst in die Kamera. »Zunächst muss sichergestellt werden, dass die vorhandenen Lebensmittel bevorzugt an den Stellen landen, wo sie am dringendsten gebraucht werden. Wir haben gestern Nacht in der Ratssitzung ein umfassendes Sparprogramm ausgearbeitet, das sofort in Kraft tritt. Ich bin mir sicher, dass diejenigen, die von den Einsparungen unmittelbar betroffen sind, Verständnis und Rücksicht denjenigen gegenüber aufbringen werden, die davon profitieren.«

Er lässt mit Absicht offen, wen genau er damit meint. Doch jedem ist klar, was das heißt: Von nun an werden die Nahrungsmittel nach Menge und Relevanz der Leistung, die ein Mensch bringt, verteilt. Und über die Relevanz entscheiden Livingston und der Rat. Ich muss an unser Gespräch von gestern Abend denken. Daher überrascht mich die Maßnahme nicht und sie ist im Grunde nur eine Verschärfung der aktuellen Situation. Bereits jetzt wird die Lebensmittelversorgung individuell dem Alter und Gesundheitszustand einer Person angepasst. Und was ich hier bekomme, ist mehr als das, was ich bei Techraid erhalten habe. Dennoch bildet sich ein Kloß in meinem Hals, als ich die Ankündigung höre. Um mich herum nehme ich jedoch zustimmendes Gemurmel wahr.

»Langfristig kann diesem Problem nur mit zwei Strategien begegnet werden: Zum ersten müssen wir wieder mehr darauf achten, unseren Rohstoffverbrauch nicht zu überstrapazieren. In den letzten Jahren ist seit Langem wieder ein Wachstum unserer Bevölkerungszahl zugelassen worden, was meines Erachtens ein großer Fehler war. Wir dürfen nicht in die gleiche Falle wie die Menschen außerhalb von Last Haven tappen. Wohlstand und Sicherheit kann es nur geben, wenn wir volle Kontrolle über die Menge und Qualität unseres Nachwuchses haben.«

Die Art und Weise, wie er so ohne Weiteres von Qualität spricht, macht mich für einen Moment fassungslos. Ein bitterer Geschmack bildet sich in meinem Mund. Unauffällig schaue ich mich unter meinen Kollegen um. Niemand sonst scheint sich an dem Gesagten zu stören. *Oder sie sind schlau genug, sich das nicht anmerken zu lassen,* mahnt eine vorsichtige Stimme in meinem Kopf. Ich denke an Ivys Warnung. Schnell drehe ich den Kopf wieder in Richtung Bildschirm, wo unser neuer Präsident über weitere Möglichkeiten spricht, die Probleme des Landes in den Griff zu bekommen.

»Die zweite Strategie ist die Erweiterung unserer Grenzen, um uns dauerhaft neue Ressourcen zu sichern.«

Auch das ist einer der großen Streitpunkte zwischen Chester Fields und dem Rat gewesen. Fields hat sich strikt geweigert, das Militär zu anderen Zwecken als zur Verteidigung einzusetzen. Eine Erweiterung der Grenzen hat es das letzte Mal unmittelbar nach der Gründung von Last Haven gegeben. Als die Weltwirtschaft zusammengebrochen und überall der Krieg ausgebrochen ist, haben unsere Gründer das allgemeine Chaos der Übermaßexzesse genutzt. Die Fläche des Landes wurde Schritt für Schritt gewaltsam vergrößert. Rohstoffe gesichert. Der strategisch wichtige Zugang zum Fluss. Das ursprünglich kleine Areal, das für das Projekt vorgesehen war, wurde innerhalb von wenigen Jahren verzehnfacht. Die Mauer wurde gebaut. Und seit diesen Tagen nicht mehr angerührt. Die Angelegenheit gehört zu den Themen, über die sich Benjamin gestern mit Ariana gestritten hat. Mein mulmiges Gefühl wird stärker, als Greg Livingston darüber spricht, in welche Richtung sich Last Haven zukünftig ausdehnen soll.

»Die Gelegenheit ist da! Die Bevölkerung außerhalb unseres Landes ist so schwach wie noch nie zuvor. Alle anderen Nationen scheitern an der Bewältigung von Hunger und Krankheiten. Sie bekriegen sich gegenseitig im Kampf um die verbliebenen Ressourcen. Sie sind unorganisiert und unseren gut gebildeten und einwandfrei ausgerüsteten Wächtern weit unterlegen. Die Welt um uns herum ist in einem desolaten Zustand. Wir müssen an unsere Zukunft denken und handeln, wenn wir nicht eines Tages das Schicksal der Außenwelt teilen wollen. Das Land liegt da wie auf einem Silbertablett, wir müssen es uns nur noch *nehmen.*«

Wieder zustimmendes Gemurmel im Saal. Als ich mich erneut verstohlen umblicke, entdecke ich Titus. Er scheint meinen Blick zu spüren und dreht den Kopf in meine Richtung. Meine Wangen fangen an zu glühen, als er mich anlächelt und mir freundlich über die Köpfe der anderen hinweg zuwinkt. Zaghaft hebe ich die Hand und will zurückwinken, aber was wenn das jemand mitbekommt? Ich nehme meine Hand wieder nach unten. Titus blickt mich immer noch an.

Ich will hier weg, außerdem habe ich genug gehört und gebe Ivy ein Zeichen zu gehen. Wir holen unser Frühstück ab und verziehen uns an unseren Stammplatz.

Ich frage mich, wie meine ehemaligen Kollegen von Techraid auf die Wahl von Greg Livingston und seine Ankündigungen reagiert haben. Die Aussicht darauf, von nun an noch kleinere Essensrationen zu erhalten, ist dort sicher nicht auf Gegenliebe gestoßen. Vor meinem inneren Auge sehe ich Meg und Mike vor ihren kärglichen Portionen sitzen und wünsche mir trotzdem nichts sehnlicher, als ihnen dabei Gesellschaft zu leisten.

Kapitel 8

Dass sich auch für *mich* etwas durch die Wahl von Greg Livingston zum Präsidenten ändert, wird mir klar, als Rex Jenkins zum neuen Verteidigungsminister gewählt wird. Ich weiß noch nicht, ob es sich dabei um eine gute oder schlechte Wendung handelt. Das Positive daran ist, dass er nicht mehr mein direkter Vorgesetzter ist. Neuer Entwicklungsleiter für Waffentechnik wird eine strenge Frau namens Jane Deed. Sie lässt mich weitestgehend in Ruhe, was eine Verbesserung ist. Das Negative an der ganzen Sache jedoch ist, dass Jenkins jetzt eine noch einflussreichere Position besetzt als vorher.

In den nächsten Tagen dreht sich alles um unseren neuen Präsidenten. Egal, wohin ich gehe, jeder spricht davon. Nachdem Ivy Benjamin darauf hingewiesen hat, sich mit allzu offener Kritik an der Politik von Greg Livingston besser zurückzuhalten, nimmt er sich diesen Rat zu Herzen. Aber ich sehe, wie die Muskeln an seinem Kinn zucken und die Röte seinen Hals hinauf kriecht, wann immer jemand seine Unterstützung für den Präsidenten kundtut. Und mir geht es ähnlich. Tatsächlich hört man auch sonst niemanden negativ über Livingston reden. Diejenigen, die auf Bens Seite stehen, halten sich ebenfalls lieber bedeckt. Die Stimmung ist seltsam angespannt, als läge etwas in der Luft. Am sichersten ist es wohl, überhaupt nichts zu sagen, und so halten Ivy, ich und nun auch Benjamin es. Denn wir wissen nicht, wie sich die Angelegenheit weiter entwickelt. Es fühlt sich an, als wären mit Chester Fields' Tod auf einmal die Hemmungen im Rat und auch anderswo gesunken und die Forderung nach radikaleren Maßnahmen zur Bekämpfung des Hungers werden plötzlich so laut wie nie zuvor. Wir wollen nicht selbst in die Schusslinie geraten, obwohl das Schweigen sich falsch anfühlt. Ich weiß nicht, was schlechter ist: Ungerechtigkeit gar nicht erst zu erkennen oder Ungerechtigkeit zu erkennen, aber zu schweigen. Zweiteres ist auf alle Fälle anstrengender.

Es zeigt sich schnell, dass wir von den Einsparmaßnahmen nicht betroffen sind. Wie ich es mir bereits gedacht habe. Aber ich habe ohnehin schon wieder andere Sorgen. Mein Unterricht geht nach wie vor schleppend voran; das kurze Hoch, das mir das Mentalin beschert hat, ist einem erneuten Tief gewichen. Den Anschluss an meine Mitschüler habe ich längst verloren. Dafür taucht der kleine Sam mittlerweile beinahe regelmäßig bei mir auf, wenn wir eine kurze Pause machen. Stolz zeigt er mir eine handgezeichnete Skizze, die er während des Unterrichts angefertigt hat. Ich muss schmunzeln, als ich erkenne, dass es sich dabei um einen Roboter handelt, der die Form eines Hundes hat. *Er ist ein kleiner Junge,* rufe ich mir ins Gedächtnis. *Und Hunde faszinieren ihn mehr als Waffen.* Mir bleibt nicht verborgen, dass er die Zeichnung unauffällig verschwinden lässt, sobald Mr. Salmon in unsere Nähe kommt.

Konstruktion ist das einzige Fach, in dem ich das Gefühl habe, zumindest kleine Fortschritte zu machen. In Mathematik, Systemtheorie und Physik dagegen sind meine Leistungen katastrophal. Ich werde das Gefühl nicht los, dass ich längst an dem Punkt angelangt bin, wo mir auch Lernen und Üben nicht mehr helfen können. Der Stoff übersteigt schlicht meinen Horizont. Meine Nächte in der Bibliothek werden allmählich wieder länger. Mein Mentalinkonsum steigt trotz meiner guten Vorsätze, sparsam zu sein, an, kann mir jedoch kaum mehr helfen. Panik befällt mich, wenn ich mir vorstelle, was passieren wird, wenn ich das letzte Fläschchen aufgebraucht habe, was nicht mehr lange dauern kann. Ich brauche mehr davon!

Als ich das nächste Mal ins MediOffice muss, spiele ich mit dem Gedanken, Dr. Henderson einfach danach zu fragen. Aber ich komme gar nicht erst in die Verlegenheit, da ich ihn nicht antreffe. Statt eines neuen Gipses erhalte ich nur noch eine schlichte, graue Schiene von einem Sanitäter. Worüber ich ausgesprochen erleichtert bin. Aber meine eigentlichen Probleme werden davon nicht gelöst. Zumindest ziehe ich damit nicht mehr so viele Blicke auf mich wie zuvor.

Mr. Salmon kündigt an, dass wir am nächsten Morgen eine praktische Übung in Theoretischer Kriegsführung durchführen werden. »Sie wird in unserem Simulationsraum stattfinden. Jeder von Ihnen wird eine Aufgabe erhalten, die es zu lösen gilt. Es geht um Strategie und Taktik. Zu sehen, wie Sie sich in der modellierten Situation schlagen, hilft mir und meinen Kollegen bei der Einschätzung Ihrer Stärken.«

Er fährt sich über den gewaltigen Schnauzbart und schaut eindringlich in die Runde. Als sich unsere Blicke treffen, ruhen seine Augen einen Moment auf mir. Ich verstehe die Botschaft nur zu gut: *Das gilt besonders für dich, Aida! Sieh besser zu, dass du nicht versagst!* Ein unbehagliches Ziehen breitet sich in meinem Bauch aus. Dabei gehört das Fach zu den wenigen, in denen ich keine komplette Niete bin. Die Übung könnte eine echte Chance für mich sein zu beweisen, dass ich nicht der Dummkopf bin, für den mich hier alle halten. Ich fange Sams Blick auf, der mir zu grinst und mir Daumen hoch zeigt. Auch ihm ist klar, dass ich dabei nichts zu verlieren, dagegen jedoch einiges zu gewinnen habe.

Ich erfahre von meinen Mitschülern, dass solche Tests regelmäßig durchgeführt werden. Statt mich zu beruhigen, erhöht diese Nachricht den Druck. Dann handelt es sich dabei also um eines der vielen Dinge, die jeder außer mir schon etliche Male gemacht hat. Die Aufgaben variieren immer wieder, keine Simulation gleicht der andern. Wer welche Mission erhält, wird per Los entschieden – die Verteidigung unserer Grenze gegen verschiedenartige Angriffe. Das Niederschlagen eines Aufstandes innerhalb von Last Haven. Der Vormarsch von Truppen durch gefährliches Kriegsgebiet. Sam, den ich bei der ersten sich bietenden Gelegenheit darüber ausquetsche, hat erst eine Simulation durchgeführt. Sein Ziel war es, das Hauptquartier einer feindlichen Allianz auszumachen, die regelmäßig Angriffe gegen die Grenze von Last Haven unternimmt. Das klingt spannend, doch ich kann mir noch nicht so recht vorstellen, wie es ablaufen soll. Und das macht mich nervös.

»Es ist ganz einfach.« Sam versucht, mich zu beruhigen und schenkt mir ein zauberhaft unbedarftes Lächeln. »Du steuerst die Simulation über deine Stimme. Der Computer erkennt deine Befehle und programmiert das, was du möchtest.«

Es ist wie ein Spiel. Würde es dabei nicht um so vieles für mich gehen, könnte ich mich darauf freuen. So wie meine Mitschüler es tun.

Den Rest des Tages kann ich an nichts anderes mehr denken. Ich versuche mir vorzustellen, wie ich virtuelle Truppen gegen virtuelle Rebellen ins Feld führe. In der Mittagspause frage ich Ivy, ob sie solche Simulationen auch schon einmal absolviert hat.

»Klar!«, erwidert sie und stürzt ihr Glas Orangensaft in einem Zug herunter. »Aber keine Sorge, das ist ein Riesenspaß!«

Für euch vielleicht. Meine Bitterkeit behalte ich aber lieber für mich.

Als ich am Abend das Büro verlasse, liegen meine Nerven völlig blank. Ich kriege nur noch schwer Luft. Mein Kopf dröhnt und ein unangenehmer Druck lastet auf meinen Ohren, als würden meine Trommelfelle jeden Moment mit einem gewaltigen Knall zerreißen. Mir ist klar, dass das Lernen heute nicht von nennenswertem Erfolg gekrönt sein wird. Trotzdem gehe ich in die Bibliothek und verkrieche mich in meinen gemütlichen, abgewetzten Ledersessel, um den Stoff des heutigen Tages zu wiederholen. Da ich nicht gut aufgepasst habe, ist es ohnehin nicht allzu viel. Ich werde wohl Sam bitten müssen, mir seine Mitschriften der heutigen Stunden zu leihen.

Benjamin kommt kurz vorbei, bleibt jedoch nicht lange, da er sich mit ein paar Kollegen einen Film ansehen möchte. Auch Ivy ist heute Abend beschäftigt und kann mir keine Gesellschaft leisten.

Als ich gegen Mitternacht ins Bett gehe, suchen meine gesunden Finger automatisch nach dem Kästchen, in dem ich meine kostbaren Fläschchen Mentalin aufbewahre. Es sind nur noch so wenige! Die anderen schlafen bereits. Ivy wirft sich über mir unruhig hin und her, was mir seltsam vorkommt. Normalerweise beneide ich sie um den ruhigen, tiefen Schlaf, in den sie fällt, sobald sie sich hingelegt hat. Vielleicht hat sie einen Albtraum.

Ich genehmige mir einen kleinen Schluck und genieße das warme Gefühl, dass sich von meiner Brust aus ausbreitet. In meine Arme und Beine zunächst und von dort in meine Hände und Füße. Das beengende Gefühl in meinem Brustkorb und die Ohrenschmerzen sind wie weggeblasen. Auf einmal kommt mir meine Angst vor dem morgigen Tag lächerlich vor. Wenige Minuten später dämmere ich weg.

Als ich am nächsten Morgen die Augen aufschlage, bin ich sofort hellwach. Trotzdem dauert es einen Moment, bis mir wieder einfällt, was mich heute erwartet. Jetzt, wo die Wirkung des Mentalins abgeklungen ist, folgt auf die gestrige Nervosität die nackte Panik. Ich kämpfe gegen das beängstigende Gefühl an, gleich zu ersticken. Ivy taucht über mir auf. Sie sieht erschöpft aus. Irgendwie unglücklich. Kein Wunder, sie hat nicht gut geschlafen. Ich nehme mir vor, sie später zu fragen, ob irgendetwas nicht stimmt. Doch zunächst muss ich die Simulation überstehen.

Beim Frühstück sind wir beide schweigsam. Erst als ich mich von Ivy verabschiede, um mit wackligen Knien in den Unterricht zu gehen, hellt sich ihr Blick für einen kurzen Augenblick auf.

»Du hast ja heute deine Übung! Das hatte ich ganz vergessen! Ich wünsch dir viel Glück, Aida!« Sie umarmt mich und lächelt mir aufmunternd zu.

Ich marschiere in Richtung Treppenhaus davon. Dort angekommen habe ich einen Geistesblitz und halte kurz inne. *Vielleicht sollte ich …* Ich zögere. *Eigentlich sollte ich natürlich nicht …* Andererseits ist dieser Tag bisher vielleicht der wichtigste für mich seit meiner Ankunft im Ministerium. Ich kann es mir nicht leisten, bei der Simulation zu versagen. Es wäre ja nur ein einziges Mal. Wirklich.

Die Minuten verstreichen, während ich im Treppenhaus stehe und mit mir ringe. Dann biege ich ab und eile zurück zu unserem Schlafsaal. Eilig reiße ich die Tür auf und schreite mit großen

Schritten durch den Raum zu meinem Bett. Hastig und mit flatternden Nerven durchwühle ich die Decken. Schließe meine Finger um das verborgene Kästchen. Öffne es flink und greife nach einer der wenigen verbliebenen Ampullen. *Viel zu wenige!* Ich brauche Nachschub und zwar bald!

Bereits das Gefühl des glatten, kühlen Glases auf meiner Haut hat eine beruhigende Wirkung auf mich. Ich seufze erleichtert. Froh, die einzig richtige Entscheidung getroffen zu haben. Dann packe ich das Kästchen wieder weg, verstecke es unter meinem Kissen und verlasse den Raum. Den Griff fest um das Mentalin, das ich in meiner Hosentasche verstaut habe. Ich renne zurück zum Aufzug, um nicht Gefahr zu laufen, mich zu verspäten. Was Pünktlichkeit angeht, versteht Mr. Salmon keinen Spaß. Wie auch sonst nicht.

Das Adrenalin in meinem Blut verleiht mir zusätzliche Geschwindigkeit und ich erreiche das Klassenzimmer buchstäblich in letzter Minute. Ich bin außer Atem und mein Gesicht glüht vor Aufregung. Mr. Salmon schenkt mir nur einen kurzen, gleichgültigen Blick, bevor er die Tür hinter mir schließt.

»Bitte ziehen Sie nun eine Nummer. Sie gibt die Reihenfolge an, in der Sie zur Übung antreten werden und legt gleichzeitig fest, welche Aufgabe Sie zu lösen haben. Der Test dauert eine Stunde. Diejenigen, die gerade nicht an der Reihe sind, werden die restliche Zeit für ihr Studium nutzen.«

Er reicht ein großes, bauchiges Glas herum und jeder von uns zieht einen Zettel daraus. Keiner sagt ein Wort, alle sind gespannt auf das, was uns erwartet. Ich falte schweigend und mit zittrigen Fingern das Papier auseinander, das ich aus dem Glas gefischt habe. Schicke ein Stoßgebet zum Himmel, dass ich nicht die Erste, aber auch nicht die Letzte sein werde. Beinahe lasse ich den Zettel dabei fallen. Eine in sauberer Handschrift verfasste *Vier* blickt mir entgegen. Ich bin erleichtert. Das bedeutet, dass ich die ganze Sache noch vor der Mittagspause hinter mir haben werde.

Erica, das große Mädchen mit den dunklen Locken und dem kantigen Kinn, macht den Anfang. Im Gegensatz zu mir scheint sie kein Problem damit zu haben, die Erste zu sein. Sie strahlt selbstsicher in die Runde, bevor sie mit Mr. Salmon den Raum verlässt, und winkt ihrer Freundin Stella eine Reihe vor mir fröhlich zu. Wir anderen nehmen still unsere Plätze ein und holen unsere Unterlagen hervor. Ich schiele zu Sam rüber. Er zeigt mir zwei Finger und grinst.

Ich versuche, meine volle Aufmerksamkeit auf die Software zu richten, an der ich gerade arbeite. Starre auf den Bildschirm vor mir, bis mir die Augen wehtun. *Es hat keinen Sinn*, flüstert eine gemeine Stimme in meinem Kopf. Ich weiß, dass sie damit recht hat.

Die Zeit zieht sich unangenehm und ich werde von Minute zu Minute unruhiger. Meine Gedanken kreisen nur um das, was mich erwarten könnte. Ich versuche, meinen Puls in den Griff zu bekommen, der so schnell geht, dass ich mir ernsthaft Sorgen mache, einen Herzinfarkt zu erleiden.

Erica kommt zurück, ein zufriedenes, selbstgefälliges Lächeln auf ihren Lippen. Als nächstes ist Sam an der Reihe. Ebenfalls guter Laune und voller Tatendrang schlendert er zu Mr. Salmon und folgt ihm nach draußen. *Noch zwei Stunden.*

Sam kommt wieder. Wird von Ricky abgelöst. Längst schon bin ich nur noch ein Häufchen Elend. Ich greife nach dem Fläschchen in meiner Hosentasche. Schließe die Finger so fest um das kühle Glas, als wollte ich es mit bloßen Händen zerquetschen. Nur noch einen Augenblick, bete ich vor mich hin, gleich ist es soweit.

Wenige Minuten später schiebe ich vorsichtig meinen Stuhl zurück, um die anderen nicht in ihrer Arbeit zu stören. Mit schnellen Schritten eile ich zur Tür. Sobald ich sie hinter mir geschlossen habe, beginne ich zu rennen und bleibe erst stehen, als ich die Damentoilette erreiche. Ich schließe mich in eine der Kabinen ein und lasse mich schwitzend und völlig außer Atem gegen die Wand sinken. Meine Finger suchen zitternd nach dem Fläschchen. Als ich es öffne, fällt mir der Verschluss auf den Boden, aber das ist jetzt unwichtig. Ich atme tief durch und muss mich bremsen, nicht den gesamten Inhalt auf einmal runter zu stürzen. Ein erleichtertes Seufzen entfährt mir, als sich meine Glieder unmittelbar entspannen und die wohlige Wärme von oben bis unten strömt. Kein Zittern mehr, keine unsichtbare Klammer um meinen Brustkorb, keine Angst. Am liebsten würde ich laut loslachen und überhaupt nicht mehr aufhören. Ich verlasse die Kabine und gehe frohen Mutes zurück zum Schulungsraum. Ja, es war ohne Zweifel die richtige Entscheidung, dass Mentalin zu nehmen. Ich fühle mich, als gäbe es nichts auf der Welt, dass ich nicht schaffen könnte.

Als ich mich zurück auf meinen Platz setze, bin ich völlig gelöst. Ich schaffe es sogar, noch ein wenig an meinem Programm zu schreiben, bevor Mr. Salmon in der Tür erscheint, um mich abzuholen. Ich schenke ihm ein breites Lächeln, während ich an ihm vorbei stolziere. Er erwidert meinen Blick mit einer Verwirrung, die mich beinahe losprusten lässt.

Mr. Salmon führt mich in einen abgedunkelten Raum, der gänzlich leer zu sein scheint. Im Gegensatz zu anderen Räumen hat er keine vier Wände, sondern die Form einer Kuppel. Ich positioniere mich in ihrer Mitte und Mr. Salmon überreicht mir eine Art Helm.

»Hier ist die Brille, die Sie benötigen, um die Simulation so real wie möglich zu erleben. Sie wird gestartet, sobald Sie bereit sind. Zunächst wird Ihnen erläutert, was das Ziel Ihrer Mission ist. Anschließend haben Sie exakt fünfzig Minuten Zeit, es zu erreichen. Das Programm wird über Ihre Sprache gesteuert. Wenn Sie also etwas benötigen oder tun möchten, sprechen Sie einfach einen Befehl. Ihre Möglichkeiten sind beinahe unbegrenzt.«

Ich nicke. Jetzt, unter dem Einfluss des Mentalins, klingt das für mich weitaus sinnvoller und selbstverständlicher als gestern aus Sams Mund. Wie albern von mir, dass ich solche Angst hatte.

»Sie können die Zeit in Ihrer Simulation bei Bedarf beschleunigen oder verlangsamen. Haben Sie noch irgendwelche Fragen dazu, Miss Green?« Mr. Salmon sieht mich über den Rand seiner Brille skeptisch an. Als erwarte er, dass ich – wie üblich – kaum ein Wort von dem verstanden habe, was er gerade gesagt hat. Doch ich lächle nur.

»Es kann losgehen!«, erwidere ich selbstsicher. Wenn meine verletzte Hand nicht noch immer in ihrer Schiene stecken und mir Probleme bereiten würde, würde ich jetzt in die Hände klatschen.

»Gut.« Ich meine, so etwas wie Mitleid in Mr. Salmons Blick zu erkennen. Womöglich denkt er, dass ich völlig den Verstand verloren habe. Er schließt die Tür hinter sich, während ich mir die Brille über den Kopf ziehe und in aller Seelenruhe darauf warte, dass die Simulation startet.

Nur wenige Augenblicke später erscheint vor meinen Augen in hellblauen, großen Lettern meine Mission, die mir von einer hohen, mechanischen Frauenstimme zusätzlich vorgetragen wird.

Kategorie: Geopolitik

Einleitung: Die Bevölkerung von Last Haven gedeiht prächtig. Um die hohe Nachfrage an Rüstungsgütern auch zukünftig decken zu können, müssen schon heute geeignete Maßnahmen ergriffen werden, um die benötigten Rohstoffe zu sichern.

Etwa zweihundert Kilometer westlich der Grenze von Last Haven befindet sich die alte Bergbaustadt Fairfield, die über gewaltige Eisenvorkommen verfügt und der bedeutendste Stahllieferant des Landes ist. Der Handelsvertrag mit Last Haven wurde jedoch kürzlich von Fairfield gekündigt. Die Stadt befindet sich im Bürgerkrieg.

Mission: Nehmen Sie Fairfield für Last Haven ein und sichern Sie die Rohstoffversorgung für die nächsten Jahrzehnte.

Ich habe alle fremden und hinderlichen Eindrücke um mich herum ausgeblendet und bin völlig auf die Buchstaben vor mir fokussiert. Ich habe verstanden.

»Es kann losgehen!«, wiederhole ich laut und der Text vor meinen Augen verschwindet. Es wird hell und für einen Moment kann ich nichts sehen, weil meine Augen noch Zeit brauchen, um sich an das gleißende Licht zu gewöhnen. Dann taucht sie schließlich vor mir auf. Die Bergbaustadt Fairfield. Sie ist nicht sehr groß, keine der zahlreichen Megastädte, die unsere Welt mittlerweile bedecken, doch mir erscheint sie riesig. Und hässlich. Wie ein übles Geschwür wuchert sie um die zwei Berge herum, die aus dem ansonsten völlig flachen Land herausragen, und erstreckt sich mehrere Kilometer Richtung Norden. Ich bin überwältigt. Alles wirkt so unfassbar real.

Ich bewege mich über die Stadt hinweg, um zu sehen, womit ich es zu tun habe. Graue Betonklötze dominieren das Stadtbild, unterbrochen von zerfallenen Wolkenkratzern, gewaltigen Silos und braunen Schloten, die unablässig schwarzen Rauch und Dampf in die Luft blasen. Je näher man den Bergen kommt, desto dichter wachsen die Schlote aus dem Boden. Durch die Stadt windet sich in großen Schleifen das glitzernde Band eines Flusses, der aus dem Norden kommt und im Bogen Richtung Osten fließt. Ich nutze ihn, um mich zu orientieren. Würde ich ihm folgen, käme ich direkt nach Last Haven.

Fairfield ist in eindeutig schlechtem Zustand, wie die meisten Städte außerhalb unserer Mauern. Auf den ersten Blick kann ich keine Verteidigungsanlagen erkennen. Die Menschen hier leiden unter Krankheiten und Hunger. Und sie befinden sich im Bürgerkrieg. Sie werden meinem Angriff nicht viel entgegensetzen, so viel ist klar.

Ich überlege, was zu tun ist. Es wäre ein Leichtes, meine Luftwaffe einzusetzen, die Stadt innerhalb kürzester Zeit in Schutt und Asche zu legen und sie anschließend zu besetzen. Doch etwas sagt mir, dass das nicht das eigentliche Ziel meiner Mission ist. Ich brauche Fairfields Rohstoffe, doch dazu gehört auch die verarbeitende Industrie. Würde ich den Tagebau, die Bergleute, Stahlhersteller und -verarbeiter durch einen Luftangriff zerstören, müsste all das in dem Trümmerfeld wieder aufgebaut werden. Auch auf die Hafenanlagen möchte ich nicht verzichten. Mein Verstand arbeitet wie automatisch; ich muss eine Lösung finden und das möglichst rasch. *Das Problem sind die Menschen,* wird mir klar. Die Stadt muss leer sein, damit Last Haven ungehinderten Zugang zum Berg und zum Fluss erhält, und damit er das auch in Zukunft bleibt. Doch was soll ich mit den Einwohnern von Fairfield machen? Wir können sie nicht aufnehmen, denn sie sind zu viele. Zu schlecht ausgebildet und würden das System nur unnötig belasten. Und Last Haven nimmt grundsätzlich niemanden auf, denn wer weiß schon, wen man sich da alles ins Land holen würde. Zu den Grundprinzipien unserer Politik gehört, dass wir keine Nachgiebigkeit gegenüber dem Elend der Menschen außerhalb unserer Mauern zeigen dürfen. Keine Schwäche. Schließlich haben sie ihr Schicksal selbst verschuldet. Maßlos gelebt, während wir uns bei hohen Leistungen in Verzicht und Dispziplin geübt haben. Das wiederum bedeutet, mir bleibt die Wahl, sie entweder zu vertreiben oder zu töten.

Sie alle nach und nach zu vertreiben erscheint mir ineffektiv und zeitaufwendig. Sie müssen also sterben. Der Entschluss fällt mir so leicht, als hätte ich gerade eben entschieden, dass ich heute blau statt schwarz trage. Es ist das einzig Logische und das Mentalin in meinem Blut verhindert nachhaltig, dass die Stimme meines Gewissens von meinem Verstand berücksichtigt wird. Es ist, als wäre ich fremdgesteuert, das Mentalin hat mich völlig abgeklärt und berechnend gemacht. Empathie ist pure Zeitverschwendung.

Doch auf welche Weise sollen die Menschen sterben? Ich kann die Stadt nicht einfach bombardieren, da ich ihre Industrieanlagen brauche. Mir fehlt die Zeit, jede einzelne davon zu orten und zu umgehen. Je mehr ich von Fairfield erhalte, desto mehr kann hinterher von Last Haven genutzt werden. Ich spiele kurz mit dem Gedanken, biologische oder chemische Waffen einzusetzen und schließe es gleich wieder aus. Die Gefahr einer Verunreinigung des Grundwassers wäre zu groß und im ungünstigsten Fall würde der Fluss die giftige Fracht direkt nach Last Haven weiterleiten. Der Einsatz von Atomwaffen verbietet sich in diesem Fall von selbst. Ich bin zu nah an unserer eigenen Grenze. *Drohnen*! Ich könnte Aufspürdrohnen aussenden, um die Einwohner von Fairfield zu finden und zu eliminieren. Ich schnalze ungeduldig mit der Zunge. Die Lösung stellt mich nicht zufrieden. Entweder ich bräuchte Unmengen an Drohnen oder ich bräuchte Wochen wenn nicht Monate, um die Stadt einzunehmen. Das gefällt mir nicht und ich bin mir sicher, dass es Mr. Salmon und seinen Kollegen ebenfalls nicht gefallen wird. Es muss eine bessere Strategie geben. Mir läuft langsam die Zeit davon.

Auf einmal kommt mir die Idee. Sie ist ein Kompromiss, ich werde auf Teile der Stadt wohl verzichten müssen. Doch zumindest kann ich die wichtigen Anlagen am Hafen und um die Tagebaue herum erhalten. Und es wird schnell gehen. Geduld war noch nie meine Stärke.

Ich gebe meine Anweisungen an das Programm und sehe zu, wie sich an die einhundert Transporthubschrauber meiner Luftwaffe auf den Weg in Richtung Fairfield machen. Ausgerüstet sind sie jedoch nicht mit neuester Waffentechnik, zumindest nicht *nur*. Ich weiß schon, wie ich die Einwohner von Fairfield aus ihren Häusern locken kann. Sie befinden sich im Bürgerkrieg, sind verletzt und leiden Hunger. Ich werde ihnen geben, was sie brauchen. Über der gesamten Stadt schweben meine Militärhubschrauber über öffentlichen Plätzen und verbreiten donnernden Lärm. Ich zoome näher an einen von ihnen ran, um zu sehen, ob mein Plan aufgeht. Menschen strömen aus ihren Häusern und starren voller Angst in den Himmel. Sie kennen uns und normalerweise haben sie aus Last Haven nichts Gutes zu erwarten.

»Habt keine Angst!«, ertönt an hundert Stellen in der Stadt die Stimme der Piloten, durch Megafone verstärkt, während die Hubschrauber zur Landung ansetzen. »Wir sind hier um euch zu helfen.« Einige Menschen rennen panisch zurück in ihre Häuser, andere haben sich vor dem Wind in Sicherheit gebracht und beobachten das Geschehen aus vermeintlich sicherer Entfernung.

Ich zoome mich mitten in das Geschehen in den Gassen. Als der Hubschrauber, der über dem Platz schwebt, beinahe den Boden erreicht, öffnet sich in seinem Boden eine Luke. Eine riesige Holzkiste landet mit splitterndem Geräusch auf dem Pflaster. Knatternd erhebt sich der Helikopter wieder und fliegt davon. Ich warte gespannt und lasse die Zeit ein bisschen schneller laufen. Es dauert weniger lang, als ich dachte, bis sich die ersten Einwohner neugierig, wenn auch noch immer argwöhnisch den Kisten nähern. Einige Männer klettern darauf, um sie zu öffnen.

Ich bin völlig gebannt von dem Geschehen. Dass ich mich in einer Simulation befinde, habe ich längst vergessen. Der Platz, die Menschen – das alles ist so wirklich, als würde ich gerade tatsächlich aus dem Fenster eines der Häuser nach unten blicken. Dennoch nehme ich alles ohne jegliche Gefühlsregung wahr. Mein Verstand läuft wie ein Computer. Das Mentalin sorgt dafür, dass meine Wahrnehmung auf einer anderen Ebene stattfindet. Einer, die nüchtern und sachlich ist und keine Emotion kennt.

Es vergehen noch einige Minuten, bis die Menschen erkennen, was ich ihnen geschickt habe. Und als die Männer sich daran machen, die Nahrungsmittel und Medikamente zu verteilen, strömen die Einwohner der Stadt nach und nach auf den Platz zurück und drängen sich um die Kisten. Innerhalb kürzester Zeit entsteht ein unglaublicher Tumult. Die Menschen prügeln sich, sie schreien und trampeln sich gegenseitig zu Boden. Jeder will ein Stück von meinem Kuchen abhaben. Ich höre Schüsse und sehe, wie einer der Männer leblos von den Kisten fällt, in seiner Hand einen Laib Brot. Es ist genauso, wie ich es vorhergesehen habe. Ich lasse noch ein wenig Zeit vergehen, bis das Chaos sein Maximum erreicht. Es müssen tausende sein, die sich auf dem Platz und in den umliegenden Straßen befinden. Tausende Menschen, die sich dicht an dicht an jeweils einhundert Stellen in der ganzen Stadt versammelt haben. Es ist so weit.

»Zünden«, sage ich laut und deutlich.

Und das Inferno beginnt.

An allen einhundert Stellen in Fairfield explodieren gleichzeitig die in den Kisten verborgenen Sprengsätze und reißen gigantische Löcher in den Boden. Ich halte den Atem an. Die Luft ist trüb von Rauch und Staub und es dauert mehrere Minuten, bis ich etwas sehen kann. Der Krater ist an die fünfzig Meter groß, doch noch hunderte Meter um ihn herum steht kein Stein mehr auf dem anderen. Alles liegt in Schutt und Asche, eine dicke Staubschicht deckt die ganze Szenerie unter sich zu und eine beinahe unheimliche Stille ist eingekehrt. Ich zoome mich wieder heraus aus der Stadt und sehe mir die Wirkung meiner Sprengsätze von oben an. Die

Stadt ist in einem erbärmlichen Zustand, doch sowohl die Tagebaue als auch die Hafenanlagen und die meisten Industrieanlagen sind noch intakt. Ich habe die Sprengsätze weit genug entfernt positioniert.

Fairfield ist mit einem Schlag gefallen, doch noch immer befinden sich Menschen in der Stadt. Auch wenn ich den Großteil der Bevölkerung ausgelöscht habe, mache ich mir nicht vor, sie alle erwischt zu haben. Es müssen sich noch immer Tausende in ihren Häusern, den Fabriken und anderen Orten befinden, die ich absichtlich verschont habe. Ohne mit der Wimper zu zucken, schicke ich meine Drohnen aus, um den Auftrag abzuschließen. Es ist das einzig Logische, in meiner mentalinverursachten Abgeklärtheit hat Mitleid keinen Platz. Es dauert etwa einen Tag, bis ich aus der Bergbaustadt Fairfield eine Geisterstadt gemacht habe. Ich schicke meine Wächter, um das, was von Fairfield übrig geblieben ist, zu besetzen und sicherzustellen, dass kein Fremder auf die Idee kommt, sich die Stadt unter den Nagel zu reißen. Sie gehört jetzt Last Haven und das soll auch so bleiben. Als die Simulation endet und Mr. Salmon mit ausdruckslosem Gesicht die Tür öffnet, bin ich mit meiner Leistung mehr als zufrieden.

Die Wirkung des Mentalins ist noch nicht verflogen, als ich bester Laune in den Speisesaal marschiere, um zu Mittag zu essen.

»Hey, Aida!«

Ich drehe mich schwungvoll um. Wenn das Mentalin nicht diese unglaubliche Ruhe in mir verströmen würde, dann würde mein Herz jetzt einen Satz machen, als ich die dunklen Locken von Titus erblicke. Er sitzt mit einem Kollegen zu Tisch und winkt mir zu. An jedem anderen Tag würde ich jetzt rot anlaufen, schüchtern zurücklächeln und schleunigst das Weite suchen. Mich hinterher darüber ärgern, dass ich immer noch nicht den Mut aufgebracht habe, ihn in ein Gespräch zu verwickeln. Doch heute nicht. Ich hole mir mein Essen an der Ausgabe und gehe schnurstracks auf Titus zu. Erst, als ich an seinem Tisch ankomme, erkenne ich, wer neben ihm sitzt. Es ist Romulus Henderson.

Ihn hier zu sehen fühlt sich eigenartig an. In meinem Kopf ist sein Anblick so fest mit den kahlen, weißen Gängen des Medi-Offices verbunden, dass ich ihn mir außerhalb seiner Untersuchungsräume überhaupt nicht vorstellen konnte. Er lächelt freundlich. »Wie geht es Ihrer Hand, Miss Green?«

Über den Tisch hinweg zeige ich ihm die Schiene, die mir sein Assistent verpasst hat und bewege meine Finger ein wenig. Sie sind noch nicht wieder komplett beweglich, und hin und wieder spritze ich mir noch immer etwas gegen die Schmerzen, bevor ich schlafen gehe. Doch ich bin zufrieden, solange ich keinen Gips mehr brauche.

»Romulus hat mich heute Morgen bei meiner Arbeit im Labor unterstützt«, plaudert Titus fröhlich vor sich hin. »Aber sagtest du nicht, dass du jetzt im Anschluss ohnehin noch einen Termin im Ministerium hast?« Er wendet sich an Dr. Henderson, der nach seiner Teetasse greift.

Die Ringe unter Dr. Hendersons Augen sind sogar noch tiefer, als beim letzten Mal. Der Geruch von Minze sticht mir in der Nase, vermischt mit dem fruchtigen Duft des halben Apfels, der vor mir auf dem Teller liegt, und dem herrlichen, undefinierbaren Geruch von Titus, der direkt neben mir sitzt.

»Ja, ich muss gleich zum Minister.« Er klingt nicht begeistert.

»Zu Rex Jenkins?«, frage ich neugierig nach, um sicher zu gehen, dass er nicht den alten Minister und neuen Präsidenten Greg Livingston oder irgendeinen der andern Minister damit meint.

»Ja, zu genau dem.« Romulus Henderson nickt und mustert mich milde überrascht. Es scheint ihn zu erstaunen, dass ich von mir aus das Wort ergreife. Bis jetzt habe ich mich ihm gegenüber nie von meiner geselligen Seite gezeigt.

»War er nicht dein Vorgesetzter, bevor er neuer Verteidigungsminister wurde, Aida?«, fragt Titus.

»Ja, allerdings.«

Die Art, wie Dr. Henderson mich ansieht, gefällt mir gar nicht. Irgendwie misstrauisch. Es ist, als würde er direkt durch meine Augen hindurch in meinen Kopf hinein schauen. Ich frage mich, ob er ahnt, dass ich Mentalin genommen habe, ob man mir das ansehen kann. Ich wüsste nicht, wie er anderweitig davon erfahren haben könnte. Als sein Telefon klingelt, er sich entschuldigt und Titus freundschaftlich die Schulter drückt, bin ich ein wenig erleichtert, seinem stechenden Blick zu entgehen.

Ich wende meine Aufmerksamkeit wieder Titus zu, der gerade sein Geschirr zusammenstellt. Wie gut er aussieht! Mit meinen vom Mentalin geschärften Sinnen entgeht mir keine Einzelheit seines Gesichts. Weder die sanft geschwungenen Brauen, noch die hellen Flecken in seinen sonst dunkelbraunen Augen, noch der kleine Leberfleck auf seinem Kinn.

»Also, Aida«, sagt Titus, sobald Dr. Henderson verschwunden ist, und zwinkert mir zu. »Sag mir: Wie fühlt es sich an, von allen angestarrt zu werden?« Er nickt kurz in Richtung meiner eingeschienten Hand. »Soviel Aufmerksamkeit wie hier hast du bei Techraid sicher nicht gekriegt, hab ich recht?« Er grinst und obwohl die Sache eigentlich nicht lustig ist, muss ich ebenfalls lächeln.

»Woher weißt du, dass ich bei Techraid gearbeitet habe?«, frage ich spitz, denn bisher haben wir ja nicht mehr als ein paar Worte gewechselt. Aber Titus wirkt amüsiert.

»Das weiß hier jeder. Du bist nicht gerade unauffällig«, erklärt er. »Also? Wie ist das so?«

»Man gewöhnt sich daran«, erwidere ich gelassen und tue so, als würden mich die abfälligen Blicke meiner Kollegen überhaupt nicht mehr stören. Das tun sie zwar nach wie vor, aber tatsächlich nicht mehr so sehr wie noch vor ein paar Wochen. Dank Ivy und Benjamin fühle ich mich allmählich nicht mehr ganz so wie ein Femdkörper hier.

Titus' Lächeln wird eine Spur sanfter. »Lass dich bloß nicht unterkriegen, Aida. Scher dich nicht um das, was die anderen sagen oder denken, die meisten von ihnen sind arrogante Snobs.«

Er streckt die Hand aus und streicht kurz und zärtlich über meine Schiene. Es ist nur eine kleine Geste, aber ich spüre, wie mir warm wird dabei. Wir schauen uns über meine Hand hinweg an, bis Titus den Blickkontakt schließlich abbricht. Worüber ich enttäuscht bin. Nicht, dass er schon wieder gehen muss.

»Ich wusste gar nicht, dass ihr beide befreundet seid?!«, sage ich zu ihm in in der Hoffnung, ihn in ein Gespräch verwickeln zu können, und nicke in die Richtung, in die Dr. Henderson verschwunden ist.

Titus lächelt geheimnisvoll. »Ich denke, es gibt so einiges, was du nicht von mir weißt, Aida.«

»Das sollten wir ändern, finde ich«, erwidere ich bestimmt.

Titus lacht und zwinkert mir zu. »Auf geht's. Was möchtest du wissen?«

Ich überlege. Ich kann ihn ja jetzt nichts Persönliches fragen. Das wäre viel zu auffällig. Bleibt nur die Arbeit.

»Woran genau forscht ihr eigentlich da unten?«, frage ich freiheraus. Die Gelegenheit ist zu günstig. Ohne Mentalin würde ich es nicht mal fertig bringen, mich überhaupt mit ihm zu unterhalten, geschweige denn ihn auf dieses heikle Thema anzusprechen.

»Was hat Ivy dir denn so alles erzählt?« Titus hebt belustigt die Brauen.

»Nur, dass du in der Abteilung für Chemische und Biologische Waffen arbeitest und dass keiner außer euch dort runter darf.«

Titus scheint abzuwägen, wie viel an Information er mir ohne Bedenken anvertrauen kann und nickt schließlich. »Das stimmt zumindest teilweise, wenn auch die Arbeit an Waffen eher einen geringen Teil meiner Zeit in Anspruch nimmt.«

Ich sehe ihn erwartungsvoll an, doch er erwidert meinen Blick nur ohne weiterzusprechen und grinst mich mit funkelnden Augen an.

»Also …?«, bohre ich ungeduldig nach. »Was nimmt denn dann den Hauptteil deiner Zeit in Anspruch?«

Titus lacht wieder. Ich glaube, es ist das schönste Geräusch, das ich je vernommen habe. Hell und klar und wie Musik in meinen Ohren. »Ach, Aida, wenn ich es dir sagen dürfte, würde ich es tun. Aber das tue ich nicht.«

Ich ziehe eine beleidigte Schnute und Titus tätschelt mir freundlich den Arm. Die Stelle bitzelt angenehm, als er seine Hand wieder wegzieht.

»Mach dir nichts draus, die wenigsten wissen darüber Bescheid. Alles strengstens geheim, Sicherheitspersonal überwacht die Zugänge, obwohl man ohne freigeschaltetes Armband ohnehin nicht reinkäme. Es gibt nicht mal Überwachungskameras dort unten, weil man sicherstellen möchte, dass nichts von dem, was vor sich geht, aufgezeichnet werden kann. Du bist also nicht die Einzige, die weiter rätseln muss. Und es ist auch gar nicht so – ach, es gibt viel Wichtigeres, Aida.« Er lächelt mir noch einmal zu, nur dieses Mal wirkt es nicht fröhlich.

Der Informationsgehalt ist enttäuschend und ich überlege, ob ich wirklich bereits locker lassen oder noch weiter nachhaken soll. Aber Titus' Blick … Die Entscheidung wird mir abgenommen, als Benjamin und Ivy auf uns zukommen und sich zu uns an den Tisch setzen. Titus, der bereits mit Essen fertig ist, verabschiedet sich. Kurz bevor er aus meinem Sichtfeld verschwunden ist, winkt er mir noch mal kurz zu und ich schenke ihm mein strahlendstes Lächeln. Ivy schaut mich vielsagend an und schürzt spöttisch die Lippen.

»Ich hoffe, wir stören nicht!?«, sagt sie spitz und zwinkert mir zu. Ich erwidere ihren Blick völlig gelassen und schiebe mir ein Stück Apfel in den Mund. Benjamin blickt in die Richtung, in die Titus verschwunden ist, und runzelt die Stirn.

»Wie war deine Simulation?«, fragt er mürrisch.

Ich erzähle ihnen von meiner Mission und wie ich es schließlich geschafft habe, die Stadt Fairfield einzunehmen. Ich lasse keine Einzelheiten aus und durchlebe das Ganze noch einmal von vorne. Meine Begeisterung ist noch immer nicht abgeflaut, im Gegenteil. Ich bin völlig elektrisiert und würde mich am liebsten noch einmal in die Simulation stürzen. Ivy und Benjamin hängen an meinen Lippen, Ivy ebenso Feuer und Flamme wie ich, Benjamin schweigsam und mit ausdruckslosem Gesicht.

Als ich fertig bin, klatscht Ivy fröhlich in die Hände. »Hab ich doch gewusst, dass du das schaffst! Denen hast du's gezeigt!« Voller Elan schlingt sie eine Gabel voll Nudeln herunter und bespritzt Benjamin dabei aus Versehen mit Tomatensoße. »Oh, entschuldige, Ben! Würde mich nicht wundern, wenn du die Beste warst, Aida!«

Sie macht sich daran, mit einer Serviette Benjamins Ärmel von den Flecken zu befreien, während Ben weiter still und nachdenklich in seinem Brokkoli stochert.

»Was ist denn los, Ben?« Benjamin war zwar noch nie der größte Redner, doch dass er meine Geschichte unkommentiert lässt, erscheint mir doch ein wenig merkwürdig.

Er schaut auf und sieht mir einen Moment direkt in die Augen, bevor er leise antwortet: »Meinst du nicht, dass du da ein wenig – naja, unmoralisch gehandelt hast?«

Ich stutze. »Es ist doch nur eine Simulation.«

»Ja, eine Simulation, in der abgeprüft werden soll, wie du schwierige Situationen militärisch oder politisch lösen würdest. Dass du dafür hunderttausende unschuldige Menschen derart gewissenlos in die Falle lockst, finde ich, um ehrlich zu sein … ein klein wenig erschreckend.«

Ich kann nicht glauben, was ich da höre.

»Ben, Aida hat niemanden umgebracht, ok? Das ist nur ein Spiel.« Ivys Stimme ist mit einem Mal sehr ernst. »Aida musste das tun, was von ihr erwartet wird, das weißt du genau. Es ist sehr ungerecht von dir, ihr das jetzt vorzuwerfen.«

»Ja, und offenbar scheint sie ja durchaus Gefallen daran gefunden zu haben!« Benjamins Gesicht hat einen zarten Rosaton angenommen, der nur von seinen zahlreichen Sommersprossen unterbrochen wird.

Das ist so unfair, dass ich trotz des Rests an Mentalin in meinem Blut jetzt ebenfalls wütend werde. Doch anstatt etwas zu erwidern, was ich hinterher bereuen könnte, sage ich nur kühl: »Wenn du das wirklich denkst, kennst du mich aber schlecht, Ben.«

Dann nehme ich mein Tablett in die Hand und lasse Benjamin und Ivy allein zurück.

Benjamin und ich reden den ganzen Nachmittag über nicht miteinander, obwohl wir beide nebeneinander in Newmans Büro sitzen und gemeinsam ein Projekt bearbeiten. Ich beachte ihn nicht mehr als nötig und konzentriere mich lieber auf meine Arbeit, die mir heute so herrlich leicht fällt, dass ich mich wirklich daran gewöhnen könnte. Doch das darf ich natürlich nicht. Kurz vor dem Abendessen spüre ich langsam, dass die Wirkung des Mentalins nachlässt. Die Gedanken fangen wieder an zu kreisen und meine Konzentration lässt nach.

Als ich später am Abend in der Bibliothek sitze und lerne, kommt Benjamin herein, um sich bei mir zu entschuldigen. Er ist kleinlaut – völlig zu Recht, wie ich finde – und bietet mir als Entschädigung an, mir die nächsten Tage vermehrt bei meinen Hausaufgaben zu helfen.

Ich nehme seine Entschuldigung erleichtert an, doch als ich später im Bett liege, muss ich wieder darüber nachdenken, was er mittags gesagt hat. Erschreckend, hat er meine Strategie genannt. Und unmoralisch. Hat er damit denn recht? Jetzt, da die letzten Reste des Mentalins aus meinem Körper verschwunden sind, kommen mir selbst Zweifel, ob ich das, was ich in der Simulation getan habe, überhaupt vertreten kann. *Es war nur ein Spiel.* Aber mein schlechtes Gewissen weiß es besser: *Ja, aber du hast dich nicht gefühlt, als würdest du nur spielen.* Ich schüttle den Kopf. *Das Mentalin hat mich dazu gebracht, so zu handeln.* Und ich hatte schließlich Erfolg mit meiner Strategie. Ich habe die Stadt eingenommen. *Das Mentalin hat nur deinen Kopf freigemacht, das Programm gesteuert hast du selbst,* hält meine innere Stimme erbarmungslos dagegen. *Trotzdem, es war nicht real.* Ich wäre niemals dazu in der Lage, die Einwohner einer ganzen Stadt einfach so auszulöschen. Oder etwa doch? Ich wälze mich unruhig in meinem Bett hin und her.

Plötzlich halte ich den Atem an. Was war das für ein Geräusch? Ich lausche einen Moment, und gerade, als ich zu dem Schluss komme, dass ich es mir nur eingebildet habe, höre ich es wieder. Ein leises, unterdrücktes Schluchzen, das dumpf klingt, als würde jemand still und heimlich in sein Kissen weinen. Es kommt von über mir. *Ivy,* denke ich erschüttert. Noch beim Abendessen war sie guter Laune, wenn man davon absieht, dass sie meine Schimpftiraden auf Benjamin über sich ergehen lassen musste.

»Was hat er nur für ein Problem?«, habe ich gefragt, und Ivy hat mich aus ihren großen blauen Augen angesehen, als wäre ich ein kleines Kind, dem man erklären müsste, wie die Welt funktioniert.

»Ich glaube nicht, dass seine schlechte Laune wirklich etwas mit deiner Simulation zu tun gehabt hat«, hat sie vielsagend geantwortet und mich damit einigermaßen verwirrt.

Doch wieso sollte sie wegen unseres Streites jetzt weinen? Das ergibt keinen Sinn. Ich überlege, ob ich aufstehen und fragen soll, was sie so bedrückt. Das hatte ich ja schließlich ohnehin vor, nachdem sie sich bereits die Nacht zuvor mit Albträumen über mir hin und her geworfen hat. Vielleicht kann ich sie trösten.

Doch offensichtlich will sie nicht, dass jemand etwas mitbekommt und womöglich wäre es ihr eher unangenehm, wenn sie es mir erklären sollte. Ich stelle mir vor, was ich mir in ihrer Situation wünschen würde. *Eindeutig meine Ruhe*, beantworte ich mir selbst die Frage und beschließe, sie erst am nächsten Morgen vorsichtig darauf anzusprechen. Ich starre auf das Bett über mir und versuche zu schlafen, während die Abstände zwischen den Schluchzern immer länger werden und schließlich tiefe, gleichmäßige Atemzüge mir verraten, dass Ivy doch irgendwann eingeschlafen ist.

Am nächsten Nachmittag habe ich einen Termin mit Mr. Salmon und Jane Deed, meiner neuen Vorgesetzten. Ich bin nervös, denn laut Sam werden meine Mitschüler nur mit Mr. Salmon allein über das Ergebnis ihrer Übung sprechen. Warum also sollte mein Gespräch in einem größeren Rahmen stattfinden?

Umso mehr überrascht es mich, beim Eintreten in Mr. Salmons Büro dann doch nicht auf Jane Deed zu treffen, sondern stattdessen auf Rex Jenkins höchstpersönlich. Als er meinen Gesichtsausdruck sieht, lächelt er sein kühles, arrogantes Lächeln.

»Sie wundern sich sicher, dass Sie mich und nicht Miss Deed hier antreffen, Miss Green. Ich habe beschlossen, mich auch weiterhin lieber persönlich um Ihren Fall zu kümmern.«

Das Herz rutscht mir in die Hose und auf einmal habe ich einen unangenehmen Geschmack im Mund. Das gefällt mir gar nicht. Tatsächlich war ich froh, seinem abfälligen Blick fürs Erste entkommen zu sein. Doch auf meine Meinung zu dieser Angelegenheit wird wohl keiner Rücksicht nehmen.

Mr. Salmon steht neben Jenkins. Mit seinem Schnauzbart, der gebeugten Statur, den angegrauten Haaren und der runden Brille auf der Nase bildet er einen starken Kontrast zu dem großen, schlanken jungen Mann mit dem perfekt sitzenden Anzug und dem tadellos frisiertem rotem Haar. Erst nach Aufforderung durch Jenkins beginnt er zu sprechen und schildert unserem neuen Verteidigungsminister sachlich und in allen Einzelheiten meine Vorgehensweise in der Simulation. Ich höre zu und fühle mich gleichzeitig stolz und schuldig, wobei ich verstohlen Rex Jenkins Gesicht mustere, als er von meiner Taktik hört. Auch wenn seine Miene weitestgehend unbewegt bleibt, habe ich doch das Gefühl, dass er überrascht ist.

»Nun, Miss Green, wie beurteilen Sie selbst Ihre Leistung?«, fragt er schließlich, als Mr. Salmon seinen Sermon beendet hat. Ich hole tief Luft und bemühe mich um ein selbstbewusstes Auftreten.

»Ich denke, ich habe meine Mission erfolgreich ausgeführt und die Stadt mit möglichst wenig Aufwand und unter Erhalt eines Großteils unserer strategischen Ziele eingenommen«, erwidere ich mit fester Stimme, die nicht verrät, dass ich mich wie üblich in Jenkins Gegenwart wie ein kleines Mäuschen fühle.

»Ja, Sie haben das Ziel erreicht.« Mr. Salmon pflichtet mir bei und nickt anerkennend, doch ein kurzer Blick von Rex Jenkins bringt ihn wieder zum Schweigen.

»Ich muss schon sagen, Miss Green, Sie überraschen mich«, sagt er gedehnt. »Ihre Vorgehensweise in der Simulation war ungewöhnlich, aber nichtsdestotrotz sehr effizient und durchaus ein Schritt in die richtige Richtung. Vor allem, wenn man Ihre bisherigen Leistungen betrachtet.«

Ich senke den Blick. Die Tatsache, dass Rex Jenkins meine Strategie bei der Eroberung von Fairfield befürwortet, bewirkt nicht, dass ich mich freue, obwohl es sich ja um ein Lob handelt. Das *erste* Lob, das ich aus seinem Mund je zu hören gekriegt habe. Trotzdem verstärkt es eher noch das Gefühl, dass Benjamin mit seiner

Meinung recht gehabt haben könnte. Ich bin hin- und hergerissen. Einserseits bin ich auf Jenkins Wohlwollen angewiesen, andererseits ist er mir so zuwider, dass es mir aufstößt, sein Gefallen zu wecken.

»Möglicherweise muss ich meine bisherige Ansicht über Sie revidieren, Miss Green. Sollte sich während der nächsten Monate herausstellen, dass Ihre Stärken in diesem Bereich liegen, könnte ich mir vorstellen, Sie auch an anderer Stelle unterzukriegen.«

»Ich danke Ihnen«, sage ich förmlich. Ich weiß, dass ich mich über diese Aussicht freuen sollte, denn tatsächlich sieht es mit meinen Leistungen in den anderen Fächern nicht allzu gut aus. Doch das Lob schmeckt einfach bitter.

Jenkins ist noch nicht fertig mit mir. »Trotz allem. Ruhen Sie sich nicht auf Ihrem Erfolg in der Simulation aus«, ermahnt er mich streng. »Ihre Performance ist alles in allem unbefriedigend. Ich warte immer noch darauf, dass Sie mir endlich Leistungen zeigen, die ich von jemandem verlangen können sollte, der für die Arbeit hier qualifiziert ist. Mit Ihrem guten Abschneiden in der Simulation haben Sie sich einen kleinen Aufschub erarbeitet, mehr aber auch nicht. Sie stehen nach wie vor unter ständiger Beobachtung.«

Als ich nach weiteren Erläuterungen und Kommentaren von Jenkins und Mr. Salmon den Raum verlasse, weiß ich nicht, ob ich lachen oder weinen soll. Zumindest eines steht fest, versuche ich, das Positive an der Sache zu sehen: Meine Leistung hat mir zusätzliche Zeit verschafft. Zeit, die ich brauche, um meine neuen Kollegen doch noch von meinem Wert zu überzeugen.

Kapitel 9

Es bleibt sommerlich heiß. In den Nachrichten ist die Dürre jetzt das Thema Nummer eins. Die künstliche Bewässerung der Felder gestaltet sich nach wie vor schwierig, denn Wasser ist ein kostbares und rares Gut. Der Grundwasserspiegel ist mittlerweile weit abgesunken, der Fluss führt so wenig Wasser wie schon seit Jahrzehnten nicht mehr. Es wird ein weiteres Jahr mit schlechter Ernte, das ist längst absehbar.

Ivy, Benjamin und ich stören uns dennoch nicht an den sommerlichen Temperaturen. Im Gegenteil. Wir verlegen unser abendliches Beisammensein immer öfter nach draußen in den schönen Park im Innenhof des Verteidigungsministeriums. Das Regierungsgebäude, in dem Greg Livingston mittlerweile residiert, ragt ein wenig düster aus den leuchtend bunten Rosenbüschen und den Hortensien hervor. Trotzdem würde man kaum auf die Idee kommen, dass es sich dabei um den am besten überwachten Ort im ganzen Land handelt. Die Wächter, die die beiden Eingänge hüten und hin und wieder um das Gebäude patroullieren, geben vielleicht einen Hinweis. Wenn man sich aber genau umsieht, kann man eine der zahlreichen Überwachungskameras aufblitzen sehen, die zwischen den Zweigen der Linden, an Laternen und in Sträuchern verborgen sind. Und natürlich die kleinen Drohnen, die das Gelände abfliegen. Sie sind so winzig, dass man sie im ersten Moment auch für große Insekten halten könnte. Ivy hat an ihrer Entwicklung mitgearbeitet und ist ganz stolz darauf. Beinahe liebevoll folgt sie ihnen mit ihren Blicken, wenn sie an uns vorbeisummen.

Ivy scheint es wieder besser zu gehen. Ich habe sie nach der

Nacht, in der ich sie über mir schluchzen gehört habe, nicht mehr darauf angesprochen. Die Gelegenheit erschien mir einfach vorbei zu sein. Und mittlerweile sind Ivys Probleme vermutlich längst gelöst. Wenn wir jetzt abends zusammen sitzen und ich mich über meinen Hausaufgaben quäle, während Ivy mit Maja, Sam und Benjamin herumalbert, dann scheint ihre Welt in Ordnung zu sein. Was man von meiner nicht unbedingt behaupten kann. Nach dem kurzen, von der erfolgreichen Simulation verursachten Hoch hat es nur wenige Tage gedauert, bis ich wieder in meinem alten Trott gefangen bin. Ich bin frustriert. Dabei könnte ich hier ein schönes Leben haben, denke ich mir oft, wenn wir in der Abendsonne sitzen und die letzte Wärme des Tages genießen. Wäre da nicht die Aussicht darauf, meine Probephase nicht zu bestehen. Wonach es derzeit stark aussieht.

Hin und wieder leistet uns auch Titus Gesellschaft. Sehr zu meiner Freude, allerdings zum Bedauern von Benjamin, der ihn offenbar nicht leiden kann. Sobald Titus in unserer Nähe auftaucht, verdreht er die Augen und zieht ein Gesicht als hätte er auf eine Zitrone gebissen. Titus wiederum, dem Bens Abneigung nicht entgeht, macht sich einen Spaß daraus, ihn bei jeder sich bietenden Gelegenheit zu ärgern. Während ich daneben sitze und mir oft nicht sicher bin, auf wessen Seite ich eigentlich stehe. Benjamin ist einer meiner besten Freunde, aber Titus ist eben Titus.

»Sag mal, du kennst doch Melody Blue-Sky, oder?«, fragt Ivy ihn eines Abends, als wir auf der Wiese unter einer der großen, uralten Linden liegen. Ich habe meine Bücher für einen Moment beiseitegelegt und bin dabei, Ivys langer blonder Mähne eine komplizierte Flechtfrisur zu verpassen.

Titus liegt lässig im Gras, die Arme hinter dem Kopf verschränkt, und kaut auf einem Grashalm herum.

»Jap«, nuschelt er, ohne die Lippen zu öffnen und kaut in aller Ruhe weiter.

»Wie ist sie denn so?«

Titus setzt sich langsam auf und lächelt Ivy an. Ich freue mich immer, wenn er das Wort ergreift. Dann kann ich ihn in Ruhe ansehen, ohne dass es den anderen auffällt. »Was genau willst du denn wissen?«

»Naja, alles eben. Sie ist schließlich berühmt.« Ivy wirft einen kleinen Stock nach Titus, der ihn allerdings aus der Luft abfängt.

»Also gut, mal sehen ...«, setzt er an. »Sie ist wunderschön –«

»Das können wir selbst sehen!«, fällt ihm Ivy ungeduldig ins Wort, während Benjamin ein schlecht gelauntes Brummen von sich gibt.

»– und sie ist sehr, sehr klug.« Titus lässt sich dadurch nicht beirren. »Fast so klug, wie unsere kleine Ivy.« Er zwinkert ihr zu. »Aber nur fast.«

Auch meine Stimmung erhält bei seinen Worten einen spürbaren Knacks. *Wunderschön und superschlau also, herzlichen Glückwunsch!* Das sind gleich zwei Dinge, die ich niemals sein werde.

»Sie ist freundlich und ehrlich und trotz ihres Erfolgs überhaupt nicht abgehoben.«

Benjamin wirft mir einen unauffälligen Blick zu und tut so, als müsse er gähnen. Ich grinse ihm zu und freue mich, dass zumindest er sich offensichtlich nicht übermäßig für makellose Schönheit, Klugheit und Freundlichkeit erwärmen kann. Da sind wir schon zu zweit.

»Vielleicht können wir sie ja mal kennenlernen?!«, werfe ich, ohne groß nachzudenken, in die Runde, um auch einen Beitrag zur Konversation geleistet zu haben.

»Au ja, das wär klasse!« Ivy ist sofort Feuer und Flamme und setzt sich schwungvoll auf. Wo sie mit einem leisen Schmerzensschrei feststellt, dass ich noch immer ihre Haare in der Hand halte.

»Klar, warum nicht?« Titus grinst mir zu und gibt mir das Gefühl, als würde der Boden unter meinen Füßen plötzlich ein klein wenig schwanken. »Ich glaube, du wirst sie mögen, Aida.«

Das glaube ich nicht, denke ich, doch sage »Ja, bestimmt« und lächle zurück.

»Wie kommst du inzwischen zurecht?«, fragt er mich später, bevor wir uns wieder auf den Weg nach drinnen machen. Titus deutet auf meine Bücher und hilft mir dabei, sie zusammen zu räumen. Ivy und Ben sind schon auf halben Weg zurück ins Gebäude, aber ich habe absichtlich noch herum getrödelt, weil ich gehofft habe, dass ich dadurch Gelegenheit bekomme, mit Titus allein zu sein. Und es hat funktioniert.

Ich würde ihm gerne sagen, wie schwer mir die Arbeit und das Lernen hier fallen, aber auf der anderen Seite will ich nicht jammern. »Ganz okay«, sage ich deshalb vage.

Aber Titus scheint zu ahnen, dass ich nicht ganz ehrlich bin. »Hör mal.« Er beugt sich zu mir rüber und ist mir plötzlich ganz nahe. Ich halte unwillkürlich die Luft an. »Wenn du Hilfe beim Lernen brauchst, dann kannst du jederzeit zu mir kommen.«

Ich lächle atemlos und schüttle den Kopf. »Ivy und Ben kümmern sich ganz toll um mich. Aber danke«, erwidere ich freundlich. Das wäre wirklich eine prima Gelegenheit, ihm näher zu sein und ihm gleichzeitig zu offenbaren, wie wenig ich auf dem Kasten habe.

Ich stehe auf und eines meiner Bücher fällt mir aus der Hand. Noch bevor ich mich danach bücken kann, hebt Titus es für mich auf und reicht es mir zurück. Dabei berührt er mich ganz leicht an der Hand.

»Du schaffst das schon, Aida«, sagt er aufmunternd und lächelt wieder auf diese magische Art, die dafür sorgt, dass mein Kopf mit einem Mal völlig leer ist.

Ich muss mich anstrengen, nicht zu stottern, als ich antworte: »Ja, du hast bestimmt Recht.«

Ich habe mal wieder schlecht geschlafen. Ivy, die ein richtiger Morgenmensch ist, lässt sich von meiner miesen Laune nicht die Stimmung verderben und tut einfach so, als würde es ihr nicht auffallen, wie genervt ich bin. Sie zerrt mich zu den Duschen. Seit ein paar Tagen ist die Menge an Wasser, die dabei pro Person zur Verfügung steht, limitiert, deshalb geht das Frischmachen mittlerweile noch schneller als füher.

Auf dem Weg zum Frühstück fällt uns auf, dass überall auf die freien Stellen an den Speisesaalwänden Aushänge projiziert werden. Einige unserer Kollegen stehen bereits um sie herum, diskutieren und scheinen ganz aufgeregt zu sein. Ivy und ich schauen uns kurz an und steuern ohne zu reden automatisch den Aushang an, der uns am nächsten ist. Dort treffen wir auch auf Ariana.

Einladung zur Amtseinführung des Präsidenten am 24. September

Anlässlich seiner Wahl zum neuen Präsidenten unserer Heimat Last Haven wird Greg Livingston am besagten Tag um 7 Uhr pm seine Amtszeit offiziell mit einer Rede vor dem Präsidentengebäude antreten.

Dem Ereignis wird mit landesweiten Feierlichkeiten Würde getragen. Hierfür werden alle Angestellten des Verteidigungsministeriums bereits ab 3 Uhr pm von der Arbeit befreit.

»Super!«, ruft Ivy vergnügt. »Ein Fest!«

Ariana lächelt nachsichtig und seufzt. »Das ist schon nächste Woche!«

Ich lese den Aushang noch einmal von vorne. Ein Fest. Ich kann mich bisher nur an wenige Feste erinnern, an denen ich teilgenommen habe. Auch zum Amtsantritt von Chester Fields wurde gefeiert, doch das ist schon einige Jahre her. Ich war noch bei Techraid. Nach der Arbeit haben wir uns alle in den Gemeinschaftsräumen versammelt und es gab Musik, mehr Essen als gewöhnlich und sogar ein bisschen Alkohol. Mike hat uns verboten, davon zu trinken und uns den ganzen Abend über mit Argusauen beobachtet. Trotzdem ist es Meg gelungen, ein wenig Bier zu klauen. Wir haben uns unter einem Tisch versteckt und begeistert daran genippt. Keiner von uns hat es geschmeckt, doch weder Meg noch ich hätten das je zugegeben. Später hat Mike uns entdeckt und zur Schnecke gemacht, doch es hat nicht lange gedauert, bis wir uns wieder vertragen haben. Schließlich haben wir den Rest des Abends zu dritt auf der provisorischen Tanzfläche, die im Speisesaal eingerichtet wurde, verbracht.

Die Erinnerung daran schmerzt gewaltig. Dieses Mal werde ich nicht bei Meg sein, sondern mit Ivy, Ben und meinen neuen Kollegen im Ministerium feiern. Trotzdem freue ich mich auf das Fest.

Es ist eine willkommene Abwechslung zu meinem eintönigen Lernalltag und ich bin schon ganz gespannt darauf.

Ivy zieht mich in Richtung Essensausgabe. Sie ist völlig aufgedreht, ihre Wangen sind rot und ihre Augen glänzen vor Vorfreude. »Wir müssen heute Abend gleich zur Kleiderstation gehen und nachsehen, ob dort schon Kleider für das Fest geliefert worden sind!« Sie beugt sich zu mir über den Tisch und strahlt mich an. »Was ist deine Lieblingsfarbe, Aida?«

Ich bin ein wenig verwirrt. »Was meinst du damit, ob sie Kleider geliefert bekommen haben?«

»Naja, für festliche Anlässe haben sie normalerweise passende Garderobe im Angebot. Man darf die Kleider natürlich nicht behalten, sondern muss sie anschließend wieder zurück bringen«, antwortet Ivy in einem Tonfall, als wäre das die normalste Sache auf der ganzen Welt. »War das bei Techraid nicht so?« Sie runzelt die Stirn.

Ich schüttle den Kopf. »Nein, wenn es ein Fest gab, sind die Leute in ihrer Alltagskleidung dorthin. Manche sogar im Arbeitsoverall, wenn sie es nicht rechtzeitig aus der Werkstatt oder den Produktionshallen geschafft haben, um sich umzuziehen.«

»Oh.« Ivy hält milde überrascht inne, doch schon Sekunden später ist ihre fiebrige Freude zurück. »Aber das wird dir gefallen, Aida! Wir können zusammen nach schönen Kleidern suchen. Ich hätte am liebsten ein blaues. In einem richtig schönen Himmelblau. Und du?«

Ich habe nicht die geringste Ahnung. Mein ganzes Leben lang habe ich noch kein Kleid getragen, mit Ausnahme meines Nachthemds. Elegante Abendgarderobe kenne ich nur aus Filmen und habe nie damit gerechnet, dass ich selbst mal die Möglichkeit haben würde, so etwas anzuziehen. Doch ich will Ivy den Spaß nicht verderben.

»Schwarz vielleicht«, sage ich vorsichtig. Auf jeden Fall nichts Buntes, Auffälliges.

»Ja«, pflichtet Ivy mir bei. »Das würde dir sicher gut stehen! Ich muss mal sehen, ob ich noch genug Überstunden für Make-up habe.«

Ich presse die Lippen zusammen, weil ich im Gegensatz zu Ivy mein eigenes Überstundenkonto ganz genau kenne. Für zusätzliche Arbeit bleibt neben der Lernerei nicht eine einzige Minute übrig. Um den Laden mit den Luxusartikeln mache ich deshalb immer gerne einen Bogen, weil mich der Anblick der tollen Sachen nur deprimiert.

Wir vereinbaren, noch heute Abend zusammen zur Kleiderstation zu gehen, um nach brauchbarer Abendgarderobe zu stöbern. Ivys gute Laune ist ansteckend.

Während des Unterrichts ertappe ich mich heute mehrmals dabei, wie ich mir mich selbst in verschiedenen Abendkleidern vorstelle. Titus wird mich so sehen, schießt es mir auf einmal durch den Kopf, und plötzlich kann ich es überhaupt nicht mehr abwarten, bis endlich Abend ist.

Die Kleiderstation befindet sich ebenfalls im ersten Stock, man muss den Trakt mit den Schlafsälen durchqueren, um dorthin zu gelangen. Ich kenne den Weg, da ich schon einmal dort war, um meine Arbeitskleidung abzuholen – Blusen, Hosen, sowie Pullover und eine Jacke zum Drüberziehen für die kälteren Tage. Normalerweise ist die Station nicht besetzt, sondern wird wie auch die Essensausgabe automatisch betrieben. Heute begrüßt uns jedoch eine kleine Frau, die nur wenige Jahre älter ist als ich. Sie hat eine beleidigte Miene aufgesetzt. Als hätte sie keine Lust, nach Feierabend noch die Ausgabe zu beaufsichtigen. Wahrscheinlich hat sie sich nur gemeldet, um selbst noch vor dem Fest ein paar Überstunden aufzubauen.

Wir sind nicht die Einzigen, die darauf warten, hereingelassen zu werden. Vor uns hat sich bereits eine Schlange gebildet. Jeder will sich so früh wie möglich seine Festkleidung sichern. Am Ende seien nur noch hässliche Sachen übrig, hat mir Ivy versichert.

Nervös sehe ich mich um, doch von Titus ist keine Spur zu sehen. Stattdessen erkenne ich Sarahs aschblonden Pferdeschwanz nur wenige Meter vor mir. Sie sieht mich nicht und ich verspüre nicht den Wunsch, mich bemerkbar zu machen.

Die junge Frau an der Ausgabe lässt uns in Gruppen in die Station eintreten. Trotzdem müssen Ivy und ich bestimmt eine halbe Stunde warten, bis wir an der Reihe sind. Wir betreten den kleinen Vorraum, von dem aus es links und rechts jeweils in die nach Geschlechter getrennten Garderoben geht. Wir halten uns rechts und mir stockt für einen Moment der Atem, als ich sehe, was uns dort erwartet: Der Raum ist lang und schmal. An der Wand entlang, die komplett von verschlossenen weißen Schrankwänden eingenommen wird, zieht sich eine Kleiderstange von einem Ende des Raumes bis zum anderen. An ihr hängen Kleider in allen Farben und Formen, bunt glitzernd, mit Federn und Fransen, schlicht und elegant. Ich komme aus dem Staunen nicht mehr hinaus. Ich kann mich nicht erinnern, jemals so viel Farbe auf einem Fleck gesehen zu haben. Ich frage mich, wann Last Haven zuletzt so viele Rohstoffe für Festkleider übrig hatte. Aber vielleicht wurden diese Kleider auch nicht in oder gar für Last Haven produziert …

Auf dem schmalen Gang drängen sich die anderen Frauen, ziehen Kleider von der Stange und schlüpfen hastig hinein. Umkleidekabinen gibt es keine, doch an manchen Stellen wurden Spiegel angebracht. Eine energische, ältere Frau schubst mich grob zur Seite, als sie an uns vorbei will. Schimpft unfreundlich vor sich hin, dass wir nicht im Weg stehen sollen.

Das Mädchen von der Ausgabe kommt ungeduldig auf uns zu. »Lasst euch bitte nicht so viel Zeit, es warten noch etliche andere Leute darauf, endlich dranzukommen.«

»Alles klar«, erwidert Ivy und schleppt mich hinter sich her, mitten hinein ins Gewühl des engen Raumes.

»Hast du das pinke gesehen, dass die da vorne trägt?« Ivy gluckst und deutet unauffällig hinter sich. »Ich glaub, ich hab noch nie was Furchtbareres gesehen. Ah – hier ist meine Größe!«

Sofort macht sie sich daran, die Kleider eins nach dem anderen durch zu stöbern. Ich bin größer als Ivy, zumindest im Moment noch, also gehe ich ein wenig weiter, bis ich meine eigene Größe gefunden habe. Unbeholfen stehe ich vor der Unmenge an bunten

Kleidern und weiß nicht so recht, wo ich anfangen soll. Wenn ich ehrlich bin, erscheint mir das hier mehr Übermaß als alles andere, was ich bisher in Last Haven erlebt habe. Immer Disziplin und Askese – und dann *das* hier? Nur für die Ministeriumsmitarbeiter? Wieso reichen uns nicht Bluse und Hose, wenn wir bei Techraid sogar im Overall feiern konnten?! Bevor ich auffalle, beschließe ich, es wie Ivy zu machen und ziehe einfach ein Kleid nach dem anderen heraus.

Das erste ist schön geschnitten, doch in einem knalligen Rot. Ich schiebe es zurück. Zu auffällig! Ich hätte ständig das Gefühl, dass man mich anstarrt. Nachdem ich wochenlang mit einem dicken Gips um die Hand durchs Ministerium spaziert bin, habe ich vorerst genug Aufmerksamkeit erhalten. Als nächstes kommt ein goldenes, mit Pailetten besticktes Cocktailkleid, das aus dem gleichen Grund nicht in Frage kommt. Blau mit silbernen Bändern – schön, doch zu kurz. Ein Bordeauxfarbener bodenlanger Traum mit langen Ärmeln – nicht geeignet für den Sommer. Das nächste Kleid ist schwarz, hat allerdings einen Ausschnitt bis zum Bauchnabel. Ich zögere einen Moment, schiebe es dann aber zur Seite, gerade als das Mädchen neben mir darauf aufmerksam wird und es mir fast aus der Hand reißt.

»Das ist ja der Knaller! Wolltest du das haben?« Sie schaut mich aus weit aufgerissenen Augen fragend an. Ich schüttle den Kopf und lächle ihr zu. Aus den Augenwinkeln beobachte ich, wie sie sich völlig ungeniert auszieht und in das Kleid schlüpft.

»Was meinst du?«, will sie von mir wissen.

»Wunderschön!«, erwidere ich freundlich. Sie *sieht* wunderschön darin aus. Ich kann nicht anders, als sie um ihr Selbstbewusstsein zu beneiden. Ich selbst hätte mich nie getraut, das Kleid zu tragen. Etwas niedergeschlagen schaue ich ihr hinterher, als sie es bester Laune mit zur Ausgabe nimmt. Dann widme ich mich wieder der Stange. Ein Kleid nach dem anderen nehme ich in die Hand, und eines nach dem anderen schließe ich aus und hänge es zurück. Ich habe noch kein einziges Kleid anprobiert, als Ivy mich ruft. Ich mache ein paar große Schritte und da steht sie. In einem bodenlangen, silbernen Abendkleid und sieht so bezaubernd aus, dass ich meinen Frust für einen Moment völlig vergesse.

»Und, wie findest du es?« Ihre Augen haben einen fiebrigen Glanz und sie dreht und wendet sich, um mir das Kleid in all seiner Pracht zu zeigen. Es ist aus fließendem Stoff und glitzert, selbst im etwas schummrigen Licht dieses Raums. Bei näherem Betrachten sehe ich, dass kleine, silberne Pailletten aufgestickt sind, die ein bisschen an die Schuppen eines Fischs erinnern.

Ich pfeife anerkennend und grinse Ivy zu. »Aber hallo! Du siehst umwerfend aus!«

Ivy strahlt. »Es ist allerdings nicht blau, ich wollte ja ein blaues«, gibt sie zu bedenken und überlegt hin und her.

»Ach, Unsinn, silber steht dir sogar noch besser als blau!« Ich komme näher und zupfe ein wenig an Ivys Rock, damit er besser fällt. »Du solltest es auf jeden Fall nehmen!«, ermuntere ich sie.

»Danke, Aida!« Sie wirft sich mir überschwänglich um den Hals. »Jetzt brauche ich noch Schuhe! Hast du schon was gefunden?«

Ich schüttle den Kopf und mache mich auf den Weg zurück zu meiner Größe, während Ivy nach Schuhen stöbert. Nachdem sie fündig geworden ist, gesellt sie sich zu mir.

»Das hier vielleicht.« Zielstrebig zieht sie ein altrosafarbenes schulterfreies Cocktailkleid von der Stange. »Das passt schön zu deinen hellbraunen Haaren.«

»Ich weiß nicht«, sage ich unschlüssig. »Es ist schulterfrei.«

»Ja und? Du hast doch eine gute Figur.« Ivy lässt sich nicht beirren und fängt bereits an, mir die Bluse aufzuknöpfen.

Ich gebe mich geschlagen und streife meine Klamotten bis auf die Unterwäsche ab. Dann schlüpfe ich in das Kleid, das Ivy mir hinhält. Sie zieht den Reisverschluss hoch und ich stelle mich vor den nächsten Spiegel. Zum ersten Mal in meinem Leben sehe ich mich in einem Kleid. Ich erkenne mich kaum wieder.

»Ich weiß nicht«, murmele ich skeptisch einige Sekunden später. Ich fühle mich mehr als unwohl, was in erster Linie mit meinen nackten Schultern zusammenhängt. In zweiter Linie damit, dass das Kleid gut eine Handbreit über meinem Knie endet. Zu guter

Letzt stört meine graue Schiene das ganze Bild und erstickt jegliche, eventuell vorhandene Eleganz bereits im Keim.

»Mir gefällt's.« Ivy nickt zufrieden. »Du kannst so was auf jeden Fall tragen.«

Während ich mich aus dem Kleid pelle, macht sich Ivy bereits auf die Suche nach dem nächsten. Es ist ein hellgrünes Cocktailkleid mit einem weißen Gürtel um die Taille. Ich füge mich in mein Schicksal und probiere es an. Dann das nächste. Und das übernächste. Es ist egal, welches ich trage, ich fühle mich in allen unwohl und verkleidet und kann mir nicht vorstellen, einen ganzen Abend lang darin herum zu laufen.

»Gibt es da vielleicht auch ein schwarzes?«, frage ich niedergeschlagen und ohne jegliche Begeisterung, während ich versuche, mir das hellblaue Abendkleid mit silbernen Sternen wieder auszuziehen. Ivy wühlt sich konzentriert und immer noch bester Laune durch die Kleider auf der Stange und reicht mir schließlich ein schlichtes, schwarzes Samtkleid mit langen Ärmeln rüber. Ich schicke ein Stoßgebet zum Himmel, dass es mir passt und streife es über. Ich betrachte mich prüfend im Spiegel. *Gar nicht so schlecht*, schießt es mir durch den Kopf. Es ist ein wenig zu weit um die Taille herum, doch zumindest kann ich mich darin bewegen und meine Schiene verschwindet weitestgehend unter dem Ärmel. Der Rock fällt in weichen Falten bis knapp übers Knie. Ich drehe mich hin und her und beobachte skeptisch, wie viel man von meinen Beinen sehen kann, wenn ich mich bewege.

»Es könnte ein bisschen enger sein, aber eigentlich ist es gar nicht so schlecht!« Ivy hat die Hände in die Seiten gestemmt und sieht mich nachdenklich an. »Was meinst du, Aida?«

»Ich nehme es«, sage ich entschieden. Ich kann mir nicht vorstellen, dass ich etwas Besseres finde und kann es kaum erwarten, den engen, stickigen Raum mit den extravaganten Kleidern hinter mir zu lassen.

»Prima!«, ruft Ivy und klatscht in die Hände. »Ich bring dir passende Schuhe.« Schon ist sie im Gewühl verschwunden und kommt kurze Zeit später mit schwarzen Pumps zurück. Als ich den

Absatz sehe, muss ich schlucken. Doch Ivy lässt nicht locker und so zwänge ich meine Füße in die hohen Schuhe und versuche, ein paar Schritte damit zu gehen. Es geht besser als erwartet, obwohl ich ein wenig wacklig auf den Beinen bin und die Schuhe an der Ferse etwas drücken. Da ich keine Nerven mehr habe, um weiter zu suchen, nicke ich Ivy zu und wir packen unsere Sachen zusammen. Durch die Menge drängen wir uns zur Ausgabe.

Kapitel 10

Schließlich ist es soweit, der 24. September bricht an und damit der Tag des großen Festes. Die letzten Tage waren anstrengend wie üblich und mein Mentalinkonsum erschreckend hoch, weil ich ohne nicht recht schlafen konnte. Mein Vorrat ist so gut wie aufgebraucht. Das Fest kommt mir gerade Recht, ich lechze förmlich nach Ablenkung.

Obwohl der Unterricht am Morgen planmäßig stattfindet, hätte er getrost ausfallen können. Heute gibt es kaum jemanden, der Mr. Salmons langweiligen Ausführungen lauscht. Ich glaube, es ist das erste Mal, dass ich Erica und Stella dabei sehe, wie sie während des Unterrichts heimlich tuscheln und sich einander kleine Briefchen schreiben.

Im Büro von Clive Newman geht es ebenso zu und ich bin froh, als er uns endlich in den Feierabend entlässt. Da ich weiß, dass Ivy wegen eines Termins erst spät aus der Arbeit kommen wird, lege ich mich noch ein wenig hin und versuche, mich auszuruhen. Es klappt eher schlecht als recht, deshalb greife ich mir schon nach wenigen Minuten mein Physikbuch und zwinge mich dazu, den heutigen Stoff nachzulesen. Es fällt mir genauso schwer wie zu schlafen. Um mich herum fangen meine Mitbewohnerinnen langsam an, sich für das Fest schön zu machen. Aus den Augenwinkeln sehe ich, wie Kate Ariana die Haare zu einer Flechtfrisur steckt und wünsche mir, dass Ivy da wäre, um *mir* die Frisur zu machen. Doch das wird nicht passieren. Sie hat ihr Kleid und ihre Schuhe mitgenommen und wird nach ihrem Termin direkt zur Feier kommen. Also warte ich noch ein wenig, bis meine Kolleginnen langsam eine nach dem anderen den Raum verlassen, bevor ich mich selbst daran mache, mich umzuziehen. Voller Aufregung lege ich mein Kleid an, schlüpfe in die schwarzen Pumps und binde meine Haare zu einem schlichten Knoten. Als ich mich im Spiegel sehe, bin ich eigentlich zufrieden. Ich sehe vielleicht nicht so bunt und glitzernd aus wie die meisten meiner Mitbewohnerinnen, doch das Kleid ist durchaus elegant und meine Beine sehen in den Schuhen lang und schlank aus. Noch ein letzter prüfender Blick auf meine Frisur und ich folge den anderen in Richtung Treppenhaus.

Ich treffe Ivy eine halbe Stunde später im Foyer, wo sie in einem der großen Sessel sitzt und gedankenverloren vor sich hin starrt. Dabei ist sie nicht allein; in kleinen Grüppchen stehen überall Leute um uns herum, warten oder sind in Gespräche vertieft. Die Stimmung ist ausgelassen. Ein paar von den Gästen haben bereits ein Glas Sekt in der Hand und – ihren roten Wangen und dem albernen Gekicher nach zu urteilen – auch schon das ein oder andere geleert.

Alle sehen furchtbar schick aus. Die Männer tragen dunkle Anzüge und sind damit nicht allzu auffällig, doch mein Blick streift über die vielen bunten und glitzernden Frauen. Es scheint, als hätten alle nur auf eine Gelegenheit gewartet, sich endlich in all ihrer Schönheit präsentieren zu können. Sie tragen Kleider aus glänzenden, fließenden Stoffen und edle, kunstvoll gesteckte Frisuren. Mit einem Mal löst sich das Selbstbewusstsein, das ich vorhin bei meinem Anblick verspürt habe, in Luft auf. Mein schwarzes Kleid, das mir so elegant vorgekommen ist, erscheint mir überhaupt nicht mehr klassisch, sondern plump und langweilig. Ich spüre den schlechten Schnitt und die nicht passenden Schuhe und wünsche mir nichts sehnlicher, als wieder bei Techraid zu sein. Um in meinem braunen Overall zwischen all den anderen Leuten in ihren braunen Overalls zu verschwinden.

Ivy wirkt immernoch seltsam abwesend, doch auch sie sieht unbestreitbar hübsch aus. In ihrem bodenlangen silbernen Abendkleid und mit dem ernsten Gesichtsausdruck wirkt sie erwachsener, als sie eigentlich ist. Erst als ich direkt vor ihr stehe und mit der Hand vor ihrem Gesicht herum fuchtle, erkennt sie mich.

»Du siehst schön aus!«, sagt sie und setzt ihr zauberhaftes Lächeln auf. Sofort ist sie wieder ein junges Mädchen. »Schwarz steht dir!«

»Und du siehst aus wie eine Prinzessin. Prinzessin Ivy.« Ich strecke ihr die Hand hin und hieve sie aus dem Sessel. Ivy lacht und hakt sich bei mir unter, wie Meg es früher immer getan hat. Wir schlendern in Richtung Innenhof.

»Wollen wir uns Sekt holen?«, schlage ich vor und merke, wie sich in Ivys Gesellschaft meine Stimmung wieder ein bisschen hebt. »Du kannst was von meinem abhaben«, füge ich verschwörerisch hinzu, denn Ivy ist zu jung, um selbst einen zu bekommen. Aber Meg und ich haben uns um diese Regel damals auch nicht geschert.

»Für mich nicht, ich darf keinen Alkohol trinken.«

»Wer sagt das?«

»Die Ärzte aus dem MediOffice. Ich vertrage ihn nicht.«

Ich zucke mit den Schultern und greife nach einem Glas Sekt, dass einer der Sicherheitsleute, die heute zusätzlich zu ihrem Wachdienst die Gäste bedienen, auf einem silbernen Tablett vor sich her trägt. Ressourcenschonende Arbeitsplanung. Seinem Gesichtsausdruck nach zu urteilen, schmeckt ihm seine neue Aufgabe überhaupt nicht. Ivy greift sich ein kühles Wasser mit Pfefferminzsirup und wir mischen uns unter die Leute.

Durch die Menge sehe ich schon von weitem einen mir gut bekannten dunklen Lockenschopf. Titus steht gerade am Büffet und lädt sich ein paar Häppchen auf einen Teller lädt. Mein Herz schlägt unvermittelt bis zum Hals und meine Hände werden schwitzig. Bevor ich es mir anders überlegen kann, kratze ich all meinen Mut zusammen, greife Ivy an der Hand und schleife sie hinter mir her ans Buffet.

»Aida! Schön dich zu sehen! Du siehst toll aus!« Titus weiße Zähne leuchten in seinem dunklen Gesicht und ich laufe rosa an. Wenn er mich weiter so anlächelt, werde ich ohne Zweifel gleich in Ohnmacht fallen. Ich halte mich an Ivy fest, um nicht den Boden unter den Füßen zu verlieren. Im dunklen Anzug sieht Titus sogar noch besser aus als sonst. »Möchtest du auch ein Pistazientörtchen?«

Er hat gesagt, dass ich toll aussehe, ist alles, woran ich im Moment denken kann. Ich nicke freundlich – zu mehr bin ich nicht im Stande – und schnappe mir ebenfalls einen Teller. *Er hat wirklich gesagt, dass ich toll aussehe!* Ob er das ernst gemeint hat? Oder war das nur eine Floskel? Während ich Titus dabei zusehe, wie er mir ein winziges Törtchen mit grünem Zuckerguss auf den Teller legt, überlege ich fieberhaft, was ich zu ihm sagen soll, um ein Gespräch anzufangen.

Doch schließlich kommt mir Ivy zu Hilfe. »Ist der Präsident schon aufgetaucht?« Neugierig lässt sie den Blick durch den Innenhof in Richtung Regierungsgebäude schweifen.

»Nein, ich habe ihn noch nicht gesehen. Aber er wird sicher bald kommen, in einer halben Stunde soll er ja die Festrede halten und die Feier eröffnen«, erwidert Titus.

Ivy stupst mich in die Seite und deutet in die Richtung rechts von mir. »Da ist dein ehemaliger Chef.«

Ich wende unauffällig den Kopf und sehe Rex Jenkins, der etwas abseits steht und telefoniert. Er wirkt ein bisschen nervös und irgendwie angespannt. Wahrscheinlich ist sein Leben durch den Aufstieg zum Verteidigungsminister auch nicht einfacher geworden, denke ich schadenfroh und spüre, wie sich ein boshaftes Lächeln auf meinem Gesicht breit macht. Ich wünsche ihm jedenfalls von ganzen Herzen nur das Schlechteste.

»Um genau zu sein, ist er jetzt übrigens unser aller Chef.« Titus zwinkert Ivy zu und lächelt mich an. Ivy schiebt sich ganz undamenhaft einen ganzen Lavendelbiskuit auf einmal in den Mund und schaut grinsend von mir zu Titus und wieder zurück.

»Ich lass euch mal kurz allein, da drüben ist Maja.« Sie greift sich einen weiteren Keks und ist schon zwischen den vielen Leuten verschwunden.

Ich verspüre einen kurzen Anfall von Panik. Mit Titus allein bin ich bisher nie länger als wenige Minuten gewesen. Was zum Teufel soll ich jetzt sagen?

»Wollen wir ein Stückchen spazieren gehen, bevor es losgeht?« Ich kann selbst nicht glauben, dass dieser Satz gerade tatsächlich aus meinem Mund gekommen ist. Ohne Mentalin.

»Klar, gerne!«, erwidert Titus. »Ich hol mir nur noch eben einen Sekt, möchtest du auch noch einen?«

Das wiederum kann ich noch weniger fassen! Ich bejahe und sehe ihm zu, wie er sich durch die Menge schiebt und kurz darauf mit jeweils einem Glas in der Hand zurückkommt. Als er mir eines davon überreicht, berühren sich für einen kurzen Moment unsere Hände und ich bekomme eine Gänsehaut.

Wir entfernen uns von den anderen und schlendern durch den schönen Innenhof. Zur Feier des Tages wurden Springbrunnen installiert und Lampions aufgehängt, die später in der einsetzenden Dämmerung sicher für eine zauberhafte Atmosphäre sorgen werden. Wir reden ein wenig über die Arbeit, wobei überwiegend Titus spricht. Ich höre ihm kaum zu, weil ich vollends damit beschäftigt bin, ihn anzusehen und mir vorzustellen, wie es wäre, wenn er jetzt meine Hand nehmen würde. Irgendwann fragt er mich nach meinem Leben bei Techraid. Ich erzähle ihm von Meg und Mike, von meiner Arbeit in der Werkstatt und den braunen Overalls. Das bringt Titus zum Lachen.

»Ich kann mir dich überhaupt nicht in so einem hässlichen Overall vorstellen!«

Ich falle in sein Lachen mit ein, obwohl ich mich in meinem hässlichen Overall eigentlich immer sehr wohl gefühlt habe. Schließlich hat auch jeder andere einen getragen. Es war ganz normal.

»Vermisst du deine Freunde sehr?«, fragt Titus dann plötzlich.

Ich nicke und werde umhegend ein bisschen wehmütig. Weil ich mir vorstelle, wie herrlich es wäre, Meg genauso herausgeputzt zu sehen, wie ich es gerade bin. Sie an der Seite von Chris, ich an der von Titus. Trinkend, vielleicht sogar tanzend. Flirtend …

»Ich bin mir sicher, sie vermissen dich auch«, sagt Titus sanft, während ich vergesse zu atmen und wie hypnotisiert seinen Blick erwidere.

Ich erstarre, als er plötzlich die Hand nach meinem Gesicht ausstreckt, mir zärtlich über die Wange und eine Haarsträhne, die sich aus meiner Frisur gelöst hat, hinters Ohr streicht.

Schlagartig zieht Titus seine Hand zurück, als jemand über Mikrofon verkündet, dass der Präsident erschienen ist. Wir schlendern langsam zurück zum Fest. Ich bin enttäuscht, dass unser Spaziergang schon vorbei ist. Aber auch stolz auf mich, weil ich es geschafft habe, volle zwanzig Minuten mit Titus allein zu sein, ohne mich dabei blamiert zu haben.

Mir ist etwas schwummrig zumute, als wir in die Menschenmenge eintauchen. Vor meinen Augen verschwimmen die Leute vor mir zu einem einzigen, bunten Farbenteppich. Wahrscheinlich habe ich zu viel Sekt getrunken. Alles fühlt sich so leicht und irgendwie unwirklich an. Die Lampions, die Springbrunnen, die schönen glitzernden Kleider und bunten Farben und natürlich Titus. Titus, der so nah neben mir läuft, dass sich unsere Arme dabei fast berühren. Es kommt mir beinahe vor wie in einem Traum.

Die Leute um uns herum strömen in Richtung des großen Podests, das direkt vor dem Regierungsgebäude aufgestellt wurde und auf dem in Kürze unser neuer Präsident seine feierliche Eintrittsrede halten wird. Um das Podest herum wurden Kameras installiert, um die Rede aufzuzeichnen. Das Gesicht von Greg Livingston wird heute Abend auf allen Bildschirmen des Landes zu sehen sein. Und ich werde live dabei sein, in einem schönen Kleid, mit einem gut aussehenden Jungen an meiner Seite. Wenn nur Meg und Mike mich jetzt sehen könnten! Wie gerne hätte ich sie gerade bei mir!

Eine ganze Armee von Sicherheitskräften hat sich um die Bühne herum postiert, um den Präsidenten vor möglichen Angriffen aus dem Publikum zu beschützen und für Ruhe und Ordnung zu sorgen.

Ich schaue mich um und suche nach Ivys silbernem Kleid, doch ich kann sie nicht finden. Vermutlich ist sie weiter vorne in der Menge, um einen besseren Blick auf das Geschehen zu erhaschen. Kurz überlege ich, ob wir uns ebenfalls nach vorne drängeln sollten.

Ich beschließe, Titus anzustupsen, um ihn danach zu fragen. Doch als ich mich zu ihm umdrehe, ist er verschwunden. *Verdammter Mist!* Wie konnte ich ihn nur aus den Augen lassen? Gerade eben war er doch noch neben mir! Ich muss ihn im Gedränge irgendwie verloren haben. Ich bin wütend auf mich, aber noch viel mehr enttäuscht. Ich wollte mir die Rede mit ihm gemeinsam anhören. Ihm währenddesssen von der Seite aus immer wieder Blicke zuwerfen und hoffen, dass er sie mit seinem magischen Lächeln im Gesicht erwidert.

Noch immer bewegt sich die Masse an mir vorbei zum Podest und ich frage mich, ob Titus sich von ihr hat mittreiben lassen und ebenfalls nach vorne gelaufen ist. Um mich herum wird das Gedränge dichter. Eine betrunkene Frau im grünen Abendkleid und mit verschmiertem Make-up verschüttet ihren Sekt auf meinem Kleid und rauscht vorbei, ohne sich zu entschuldigen. Ich stiere ihr finster hinterher und würde ihr am liebsten den Inhalt meines eigenen Glases hinterschleudern, nur leider ist es schon leer. Wo, verdammt noch mal, steckt Titus? Ich könnte ausrasten!

»Sehr geehrte Damen und Herren, ich begrüße Sie!« Ein kleiner Mann mit dichtem, dunklem Bart hat das Mikrofon ergriffen und schaut ungeduldig in die Menge.

Ich kann ihn über die Köpfe der anderen hinweg kaum sehen, doch ich bin ohnehin nur damit beschäftigt, nach Titus Ausschau zu halten. Ich muss ihn unbedingt wieder finden. Die Rede ist mir mit einem mal völlig egal.

»Bitte kommen Sie zur Ruhe!«

Das laute Lachen und Reden ebbt langsam ab und eine gespannte Stille breitet sich im Publikum aus. Unterbrochen lediglich vom Husten eines jungen Mannes, der sich offenbar an seinem Getränk verschluckt hat. Alle wollen ihn sehen, den neuen Präsidenten. Ich kann die Aufregung nicht ganz nachvollziehen, kennen wir alle ihn doch bereits. Wenn auch zugegebenermaßen nicht in dieser Funktion. Titus zu finden erscheint mir wesentlich spannender.

»Meine Damen und Herren, ich habe die Ehre, Ihnen unseren neuen Präsidenten anzukündigen – Greg Livingston!«

Ohrenbetäubender Applaus ertönt und irgendjemand trampelt mir auf den Fuß. Der Schmerz jagt mir das ganze Bein hoch und ich humple fluchend etwas weiter nach hinten, wo weniger Leute stehen und ich mehr Platz habe. Ich klettere auf eine der Steinbänke, um einen besseren Überblick über die Menge zu haben. Sofort folgen einige Kollegen meinem Beispiel, um mehr von der Rede mit zu bekommen. Dabei geht es mir ja gar nicht um die blöde Rede! Ich will Titus finden! Der Präsident hat soeben das Podium betreten und lächelt in die Menge. Als er das Wort ergreift, wird es schlagartig wieder still. Ich höre nur mit einem Ohr hin, während ich meinen Blick erneut über die Menschen vor mir schweifen lasse. Gerade will ich enttäuscht aufgeben und mich stattdessen doch noch der Rede zuwenden, als ich plötzlich einen dunklen, lockigen Haarschopf im Gedränge aufblitzen sehe. Titus! Und er steht nur wenige Reihen vor mir.

Ich atme erleichtert auf und schiebe mich langsam und unauffällig in seine Richtung. Ein Mann im Frack schaut mich verärgert an, als ich mich an ihm vorbei drängle, doch das kümmert mich nicht. Meine Augen sind fest auf die schwarzen Locken geheftet. Ich komme immer näher an Titus heran.

»... will mich all diesen Herausforderungen stellen und Ihnen ein Vorbild sein in dieser schweren Zeit...«

Nur noch wenige Schritte, ich bin dicht hinter ihm.

»... ich werde alles tun, was nötig ist, um die Stärke von Last Haven zu erhalten und zu vermehren ...«

Nur noch eine Reihe zwischen uns. Ich will gerade meine Hand ausstrecken, um ihn an der Schulter zu berühren, als er plötzlich seinen Arm zur Seite bewegt und um die Taille der jungen Frau neben ihm legt. Mein Herz setzt einen Schlag aus. Ich lasse meine Hand sinken und habe das Gefühl, mich nicht bewegen zu können. Ich kann nur auf Titus' Hand starren, die jetzt sanft über die Hüfte des Mädchens streift, wo sich ihre langen schlanken Finger schließlich auf seine legen. Als sie ihr blondes Haar schüttelt, trifft mich die Erkenntnis wie ein Schlag ins Gesicht. Es ist Melody Blue-Sky.

Titus und Melody Blue-Sky! *Natürlich!* In mir krampft sich alles zusammen und ein stechender Schmerz fährt durch meine Brust. Wie habe ich das nur übersehen können? Wie, wie um alles in der Welt habe ich hoffen können, dass jemand wie Titus an jemandem wie mir interessiert sein könnte? In welcher Welt könnte ich mit Melody Blue-Sky mithalten? Melody mit ihren perfekten, rosigen Lippen und ihren goldenen Locken. Mit ihrem Traumkörper, ihrer Klugheit, ihrem Charme. Ich komme mir so unfassbar dumm vor. Am liebsten würde ich im Erdboden versinken. Mein schwarzes Kleid, die hohen Schuhe, all das ist so lächerlich. Ich werde immer nur *ich* sein, unscheinbar, mittelmäßig, so sehr ich auch versuche, mich zu verkleiden. Ob ich nun einen hässlichen Overall trage oder Abendgarderobe. Ich kann nie so sein wie Melody.

Um mich herum fängt alles an, sich zu drehen und es fällt mir schwer, das Gleichgewicht zu halten. *Der Alkohol.* Ich hätte nicht so viel trinken sollen! Ich mache einen Schritt zurück, weil ich Angst habe, dass Titus oder Melody mich bemerken, doch beide haben ihre volle Aufmerksamkeit nach vorne gerichtet.

Ich bin so wütend, so furchtbar wütend auf mich selbst wegen meiner Dummheit. Was soll ich jetzt tun? Ich könnte auf mich aufmerksam machen und Titus zur Rede stellen. Doch im Grunde hat er ja nichts verbrochen. Es ist ganz allein meine Schuld, dass ich so blöd war, etwas zwischen uns zu sehen, was es gar nicht gibt. Ich denke an den Augenblick vorhin, als er mir die Strähne aus dem Gesicht gestrichen hat, und mir wird schlecht bei der Erinnerung daran, wie zärtlich ich ihn daraufhin angeschaut haben muss. Mein Schädel brummt. Vom Alkohol, der Demütigung. Ich muss mich entscheiden, bevor die Situation noch peinlicher wird. Die beiden mich sehen und sich darüber wundern, weshalb ich wie ein Geist hinter ihnen stehe ohne mich zu rühren.

Ich beschließe gerade kehrtzumachen, als mir etwas Rotes an Melodys Rücken ins Auge springt. Um ihre Schultern hängt an einem langen, perlenbesetzten Band ein zierliches Täschchen aus elfenbeinfarbenem Stoff, der ebenfalls mit Perlen verziert ist. Und in diesem Täschchen steckt im vordersten Fach ein rotes Armband. Der einzelne, große Knopf, mit dem die Tasche sonst verschlossen wird, ist offen. Der Deckel im Gedränge seitlich verschoben, sodass man einen Blick auf den Inhalt erhaschen kann. Das rote Armband mit dem Chip, der ihr Zugang zu der geheimen Abteilung im Keller des Verteidigungsministeriums verschafft! Für den Ort der Geheimnisse, wie Ivy immer sagt. Offensichtlich hat Melody das Band abgelegt, als sie sich für das Fest umgezogen hat. Tatsächlich, als ich mich umblicke fällt mir auf, dass die wenigsten Frauen heute Abend ihr Armband tragen.

Ich zögere. Der Wunsch, das Weite zu suchen und mich zu verkriechen, tritt in den Hintergrund und macht der Neugier Platz. Ich könnte das Band an mich nehmen. Niemand würde es bemerken, alle hängen gebannt an den Lippen von Greg Livingston. Es ist beinahe so, als wollte es mich dazu auffordern. *Das ist der Alkohol*, ermahne ich mich streng. *Mach keine Dummheiten!* Aber könnte es denn möglich sein, dass zum Anlass der Feier auch die Wächter vor dem Zugang zum Untergeschoss abgezogen worden sind? Laut Titus werden die Treppenhäuser und Aufzüge ja zusätzlich durch Sicherheitspersonal bewacht. Die Türen zu den Laboren lassen sich nur mit einem entsprechend freigeschalteten Armband öffnen. Überwachungskameras gibt es laut Titus keine. Die Gelegenheit ist einfach zu günstig. Fiebrige Aufregung ergreift von mir Besitz. Und auch ein wenig Trotz. Im Grunde haben die beiden es nicht anders verdient, als dass ich sie bestehle.

Ich pirsche mich zwei Schritte zur Seite und wieder einen nach vorne, sodass ich rechts hinter Melody zum Stehen komme. Versuche, nicht aufzufallen. Ich übersehe geflissentlich, wie Titus' Finger sich zärtlich mit Melodys verschränken. Nach ein paar Sekunden, in denen ich den Atem angehalten und darauf gewartet habe, dass die beiden sich doch zu mir umdrehen, blicke ich mich verstohlen um. Keiner achtet auf mich, noch immer sind alle Augen nach vorne gerichtet. Ganz langsam, um niemanden mit einer ruckartigen Bewegung auf mich aufmerksam zu machen, greife ich mit meiner gesunden Hand nach Melodys Tasche und klappe den Stoff zur Seite. Ich spüre, wie mir der Schweiß in den Ausschnitt meines Kleides rinnt und bete, dass jetzt niemand zufällig seinen Blick in meine Richtung schweifen lässt. Doch die Leute stehen zu dicht und ich verdecke durch meinen Körper für die meisten das Sichtfeld. Der Alkohol in meinem Blut verleiht mir Mut.

Die glatte Oberfläche des Bandes fühlt sich kalt an, als ich es vorsichtig nach oben schiebe und langsam heraus ziehe. Es dauert nur eine Sekunde, bis ich es in meine eigene Tasche habe gleiten lassen. Meine Finger zittern und ich atme tief aus. Dann mache ich mich auf den Weg zurück ins Gebäude. Schiebe mich rückwärts. Anfangs noch sehr langsam, aus Furcht, Titus oder Melody könnten sich umblicken. Doch je weiter ich mich von ihnen entferne, desto schneller werden meine Schritte und desto lichter werden die Reihen um mich herum. Ich versuche, niemandem ins Gesicht zu sehen. Bin mir sicher, dass man es mir ansieht, dass ich etwas Unerlaubtes vorhabe. Als ich durch die Tür in das Foyer schreite, tritt ein Wächter in schwarzer Uniform auf mich zu und hält mich zurück. Er hat gewaltige Oberarme und ein unfreundliches Gesicht mit einer krummen Nase. Sein Atem riecht sauer und ich drehe mich unwillkürlich von ihm weg.

»Wo willst du hin?«

Fieberhaft überlege ich, was ich sagen soll, um keinen Verdacht zu erregen.

»Mir ist schlecht. Ich glaube, ich muss mich übergeben«, lalle ich und bemühe mich, möglichst elend auszusehen. Um noch einen drauf zu setzen, schwanke ich ein wenig und halte mir die Hand vor den Mund. Der Mann macht einen Schritt zurück und grinst höhnisch.

»Zu viel getrunken, was?«

»Hmmm, vielleicht.«

»Na los, dann verschwinde, bevor du hier noch alles vollkotzt!« Er winkt mich ungeduldig durch und ich schleiche gebückt und mir den Bauch haltend an ihm vorbei, ohne ihn noch einmal anzusehen.

Drinnen ist es hell erleuchtet und das Klackern meiner hohen Absätze wird durch den Teppich gedämpft, als ich zielstrebig in Richtung des nächsten Aufzugs gehe. Kein Mensch ist zu sehen, alle sind draußen auf dem Fest und lauschen der Eröffnungsrede. Nur die Reinigungsroboter ziehen leise surrend ihre Kreise. Ich hoffe inständig, dass der Redebedarf des Präsidenten noch für eine Weile anhält, damit ich mich ungestört umsehen kann.

Als ich den Knopf drücke, um den Aufzug zu holen, zittern meine Finger immer noch. Das Klingeln, mit dem sich die Ankunft des Aufzugs ankündigt, kommt mir unnatürlich laut vor und dringt mir durch Mark und Bein. Ich tippe auf den Knopf mit der Aufschrift »UG-Labor« und spüre, wie sich mein Magen bei der Fahrt nach unten zusammenzieht. Kurz befürchte ich, mich tatsächlich noch übergeben zu müssen. *Ja, das würde mir recht geschehen!* Doch dann öffnet sich mit dem gleichen Klingeln wie zuvor die Tür und der kurze Moment der Übelkeit ist verschwunden.

Ich trete in den Flur, in dem sofort die Lichter angehen, und bleibe einen Augenblick stehen. Ich spüre, wie mein Herz in meiner Brust rast, und greife in meine Tasche, wo ich das Armband ertaste. Mit der Hand in der Tasche gehe ich ein paar Schritte nach vorne. Keine Wächter. Als wäre es ein Zeichen, dass ich das Richtige tue! Ich kann mein Glück kaum fassen. Vor mir ragt eine Sicherheitsschleuse auf. Ihre metallisch glänzenden Türen ragen bis hoch zur Decke. Als ich das Armband an den Scanner halte, ertönt ein kurzes Klicken und die Türen schwingen mit einem leisen Zischen auf. Ich trete in die Zelle und halte den Atem an. Hinter mir schließt sich das Tor.

»Zutritt gestattet. Herzlich willkommen, Melody Blue-Sky«, ertönt eine mechanische Stimme. Eine Sekunde später öffnet sich die Schleuse und ich trete in den dahinter liegenden Gang. Hier unten ist es nahezu gespenstisch still. Nur die Lampen an den Decken brummen dumpf. Meine Schritte hallen von den kahlen Wänden wider. Ich überlege, welche Richtung ich einschlagen soll, und entscheide mich spontan für rechts.

Vor mir liegt ein langer Flur mit sterilen weißen Wänden, hellem Boden und zahlreichen grauen Türen. Es sieht anders aus als in den anderen Stockwerken. Weniger einladend. Im Grunde fühle ich mich ein bisschen an das MediOffice erinnert.

Wie ich von Titus weiß, befinden sich hier überwiegend Labore und nur wenige Büroräume. Testfelder für chemische und biologische Waffen. Mehr haben Ivy und ich nicht aus ihm heraus bekommen. Doch das kann nicht alles sein. Wäre es so, gäbe es keinen Grund, solch ein Geheimnis daraus zu machen.

Ich laufe los. Kann gar nicht fassen, dass ich gerade tatsächlich hier bin und nun endlich das Rätsel lösen werde, das sich um diese Etage rankt. Hin und wieder haben Ivy und ich die unterschiedlichsten Szenarien diskutiert. Uns ausgemalt, was wir hier vorfinden würden. Von spektakulären Robotern über Tierversuche bis hin zu geheimen Atomwaffentests. Ich sehe schon vor mir, wie ihre Augen groß werden, wenn ich ihr davon erzähle.

Vor der ersten Tür auf der linken Seite bleibe ich stehen. »Med 1« steht mit goldenen Buchstaben auf dem Schild. Ich will die Tür öffnen und stelle enttäuscht fest, dass sie verschlossen ist, als mein Blick auf den Scanner fällt, der neben dem Türknauf befestigt ist. Ich halte Melodys Armband davor und sie lässt sich öffnen. Sofort geht in dem Raum dahinter das Licht an und ich trete ein.

Im ersten Moment denke ich, ich befinde mich tatsächlich wieder im MediOffice. Bei dem Raum handelt es sich offensichtlich um einen Untersuchungsraum. Eine Liege befindet sich in der Mitte, daneben stehen medizinische Geräte, deren Sinn und Zweck mir nicht bekannt ist. Ich bin verwirrt. Was hat ein Untersuchungsraum im Verteidigungsministerium verloren? Noch dazu, wo das MediOffice nur wenige Meter von hier entfernt ist? Und aus welchem Grund sollte man um die Existenz dieser Räume so ein Geheimnis machen?

Ich schließe die Tür und gehe zur nächsten. Das Schild zeigt »Med 2« an und als ich hinein schaue, sehe ich, dass es sich auch bei diesem Raum um ein Untersuchungszimmer handelt. Unschlüssig kratze ich mich am Kinn. Irgendwie hatte ich mit etwas anderem gerechnet. Aber womit eigentlich?

Die nächste Tür öffne ich erst gar nicht, als mein Blick auf das Schild fällt. »Med 3«. Ich überlege, ob ich weiter gehen oder lieber umkehren soll. Greg Livingston ist mittlerweile bestimmt am Schlussteil seiner Rede angekommen. Wenn er nicht bereits fertig ist. Inständig flehe ich, dass die Wächter im Anschluss nicht umgehend wieder ihre Plätze im Untergeschoss einnehmen. Ich kann nicht zurück, ich habe das Geheimnis noch nicht gelüftet! Ich gehe weiter, schneller jetzt. »Med 4« zieht an mir vorbei, »Med 5«. Verzweiflung überkommt mich. Das kann nicht alles gewesen sein! Es muss noch mehr geben! Was ist das Geheimnis dieses Trakts? Ich muss es wissen!

Vielleicht hätte ich die andere Richtung wählen sollen. Kurz kommt mir die Idee, zurück zu gehen und den anderen Weg einzuschlagen, doch dafür ist es zu spät. Es folgen Büroräume, wie ich an den Türschildern erkennen kann. Mir läuft die Zeit davon. Es wäre besser, wenn ich umkehre. Bis jetzt ist alles gut gegangen und ich sollte mein Glück nicht überstrapazieren!

Abrupt bleibe ich stehen und stolpere. Beinahe falle ich aus meinen High-Heels. »Kryo 1«. Das ist neu! Ich drücke die Klinke und öffne ohne einen Mucks zu machen die Tür. Eine Woge an Kälte bricht über mich herein und sofort bildet sich auf meinen Armen eine Gänsehaut. Die Temperatur kann maximal 10 Grad betragen und ist ein krasser Kontrast zu dem schönen, spätsommerlichen lauen Abend draußen.

Der Raum ist nicht allzu groß und fensterlos. Drei der vier Wände sind komplett von weißen Einbauschränken mit glänzenden Oberflächen und zahlreichen Schubladen bedeckt. In der Mitte des Raumes steht ein ordentlicher, unpersönlicher Schreibtisch mit einem Computer und einer Leselampe. Ich schließe die Tür hinter mir und gehe mit klopfendem Herzen schnurstaks zur Schrankwand. Die Schubladen sind mit goldenen Lettern alphabetisch beschriftet. Ohne nachzudenken öffne ich das Fach »Ea – Em« und erschrecke, als mir eine Wolke weißen, kalten Dampfes entgegenschlägt. Neugierig betrachte ich die sorgfältig sortierten Probenröhrchen, die sich in der Schublade befinden. Ein Probenlager. Hier werden irgendwelche Proben eingefroren und für eine spätere Verwendung oder als Rückstellproben aufbewahrt. Mit Daumen und Zeigerfinger meiner rechten Hand greife ich vorsichtig nach einem der Röhrchen und ziehe es heraus. Seinen Inhalt kann ich nicht erkennen, doch die Beschriftung ist gut lesbar. »Dana Egmont – EZ 3/2334«. Ich runzle die Stirn. Sowohl der erste als auch der letzte Teil der Beschriftung ist eindeutig, es handelt sich um die Probe einer Dana Egmont, die im März letzten Jahres genommen wurde. Doch wofür steht EZ? Ich stelle das Röhrchen zurück in den Ständer und greife mir das nächste. Es stammt ebenfalls von Dana Egmont, ist allerdings auf zwei Monate später datiert. Daneben befinden sich noch weitere Proben von ihr, bis es schließlich mit einer Fabiana Egon und anschließend mit Francesca Egregor weitergeht. Etwas frustriert schließe ich die Schublade und öffne die nächste. Auch hier befindet sich nichts außer weiteren Proberöhrchen. Ich umrunde den Raum einmal komplett, doch die alphabetisch sortierten Schubladen nehmen den gesamten Platz ein und enden rechts unten mit »Ya – Zy«.

Was soll ich jetzt machen? Ein wenig unschlüssig bleibe ich stehen, bevor die Neugier und das Adrenalin in meinem Adern mich weiter treiben. Ich spähe in den Gang hinein, ob ich noch immer alleine hier unten bin, und schlüpfe dann so leise wie möglich durch die Tür. Gehe weiter. »Kryo 2« lese ich an der nächsten Tür und will schon weitergehen, als mir einfällt, dass die Proben im letzten Raum laut Alphabet komplett sein müssten. Vielleicht sind diese hier älter, überlege ich, oder nur Rückstellproben. Schon halte ich Melodys Armband gegen den Scanner und betrete den Raum. Auch hier ist es kalt und wie im vorherigen Raum werden auch hier Proben gelagert. Ohne große Begeisterung öffne ich erneut eine der Schubladen, um kurz zu überprüfen, ob sie das Gleiche enthalten, und ziehe wahllos eines der Röhrchen heraus. »Benjamin Fawcett – SZ 05/2309«, daneben Proben von Rick Febris und Konstantin Federal. Nur Männer, fällt mir auf. Die Proben im vorherigen Raum dagegen stammten alle von Frauen. Ich halte mich nicht länger damit auf, weitere Schubladen zu öffnen, sondern will gerade gehen, als ich ein Geräusch von draußen höre. Ich bleibe wie angewurzelt stehen. Halte vor Schreck die Luft an. War das eine Tür? Ich lausche einen Moment, doch alles bleibt still. *Deine Nerven sind etwas überspannt, Aida.* Und wen sollte es wundern, schließlich schleiche ich gerade unerlaubterweise und angetrunken durch die geheimen Labore des Ministeriums. Ich habe hier nichts verloren und ich weiß nicht, was passiert, wenn man mich hier schnappt. Ich habe aber die leise Ahnung, dass ich nicht mit einer Belehrung oder Gemeinschaftsdienst davonkommen würde.

Als ich auch weiterhin nichts mehr hören kann und zu dem Schluss komme, dass ich mir das Geräusch nur eingebildet habe, öffne ich die Tür und blicke mich um. Der Gang ist noch immer leer. *Hier ist niemand, sie sind alle oben,* rede ich mir ein. Und ich sollte da langsam auch wieder hingehen. Doch noch habe ich nicht die geringste Ahnung, woran hier unten gearbeitet wird. *Eine Tür noch,* ermahne ich mich selbst. Dann ist Schluss. Ich kratze noch ein letztes Mal meinen gesamten Mut zusammen und marschiere weiter, bis die nächste Tür zu meiner Linken auftaucht. »Repro 1« steht daran. Ich scanne das Armband und lege die Hand auf die Klinke.

»Aida!«

Mein Herz setzt einen Moment aus vor Schreck und ich zucke so heftig zusammen, dass ich in meinen hohen Schuhen fast noch einmal das Gleichgewicht verliere. Panisch drehe ich mich um und sehe Romulus Henderson, der nur wenige Meter von mir entfernt mitten auf dem verlassenen Flur steht. Seinen weißen Kittel hat er aufgrund des Fests gegen einen eleganten schwarzen Anzug getauscht. Fast hätte ich ihn nicht erkannt. Die Tür, aus der er gekommen ist, steht noch immer offen. Ich bin wie vom Donner gerührt. Mein Kopf ist mit einem Mal völlig leer und ich weiß beim besten Willen nicht, was ich sagen soll, um zu erklären, was ich hier gerade mache. Mit großen Augen starre ich ihn einfach an, die Hand noch immer auf der Klinke.

»Aida«, sagt Dr. Henderson noch einmal, diesmal jedoch leise und irgendwie eindringlich. Er schüttelt leicht den Kopf und sieht mich beschwörend an. »Geh da nicht rein!«.

Es ist, als würden seine Worte einen Hebel in meinem Kopf umlegen. Die Starre, die mich bis eben noch völlig gelähmt hat, fällt mit einem Mal von mir ab. Jetzt ist es eigentlich auch schon egal, was ich tue. Ärger gibt es sowieso und ich habe nichts mehr zu verlieren. Trotzig erwidere ich den Blick des Arztes, drücke die Klinke und betrete den Raum.

Sofort fällt mir auf, dass es wärmer ist, als in den beiden vorherigen Zimmern. Das Licht ist gedämpft und es dauert eine Sekunde, bis sich meine Augen daran gewöhnt haben. Als ich erkenne, was sich hier befindet, bleibe ich fassungslos stehen. Ordentlich in Reih und Glied, auf polierten Arbeitsflächen, stehen zahlreiche große und kleine Zylinder mit einer goldgelben Flüssigkeit darin.

Und in dieser Flüssigkeit schwimmen – menschliche Föten.

Mir dreht sich der Magen um. Ich muss würgen. Höre kaum, wie Romulus Henderson hinter mir den Raum betritt. Er fasst mich am Arm und zieht mich nach draußen. »Komm mit! Schnell, bevor noch jemand anderes dich hier sieht.«

Ich leiste keinen Widerstand und lasse mich von ihm nach draußen in den Flur bugsieren. Statt in die Richtung zurückzugehen, aus der ich gekommen bin, schlägt er jedoch eilig den entgegengesetzten Weg ein. Mir ist schlecht und ich habe das Gefühl, mich übergeben zu müssen. Vor meinen Augen sehe ich noch immer die kleinen Ärmchen und Beinchen, die in der gelben Flüssigkeit schweben. *Was hat das zu bedeuten? Und wo gehen wir hin?*

Wir kommen an eine Gabelung und lassen die Abzweigung, die nach links führt, hinter uns. Nach einer gefühlten Ewigkeit endet der Gang schließlich an einem Treppenhaus. Ich steige hinter Dr. Henderson die Stufen herauf und habe einige Mühe, ihm hinterher zu kommen. Als ich zu ihm aufschließe gelangen wir durch eine Tür in einen weiteren Flur, der mir vage bekannt vorkommt.

»Wir sind im MediOffice!«, stoße ich überrascht und völlig atemlos hervor, doch Romulus Henderson beachtet mich nicht. Erst, als wir vor seinem Büro ankommen, er die Tür öffnet und mich hineinschiebt, dreht er sich wieder zu mir um.

»Wie hast du es geschafft, in das Untergeschoss zu kommen?«, fragt er frei heraus und schaut mich interessiert an. Sein Blick durchbohrt mich, doch habe ich nicht das Gefühl, dass er wütend ist. Eher erstaunt. Ich versuche, einen klaren Kopf zu bekommen, doch es fällt mir schwer. Krampfhaft überlege ich, welche Ausrede ich für mein unerlaubtes Betreten der Labore verwenden soll. Mir fällt keine ein.

»Hat Titus dich reingelassen?«, hakt Dr. Henderson ungeduldig nach.

»Nein.« Ich seufze tief und beschließe, einfach die Wahrheit zu sagen. Weil ich ohnehin zu verwirrt bin, um mir eine glaubhafte Lügengeschichte aus den Fingern zu saugen. »Ich bin allein runter gekommen.«

»Und wessen Armband ist das dann bitte?« Er deutet auf das rote Band, das ich noch immer fest in meiner rechten Hand halte. Ich zögere einen Moment und überlege, ob ich behaupten soll, es gefunden zu haben.

»Es gehört Melody Blue-Sky«, sage ich dann sachlich und schaue auf den Boden, weil ich seinen Blick nicht länger aushalte. »Ich habe es aus ihrer Tasche geklaut und bin damit nach unten gefahren, weil ich wissen wollte, woran Titus und die anderen hier arbeiten.«

Jetzt ist es also raus. Ich habe nicht die leiseste Ahnung, welche Konsequenzen mein kurz entschlossenes Handeln hat. Doch aus irgendeinem Grund interessiert es mich gerade auch nicht im Geringsten. Eine trotzige Ist-mir-egal-Einstellung macht sich in mir breit und fühlt sich beinahe so gut an wie sonst das Mentalin. Geradezu befreiend. Romulus Hendersons Miene bleibt ausdruckslos, er mustert mich einfach weiterhin, als warte er darauf, dass ich weiterrede.

»Dr. Henderson«, sage ich und wundere mich über mich selbst. »Was soll das alles?«, fahre ich fort. »Woran wird da unten gearbeitet, weshalb wird so ein Geheimnis daraus gemacht und was –« Ich schlucke und versuche, den erneuten Würgereiz zu unterdrücken. »Was hat der Raum mit den Glaszylindern zu bedeuten?« Jetzt ist es an mir, fragend dreinzusehen. Obwohl ich eine vage Ahnung habe, wie das alles zusammen passt, will ich es doch aus *seinem* Mund hören.

Es dauert einen Moment, bis Dr. Henderson antwortet. Er seufzt tief. »Was du da unten gesehen hast, ist im Grunde die logische Fortsetzung dessen, was Last Haven vor etlichen Jahrzehnten mit der kontrollierten Fortpflanzung begonnen hat«, beginnt er mit ernster Stimme und lässt mich dabei nicht aus den Augen. »Am Anfang ging es nur darum zu verhindern, dass mehr Kinder geboren werden, als für die Aufrechterhaltung unserer Gesellschaft nötig ist. Aber das ging manchen nicht weit genug. Es war nur eine Frage der Zeit, bis man die beiden Prozesse Zeugung und Geburt vollends in die Hände der Technik legen würde. Und das ist bereits vor mehr als fünzig Jahren geschehen.«

Vor mehr als fünzig Jahren! Aber das bedeutet ja – ich schließe einen Moment die Augen und zwinge mich dazu, durchzuatmen.

»Sie wollen mir also sagen, dass sowohl ich als auch Sie als auch fast alle Menschen, die ich kenne, im Reagenzglas gezüchtet wurden?!«

Die Nachricht macht mich völlig fassungslos. Ich kann einfach nicht glauben, was der Arzt da gerade gesagt hat. Doch sosehr ich auch in seinem Gesicht nach einem Anzeichen für einen Scherz oder eine Lüge suche, kann ich nichts entdecken, was mich an seiner Aussage zweifeln lässt. Natürlich ist es wahr. Wie sollte es auch anders sein. Es ist, wie er sagt – *die logische Konsequenz.*

»Am Anfang ging es eher darum, den ganzen Prozess – nunja, *effizienter* – zu machen. Keine Arbeitsausfälle schwangerer Frauen mehr, geringeres Infektionsrisiko für die Kinder.« Romulus Henderson reibt sich die Stirn, als würde er unter Kopfschmerzen leiden und öffnet den oberen Knopf seines Hemds, als würde er nicht genug Luft bekommen. »Doch während der letzten Jahre ging der Trend leider in eine andere Richtung. Das Gesundheitsministerium hat damit begonnen, nur noch gezielt das Erbgut von Menschen mit bestimmten Eigenschaften zu verwenden. Wie beispielsweise extrem hohe Intelligenz, ausgeprägte Empathie. Sogar auf besondere Schönheit wird geachtet, man strebt nach Perfektion auf allen Ebenen. Um die Wahrscheinlichkeit zu erhöhen, dass auch die daraus entstehenden Kinder eine entsprechende Veranlagung erhalten. Neue Arbeitskräfte nach Rezept sozusagen, makellos von innen und außen.«

Ich traue meinen Ohren kaum, so völlig absurd und unbegreiflich klingt diese Geschichte für mich. Meine Beine fühlen sich mit einem mal ziemlich wacklig an, also ziehe ich mir ebenfalls einen Stuhl heran und setze mich Romulus Henderson gegenüber an den Schreibtisch.

»Wieso wird daraus ein Geheimnis gemacht?«, bringe ich schwach hervor und weiß im selben Moment, wie dumm diese Frage klingen muss. Und trotzdem. In der Geschichte von Last Haven hat es schon viele umstrittene Entscheidungen gegeben, die anfangs unvorstellbar, unmenschlich und drastisch erschienen sind und die am Ende doch dazu beigetragen haben, dass wir als einziges Land auf dieser Welt über eine funktionierende Wirtschaft, Sicherheit und Wohlstand verfügen. Die Durchsetzung harter Maßnahmen ist das, was uns vom Rest der Welt unterscheidet.

Romulus verzieht spöttisch den Mund und schaut mich ungläubig an. »Das wird wohl daran liegen, dass die Reaktion der Bevölkerung auf die Neuigkeit, dass wir jetzt versuchen, Generationen von *Übermenschen* zu züchten, für Wirbel sorgen würde.«

Würde es das wirklich? Ich selbst bin schockiert. Angewidert. Doch nach allem, was ich während meiner Zeit im Verteidigungsministerium erlebt habe, bin ich mir beinahe sicher, dass die meisten meiner Kollegen diese Maßnahme durchaus nachvollziehen und sogar gutheißen würden, wenn sie länger darüber nachdächten. Aber vermutlich hat Dr. Henderson recht. Die Angestellten des Ministeriums eignen sich kaum dafür, die Bevölkerung von Last Haven zu repräsentieren. Die Reaktion meiner ehemaligen Kollegen bei Techraid auf diese Neuigkeit fiele heftig aus, das steht fest. Vielleicht käme es sogar zu Ausschreitungen. Ich kann Mikes zornigen Gesichtsausdruck quasi vor mir sehen.

Meine Gedanken müssen mir ins Gesicht geschrieben stehen,

denn Dr. Henderson fährt mit seiner Erklärung fort. »Du denkst, dass sich die Empörung im Ministerium in Grenzen halten würde. Damit hast du wohl recht, doch das Land besteht nicht nur aus der Handvoll Leute, die hier arbeiten. Den Großteil des Landes machen Produktions- und Dienstleistungsbetriebe aus. Was würden deine alten Kollegen bei Techraid dazu sagen? Wo doch bereits jetzt fleißig daran gearbeitet wird, ihre Arbeit zu automatisieren und Stellen zu streichen. Höchstwahrscheinlich –« Er lächelt ein freudloses, zynisches Lächeln. »– wird es in wenigen Jahren überhaupt keinen Platz und keine Verwendung mehr für die meisten von ihnen geben. Es gibt keinen Bedarf mehr an normalen Menschen ohne besondere Fähigkeiten. Und Last Haven wird es sich nicht mehr lange leisten können, überflüssige Mäuler zu stopfen. Die derzeitige Lage ist ernst.«

»Das wird also die Zukunft des Landes sein? Technik und speziell designte Menschen, um diese Technik zu entwickeln und zu überwachen? Mehr wird es nicht geben?« Meine Stimme ist bitter und ich spüre eine Wut in mir hochkriechen, die jeden Moment ausbrechen kann.

»Nicht, wenn ich es zu verhindern weiß«, erwidert Dr. Henderson leise und seine Miene ist mit einem Mal wie versteinert. Dann fällt sein Blick auf die Uhr und sein Ton wird geschäftsmäßig. »Doch genug geredet, es wird Zeit, dass du wieder ins Ministerium zurückkehrst. Deine Freunde fragen sich bestimmt schon, wo du steckst. Ich werde sagen, dass dir schlecht geworden ist und ich dich mit ins MediOffice genommen habe, um dir ein Mittel dagegen zu verabreichen.«

»Moment –«, unterbreche ich ihn aufgebracht. So leicht kommt er mir nicht davon. Zum ersten Mal habe ich die Gelegenheit, tatsächlich Antworten auf meine Fragen zu erhalten. Ich habe nicht vor, mich jetzt abwimmeln zu lassen. »Wir sind hier noch nicht fertig. Was soll mit den Menschen passieren, für die es keinen Platz mehr geben wird?«

Der Arzt hält in seiner Bewegung inne und erwidert meinen Blick, ohne mit der Wimper zu zucken. Seine Augen sind so kalt, dass es mich fröstelt.

»Was?«, frage ich noch einmal mit Nachdruck, doch schon im nächsten Moment bin ich mir nicht mehr sicher, ob ich die Antwort darauf überhaupt hören will.

»Kannst du dir das nicht denken, Aida?«, fragt er ruhig.

Ich schlucke. Doch, das kann ich. Ein eiskalter Schauer jagt mir den Rücken herunter.

»Sie werden umgebracht«, flüstere ich fassungslos.

Es ist keine Frage, sondern eine Feststellung. Dr. Henderson nickt langsam.

Kapitel 11

Als Dr. Henderson mich schließlich auf offiziellem Wege über die Straße zum Ministerium zurück begleitet, ist die Feier noch immer in vollem Gange.

»Was soll ich jetzt machen?«, frage ich ein wenig hilflos, bevor ich mich wieder unter die Feiernden mische. Ich weiß nicht, wie ich mit dem umgehen soll, was ich gerade erfahren habe. Es macht mir Angst.

»Dir was zum Trinken holen, zum Beispiel«, sagt der Arzt gleichgültig und fügt trocken hinzu. »Vielleicht aber besser keinen Sekt mehr.«

Ich spüre, dass ich rot anlaufe, weil es mir peinlich ist, dass man mir meinen beschwippsten Zustand offenbar anmerkt. »Das habe ich nicht gemeint«, erwidere ich beleidigt.

Romulus Henderson dreht sich zu mir um und schaut mich ernst an. »Du machst gar nichts, Aida. Du tust einfach so, als hättest du nichts gesehen, weil du nämlich nichts gesehen haben *darfst*. Ganz einfach.«

So einfach kommt mir das gar nicht vor. Trotzdem nicke ich.

»Und nenn mich Romulus«, bittet Dr. Henderson mich unerwartet freundlich, als ich mich von ihm verabschiede.

Ich blinzle überrascht, erinnere mich dann jedoch, dass er schließlich auch ein Freund von Titus ist. Wahrscheinlich sind die beiden sogar im gleichen Alter.

Die Rede des Präsidenten ist längst vorbei, doch die Gäste genießen weiterhin die lauen Temperaturen, die Musik und die ungewohnt gute Verpflegung. Die Stimmung ist noch ausgelassener und fröhlicher als vor meinem Spaziergang in die verbotenen Labore. Doch während ich mich zu Beginn des Abends nach einem Glas Sekt von der guten Laune gerne habe anstecken lassen, ist mir das laute Gelächter jetzt zuwider. Das hysterische Kreischen meiner aufgedonnerten Kollegen klingt schrill in meinen Ohren. Übertrieben und unangebracht fröhlich. Ich beobachte die Leute beim Tanzen und Trinken und frage mich, wer von ihnen alles weiß, was sich unter unseren Füßen befindet. Und wer nicht einmal mit der Wimper zucken würde, sollte er erfahren, dass Last Haven gerade Schritt für Schritt seine Bevölkerung durch speziell gezüchtete Menschen ersetzt, die perfekt von innen und außen sind. Es ist die Mehrheit. Da bin ich mir völlig sicher.

»Alles in Ordnung mit Ihnen, Miss?«

Ich drehe mich um und sehe eine ältere Frau, die mich besorgt von der Seite mustert. Weil ich noch immer regungslos und mit versteinerter Miene das lächerliche Treiben vor mir beobachte. Als sie den hasserfüllten Blick in meinen Augen wahrnimmt, trollt sie sich jedoch wieder. Ich starre ihr hinterher, bis sie im Gedränge verschwunden ist, und spüre plötzlich nicht nur Wut auf die Leute um mich herum, sondern auch auf mich selbst.

Ich könnte mich ohrfeigen für die dumme Entscheidung, mich in die Labore zu schleichen. Am liebsten würde ich die ganze unüberlegte Aktion rückgängig machen. So tun, als wüsste ich von nichts, so wie Romulus Henderson es mir geraten hat. Doch dafür ist es jetzt zu spät. Ich kann das Bild der Glaszylinder nicht einfach aus meinem Kopf löschen, es hat sich dort festgesetzt. Jetzt, wo Zeugung und Geburt völlig in den Händen der Technik liegen, frage ich mich, was genau an uns eigentlich noch natürlich ist. *Menschlich.* Wir werden hergestellt wie eine Ware, arbeiten unser Leben lang und werden dann ausgemustert. Als ich mich jetzt umblicke, kommt mir der absurde Gedanke, dass wir inzwischen tatsächlich nicht mehr sind als reine Arbeitsmaschinen. Alles, was uns menschlich macht, versuchen wir zu unterdrücken oder ganz auszumerzen. Und damit wir gar nicht erst merken, was mit uns passiert, werden wir hin und wieder mit solchen Feiern abgespeist, dürfen Freundschaften pflegen – aber für wen und für was arbeiten, leben wir eigentlich, wenn wir letztendlich alle irgendwann wertlos sind?

»Aida, da bist du ja!« Ivy kommt mit geröteten Wangen und ein wenig zerzausten Haaren atemlos auf mich zugeeilt. In ihrer Hand hält sie ein Glas mit einer sprudelnden, rosafarbenen Flüssigkeit, von der ein penetrant süßer Geruch ausgeht. »Wo *warst* du die ganze Zeit? Ben und ich haben dich überall gesucht!«

Wütend funkelt sie mich an und ich versuche, ein versöhnliches und freundliches Lächeln aufzusetzen. Mich zusammenzureißen, damit Ivy nicht merkt, dass mit mir tatsächlich etwas nicht stimmt. »Tut mir leid, mir ist kurz schlecht geworden, da hat mich Dr. Henderson mit ins MediOffice genommen, um mir ein Mittel dagegen zu geben. Aber jetzt geht es mir schon viel besser.«

»Oh, das tut mir leid.« Sofort ist Ivys Wut verraucht und sie legt den Arm um mich. Ich spüre, wie das Schuldbewusstsein in mir hochkriecht, weil ich sie anlüge. Sollte ich ihr vielleicht die Wahrheit sagen? Doch wie würde sie darauf reagieren? Ivy ist jünger als ich und ausgesprochen sensibel. Ich bin mir nicht sicher, ob sie die Information so einfach wegstecken könnte. Wo ich selbst sie kaum verkraften kann. Und wer weiß, am Ende würde irgendjemand anderes noch Wind davon bekommen und das darf auf keinen Fall passieren. Ich hätte das alles ja gar nicht sehen dürfen. Das Fest ist ohnehin auf keinen Fall der richtige Ort, um über meinen geheimen Ausflug ins Untergeschoss zu sprechen.

»Willst du dich lieber ein wenig hinlegen?«

»Nein, mir geht's schon besser. Wirklich«, wiederhole ich und zwinge mich zu einer fröhlichen Miene.

Während ich beim Anblick von Ivy unwillkürlich daran denken muss, dass sie mit ihrer Klugheit und Schönheit zu genau der Sorte Mensch gehört, die von der Regierung als das große Ziel angesehen wird. Ivy wird sich niemals darum sorgen müssen, nicht mehr gebraucht zu werden oder nicht gut genug zu sein. Ganz anders ich in meiner Mittelmäßigkeit. Oder meine früheren Kollegen bei Techraid.

»Prima!« Ivy strahlt mich aus großen Augen an und hakt sich bei mir unter. »Komm mit, ich muss dir nämlich unbedingt was zeigen.«

Aufgeregt zieht sie mich hinter sich her in den Park, vorbei an Frauen, deren Make-up verschmiert ist. Männern, die sich kaum noch auf den Beinen halten können.

Mittlerweile wird es dunkel, und die Lampions tauchen alles in ein zauberhaftes, angenehm schummriges Licht. Ivy und ich eilen weiter und lassen das Getümmel hinter uns. Suchend blickt sie sich um. Händchenhaltende Paare spazieren an uns vorbei in die anbrechende Dunkelheit, zwei Frauen sitzen unter einer unserer Linden und tuscheln miteinander.

»Da sind sie!«, sagt Ivy und zerrt mich am Arm hinter sich her. Mein Herz setzt einen Moment aus, als ich sehe, auf wen sie zusteuert. Auf einer Bank nur wenige Meter entfernt von uns erkenne ich einen dunklen Lockenkopf, der sich in vertrauter Zweisamkeit zur wallendenden blonden Mähne neben sich neigt. Die nur einer Frau gehören kann.

»Hey Titus!«, ruft Ivy und stürmt auf die beiden zu. Titus schreckt auf und ich meine im Dämmerlicht zu erkennen, wie er schnell seine Hand, die auf Melodys Bein geruht hat, zurückzieht. Titus und Melody. Mir wird mit einem Schlag klar, dass die beiden ja selbst Zugang zum Untergeschoss haben und mit Sicherheit wissen, was jetzt auch ich weiß.

»Aida, da bist du ja wieder! Du warst mit einem Mal verschwunden?« Seine Stimme ist so ungezwungen, dass man tatsächlich meinen könnte, *ich* hätte *ihn* vorhin einfach stehen gelassen und nicht umgekehrt.

Meine Empörung darüber mischt sich mit der Schmach, mir Hoffnungen auf Titus gemacht zu haben. Ich bin froh, dass es bereits dunkel ist und er den Ausdruck auf meinem Gesicht nicht sehen kann. *Dumme Aida*, schimpfe ich mich selbst. Dann fällt mir auf, dass Titus noch immer auf eine Antwort von mir wartet und ich tische ihm die gleiche Lüge auf wie Ivy. Nur, dass ich dieses Mal nicht einmal den Anflug eines Schuldgefühls dabei empfinde.

Ich muss mich dabei zusammenreißen, Titus nicht an den Kopf zu werfen, was ich von dem halte, was er und die anderen da im Untergeschoss treiben, obwohl ich ja nicht genau weiß, was für eine Rolle er dabei spielt. Und ob er selbst dahinter steht. *Ich weiß, was ihr tut!*, würde ich am liebsten schreien. *Und ich hasse euch alle dafür!*

Melody, die noch kein Wort gesprochen hat, seit wir bei den beiden aufgekreuzt sind, hält sich sittsam im Hintergrund, bis Titus sie mir vorstellt. »Ich habe euch ja versprochen, dass ihr Melody eines Tages kennenlernen würdet – und hier ist sie nun also.«

Ich schüttle ihr die Hand, ohne ihr ins Gesicht zu sehen, und denke dabei an das Armband, das ich ihr vorhin aus der Tasche gestohlen habe. Romulus Henderson hat es mir mittlerweile wieder abgenommen. Ivy schaut uns strahlend an und scheint mein Unbehagen nicht zu bemerken. Die Situation ist irgendwie absurd. Ich komme mir schon selbst vor wie in einem Film, nur dass Melody Blue-Sky diesmal bloß eine Nebenrolle ergattert hat, weil die Hauptrolle *ich* spiele.

»Freut mich dich zu treffen, Aida«, sagt Melody höflich und lächelt mich an.

Ihre Zähne schimmern durch die Dämmerung weiß und perfekt in ihrem Gesicht. Überhaupt geht ein nahezu übernatürliches Leuchten von ihr aus – ihr blondes Haar, das cremefarbene, schulterfreie Abendkleid und ihre blasse, makellose Haut. Melody strahlt wie ein Engel in der anbrechenden Dunkelheit. Am liebsten würde ich mich übergeben ob solch einer Anmut. Klug und schön, ein ausgezeichnetes Produkt, genau wie Ivy. Ich nicke nur kurz und sage gar nichts, weil ich befürchte, dass meine Bitterkeit aus mir heraussprudeln wird, sobald ich den Mund öffne.

Doch Ivy quatscht munter drauf los. »Ist das nicht super, Aida? Wir kennen jetzt einen echten Filmstar! Melody, erzähl uns, an was für einem Film du gerade arbeitest!«

Melody grinst schüchtern und beginnt zu erzählen, doch ich höre gar nicht hin. Bestimmt ist es wieder irgendetwas, wo uns vorgehalten wird, wie wunderbar das Leben in Last Haven doch ist. Und Melody nimmt an dieser Farce teil, obwohl sie es besser weiß.

Ich überlege, wie ich dieser unerträglichen Situation so unauffällig wie möglich entkommen kann.

»Tut mir leid, aber ich denke, ich muss mir mal eben was zu trinken holen«, unterbreche ich Melodys Vortrag ruppig und wende mich einfach zum Gehen.

»Soll ich mitkommen?«, fragt Titus. Seine Stimme klingt ein wenig besorgt.

»Nein, danke, ist schon in Ordnung. Ich bin gleich wieder da«, erwidere ich hastig und denke insgeheim, dass mich keine zehn Pferde dazu bringen könnten, wieder hierher zurückzukommen.

Ohne ein weiteres Wort abzuwarten, marschiere ich schnellen Schrittes davon. Als ich Titus und Melody ein paar Meter hinter mir gelassen habe und feststelle, dass mir keiner nach kommt, atme ich erleichtert auf. Werde ein wenig langsamer. Vergeblich versuche ich, das Chaos in meinem Kopf zu ordnen, doch die Gedanken, die darin umherschwirren, sind zu schmerzlich. Ich will nicht an Titus und meine Gefühle für ihn denken. Ich will nicht vor mir sehen, wie er händchenhaltend mit Melody Blue-Sky im romantischen Halbdunkel auf einer Parkbank sitzt. Und ich will schon gar nicht an das denken, was ich von Romulus Henderson in den geheimen Laboren des Ministeriums erfahren habe. Am liebsten würde ich alles aus meinem Gedächtnis löschen, was in den letzten Stunden passiert ist.

Ich gehe zu den feiernden Leuten und der Musik zurück und nehme aus dem Augenwinkel wahr, wie Sarah gerade ausgelassen mit einem mir unbekannten Mann mit glasigem Blick tanzt. Jemand mit einem Tablett voller Getränke eilt an mir vorbei. Ich schnappe mir ein weiteres Glas Sekt und stürze es in einem Zug hinunter, obwohl – und vielleicht auch ein klein wenig *weil* Dr. Henderson mir davon abgeraten hat. Ich hoffe, dass mir der Alkohol dabei hilft, meine Gedanken etwas langsamer kreisen zu lassen. Gerade will ich nach einem weiteren greifen, als jemand meinen Namen ruft. Ich drehe mich um und sehe Benjamin, der sich von einer Gruppe Arbeitskollegen loseist und zu mir eilt. Ich quäle mir ein freundliches Lächeln ab und grüße ihn ohne Begeisterung. *Das hat mir gerade noch gefehlt.*

»Aida, da bist du ja endlich.« Seine Stimme klingt ein wenig gehetzt und seine Krawatte sitzt schief. »Wir haben dich überall gesucht.« Plötzlich hält er inne und sieht mich an, als würde er mich gerade erst wirklich erkennen. »Du siehst toll aus!«, sagt er freundlich und streicht sich in einer nervösen Geste durch das flachsblonde Haar.

Ich betrachte verlegen meine Schuhe und frage mich, weshalb ich mich nicht so recht über das Kompliment freuen kann. Als Titus vorhin dasselbe zu mir gesagt hat, hätte ich vor Freude in die Luft springen können.

»Willst du noch etwas trinken?«, fragt Ben.

Obwohl mir irgendwie klar ist, dass das keine gute Idee ist und es mir langfristig nicht helfen wird, mich abzulenken, nicke ich erleichtert und nehme dankbar das nächste Glas Sekt entgegen, das Ben wie aus dem Nichts herbei zaubert. So habe ich zumindest einen guten Grund, nicht sprechen zu müssen. Während ich es in wenigen Schlucken leere, schaut mir Ben mit großen Augen und vor Überraschung geöffnetem Mund dabei zu.

»Okay«, sagt er unsicher und nimmt mir das Glas aus der Hand. »Wollen wir vielleicht ein bisschen spazieren gehen?«

Ich willige zögernd ein, doch als Ben den Weg einschlagen will, den ich gerade gekommen bin, ziehe ich ihn in die entgegengesetzte Richtung. Ich bin mir der Tatsache bewusst, dass ich bereits torkele, doch Benjamin scheint es entweder nicht zu bemerken oder es stört ihn nicht. Er nimmt mich am Arm und führt mich wieder fort von den Leuten. Ich kann keinen klaren Gedanken mehr fassen. Lasse mich einfach von ihm den Weg entlang schleifen, bis wir so weit von der Feier entfernt sind, dass die Musik im Hintergrund kaum noch wahrzunehmen ist. Als er schließlich auf eine Parkbank deutet, die genauso aussieht wie die, auf der ich vorhin Titus und Melody vorgefunden habe, falle ich mehr darauf, als dass ich mich setze. Um mich herum verschwimmt alles und ich bin froh, nicht mehr laufen zu müssen. Tatsächlich habe ich das Gefühl, nicht auch nur einen einzigen weiteren Schritt gehen zu können. Benjamin lässt sich schweigend neben mir nieder und faltet schüchtern die Hände in seinem Schoß. Mein Kopf wird mit einem Mal so schwer, dass ich ihn nicht länger halten kann. Mit einem erschöpften Seufzen lasse ich ihn auf Benjamins Schulter sinken, wo ich die Augen schließe und verzweifelt gegen den aufkommenden Würgereiz ankämpfe. Ich spüre es kaum, als Benjamin langsam seinen Arm hochnimmt und ihn mir über die Schulter legt. Erst, als er beginnt, mit der anderen Hand behutsam über meine unverletzte rechte Hand zu streichen, bemerke ich, dass gerade etwas fürchterlich schief läuft. Doch jegliche Kraft hat mich verlassen und so schaffe ich es nicht, die Hand zurückzuziehen und meinen Kopf wieder zu heben.

»Aida«, setzt Benjamin vorsichtig an. »Ich wollte dir schon die ganze Zeit etwas sagen.«

Seine Worte dringen zäh und langsam durch den dichten Nebel in meinem Kopf. Ich habe das beängstigende Gefühl, genau zu wissen, was jetzt kommt, ohne auch nur das Geringste dagegen tun zu können.

»Ich ... ich bin froh, dass du zu uns gekommen bist. Ich weiß, dass es für dich hier nicht leicht ist und dass du wahrscheinlich großes Heimweh nach deinem alten Leben hast, aber ...«

Gleich wird mein Kopf platzen, das spüre ich. Eine weitere Woge an Übelkeit bricht über mich herein, aber so sehr ich es mir auch wünsche, Benjamin hört einfach nicht auf zu reden.

»Als du hier aufgetaucht bist, da hat sich für mich alles verändert. Ich bin unheimlich glücklich darüber, dass du hier bist und ich will nur, dass du das weißt. Ich glaube ...«

Sag es nicht, Ben, sag es nicht, denke ich verzweifelt und schaffe es mit all meiner Kraft, den Kopf ein wenig anzuheben. Doch es ist zu spät.

Benjamin holt tief Luft. »Ich glaube, ich habe mich in dich verliebt, Aida.«

Wie aus weiter Ferne vernehme ich die Worte. Aber ich höre sie, kann es nicht mehr rückgängig machen. Als ich versuche, den Kopf noch weiter zu heben, wird mir schwarz vor Augen und meine Glieder werden mit einem Mal schlapp und völlig kraftlos.

Mein Oberkörper kippt nach vorne und ich gleite seitwärts von der Bank, wobei mein Kopf hart auf Benjamins Knie landet. Der schnappt erschrocken nach Luft und stößt unwillkürlich einen kurzen Schmerzensschrei aus, als ich erst auf seinem Knie lande und dann ins Gras zu seinen Füßen rutsche. Danach sehe und höre ich nichts mehr.

Die Schwärze hüllt mich völlig ein. Endlich befinde ich mich in dem Zustand, den ich mir herbei gewünscht habe, seitdem der Abend begonnen hat – völlige Leere und Bewusstlosigkeit.

Ich erwache am nächsten Morgen mit dem Klingeln des Weckers in meinem Bett und mit dröhnendem Schädel. Noch bevor ich es schaffe, mein Gewicht hochzuwuchten und mich aufzusetzen, klettert Ivy herunter und setzt sich auf meine Bettkante. Durch halb geöffnete Augen sehe ich ihr besorgtes Gesicht mitleidig auf mich herab blicken.

»Wie geht's dir, Aida?«, fragt sie mit sanfter Stimme und tätschelt mir den Arm. »Kannst du aufstehen?«

Ich nicke mühsam und richte mich langsam auf. Es klappt besser als erwartet. Nur das unangenehme Pochen in meinem Kopf bleibt. Als ich an mir herunter sehe und feststelle, dass ich unter der Bettdecke anstelle meines Nachthemdes ein schwarzes Samtkleid trage, fällt mir wieder ein, was passiert ist. Stöhnend lasse ich mich zurück ins Kissen fallen. Um uns herum herrscht bereits geschäftiges Treiben. Meine Mitbewohnerinnen werfen mir im Vorbeigehen neugierige Blicke zu und Ariana bleibt einen Moment stehen, um mit strenger Miene zu überprüfen, ob ich heute in der Lage bin zu arbeiten. Wir warten, bis der Raum beinahe leer ist, erst dann zieht Ivy mir die Decke weg und hilft mir dabei, aufzustehen. Zumindest trage ich meine Schuhe nicht mehr, was bedeuten muss, dass jemand – und ich hoffe, es war Ivy – sie mir ausgezogen hat, bevor ich ins Bett gegangen bin. Wobei ich mich beim besten Willen nicht daran erinnern kann, *überhaupt* ins Bett gegangen zu sein.

»Wie bin ich hierher gekommen?«, frage ich Ivy, als ich wacklig aufstehe. Dabei bin ich mir nicht sicher, ob ich die Antwort tatsächlich wissen will.

Ivy schaut peinlich berührt in eine andere Richtung, während sie antwortet. »Ben und ich haben dich ins Bett gebracht.«

Oh nein! Die Erwähnung Benjamins lässt auch die Erinnerung an die Szene im Park mit einem Mal wieder aufleben. Am liebsten würde ich im Erdboden versinken. Auch wenn ich mir nicht alle Einzelheiten ins Gedächtnis rufen kann – dass mir Ben gestanden hat, in mich verliebt zu sein, ist hängen geblieben. Hat sich tief in mein Bewusstsein gegraben. Allein die Vorstellung, ihn beim Frühstück oder spätestens heute Nachmittag im Büro sehen zu müssen, erscheint mir unerträglich. Was soll ich ihm nur sagen? Die unrealistische Hoffnung keimt in mir auf, dass er das Geschehene vielleicht überhaupt nicht mehr anschneidet und es einfach auf sich beruhen lässt.

Ivy hilft mir dabei, mich aus meinem Kleid zu schälen und bringt mir etwas Frisches zum Anziehen. Dann schleift sie mich hinter sich her ins Badezimmer. Erst, als wir beim Frühstück sitzen und ich erleichtert feststelle, dass Ben weit und breit nicht zu sehen ist, ergreift sie wieder das Wort.

»Aida, was war gestern Abend eigentlich los mit dir?«, fragt sie stirnrunzelnd, während sie ihre wie üblich großzügige Portion Butter auf dem Brot verstreicht. Ich massiere mir die Stirn und überlege, wie ich mein Verhalten vom Vorabend am besten erklären kann. Doch ich will gerade weder über Titus, noch über Romulus, noch über Benjamin sprechen. Ich will einfach so tun, als wäre nichts geschehen und als wäre die Welt noch genauso, wie sie es gestern um diese Uhrzeit noch gewesen ist. Aber Ivy lässt nicht locker.

»Ich meine –«, fährt sie fort, als ich nicht antworte. »Erst verschwindest du spurlos, dann tauchst du wieder auf, kommst aber nicht zurück, obwohl du dir nur was zu trinken holen willst. Und schließlich muss Ben dich zurück ins Haus tragen, weil du mit einem Mal ohnmächtig wirst und ihm –« Ivy unterbricht sich und belegt ihr Brot mit einer dicken Lage Käse.

»… ihm – was?«, hake ich nach. Mir schwant Unangenehmes.

»Ach, nichts«, sagt Ivy schnell und macht eine unwirsche Handbewegung. »Jedenfalls, was –«

»Moment«, falle ich ihr ins Wort. »Habe ich irgendetwas … *Komisches* gemacht? Dann musst du mir das sagen!«

Ivy windet sich ein wenig, bevor sie antwortet. »Naja,« setzt sie an und vermeidet es dabei, mich anzusehen. »Es wäre möglich, dass du dich … ähm … übergeben hast. Auf Bens Schuhe.«

Ich verberge mein Gesicht in den Händen und stöhne. Wer hätte gedacht, dass es etwas geben würde, was meine nächste Begegnung mit Benjamin noch unangenehmer machen könnte.

»Also, was sollte das alles, Aida?«

Ich schaue auf und blicke zu Ivy, die mich mit hochgezogenen Brauen auf eine Erklärung wartend anschaut.

»Ich habe wohl zu viel getrunken. Es tut mir leid, Ivy«, sage ich entschuldigend. Das ist zumindest keine Lüge und erklärt, weshalb ich den Abend damit beendet habe, Benjamins Schuhe vollzukotzen.

Ivy schaut skeptisch. Dann fährt sie vorwurfsvoll fort. »Wieso bist du nicht zu Titus, Melody und mir zurückgekommen? Wir haben auf dich gewartet!«

Dass Titus und Melody auf mich gewartet haben, halte ich für unwahrscheinlich. Vermutlich waren sie gerade deshalb von dem Fest fortspaziert, um eben nicht von anderen Leuten in ihrer trauten Zweisamkeit gestört zu werden. Doch Ivy ist zu jung, um das zu verstehen.

»Ich habe Ben getroffen und er meinte, dass er mir etwas Wichtiges sagen müsste. Deshalb bin ich bei ihm geblieben und wollte erst später zu euch zurückkommen.«

Ivy schaut noch immer ein bisschen beleidigt drein. »Was wollte er dir denn sagen?«, fragt sie schmollend.

»Ähm …« Fieberhaft überlege ich hin und her, was mir mit meinem noch immer dröhnenden Kopf mehr schlecht als recht gelingt. »Um ehrlich zu sein, kann ich mich daran auch nicht mehr so recht erinnern. Ich weiß nur noch, dass wir uns noch was zu trinken genommen haben und dann in den Park gegangen sind. Danach ist alles weg.« *Gut gelöst*, lobe ich mich selbst erleichtert und verdränge das schlechte Gewissen in die hinterste Ecke meines pochenden Schädels, wo ich es nicht hören kann.

»Hm«, macht Ivy und sieht nicht recht überzeugt aus. »Naja, ist ja jetzt auch schon egal. Wenn du wieder gekommen wärst, hättest du Melody besser kennenlernen können. Sie ist echt nett, weißt du.« Sie kaut nachdenklich auf ihrer Unterlippe und stochert in den Resten ihres Frühstücks.

Ja, denke ich gereizt, *natürlich ist sie furchtbar nett, sie ist schließlich perfekt. Nicht nur wunderschön und schlau, sondern auch mit einem tollen Charakter ausgestattet.* Wir verbringen den Rest des Frühstücks schweigend. Als ich mich von Ivy in Richtung Schulungsräume verabschiede, habe ich das Gefühl, dass sie mir mein Benehmen vom gestrigen Abend noch immer ein bisschen übel nimmt.

Im Unterricht schlafe ich beinahe ein und kann mich nur mühsam aufrecht auf meinem Stuhl halten. Ich überstehe den Morgen mit Ach und Krach und ohne auch nur ein einziges Wort zu sprechen, wenn man von einem Hi für den kleinen Sam absieht, der mit unsichtbaren Antennen meine schlechte Laune wahrnimmt und mich heute vorsichtshalber in Ruhe lässt.

Als ich mit Ivy beim Mittagessen sitze, haben die Kopfschmerzen glücklicherweise nachgelassen. Dafür nimmt die Angst vor meiner unausweichlichen Begegnung mit Benjamin am Nachmittag jetzt den Großteil meiner Gedanken ein. Ivy ist tatsächlich noch immer beleidigt und wortkarg. Das zumindest kommt mir entgegen, denn meine Lust, zu reden, tendiert ebenfalls gegen Null.

Pünktlich betrete ich nach dem Mittagessen das Büro und sehe Benjamin bereits von der Tür aus an seinem gewohnten Platz sitzen. Sarah schaut auf, als ich eintrete und zwinkert mir schelmisch zu. Mein peinlicher Abgang gestern Abend ist ihr also nicht entgangen. Ich beiße die Zähne zusammen und versuche mich an einem lässigen Grinsen. Zumindest ist Jason noch nicht anwesend.

Benjamin sitzt tief über seinen Rechner gebeugt und scheint völlig in Arbeit versunken zu sein. Erst, als ich mich neben ihn setze, schaut er auf. Zu meinem Erstaunen lächelt er jedoch. Es wirkt ehrlich. Weder mitleidig, noch spöttisch, noch irgendwie gezwungen.

»Wie geht's dir heute, Aida?«, fragt er freundlich und dreht sich zu mir.

»Besser«, murmele ich zurück und streiche mir verlegen die Haare aus dem Gesicht.

»Gut.« Benjamin senkt die Stimme, damit Sarah unser Gespräch nicht mitbekommt, doch seine Sorge ist unbegründet. Im Moment telefoniert sie lautstark mit irgendjemandem von der Verwaltung und hat andere Probleme, als uns zu belauschen.

»Ich hab mir ganz schön Sorgen um dich gemacht, weißt du.«

Ich nicke kaum merklich. »Ich wollte mich bei dir entschuldigen, Ben«, setze ich an. Ben macht eine wegwerfende Handbewegung, doch ich lasse mich nicht abwimmeln. »Ivy hat mir erzählt, dass ich … deine Schuhe …«

»Mach dir nichts draus!«, fällt mir Ben ins Wort und grinst mich an. Als wäre diese Angelegenheit lustig und nicht über alle Maßen peinlich. Ich will mir gar nicht vorstellen, wie das Mädchen von der Kleiderstation geguckt hat, als er die Schuhe zurückgebracht hat.

»Das ist mir so furchtbar unangenehm, du kannst dir nicht vorstellen *wie* unangenehm.«

»Du hast zu viel getrunken. Das kann schon mal passieren, wenn man nicht weiß, wie viel man verträgt.« Ben lächelt mich warm an und ich fühle, wie mir das Herz in die Hose rutscht.

Ich wünschte, er würde aufhören, mich so anzusehen! Mit einem Mal ist es an ihm, verlegen zu sein.

»Du, sag mal, Aida«, fängt er an und fühlt sich sichtlich unwohl. »erinnerst du dich noch an irgendetwas von dem, was ich gestern Abend zu dir gesagt habe?« Er beißt sich nervös auf die Unterlippe und sieht mich abwartend an. Die Vorlage ist so gut, dass ich gar nicht anders kann, als sie anzunehmen.

»Nein. Leider weiß ich von überhaupt nichts mehr, was nach meinem letzten Glas Sekt passiert ist«, lüge ich ohne rot zu werden. Dankbar dafür, dass er mir diese Ausrede quasi selbst auf dem Silbertablett angeboten hat.

»Oh.« Ben schaut auf den Boden und wirkt ebenfalls irgendwie erleichtert. Wahrscheinlich war er selbst schon angetrunken, als er mir gestanden hat, in mich verliebt zu sein. Hätte es sich andernfalls überhaupt nicht getraut.

»Alles klar, war auch nicht so wichtig«, winkt er ab und wir widmen uns langsam unserer Arbeit für heute.

Aus dem Augenwinkel betrachte ich ihn noch einen Moment und denke darüber nach, wie gerne ich ihn habe. Wie sehr ich mir *wünschen* würde, Titus aus meinen Gedanken streichen und stattdessen Gefühle für Ben entwickeln zu können. Benjamin wäre um so vieles besser für mich. Er war mir von Anfang an ein treuer Freund, hat mich gegen Jason Cunningham verteidigt und seine freien Stunden damit verbracht, mir beim Lernen zu helfen. Es wäre bestimmt herrlich einfach, mit ihm zusammen zu sein. Eigentlich sieht er gar nicht schlecht aus, geht es mir durch den Kopf. Er ist ein wenig kleiner als Titus, dafür kräftiger. Alles in allem haben die beiden nicht die geringste Ähnlichkeit, Titus ist dunkel und seine Bewegungen sind geschmeidig wie die einer Katze. Ben mit seiner blassen Haut, seinen Sommersprossen und seinem flachsblonden Haar wirkt dagegen wie von einem fremden Planeten. *Vielleicht wenn ich einen Weg gefunden habe, Titus zu vergessen.* Etwas Optimismus.

Alles in allem bin ich mehr als erleichtert darüber, wie glimpflich unser Gespräch verlaufen ist. Er ist mir nicht böse, wir sind immer noch Freunde. Und wir können beide so tun, als hätte Ben niemals mir gegenüber von seinen Gefühlen für mich gesprochen.

»Es tut mir leid, dass ich dir gestern Abend das Fest vermiest habe«, entschuldige ich mich während des Abendessens bei Ivy.

Meine Laune hat sich nach dem unverhofft leichten Gespräch mit Ben wieder gebessert. Ich nutze die positive Stimmung, weil ich mir sicher bin, dass sie nicht allzu lange anhalten wird. Schon bald, wenn ich allein im Bett liege und alle um mich herum schlafen, wird es nichts mehr geben, was mich ablenken kann. Davon, über das nachzudenken, was mir Romulus Henderson im MediOffice anvertraut hat. Doch bis dahin kämpfe ich mich tapfer durch den Abend und versuche, Ivy, die noch immer vor sich hin schmollt, wieder zu besänftigen.

»Ich weiß, wie sehr du dich darauf gefreut hast, und ich hab mich echt daneben benommen.« Wir gehören zu den letzten im Speisesaal, weil ich heute so langsam in der Arbeit war, dass ich länger im Büro bleiben musste.

Ivy verdreht die Augen, dann seufzt sie tief. »Ist schon gut. Ich bin dir nicht böse. Du kannst ja nichts dafür.«

Sie hebt die Hand, um jemandem hinter mir zuzuwinken und als ich mich umdrehe, sehe ich, dass es Titus ist, der gerade sein Tablett zurückbringt. Hastig wende ich mich wieder meinem Abendessen zu und hoffe, dass er nicht auf die Idee kommt, zu uns rüberzugehen.

»Du solltest sie übrigens wirklich kennenlernen«, sagt Ivy mit vollem Mund. »Melody.«

»Soweit ich mich erinnere, habe ich das bereits.«Ich schlage einen gezielt freundlichen, lockeren Tonfall an und hoffe, dass Ivy die Bitterkeit in meiner Stimme nicht hört.

»Ja, aber du hast kaum mit ihr gesprochen. Sie hat wirklich viel zu erzählen, weißt du.«

Ja sicher, denke ich sarkastisch. Sie könnte mir beispielsweise erzählen, wie es sich anfühlt, händchenhaltend mit Titus auf einer Parkbank zu sitzen. Aber da kommt mir ein Gedanke.

»Hast du sie danach gefragt, was genau sie macht, wenn sie hier ins Ministerium kommt?« *Abgesehen natürlich davon, dass sie sich mit Titus trifft,* ergänze ich die Frage in Gedanken. Denn das steht jetzt wohl nicht mehr zur Debatte.

»Nein«, sagt Ivy und stochert in ihrem Joghurt. »Gehst du heute noch in die Bibliothek?« Abrupt wechselt sie das Thema.

»Ja, ich denke schon«, erwidere ich ein wenig überrascht. Üblicherweise stößt man mit dieser Angelegenheit auf weit mehr Interesse bei Ivy und ihre Reaktion macht mich stutzig.

Ohne großen Elan mache ich mich später auf den Weg in die Bibliothek, wo Benjamin schon auf mich wartet und sich von mir zeigen lässt, was wir heute im Unterricht durchgenommen haben. Die Vollständigkeit meiner Mitschriften hält sich jedoch in Grenzen. Deshalb versuchen wir stattdessen, meine mickrigen Programmierkenntnisse auf einen halbwegs akzeptablen Stand zu bringen, während Ivy in einem Buch schmökert. Mir ist klar, dass wir gerade unsere Zeit verschwenden und keiner von Bens Ratschlägen tatsächlich seinen Weg in mein Langzeitgedächtnis finden wird. Aber ich will nicht schlafen gehen. Ich versuche, den unausweichlichen Moment, in dem ich mit meinen Gedanken ganz allein sein werde, so lange wie möglich hinauszuzögern. Ivy verabschiedet sich als Erste. Als sie gähnend aus ihrem Sessel steigt und sich ausgiebig streckt, werfe ich einen Blick auf die Uhr. Es ist bereits nach elf.

Benjamin bleibt zunächst tapfer an meiner Seite, doch eine halbe Stunde später legt auch er schließlich die Bücher beiseite. »Zeit fürs Bett, was meinst du?«

»Mhm«, gebe ich mich geschlagen. Natürlich hat er recht. Wenn ich nicht bald schlafe, werde ich morgen noch mehr Unterricht verpassen und ich weiß selbst nur zu gut, dass ich mir das nicht leisten kann.

Während wir schweigend die Unterlagen zusammenräumen, spüre ich, wie sich erneut die unsichtbare Klammer um meine Brust legt und mir das Atmen schwer macht. Wir gehen in Richtung der Wohneinheiten. Als wir uns verabschieden und uns eine gute Nacht wünschen, habe ich bereits solche Angst vor den kommenden Stunden, dass ich einen kurzen Moment ernsthaft in Erwägung ziehe, Benjamin zu bitten, bei mir zu bleiben. Die restlichen Schritte gehe ich aber allein, zunächst ins Badezimmer und dann still, um die anderen nicht zu wecken, im Dunkeln zu meinem Bett. Ich schließe die Augen und suche in Gedanken krampfhaft nach einem angenehmen Thema, an das ich denken kann, bis ich eingeschlafen bin. Doch so sehr ich mich auch anstrenge, immer wieder tauchen vor meinem inneren Auge die Behälter mit den Föten auf, die im schummrigen Licht unheimlich in ihrer Nährflüssigkeit schweben. Ich will nicht an Romulus denken, doch völlig unvermittelt sehe ich sein Gesicht vor mir, höre den Zynismus in seiner Stimme.

Last Haven züchtet also hier, direkt unter unseren Füßen, Menschen. Die Vorstellung ist grotesk und beunruhigend. Und doch ist es im Grunde, wie Romulus gesagt hat, nur der nächste logische Schritt in einer Entwicklung, die seit Jahrhunderten im Gange ist. Ich kann nicht fassen, wie es möglich ist, die Bevölkerung derart zu täuschen. Wie kann es sein, dass niemand etwas davon weiß, dass wir nicht auf natürlichem Wege geboren wurden? Andererseits – wann habe ich die letzte schwangere Frau gesehen? Habe ich überhaupt schon mal eine Schwangere gesehen? Die Politik schafft kaum Anreize für Paare, Kinder zu bekommen. Beziehungen werden gerne gesehen, denn ein erfülltes Soziallleben dient dem persönlichen Wohlergehen und führt zu besseren Arbeitsleistungen. Aber Familiengründung ist davon abgekoppelt. Sie ist Staatssache, denn die Bevölkerungszahl darf nicht außer Kontrolle geraten. Man brauche eine Genehmigung, wenn man gerne ein Kind möchte, so hat man es uns beigebracht. Und nur, wenn nachgewiesenermaßen ein Bedarf an Nachwuchs besteht, wird diese Genehmigung erteilt. Ohne sie funktioniert es nicht. Ungeplante Schwangerschaften sind in Last Haven nicht möglich, denn jede Frau und jeder Mann muss regelmäßig beim Betriebssanitäter zur Prophylaxe erscheinen und sich ein Verhütungsmittel injizieren lassen.

Wenn ich jetzt darüber nachdenke, fällt mir niemand ein, der diese Genehmigung je erhalten hat. Aber gewundert habe ich mich nie darüber. Unsere Familien sind ja ohnehin die Menschen, mit denen wir arbeiten, unsere Wohneinheit teilen, unsere gesamte, gering bemessene Freizeit verbringen. Ich habe diese Vorgehensweise nie infrage gestellt.

Ich starre mit offenen Augen in die Finsternis über mir, wo Ivy gerade in aller Seelenruhe träumt. Vielleicht hat es sogar so begonnen, wie ich es gelernt habe. Doch laut Romulus hat es bereits seit Jahrzehnten keine einzige natürliche Geburt im Land mehr gegeben. Der Gedanke, selbst eines der Wesen gewesen zu sein, die in den großen Glaszylindern schwimmen, ist verstörend.

Und doch harmlos gegenüber dem, was ich in Romulus' Büro noch erfahren habe. Sofort rast mein Puls wieder und mein Herz schlägt so laut, dass ich befürchte, Ivy könnte jeden Moment davon aufwachen. Romulus hat keinen Zweifel daran gelassen, wohin diese Praxis führen wird. Worauf das alles hinausläuft. Nämlich daraufhin, dass speziell designte Menschen schon bald normale Menschen wie mich ablösen werden. Die Regierung kennt keine Gnade mit denjenigen, von denen sie sich keinen Nutzen mehr erwartet. Wer keinen nennenswerten Beitrag mehr leistet und dem System mehr zur Last fällt als ihm zu nutzen, wird ohne Rücksicht auf Verluste liquidiert. Und so wie die Dinge derzeit stehen, könnte ich selbst in wenigen Monaten dazu gehören!

Plötzlich habe ich das Gefühl zu ersticken. Je schneller ich atme, desto weniger Luft bekomme ich. *Gleich werde ich einen Herzanfall haben.* Panisch reiße ich die Decke beiseite und massiere meinen Brustkorb. Meine Trommelfelle werden jeden Augenblick platzen! Die Angst bricht mit solcher Gewalt über mich herein, dass ich keine Chance habe, ihr zu entkommen. Ohne einen weiteren Versuch zu wagen, mich ihr entgegenzustellen, greife ich unter mein Kopfkissen. Öffne im Dunkeln das Kästchen und ertaste das letzte Fläschchen Mentalin. Ich zögere nicht einen Moment. Nehme den Verschluss ab und leere den letzten Rest in meinen völlig ausgetrockneten Mund. Unmittelbar verschwindet die Angst. Ich breche in Tränen aus, doch diesmal sind es Tränen der Erleichterung. *Alles wird gut werden, Aida,* flüstert mir das Mentalin sanft ins Ohr, bis ich eingeschlafen bin.

Kapitel 12

»Ich würde gerne mit Dr. Henderson sprechen. Ist das möglich?«, frage ich den schmächtigen kleinen Mann, der heute wie an meinem ersten Tag an der Pforte sitzt und erst aufschaut, als ich direkt vor ihm stehe.

Mürrisch nimmt er die Brille von der Nase und reibt sich den Stoppelbart. »Weswegen denn?«, fragt er ärgerlich, als hätte ich ihn gerade bei etwas furchtbar Wichtigem gestört.

Hinter ihm stehen wie immer ein paar Wächter und haben das Foyer des Ministeriums fest im Blick. Dennoch bin ich mir auch ohne mich zu vergewissern mehr als sicher, dass im Moment jedes Augenpaar auf mich gerichtet ist.

»Ich habe wieder Schmerzen in meiner Hand.« Lügen geht mir mittlerweile leichter von den Lippen als früher. Ich werde nicht einmal mehr rot dabei.

»Dann sollten Sie das mit der Vorsitzenden Ihrer Wohneinheit besprechen«, erwidert er genervt.

»Ich konnte sie nicht finden«, sage ich mit fester Stimme. Ich habe nicht vor, so schnell klein beizugeben. »Es ist wirklich dringend«, füge ich flehend hinzu und verziehe das Gesicht, als würde ich unter furchtbaren Schmerzen leiden.

Der mürrische Mann schaut mich einen Augenblick abwägend an, dann seufzt er und greift zum Hörer. Ich versuche, möglichst elend auszusehen, während ich darauf warte, dass er mich ankündigt. Schließlich winkt er einem der Wächter hinter sich und weist ihn an, mich zu begleiten. Ich schenke ihm ein dankbares Lächeln und folge dem uniformierten Mann nach draußen. Es ist bereits dunkel.

Nach meinen miesen Leistungen während der letzten Tage habe ich es nicht gewagt, diesen Besuch während meiner Unterrichts- oder Arbeitszeit zu unternehmen. Stattdessen habe ich mich nach dem Abendessen von Ivy verabschiedet und ihr erzählt, dass ich heute einen Termin im MediOffice hätte. Ivys Blick war skeptisch, doch sie hat keine weiteren Fragen gestellt. Worüber ich erleichtert bin, denn auch wenn es ein Leichtes war, den Mann am Empfang anzulügen, bei Ivy hätte ich doch noch immer Hemmungen.

Es ist kühler geworden. Das große Fest liegt bereits einige Tage zurück, doch schon am Morgen danach konnte man fühlen, dass der Herbst kommt. Als hätte das Wetter diesen einen, besonderen Termin noch abgewartet, um schließlich schlechter zu werden. Passend zu meiner Stimmung. Seit ich weiß, was unter meinen Füßen passiert, bin ich wie ausgewechselt. Ich komme nicht zur Ruhe, bin gereizt und zynisch. Ich habe so viele Fragen und mit niemandem über das Erlebte sprechen zu können, lässt die Situation noch bedrohlicher erscheinen. Ich bin ganz allein mit meiner Angst.

Als ich nach draußen gehe, bereue ich sofort, dass ich keine Jacke mitgenommen habe, doch glücklicherweise ist der Weg ja nicht weit.

Im MediOffice angekommen, weiß die Dame am Tresen schon Bescheid und ein junger Assistenzarzt mit Segelohren begleitet mich zum Büro von Dr. Henderson. Was nicht nötig wäre. Auch wenn ich es anfangs nicht für möglich gehalten hätte, habe ich mir den Weg mittlerweile eingeprägt.

Auch Romulus wurde über meinen Besuch informiert. Er hat sein freundliches, unverbindliches Arztlächeln aufgesetzt und bedankt sich bei meinem Begleiter dafür, dass er mich zu ihm gebracht hat. Kaum hat dieser den Raum verlassen, ist das Lächeln auf Romulus' Gesicht wie weggeblasen.

»Was willst du, Aida?«, fragt er ernst und fixiert mich mit seinen stechenden Augen. Ich habe bereits damit gerechnet, dass er über meinen Besuch nicht begeistert sein wird, doch das ist mir egal. Ich will mit ihm reden. Nein, ich *muss* mit ihm reden. Wenn ich nicht bald mit jemandem über das, was er mir erzählt hat, sprechen kann, werde ich irgendwann platzen, das spüre ich. Und da ich seit dem Fest kaum noch geschlafen habe und mir das Mentalin ausgegangen ist, würde ich vermutlich bald wieder irgendwo zusammenbrechen. Ich habe nicht vor, es so weit kommen zu lassen.

»Kannst du dir das nicht denken?«, erwidere ich gereizt. Es soll mir nur recht sein, wenn wir heute auf das Höflichkeitsgeplänkel verzichten. Ich bin ebenfalls nicht in der Stimmung dafür.

»Doch, das kann ich.« Romulus lässt mich nicht aus den Augen. »Aber ich weiß nicht, was du dir davon versprichst.«

»Ich will nur mit dir reden. Wenn dir das nicht passt, hättest du mir vielleicht besser nicht all diese furchtbaren Dinge erzählt«, sage ich patzig.

»Vielleicht hättest du besser nicht in den Laboren des Ministeriums rumgeschnüffelt, wenn du es vorziehst, manches lieber nicht zu wissen.«

»Wie hätte ich *das* denn bitte ahnen können?!« Meine Stimme wird unwillkürlich eine Spur lauter. Hoffentlich sind die umliegenden Büros um diese Zeit nicht mehr besetzt. »Und wie kannst du mich nach dem, was ich dort gesehen und gehört habe, einfach ohne ein weiteres Wort zurückschicken, als wäre nichts gewesen?! Hast du eine Ahnung, wie wenig ich seitdem geschlafen habe?!«

Es tut so gut, ihn anzuschreien. Schon jetzt kann ich spüren, wie etwas von der unerträglichen Anspannung von mir abfällt.

Romulus verengt die Augen zu Schlitzen. »Was ist mit dem Mentalin, das ich dir gegeben habe?,« fragt er skeptisch.

Ich schlucke. *Verflucht!* Dass unser Gespräch schon jetzt zu diesem Thema gelangt, war nicht geplant. Ich *hätte* es natürlich angeschnitten. Schließlich brauche ich dringend Nachschub, ich spüre bereits die ersten Entzugserscheinungen. Doch ich hatte mir vorgenommen, damit bis zum Ende unserer Unterredung zu warten.

»Ich … ähm …«, stammele ich, mit einem mal weniger zornig als verlegen.

»Sag mir nicht, dass du alle Fläschchen schon aufgebraucht hast.«

»Ich habe sie gebraucht«, versuche ich zu erklären. »Ich kann ohne nicht schlafen und ohne Schlaf kann ich mich nicht konzentrieren. Wenn ich mich nicht konzentrieren kann, dann bestehe ich meine Probezeit nicht, und wenn ich die nicht bestehe, dann wird man mich –« Die Stimme versagt mir und ich falle ein wenig in mich zusammen. Die ganze Wut weicht schlagartig aus meinem Körper und macht wieder dieser unendlichen Erschöpfung Platz, die mich von oben bis unten lähmt.

Romulus' Miene wird weicher. »Aida«, sagt er leise. »Ich möchte dir helfen. Das habe ich von Anfang an versucht.«

»Dann stimmt es also?« Ich habe mir vorgenommen, diese Frage zu stellen und ich werde es tun, auch wenn es mich all meine Kraft kostet. »Wenn ich es nicht schaffe, Rex Jenkins von mir zu überzeugen, dann wird man mich … *beseitigen*?!« Meine Stimme zittert.

Romulus senkt den Blick, dann nickt er kurz angebunden. Mir wird am ganzen Körper eiskalt, obwohl diese knappe Geste doch nur das bestätigt, was mir insgeheim schon klar war. Meine Angst, die bisher eher unbestimmt und schwammig war, kann ich mit einem Mal ganz klar benennen. Es ist Todesangst.

Ich atme tief durch. Zwinge mich, weiter zu fragen, weil es noch mehr gibt, was mich beschäftigt. »Passiert das mit allen, die krank werden oder sich verletzen? Die, für die keine neue Beschäftigung gefunden werden kann?«

»Ja«, antwortet Romulus tonlos.

»Was ist mit unseren Alten?« Ich denke an Mike, der sich solche Sorgen um Fran gemacht hat, als sie in den Ruhestand verabschiedet wurde. Ob er etwas geahnt hat? Ob ihn diese Angelegenheit deshalb so beunruhigt hat, weil er instinktiv gespürt hat, dass hier etwas nicht stimmt?

»Ja.« Romulus sieht mir dabei zu, wie ich mir mit zitternden Fingern den kalten Schweiß von der Stirn wische. Dann macht er einen Schritt auf mich zu, greift nach meiner nassen Hand und nimmt sie in seine. Er drückt sie sanft und schaut mich ernst an. »Sie werden stattdessen hierher gebracht, wo man ihrem Leben mit einer Giftspritze ein möglichst schmerzloses, rasches Ende bereitet. Der

Bereinigungstrakt befindet sich ebenfalls im Untergeschoss des Verteidigungsministeriums. In einem anderen Flügel als die Reproduktionslabore.« Die Worte gehen ihm sichtlich schwer von den Lippen.

»*Bereinigungstrakt*«, wiederhole ich mit großen Augen und einem Gefühl im Bauch, als würde mein Mageninhalt sich jeden Moment seinen Weg an die Oberfläche suchen. Romulus legt den Kopf schief.

»Machst du das?«, frage ich ihn leise und wage es nicht, ihm dabei in die Augen zu sehen.

»Nein«, antwortet Romulus mit unüberhörbarer Schärfe in der Stimme und lässt meine Hand wieder los. »Ich gehöre zu denen, die sich Mühe geben, dieses Schicksal vom ein oder anderen noch einmal abzuwenden. *Du* solltest das eigentlich am besten wissen, Aida.«

Seine Worte verwirren mich. *Was meint er damit? Wie –?* Da fällt es mir wie Schuppen von den Augen. *Der Eignungstest.*

»Du hast das Ergebnis meines Eignungstests also tatsächlich gefälscht.« Ich frage nicht, ich stelle es fest. Natürlich muss es so gewesen sein, ich habe ja mit eigenen Augen gesehen, wie er meinen IQ ein paar Punkte nach oben korrigiert hat.

Romulus seufzt tief und reibt sich angestrengt die Stirn. Ich setze mich, weil ich das Gefühl habe, dass meine Beine mich nicht eine Minute länger tragen können, und Romulus lässt sich ebenfalls nieder.

»Chester Fields hat während seiner Amtszeit alles daran gesetzt, dem ganzen Treiben Einhalt zu gebieten«, erklärt er. »Er hat versucht, den Rat davon zu überzeugen, dass wir genug Platz und Ressourcen für jeden Einzelnen haben, ganz gleich, welche Rolle er in unserer Gesellschaft spielt. Am Anfang sah es gar nicht schlecht aus. Manche Ratsmitglieder schienen durchaus noch einen Rest Menschlichkeit in sich zu finden. Doch die wiederholten Missernten und die daraus entstandene Nahrungsmittelknappheit haben Fields' mühsam erkämpfte Zustimmung nach und nach zunichtegemacht.« Romulus wirkt unendlich müde, wie er mit dem Kopf in den Händen vornübergebeugt dasitzt. Seine Stimme klingt kratzig, als hätte auch er ein paar zusätzliche Stunden Schlaf bitter nötig.

»Rex Jenkins und Greg Livingston haben sich diese Gelegenheit natürlich sofort zunutze gemacht. Den Ratsmitgliedern eingetrichtert, dass unsere Gesellschaft es sich nicht leisten kann, so viele Menschen zu ernähren, ohne dabei zugrunde zu gehen. Wie es ja auch allen anderen Gesellschaften außerhalb von Last Haven ergangen ist. Mut, unangenehme Entscheidungen zu treffen. Das ist schließlich ein Grundprinzip unserer Politik. Die Angst davor, den eigenen Lebensstandard aufgeben zu müssen, hat die Menschen schon immer dazu gebracht, Dinge zu tun, die niemand zuvor für möglich gehalten hat. Drohungen und Erpressungen vonseiten Jenkins und Livingstons haben dabei ihr übriges getan.«

»Ich wünsche ihnen allen von ganzem Herzen, dass sie selbst krank werden oder sich verletzen«, sage ich bitter und betrachte niedergeschlagen meine geschiente Hand. Romulus lächelt schief.

»Wer weiß alles davon?«, will ich wissen.

»Der Präsident, die Ratsmitglieder, ein Großteil der Angestellten des MediOffices. Noch einige andere. Wie du dir vorstellen kannst, ist es uns nicht gestattet, auch nur ein Wort davon nach draußen verlauten zu lassen. Und die meisten halten sich daran. Aus Furcht, selbst zur Zielscheibe zu werden.«

»Was soll ich denn jetzt tun?«, frage ich hilflos und versuche, die Tränen wegzublinzeln, die mir wieder in die Augen schießen. Wie viele Menschen sind es, die jeden Tag abgeholt und in diesen Bereinigungstrakt geführt werden? Menschen, die sich sowieso schon ihr ganzes Leben für Last Haven aufgeopfert haben. Für unsere Gesellschaft, für uns alle. Für *mich.* Damit es uns weiterhin gut geht, bis zu dem Tag, an dem wir selbst dorthin gebracht werden. Ich kann meine Tränen nicht mehr zurückhalten. Menschen, die nicht wissen, welches Schicksal wirklich auf sie wartet. Ein Schicksal, dass uns *allen* früher oder später bevorsteht. Ich denke an Mikes Freundin Fran und daran, wie Meg sie darum beneidet hat, in den Ruhestand entlassen zu werden und nicht mehr arbeiten zu müssen. Die Vorstellung, Mike würde erfahren, was tatsächlich mit Fran passiert ist, ist beinahe unerträglich.

Hör endlich auf zu heulen, Aida, schimpfe ich mich selbst. *Das hilft dir auch nicht weiter!* Ich schaue Romulus ins Gesicht und warte auf seine Antwort.

»Am besten wird es sein, wenn du alles daran setzt, deine Probezeit zu bestehen. Wenn du Rex Jenkins beweist, dass du es wert bist, behalten zu werden.« Romulus bemüht sich um ein aufmunterndes Lächeln. Leider verfehlt es seine Wirkung.

Ich schüttle hoffnungslos den Kopf. Das erscheint mir so sinnlos – wozu noch kämpfen? Ich lande ohnehin im Bereinigungstrakt. »Das schaffe ich nicht, Romulus. Ich weiß es, genau wie du es weißt.«

»Klar kannst du das!«, erwidert er kurzangebunden und fügt leise hinzu: »Du musst es.« Dann bedenkt er mich mit einem strengen Blick. »Mach dich nicht schlechter, als du bist!«

»Du hast mein Testergebnis doch gesehen.« Jetzt ist es soweit, die Tränen strömen regelrecht meine Wangen hinunter. Ich heule wie ein Wasserfall. »Ich bin nicht so klug wie die anderen, ich kann niemals mit ihnen mithalten. Ich bin einfach nicht gut genug. *Du* solltest das eigentlich am besten wissen, Romulus.«

Meine Stimme klingt jämmerlich. Ich muss mich anhören wie ein Kleinkind. Romulus betrachtet mich unschlüssig und wirkt hilflos, als wüsste er nicht genau, wie er reagieren soll. In meinem Kopf dreht sich alles. Ich will, dass es aufhört, dass ich die grausamen Dinge wieder vergesse. Ich will das alles gar nicht mehr wissen, nicht mehr darüber nachdenken müssen. Ich will meine Ruhe.

»Ich brauche mehr Mentalin!«, würge ich schließlich schluchzend hervor.

»Aida, das kann ich nicht machen.«

»Wieso nicht?«

»Weil du offensichtlich jetzt schon davon abhängig bist.«

»Ich brauche es nur, bis die Probezeit zu Ende ist.«

»Danach wirst du einige unangenehme Wochen brauchen, bis du den Entzug geschafft hast.«

»Ohne Mentalin habe ich danach überhaupt keine Wochen mehr, denn dann bin ich tot!«, schreie ich ihn an.

Romulus seufzt und starrt auf seine Hände. Nach einem schier endlosen Moment beugt er sich zur Seite und öffnet eine Schublade seines Schreibtischs. Erleichtert atme ich auf, als ich erkenne, was er da in den Händen hält.

»Ich möchte, dass du mir versprichst, dass du sparsam damit umgehst und es nur in absoluten Notfällen zu dir nimmst«, sagt Romulus und schaut mich beschwörend an. »Diesmal wirklich.«

»Natürlich«, erwidere ich mit einem Nicken und hoffe, dass ihm das leichte Zittern meiner Hand nicht auffällt, als ich ihm das kleine Kästchen abnehme. Sofort fühle ich mich besser und wische mir die nassen Wangen trocken. Allein die Gewissheit, alle negativen Gedanken verschwinden lassen und heute Nacht wieder gut schlafen zu können, gibt mir neue Hoffnung. Romulus betrachtet beunruhigt, wie ich das Kästchen fest an mich presse. Als wäre es ein Schatz. Er sieht unglücklich aus.

»In Ordnung«, sagt er schließlich. »Es ist schon spät, du solltest zusehen, dass du zurück ins Ministerium kommst.«

»Ja«, stimme ich ihm zu. Es fühlt sich so merkwürdig an, jetzt einfach zu gehen. Auch wenn ich meine Gefühle mit dem Mentalin verdrängen kann, bleibt doch alles, was ich gesehen und gehört habe, wahr. Ich fühle mich so machtlos gegenüber dieser unbarmherzigen Realität.

»Als ich dich beim letzten Mal danach gefragt habe, ob es in Zukunft so weiter gehen wird in Last Haven,« setze ich nachdenklich an und fixiere Romulus mit zusammengekniffenen Augen. »– da sagtest du: *Nicht, wenn ich es zu verhindern weiß.* Was hast du damit gemeint?«

Romulus erwidert meinen Blick mit regungslosem Gesicht und überlegt einen Moment, bevor er antwortet: »Genau das, was ich gesagt habe«, erwidert er dann knapp, als wäre damit alles gesagt.

»Heißt das, du wirst irgendetwas tun, um diesen Wahnsinn zu stoppen?«, hake ich nach. »So etwas wie … *Widerstand leisten*?«

Romulus antwortet nicht.

»Wenn das der Fall sein sollte …«, fahre ich langsam und deutlich fort, während ich an das Schicksal denke, das mir bevorstehen könnte, »… dann solltest du wissen, dass du dabei auf meine Unterstützung zählen kannst.«

Ich suche in seinem Gesicht nach dem Anzeichen einer Reaktion, doch seine Miene bleibt völlig undurchdringlich. Als ich es nicht mehr aushalte, ihm in die Augen zu sehen, lasse ich den Blick sinken und stehe auf. Während ich nach dem Türgriff greife, ruft er mich noch einmal zurück.

»Ich möchte, dass du dir gut überlegst, ob du dieses Angebot ernst meinst, Aida. Schließlich bist du gerade in einer Situation, in der es am besten wäre, möglichst unauffällig zu bleiben.« Romulus räuspert sich und fährt sachlich fort. »Wenn du aber zu dem Schluss kommst, dass du dennoch … gerne *mehr* tun möchtest … und auch dazu bereit bist, dafür gewisse Risiken einzugehen … dann lass es mich wissen.«

Ich verharre einen Moment an Ort und Stelle, die Klinke noch immer in der Hand. Dann nicke ich kaum merklich und verlasse das Büro.

»Wo ist Ivy?«, fragt Ben, als er sich eines Abends wieder einmal zu mir in die Bibliothek gesellt. Weil er lieber mich beim Lernen beobachtet, anstatt seine freie Zeit mit Fernsehen, Sport oder anderen Beschäftigungen zu verbringen, wie es die meisten unserer Kollegen tun.

Mittlerweile ist es zu kalt, um nach draußen zu gehen. In den Nachrichten häufen sich die Meldungen über schwere Hurrikans, die die Küsten Mittelamerikas heimsuchen und die überfüllten Städte fluten. Die nächsten Cholera- und Typhuswellen werden nicht mehr lange auf sich warten lassen. Auch aus Europa erreichen uns Nachrichten über heftige Unwetter.

»Sie meinte, sie hätte noch einen Termin im MediOffice. Da ist sie in letzter Zeit immer wieder mal«, antworte ich ohne aufzuschauen, während Benjamin einen Sessel herbeizieht und sich niederlässt. Seit er mir bei der Amtseinführung des Präsidenten seine Liebe gestanden hat, ist es mir unangenehm, mit ihm allein zu sein. Die latente Furcht davor, dass er wieder davon anfangen und mich in die peinliche Situation bringen könnte, nicht zu wissen, was ich erwidern soll, ist allgegenwärtig.

»Hm.« Benjamin sieht mir nachdenklich dabei zu, wie ich in meinem Mathebuch nach der richtigen Seite suche, und räuspert sich dann.

»Was?«, frage ich und blicke jetzt doch auf.

»Naja … sag mal, hast du nicht auch irgendwie das Gefühl, dass Ivy in letzter Zeit ein wenig … anders ist?«

Ich stutze und denke an die nächtlichen Albträume, auf die ich Ivy noch immer nicht angesprochen habe. Der Anflug eines schlechten Gewissens befällt mich. Ich hätte mit ihr darüber reden sollen, aber seit der Feier habe ich kaum noch an etwas anderes als die Labore und den Bereinigungstrakt im Untergeschoss gedacht. Wo die Bevölkerungzahl Last Havens bereinigt wird, von unzulänglichen Menschen wie mir. Ich ärgere mich über mich selbst – denn vielleicht ist das auch einer der Gründe, warum der Rat sein Vorgehen so lange vor der Öffentlichkeit geheimhalten konnte: Weil wir nur gelernt haben, über Leistung zu reden, nicht aber über das, was uns belastet.

»Ich habe das Gefühl, dass sie irgendetwas bedrückt«, sagt Ben. »Vielleicht solltest du mal mit ihr reden. Ich würde das auch selbst machen, aber …« Er unterbricht sich und kaut auf seiner Lippe herum.

»Aber was?«, hake ich nach.

»Naja … ich meine … Sie ist dreizehn, Aida. Wäre doch möglich, dass es sich um ein … *Mädchenproblem* handelt. Vielleicht ist sie verliebt oder so was.«

Ich muss lachen, als ich den verlegenen Ausdruck auf seinem Gesicht sehe. Einen Moment später lacht er mit.

»Du hast recht«, sage ich schließlich. »Ich werde mit ihr reden.« Vielleicht hat Ivy ja auch ein anderes Problem – eines, das ihre Gesundheit betrifft. Sie hat mir nicht erklärt, weshalb sie ins MediOffice muss, und ich habe sie nicht danach gefragt. Ben nickt nachdrücklich.

Es ist schon spät, als ich mich aufmache, ins Bett zu gehen. Da

Ivy den ganzen Abend über nicht mehr in der Bibliothek aufgetaucht ist, nehme ich an, dass sie bereits schlafen gegangen ist. Und tatsächlich. Als ich auf leisen Sohlen zu meinem Bett husche, sehe ich ihren hellen Haarschopf im Dunkeln aus dem Stockbett über mir silbrig schimmern.

Ich schlüpfe unter die Decke und überlege, ob ich heute Nacht ohne Hilfsmittel schlafen kann oder lieber zum Mentalin greifen sollte. Allein die Wahl zu haben fühlt sich so gut an, dass ich tatsächlich dazu tendiere, es heute wegzulassen. Ich wäge noch immer still die Pros und Contras ab, als ich plötzlich ein leises, unterdrücktes Schluchzen höre, das von direkt über mir kommt. Stocksteif liege ich da. *Ivy.* Benjamins Worte klingen noch in meinem Kopf nach.

Diesmal zögere ich nicht. Ohne einen Mucks zu machen, steige ich aus meinem Bett und klettere die Sprossen hoch. Sofort erstirbt das Schluchzen und Ivy dreht sich mit tränennassem Gesicht zu mir um. Ich schlüpfe ungefragt unter ihre Decke, lege mich neben sie und nehme sie in den Arm. Sofort beginnt sie von Neuem zu weinen, jetzt völlig ungehemmt und unkontrolliert. Ich streiche ihr beruhigend über den Rücken und halte sie fest, bis das Beben ihres Körpers allmählich nachlässt und sich ihr Atem beruhigt hat.

Als ich schließlich das Gefühl habe, dass sie wieder sprechen kann, flüstere ich ihr zu: »Willst du mir sagen, was los ist?«

Ivy antwortet nicht, schnieft nur leise vor sich hin.

»Hast du Schmerzen?«, versuche ich es erneut. Auf einmal kommt mir ein furchtbarer Gedanke. Eine unangenehme Vorahnung erfasst mich.

»Was hast du heute und während der letzten Male im MediOffice gemacht?« Bei der Erwähnung des MediOffices verkrampft sich Ivys Körper.

Ich meine zu wissen, was los ist, und ein eiskalter Schauer läuft mir den Rücken herunter. Es gibt nur eine Erklärung für Ivys seltsames Benehmen seit einigen Wochen – ihre ungewohnte Schweigsamkeit, das plötzliche Desinteresse an Melodys Treiben in den geheimen Laboren des Ministeriums und ihr nächtliches Weinen. Aber vielleicht täusche ich mich auch. Das hoffe ich zumindest.

»Ivy,« fange ich vorsichtig an. »Haben sie dort irgendetwas mit dir gemacht, was du nicht wolltest? Dich zu etwas gezwungen? Zum Beispiel dazu, irgendwelche ... *Proben* ... abzugeben?!«

Ein erneuter Weinkrampf schüttelt Ivy und ist mir Antwort genug. Ich streichle tröstend ihr Haar und kann es nicht fassen. Natürlich. Ivy ist jung, wunderschön und hochintelligent. Sie ist die perfekte Wahl, wenn man an gutem Erbmaterial interessiert ist. Trotzdem kann und will ich es nicht glauben, dass jemand ein dreizehnjähriges Mädchen gegen ihren Willen zu einer Spende zwingen würde. Bei dem Gedanken daran wird mir derart übel, dass für einen kurzen Moment mein Abendessen wieder hochzukommen droht.

»Ich will da nicht mehr hin«, bringt Ivy schließlich schluchzend hervor.

»Keine Sorge, das wird bald ein Ende haben. Das verspreche ich dir«, erwidere ich grimmig. Zu meiner Angst vor dem, was meine Entdeckung für mich selbst bedeuten könnte, gesellt sich plötzlich noch ein ganz anderes Gefühl. Nämlich Zorn.

»Woher wusstest du davon?«, fragt mich Ivy kaum hörbar am nächsten Morgen beim Frühstück. Sie sieht wieder besser aus, doch wenn man genau hinschaut erkennt man, dass ihre Lider geschwollen und ihre Wangen ein wenig fleckiger sind als sonst.

Ich bin die ganze Nacht bei ihr geblieben. Nachdem sie sich wieder beruhigt hat, ist sie schließlich eng an mich gekuschelt eingeschlafen. Während ich selbst noch lange wach gelegen bin. Überlegt habe, was ich tun kann, um diesem Treiben Einhalt zu gebieten.

Ich blicke mich um, doch der Tisch neben uns ist leer und der Lärm im gut gefüllten Speisesaal groß genug, um ohne belauscht zu werden sprechen zu können. »Ich muss dir was erzählen.« Vorsichtshalber dämpfe ich trotzdem meine Stimme, bevor ich fortfahre. »An dem Abend, als das große Fest war und ich auf einmal verschwunden bin, da war ich nicht im MediOffice, weil mir schlecht geworden ist.«

Ivy hält mitten in einem Bissen von ihrer Banane inne und sieht mich aufmerksam an.

»Ich habe mich nach unten geschlichen und mich umgesehen.«

Ivys Augen weiten sich vor Schreck. »Aida, das hättest du nicht machen sollen! Wenn sie dich erwischt hätten! Du dürftest das alles überhaupt nicht gesehen haben!«

»Ich weiß, aber es ist ja noch einmal gut gegangen«, sage ich beschwichtigend. Dass ich in Wirklichkeit sehr wohl erwischt wurde, nämlich von Romulus Henderson, lasse ich lieber weg. Ich bin mir sicher, dass er alles andere als erfreut darüber wäre zu erfahren, dass ich jemandem von unserer Begegnung erzähle. Damit könnte ich ihn leicht selbst in Schwierigkeiten bringen.

»Und wie bist du da überhaupt reingekommen?«

Ich zögere einen Moment. Dieses Detail der Geschichte gehört ebenfalls zu den Dingen, die ich lieber für mich behalten würde. »Ich habe ein Armband gefunden und es einfach ausprobiert. Wegen des Festes waren keine Wächter dort unten«, lüge ich.

»Vermutlich hast du Melodys Band gefunden.« Ivy nickt, als wäre meine Geschichte völlig einleuchtend. »Sie hat ihres an dem Abend verloren, weißt du.«

Ich antworte nicht, sondern mache mich daran, das gekochte Ei zu schälen, das ich heute auf meinem Frühstückstablett finde. Wenige Augenblicke später taucht Benjamin auf und setzt sich zu uns. Rasch wechseln wir das Thema.

Die nächsten Tage überlege ich, wie ich am besten Kontakt zu Romulus aufnehmen kann. Nachdem Ariana erfahren hat, dass ich an ihr vorbei um einen Termin im MediOffice ersucht habe, ist sie mehr als ungehalten gewesen. Deshalb werde ich mich hüten, das so schnell noch einmal zu machen. Bleibt also im Grunde nur der Weg über Ariana selbst, doch irgendetwas in mir sträubt sich dagegen. Meiner Hand geht es mittlerweile besser denn je und ich werde wohl in den nächsten Wochen endlich meine Schiene loswerden. Deshalb möchte ich ihr Aufsehen nicht noch mehr erregen, indem ich sie darum bitte, sich um noch weitere Termine für mich zu kümmern. Gerade als ich zu dem Schluss komme, dass es jedoch kaum eine andere Möglichkeit gibt, erledigt sich das Problem von selbst. Eines Tages mache ich Romulus' große Gestalt erneut im Speisesaal aus, wo er gerade in ein Gespräch mit Titus vertieft ist. In der Hand hält er ein leeres Tablett und er scheint bereits auf dem Sprung zu sein. Anstatt direkt auf die Essensausgabe zuzusteuern, setze ich mich vor einen der Bildschirme, wo ein paar Kollegen sich gerade die Nachrichten anschauen. Unauffällig beobachte die beiden, um Romulus abpassen zu können, bevor er geht. Wenn ich es vermeiden kann, mit Titus zusammenzutreffen, dann werde ich das auch tun.

Es dauert länger, als ich erwartet habe, bis Romulus sich endlich loseist und sich daran macht, sein Tablett abzugeben. Ohne zu zögern springe ich auf und fange ihn gerade in dem Moment ab, als er es in das dafür vorgesehene Regal stellt.

»Hallo«, kündige ich mich an und Romulus dreht sich überrascht zu mir um.

»Aida«, sagt er nur und nickt mir freundlich zu. »Wie geht's dir?«

»Prima!«, antworte ich und bin mir nicht sicher, ob er den sarkastischen Unterton in meiner Stimme bemerkt.

»Gut.« Er wirkt ein wenig, als wüsste er nicht, was er noch sagen soll. Doch ich habe ihn nicht abgefangen, damit *er mir* etwas sagt, sondern damit *ich ihm* etwas mitteilen kann. Bevor er unseren belanglosen Smalltalk fortsetzen kann, fahre ich dazwischen.

»Ich bin dabei«, sage ich eilig. Aus dem Augenwinkel sehe ich Ivy, die gerade den Speisesaal betritt und in Richtung Essensausgabe kommt. Es bleibt keine Zeit für lange Reden.

Romulus mustert mich mit seinem stechenden Blick. »Hast du dir das gut überlegt?«

»Ja«, antworte ich kurzangebunden. Soeben hat Ivy mich entdeckt und winkt mir freudig zu. Ich winke zurück und wende mich wieder Romulus zu.

»In Ordnung. Du wirst von mir hören.«

Ich nicke, dann kehre ich ihm ohne ein weiteres Wort den Rücken zu und schreite davon.

Kapitel 13

Während es den ganzen Sommer trocken war, kommt der Regen jetzt mit aller Gewalt zurück. Zu spät für die Landwirtschaft, die Erntesaison ist inzwischen vorbei. Irgendwann halte ich es trotz der Kälte drinnen nicht mehr aus und spaziere im feinen Nieselregen durch den verlassenen Park, der sich allmählich in ein Schlammbad verwandelt. Die kalte Luft hilft mir, den Kopf für den Nachmittag freizubekommen, und ich genieße den kurzen Augenblick des Alleinseins und der Ruhe. Ein Gefühl nervöser Spannung hat von mir Besitz ergriffen, seit ich Romulus im Speisesaal davon unterrichtet habe, dass ich mich seinen Widerstandsplänen gerne anschließen möchte.

Im Präsidentengebäude brennt Licht und auch der Eingang ist hell erleuchtet. Ich kann ein paar Wächter zählen, die vor der Tür Wache stehen. Womöglich hält gerade der Rat eine Sitzung ab und bespricht die neuesten Gesetzesvorschläge. An meinem Ohr fliegt summend eine von Ivys Drohnen vorbei.

»Hey!«, ruft auf einmal eine grobe Stimme direkt hinter mir. »Was zum Teufel machst du da?«

Ich drehe mich erschrocken um und sehe eine kräftige Wächterin mit kurz geschorenem Haar und zusammengepressten Lippen auf mich zumarschieren.

»Was stehst du hier in der Dunkelheit rum und beobachtest das Gebäude?«, schnauzt sie mich misstrauisch an.

»Ich habe nur einen Spaziergang gemacht«, erwidere ich entschuldigend und trete einen Schritt zurück, als die Frau nur wenige Zentimeter vor mir zum Stehen kommt.

Skeptisch mustert sie mich von oben bis unten und fragt ungläubig: »Bei *dem* Wetter?«

»Ja, ich … habe nur etwas frische Luft gebraucht.«

»Sieh zu, dass du hier verschwindest. Und lass dich hier nicht noch mal erwischen!«

Ich lasse mich nicht länger bitten und eile mit großen Schritten zurück ins Ministerium, um mich in meiner Wohneinheit umzuziehen. Ich hinterlasse nasse Spuren im Flur. Noch bevor ich mir etwas Trockenes zum Anziehen geholt habe, treffe ich auf Ariana, die mich missmutig anblickt und mir etwas entgegenstreckt.

»Hier, Aida, ich habe dich schon überall gesucht.« *Das fängt ja gut an mit dem Nicht-Auffallen.* »Das ist für dich.« Übellaunig reicht mir Ariana einen Brief. Überrascht nehme ich ihn an mich. *Vielleicht ist er von Meg*, denke ich aufgeregt. Womöglich hat einer meiner Briefe am Ende doch noch den Weg zu ihr gefunden.

Als ich ihn öffnen will, sehe ich sofort, dass das bereits jemand vor mir getan hat. Und ich kann mir schon denken, wer das war. Verärgert lese ich die Nachricht. Sie stammt nicht von Meg, stelle ich fest. Doch die Enttäuschung hält nur eine Sekunde an. Dann spüre ich eine fiebrige Aufregung in mir hochkriechen. Der Brief kommt von Romulus. Er bittet mich, für eine Nachuntersuchung meiner Hand noch heute Abend ins MediOffice zu kommen.

»Geht es deiner Hand denn immer noch nicht besser?!«, fragt Ariana frei heraus und beäugt mich misstrauisch. »Du warst in letzter Zeit recht häufig beim Arzt.«

»Es wird besser, allerdings dauert das doch länger als erwartet. Deshalb will Dr. Henderson die Heilung genauer beobachten.«

Dass Ariana meine Nachricht gelesen hat, passt mir überhaupt nicht. Doch mir ist klar, dass ich ihr Misstrauen erst recht auf mich lenke, wenn ich ihr deswegen eine Szene mache. Also heißt es, gute Miene zum bösen Spiel zu machen.

»Ich hoffe, diese Sache hat sich bald erledigt, Aida. Du solltest deine Zeit besser dafür nutzen, dich hier gut einzuarbeiten.« Mit diesen Worten wendet mir Ariana den Rücken zu und lässt mich stehen. Innerlich vor Wut kochend mache ich mich auf den Weg ins Foyer.

Mein Zorn ist noch immer nicht ganz verraucht, als ich an die Tür von Romulus' Büro klopfe und energisch die Türklinke drücke. Der Anblick von Romulus, der mit Lesebrille und einer Tasse Tee an seinem Schreibtisch sitzt, ist mir inzwischen beinahe vertraut.

»Du bist gekommen«, stellt er fest, als würde ihn diese Tatsache überraschen. Er mustert mich aufmerksam über den Rand seiner Brille.

»Hast du etwas anderes erwartet?« Ich greife mir einen Stuhl und nehme ohne auf eine Aufforderung zu warten Romulus gegenüber Platz. Dabei lasse ich ihn genauso wenig aus den Augen wie er mich.

Romulus zuckt mit den Schultern. »Ich war mir nicht sicher, ob du es dir mittlerweile vielleicht wieder anders überlegt hast.«

»Hab ich *nicht*«, sage ich überdeutlich. »Ich habe ja schließlich auch keine Wahl.« Das klingt vorwurfsvoller als beabsichtigt, denn eigentlich weiß ich ja, dass Romulus keine Schuld an meinem Schlamassel trifft. Aber seit ich weiß, was mich erwartet, wenn ich meine Probephase nicht bestehe, kommen mir solche Dinge wie Höflichkeit plötzlich völlig albern vor. Wenn Romulus mich für undankbar oder verbittert hält, dann soll er es eben tun.

»Also –« Ich lasse ihm gar keine Zeit, auf meinen Seitenhieb einzugehen. »Was ist der Plan?«

»Wir sind noch nicht komplett.«

Ich stutze. »Wer kommt denn noch?«, frage ich verblüfft.

In diesem Moment klopft es an der Tür und ich verschlucke mich vor Schreck, als niemand anderes als Titus das Büro betritt. Gefolgt von Melody, die ein elegantes Kostüm trägt und so perfekt aussieht wie eh und je.

»Haben wir was verpasst?«, fragt Titus gut gelaunt und zwinkert mir zu. »Schön, dich zu sehen, Aida!«

Er offenbart seine leuchtend weißen Zähne in einem Lächeln, bei dem ich das Gefühl habe, als könnte es den ganzen Raum erleuchten.

Doch dieser magische Moment ist jäh zu Ende, als Melody mir die Hand zum Gruß hinstreckt. Ich ergreife sie widerwillig und bin mir bewusst, dass ich etwas sagen müsste. Doch ich bin noch immer so schockiert von der unerwarteten Begegnung mit den beiden, dass ich nicht mehr zustande bringe als ein lahmes Hallo.

Romulus schaut mit erhobenen Brauen von mir zu Titus zu Melody und wieder zu mir, dann bittet er die beiden, ebenfalls Platz zu nehmen.

»Gut«, fängt er sachlich an. »Soweit ich weiß, kennt ihr euch ja bereits.« Er räuspert sich und runzelt ein wenig die Stirn. »Das macht es sicher leichter, uns gegenseitig zu vertrauen. Denn ohne Vertrauen werden wir nicht viel erreichen können. Ich denke, ich muss euch nicht sagen, dass kein Wort über unser Treffen nach draußen dringen darf. Zu keinem«, fügt er nachdrücklich hinzu.

Ich nicke. Aus dem Augenwinkel nehme ich wahr, dass auch Melody und Titus, der sich lässig in seinem Stuhl lümmelt und überhaupt so entspannt wirkt, als hätten wir uns hier zum Kartenspielen verabredet, ein kurzes Zeichen der Zustimmung geben.

»Ich denke, wir sollten das Gespräch heute nutzen, um uns darüber im Klaren zu werden, was wir überhaupt wollen. Danach kann jeder von euch dreien noch einmal in Ruhe darüber nachdenken, ob er mitmachen möchte oder nicht.« Romulus verzieht den Mund zu einem schiefen Lächeln. »Es wird keiner zu irgendwas gezwungen.«

»Romulus hat Recht«, stimmt Titus mit lauter, klarer Stimme zu. »Wir sind alle hier, weil wir der Meinung sind, dass unser Land sich in die falsche Richtung entwickelt hat, aber was werden wir tun?« Er blickt mit funkelnden Augen auffordernd in die Runde.

»Wir müssen dafür sorgen, dass es keine heimlichen Hinrichtungen von Alten und Kranken mehr gibt«, sage ich sofort und spüre wieder die Kälte in mir hochkriechen, während ich daran denke, dass meine Probephase bald vorbei ist. Romulus nickt zustimmend.

»Ja, das sollte unsere oberste Priorität sein.« Er lächelt mir zu und vermeidet es, einen Blick auf meine Schiene zu werfen, obwohl ich mir sicher bin, dass er genau weiß, was gerade in meinem Kopf vorgeht. Ich sehe, wie Titus Melody ansieht, als würde er darauf warten, dass sie das Wort ergreift. Als sie das nicht tut, fängt er selbst an zu sprechen. »Außerdem müssen die Reproduktionslabore geschlossen werden«, sagt er ernst und auf einmal ist jegliche Spur von Lässigkeit verschwunden. »Es kann nicht sein, dass hier Menschen gezüchtet werden wie Vieh.«

Melody lässt ein leises Schniefen hören und meine Eingeweide ziehen sich zusammen, als Titus ihre zitternden Finger in seine Hand nimmt. *Das macht Melody Blue-Sky, wenn sie im Ministerium ist*, schießt es mir durch den Kopf: Sie hat dasselbe Los getroffen wie Ivy. Ich bin fast versucht, so etwas wie Mitleid zu empfinden. Gäbe es da nicht die unübersehbare und unerträgliche Zärtlichkeit zwischen ihr und dem Mann, für den ich heimlich schwärme.

»Wir sollten die gesamten Labore im Untergeschoss zerstören«, sage ich leise und starre auf meine Fingernägel. *Für Ivy*, denke ich, wenn schon nicht für Melody. »Inklusive der Probenlager.«

Titus schaut überrascht auf. »Woher weißt du von den Probenlagern? Warst du schon einmal dort unten?«

»Ja«, antworte ich knapp, ohne ihn dabei anzusehen.

»Aida hat recht«, meldet sich plötzlich Melody mit schwacher Stimme das erste Mal zu Wort. »Die Labore zu schließen, reicht nicht.« Sie scheint den Tränen nahe zu sein. »Wir müssen sicherstellen, dass sie nie wieder in Betrieb genommen werden können. Genauso wie der Bereinigungstrakt.«

»Aber *wie* sollen wir sie zerstören?«, überlege ich laut, weil mir keine passende Lösung einfällt. Romulus ist der erste, der eine Idee hat.

»Wir könnten dort unten ein Feuer legen«, schlägt er vor. »Das komplette Untergeschoss ist brandschutzmäßig vom Rest des Gebäudes entkoppelt. Im Falle eines Brandes wird die Statik nicht beeinflusst und es entsteht keine Gefahr für die Menschen in den anderen Stockwerken. Sie würden es nicht einmal bemerken.«

»Ja, das klingt nach einem guten Plan«, sagt Melody entschlossen und mit deutlich festerer Stimme als zuvor. »Das würde ich gerne selbst tun.«

Für einen Moment kann ich gar nicht anders, als sie für ihren Mut zu bewundern. Ich selbst verspüre nicht den geringsten Drang, mich freiwillig zu melden.

»Was ist dann mit den Föten?« Ich versuche, das Bild der unheimlichen Gestalten in den Glaszylindern zur Seite zu schieben. »Bei einem Feuer würden sie alle sterben.«

Die anderen sehen sich betroffen an. Offenbar haben sie das nicht bedacht. Aber mir selbst hat sich das Bild der kleinen, zuckenden Wesen eingeprägt. Romulus schüttelt ernst den Kopf. »Wir können sie nicht retten, Aida. Ohne das Labor würden sie nicht einen Tag überleben.«

Schweigend nicke ich. Aber ich kann nichts dagegen tun, dass ich plötzlich Bauchschmerzen habe.

»Irgendwelche anderen Einwände?«, fragt Romulus. Wir schütteln den Kopf, obwohl ich immer noch nicht sicher bin, ob ich es richtig finde, was wir da gerade abgesprochen haben.

»Außerdem müssen wir die Einwohner von Last Haven darüber informieren, was mit ihren Kranken, Alten und Verletzten passiert ist, als sie abgeholt wurden.« Titus schlägt energisch mit der Hand auf den Tisch, sodass ich einen höllischen Schreck kriege. »Wir müssen ihnen klarmachen, dass sie jahrelang belogen wurden, und sie dazu bringen, sich mit uns gegen die Regierung zu erheben! Denn das werden sie, wenn sie wissen, was hier geschieht.«

»Und was ist mit den Wächtern?«, werfe ich ungeduldig dazwischen. Ich stimme Titus natürlich zu, aber ganz so einfach ist es nun mal eben nicht. Ein Aufstand der Bevölkerung – die Idee jagt mir fast so viel Angst ein wie die Vorstellung, selbst im Bereinigungstrakt zu enden. Und das Ergebnis könnte schnell in beiden Fällen das Gleiche sein. »Die Leute, von denen du da sprichst, sind alle unbewaffnet. Solange der Präsident und die Ratsmitglieder leben, werden die Wächter ihre Befehle entgegennehmen und jeden niederstrecken, der sich ihnen in den Weg stellt.«

»Wir sind zu viele, als dass sie jeden einzelnen umbringen können. Wenn alle Widerstand leisten, können wir nicht verlieren!«

»Und was wäre der Preis dafür? Tausende tote Bürger und

Wächter, das kann ja wohl kaum unser Ziel sein!«, erwidere ich und werde zornig, weil es mich ärgert, dass Titus sich das alles so leicht vorstellt.

Aber auch Titus hat sich in Rage geredet. »Der Preis für Freiheit und Unabhängigkeit war schon immer hoch, Aida!« Er ballt die Hände zu Fäusten und funkelt mich an.

»Prima! Dann meldest du dich bestimmt freiwillig dafür, an der Spitze der Widerstandsbewegung ins Regierungsgebäude zu stürmen und dich als erstes abknallen zu lassen?!«

»Natürlich würde ich das. Ich dachte, wir wären hier alle bereit, ein gewisses Risiko einzugehen!« Herausfordernd schaut er mich an.

»Das ist kein Risiko, sondern Selbstmord!«, fahre ich ihn wütend an. »Und nein, dazu bin *ich* nicht bereit. Ich bin deswegen hier, weil ich gehofft hatte, noch etwas *länger* leben zu können!«

Titus schüttelt ungläubig und verächtlich den Kopf. »Ich hätte dich nie für so eine Egoistin gehalten, Aida!«

»Tja«, stoße ich langsam zwischen zusammengebissenen Zähnen hervor und funkele genauso zornig zurück. »Offensichtlich kannten wir uns nicht besonders gut.«

Unwillkürlich schweift mein Blick zu Melody, die bleich wie ein Gespenst unserem Streit gelauscht hat.

»Das reicht jetzt, denke ich«, schaltet sich Romulus ein, bevor Titus und ich uns noch an die Gurgel gehen können.

Wir beide verstummen schlagartig. Ohne darüber sprechen zu müssen, ist klar, dass Romulus in unserer kleinen Gruppe das Sagen hat. Eine natürliche Autorität geht von ihm aus.

»Aida hat recht. Wir können von niemandem verlangen, sich unbewaffnet den Wächtern gegenüber zu stellen. Und ich stimme *dir* zu, Titus, dass wir die Menschen über das, was in diesem Land vorgeht, informieren müssen. Aber zuvor müssen wir dafür sorgen, dass die Wächter niemanden mehr haben, von dem sie Befehle entgegennehmen können.«

Seine Worte hängen einen Moment im Raum, bevor wir anderen realisieren, was er damit meint.

»Du meinst, wir sollten die Regierung … *unschädlich* machen?«, hakt Titus nach und reibt sich nachdenklich das Kinn. Der Gedanke scheint ihm zumindest nicht völlig ausgeschlossen. »Ein Putsch?«

»Redest du davon, den Präsidenten *und* den gesamten Rat umzubringen?«, frage jetzt auch ich noch einmal nach, weil ich mir nicht sicher bin, ob ich Romulus gerade falsch verstanden habe. »Oder nur den Präsidenten?«

»Wenn dann alle!«, fährt mir Titus grob über den Mund. »Sonst können wir es ja gleich lassen.«

Ich starre Titus fassungslos an. Das wäre Massenmord. Meine Bauchschmerzen werden stärker, es fühlt sich an, als läge ein dicker, heißer Klumpen irgendwo zwischen meinen Eingeweiden, der von Minute zu Minute größer wird. Dabei überrascht mich der Vorschlag eigentlich nicht. Dass wir mit Reden allein nichts erreichen, war ja klar. Und der Rat hat selbst jahrelang kaltblütig Menschen hinrichten lassen. In unserem Fall träfe es zumindest keinen Unschuldigen. Aber wie viele Leben darf man nehmen, um tausende zu schützen?

»So weit wird es, denke ich, nicht kommen müssen.« Romulus gibt sich Mühe, uns zu beschwichtigen, und klingt langsam ein wenig müde.

Ich weiß selbst nicht so recht, woher meine zänkische Stimmung kommt. Es ist, als hätte die Erkenntnis, dass all meine Mühen, mich im Ministerium einzugliedern, umsonst waren, einen Schalter in mir umgelegt. Ich habe so viel Zeit darauf verschwendet, höflich und bemüht zu sein. Mich in Disziplin und Demut geübt und bin mir trotzdem sicher, dass es nie ausreichen wird, um Rex Jenkins von mir zu überzeugen. Aus welchem Grund sollte ich also jetzt noch höflich, bemüht, diszipliniert und demütig sein? Aber auch Titus habe ich bisher nicht von dieser Seite kennengelernt.

Romulus fährt fort: »Ich kenne einige Mitglieder des Rates und weiß, dass sich unter ihnen auch Leute befinden, die unsere Sache durchaus unterstützen würden. Zumindest, wenn es eine Aussicht auf Erfolg gibt.« Titus schnaubt verächtlich. Romulus wendet sich ihm mit strenger Miene zu. »Es ist keine Schande, wenn Menschen

Angst um ihr Leben haben und nicht bereit sind, es für nichts und wieder nichts aufs Spiel zu setzen, Titus. Das ist so ziemlich das natürlichste Verhalten, das es gibt.«

Titus lehnt sich mit verschränkten Armen in seinem Stuhl zurück und wirkt beleidigt. Ich schüttle missbilligend den Kopf und denke mir, dass ich eigentlich froh sein kann, dass es mit Titus und mir nicht geklappt hat. So radikal hätte ich ihn nie eingeschätzt.

»Ich werde in den nächsten Tagen versuchen herauszubekommen, wer im Falle eines erfolgreichen Sturzes der Regierung auf unserer Seite wäre. Die übrigen Ratsmitglieder sowie auch der Präsident – da stimme ich Titus zu – sollten am besten von der Bildfläche verschwinden. Allein schon um sicherzustellen, dass niemand mehr erspresst, eingeschüchtert und aufgehetzt wird. Wir werden anschließend einen neuen Rat wählen.«

Völlig unvermittelt meldet sich Melody wieder zu Wort. »Das ist ja alles schön und gut, aber wie sollen wir vorgehen? Wir sind nur zu viert, haben keinen Zugriff auf Waffen. Ich meine …« Ihre Stimme ist so leise, dass ich mich konzentrieren muss, um alles zu verstehen. »… mit den Ratsmitgliedern sprechen wir doch von mehreren Personen, die wir töten müssen. Ohne dass dazwischen viel Zeit vergehen sollte.« Trotz ihres labilen Zustands ist Melody die Erste, die das Wort *töten* ohne Umschreibung in den Mund nimmt. Der heiße Klumpen in meinem Bauch schwillt noch ein bisschen weiter an.

»Wir könnten den Ratsmitgliedern eine Falle stellen«, schlägt Titus vor.

»Das größte Problem ist doch Greg Livingston«, halte ich unwirsch dagegen, weil ich mich mit dem Szenario, den ganzen Rat auszulöschen, nicht so einfach abfinden kann. »Wie sollen wir an *ihn* rankommen? Er ist beinahe rund um die Uhr von einem Haufen Wächter umringt.«

»Dann müssen wir ihn aus der Ferne erschießen, wenn er das Regierungsgebäude verlässt. Wie ein Scharfschütze. Bis die Wächter den Ort finden, von dem wir geschossen haben, sind wir längst wieder bei unseren Kollegen.«

»Und wer von euch kann so gut schießen, dass er das Ziel nicht verfehlt?« Melody schaut müde in die Runde. »Keiner von uns hat doch je eine Waffe in der Hand gehabt.«

»Doch, ich«, erwidere ich nach kurzem Zögern und spüre ohne hinzusehen, wie die anderen sich voller Überraschung zu mir drehen. »Ich habe bei Techraid während meiner Ausbildung verschiedene Abteilungen durchlaufen, darunter auch die Qualitätskontrolle. Zur Überprüfung der einzelnen Chargen bei den Schusswaffen gehört es, sie vor der Auslieferung stichprobenartig zu testen.«

Ich verspüre ein kleines bisschen Wehmut, als ich an diese Zeit zurückdenke. Für Meg ist das Schießen immer ein Riesenspaß gewesen und ihre Begeisterung dafür hat auch mich mitgerissen. Es war die einzige Arbeit, für die wir auch nach Feierabend freiwillig noch geblieben sind. Obwohl die eigentliche Kontrolle von den älteren und erfahreneren Mitarbeitern durchgeführt worden ist, hat uns Hoss, unser damaliger Vorgesetzter, unter seiner Aufsicht gerne üben lassen. Doch das alles liegt bereits Jahre zurück. Ich habe nicht auf große Distanzen geschossen. Und ich habe nicht auf lebendige Ziele geschossen. Außerdem war Meg eindeutig die bessere Schützin.

Titus starrt mich eindringlich an. »Heißt das, du würdest es dir zu trauen?«

»Ich weiß nicht«, sage ich unschlüssig, obwohl meine innere Stimme klipp und klar Nein ruft. »Das kommt auf die Distanz an. Und es ist Jahre her, dass ich das letzte Mal eine Waffe abgefeuert habe.« Auf einmal bereue ich, dass ich überhaupt etwas davon erzählt habe. Ich *will* niemanden erschießen!

»Aber prinzipiell wäre es möglich?«, bohrt Titus weiter.

»Naja.« Ich zucke die Schultern. »Ich denke schon, aber –« Ich schaue ihm nicht in die Augen. »– wir haben ja ohnehin keine Waffen.«

»Dann müssen wir uns eben welche besorgen!« Zornig funkelt er mich an.

»Und wie willst du das machen?«, frage ich und spüre, wie auch bei mir schon wieder der Ärger hochkocht. »Wenn du ein paar Wächter überwältigen und ihnen die Waffen abnehmen möchtest, kannst du das nämlich ohne mich machen!«

Gerade als Titus aufgebracht ansetzt, etwas zu erwidern, mischt sich Romulus ein. »Aida, meinst du es gäbe eine Möglichkeit, bei Techraid *einzubrechen*?«

Ungläubig starre ich ihn an. Das kann ja wohl kaum sein Ernst sein! Als ich nicht antworte, seufzt Romulus und reibt sich die Stirn.

»Gut, ich denke, wir kommen hier nicht so recht weiter. Vielleicht sollte sich jeder von uns noch mal in Ruhe Gedanken machen. Das bringt vermutlich mehr, als hier zu streiten. Was meint ihr?« Zustimmendes Nicken. Ich brauche Zeit, das ganze Gerede vom Morden zu verdauen.

»Was die Zeit angeht«, ich kaue nachdenklich auf meiner Wange herum, weil mir wieder klar wird, weshalb ich eigentlich ursprünglich hier gelandet bin, »da sollten wir uns aber schon jetzt auf einen Rahmen einigen.« Ich räuspere mich und rutsche unruhig auf meinem Stuhl hin und her. »Ich habe schließlich nicht alle Zeit der Welt«, füge ich hinzu und bemühe mich darum, nicht allzu bitter und jämmerlich zu klingen. Der Oktober neigt sich bereits seinem Ende zu und im Januar ist meine Probezeit zu Ende.

Romulus nickt nachdrücklich. »Ja. Und es ist mittlerweile auch noch ein weiteres Problem aufgetaucht, das nach einer baldigen Lösung verlangt.« Er zögert und mich beschleicht ein ungutes Gefühl. Das, was jetzt folgt, geht Romulus offensichtlich nicht ganz leicht über die Lippen. »Ich weiß nicht, ob ich euch das überhaupt sagen soll«, gesteht er.

Sofort fährt Titus ungehalten auf: »Natürlich sollst du das. Was immer es ist, du darfst uns nichts verheimlichen!«

»Das sehe ich genauso!«, pflichte ich ihm bei.

Romulus windet sich noch immer. »Ich habe ein Gerücht gehört. Es ist noch nicht bestätigt, aber … Offenbar spitzt sich die Hungersnot immer mehr zu. Wie es aussieht, wird Livingston die Angelegenheit kurzfristig nicht in den Griff bekommen. Deshalb werden

Stimmen im Rat laut. Stimmen, die … *drastischere* Maßnahmen fordern als die Einsparmaßnahmen, die bisher ergriffen wurden.«

Ich spüre, wie sich ein Kloß in meinem Hals bildet. Ich ahne bereits, was jetzt kommen wird, doch Titus wirkt irritiert.

»Was für Maßnahmen?«, will er ungeduldig wissen.

Romulus gibt sich geschlagen. »Wie ihr wisst, will Livingston die Bevölkerungszahl langfristig wieder reduzieren. Noch mehr Arbeitsplätze streichen, Menschen weiterhin durch Maschinen ersetzen, wo es nur geht. Die aktuelle Situation hat jetzt die Frage aufgeworfen, ob man diesen Prozess nicht in irgendeiner Art *beschleunigen* sollte.«

Obwohl sich meine Befürchtung damit bewahrheitet, spüre ich wie mir eiskalt wird, während Romulus spricht. Titus dagegen sprüht nur so vor Zorn und flucht ungehemmt vor sich hin.

»Und *wo*?«, frage ich leise. »Wo will der Rat mit der Dezimierung der Bevölkerung anfangen?«

»Darüber habe ich noch nichts Konkretes erfahren«, erwidert Romulus. »Ich gehe davon aus, dass die Maßnahme in erster Linie die verarbeitenden Betriebe betreffen wird. Stellen, die ohnehin in den nächsten Jahren auslaufen würden.«

Ring C und D, natürlich. Das war ja klar. Ich verspüre einen plötzlichen Hass, der so groß ist, dass ich das Gefühl habe, daran zu ersticken – auf Livingston, Jenkins und den ganzen Rat.

Romulus fährt fort. »Vermutlich würde man einige Leute mit vorzeitigem Ruhestand oder Versetzung locken. Und wir wissen ja mittlerweile alle, was das bedeutet.«

Bei der Vorstellung, wie meine ehemaligen Kollegen bei Techraid sich über die Nachricht freuen, früher in den Ruhestand entlassen zu werden, nur um dann im Bereinigungstrakt zu landen, wird mir übel. Hinter meinen Schläfen meldet sich ein unangenehmes Pochen.

»Dann sollten wir keine Zeit verlieren«, sage ich schneidend. Die heimliche Option, doch noch einen Rückzieher zu machen und meine ganze Kraft in das Bestehen der Probezeit zu stecken, ist innerhalb von Sekunden vernichtet worden. Es geht nicht mehr nur um mich. Nicht nur um Ivy. *Es geht um so vieles mehr!*

»Ich habe auch schon darüber nachgedacht, *wann* wir unseren Anschlag am besten durchführen.« Romulus nimmt das Gespräch wieder auf. »Wir müssen vor allem sicherstellen können, dass niemand unten in den Laboren ist. Ich dachte da … an die Silvesternacht.«

Er wirft mir einen Seitenblick zu und verzieht den Mund zu einem kaum erkennbaren Lächeln. Ich weiß sofort, was das bedeutet. Silvester wird zwar bei Weitem nicht so groß gefeiert, wie die Amtseinführung des Präsidenten, doch um Mitternacht wird es wie jedes Jahr ein großes Feuerwerk vor dem Regierungsgebäude geben. Bei Techraid habe ich es stets gemeinsam mit meinen Kollegen live im Fernsehen angeschaut, aber hier werden alle Menschen nach draußen strömen, um sich das Spektakel in echt anzusehen. Das Ministerium wird so gut wie leer sein, so wie bei der Eröffnungsrede. Ich bin froh, dass Romulus nicht erwähnt, dass ich und mein unerlaubter Besuch in den Laboren ihn zu dieser Idee inspiriert haben.

»Ja, das ist eine gute Idee«, stimme ich zu.

»Rex Jenkins, Greg Livingston und die Ratsmitglieder werden sich das Feuerwerk ebenfalls ansehen. Da sollte sich eine Gelegenheit finden lassen, sie an diesem Abend aus dem Weg zu räumen.« Titus nickt.

»Ich kann während des Feuerwerks einen Brand in den Laboren legen«, sagt Melody leise.

Romulus erhebt sich von seinem Platz. Wir anderen tun es ihm gleich. »Dann ist das also beschlossen. Ich schlage vor, dass wir uns in ein paar Tagen noch einmal hier treffen, bis dahin kann jeder in Ruhe über alles nachdenken. Wenn einer von euch kalte Füße kriegt und lieber aussteigen möchte, werde ich euch das nicht übel nehmen. Doch tut es *jetzt*, bevor unser Plan feststeht.«

Wir verabschieden uns und ich trödele ein wenig herum, weil ich unter keinen Umständen mit Melody und Titus zurück laufen möchte. Gerade, als ich zu dem Schluss komme, nicht länger ohne aufzufallen Zeit schinden zu können, ruft mich Romulus zurück.

»Hast du noch einen Moment, Aida?«, fragt er und schaut mich abwartend an. Erleichtert drehe ich mich zu ihm um und höre die Tür hinter Titus ins Schloss fallen. *Das war knapp.* Ich gehe zurück zum Schreibtisch und lasse mich seufzend nieder.

»Hör mal, Aida,« Romulus betrachtet mich prüfend, »was gibt es für ein Problem zwischen dir und Titus?«

Die Frage trifft mich wie ein Blitzschlag, so völlig unerwartet, dass ich erschrocken nach Luft schnappe. »Was meinst du damit?«

Sofort ärgere ich mich darüber, dass ich auf die Frage nicht lässiger reagiert habe.

»Ich meine damit«, erklärt Romulus langsam und deutlich, als würde er mit einer Sechsjährigen sprechen, »dass ganz offensichtlich irgendetwas zwischen euch beiden vorgefallen ist und dass ich mir nicht sicher bin, ob das eine gute Voraussetzung für unsere Zusammenarbeit in so einer heiklen Angelegenheit ist.«

»Da gibt es nichts«, erwidere ich trotzig und spüre, wie mir die Röte ins Gesicht steigt.

»Klar.« Romulus klingt sarkastisch. »Weißt du, ich bin nicht blöd, Aida. Daher entgeht es mir nicht, dass zwischen euch irgendetwas nicht stimmt. Du hast es während unseres gesamten Treffens kaum geschafft, ihm in die Augen zu schauen. Als ich euch beide hierher eingeladen habe, bin ich eigentlich davon ausgegangen, dass ihr befreundet seid. Titus hat das zumindest behauptet.«

»Tja, das sind wir offensichtlich *nicht*«, zische ich und erwidere beleidigt seinen Blick. »Aber das tut trotzdem nichts zur Sache!«

»Versprich mir einfach, dass es kein Problem für dich ist, mit den beiden zu kooperieren. Dann werde ich es gut sein lassen.«

»Es ist kein Problem!«, sage ich nachdrücklich und überdeutlich.

»Gut. Ich will nämlich nicht, dass unser Vorhaben durch irgendwelche persönliche Animositäten in Gefahr gebracht wird. Wenn wir uns gegenseitig nicht vertrauen, hat das Ganze keinen Sinn.«

Natürlich hat er recht, das ist mir klar. Trotzdem macht mich sein forsches Nachfragen zornig.

»Wenn das alles ist?!«, fauche ich, stehe auf und verlasse vor Wut rauchend das Zimmer. Genau, wie ich es vorhin betreten habe.

Der Zorn ist langsam abgeklungen, als ich im Bett liege und das Gehörte und Gesagte noch einmal in meinem Kopf Revue passieren lasse. Im Nachhinein ist es mir ein bisschen peinlich, wie ich Titus und Romulus heute Abend angepflaumt habe. Ich habe mir selbst nie vorstellen können, dass aus mir – der schüchternen, höflichen und ängstlichen Aida – mal jemand werden könnte, der bei jeder Gelegenheit in die Luft geht. Sich nicht darum schert, was andere über sie denken. Ich erkenne mich selbst kaum wieder, so sehr hat die Entdeckung im Untergeschoss und der Druck, dem ich während der letzten Monate ausgesetzt war, mich verändert. *Ich bin nicht für das hier geschaffen.* Verzweifelt wälze ich mich im Bett herum. Widerstand und Putsche und Brandstiftung. Bin ich wirklich die Richtige für so etwas? *Meg, sie bräuchten jemanden wie Meg!* Meg war immer furchtlos und abenteuerlustig, sie hätte auf so eine Gelegenheit nur gewartet! Oder auch Mike. Der klug ist, wenn auch auf eine andere Weise als die Leute hier, und der gut reden kann, dem die Menschen zuhören und folgen. Aber ich?! Wenn ich jetzt darüber nachdenke, dass ich angeboten habe, Greg Livingston aus einem Hinterhalt heraus zu erschießen, spüre ich sofort wieder den heißen Klumpen in meinem Bauch. Könnte ich es wirklich tun? *Er will dich ja auch umbringen. Am Ende heißt es du oder er und in dieser Situation sind Menschen zu allem fähig.* Unruhig setze ich mich auf, starre in die Dunkelheit vor mir und versuche, diese düsteren Gedanken wieder abzuschütteln. Aber sie sind verdammt hartnäckig und haben sich in mir festgebissen.

Ich darf auch nicht vergessen, dass es nicht nur um *mich* geht. Mein Leben ist nicht das einzige, dass wir retten könnten, sollten wir den Präsidenten und den Rat wirklich auswechseln. *Umbringen*, mahnt mein Gewissen erbarmungslos. *Nenn die Sache ruhig beim Namen!*

Aber wie vielen Menschen käme das zugute? All den Unschuldigen, deren einziges Vergehen darin besteht, alt zu sein oder krank oder verletzt. Oder nicht einmal das, die einfach so mittelmäßig sind wie ich und die durchzufüttern sich Last Haven schon bald nicht mehr leisten will, weil eine neue Generation von Supermenschen sie ablösen soll. Und anders als ich ahnen sie nicht einmal, was sie erwartet. Ich fühle eine Verantwortung ihnen gegenüber. Es sind *meine* Leute, um die es geht, meine ehemaligen Kollegen und Freunde, und ich erinnere mich nur zu gut an das Gespräch zwischen Ariana und Ben. Die Menschen in den äußeren Ringen haben hier sonst keinen Fürsprecher. Ich kann nicht darauf hoffen, dass uns die Aufgabe, etwas zu ändern, jemand abnimmt, denn die Einzigen, die wissen, was vor sich geht, sind diejenigen, die keinen Anreiz haben, ihr eigenes Leben zu riskieren, um etwas zu ändern.

Mir entschlüpft ein kurzes, trockenes Lachen, und hastig halte ich mir die Hand vor den Mund. Sollte von meinen Mitbewohnerinnen noch jemand wach sein, dürften sie mich jetzt für verrückt halten. Aber mir ist gerade etwas klar geworden. *Natürlich* bin ich die Richtige hierfür und ich habe keine Möglichkeit, mich vor meiner Verantwortung zu drücken. Denn anders als die meisten anderen habe ich nichts zu verlieren. Ich habe ja überhaupt keine Wahl.

Die Erkenntnis, dass ich gar nicht davonlaufen *kann*, ist überraschenderweise weniger beängstigend als vielmehr befreiend. Sofort werde ich eine Spur ruhiger.

Und was ist mit Titus? Ihn heute mit Melody zu sehen, war quälend für mich, obwohl ich ihn offensichtlich völlig falsch eingeschätzt habe. Bei der Vorstellung, er könnte sich meiner Gefühle für ihn bewusst sein, krümme ich mich zusammen. Aber auch, wenn ich wütend auf Titus bin – am meisten ärgere ich mich doch über mich selbst. Es war *meine* Schuld, dass ich seine Freundlichkeit so falsch interpretiert habe. Natürlich hat Titus gewusst, was mir bevorsteht und wie hoch der Druck ist, der auf mir lastet. Und das, was ich für Zuneigung gehalten habe, war wahrscheinlich nicht mehr als echte Sorge um mich. Und das ehrt ihn eigentlich doch wieder. Was wir vorhaben, ist schließlich wichtiger, als mein gekränkter Stolz. Es wäre nur lächerlich, sich dadurch von unserer Mission aufhalten zu lassen.

Romulus. Ihm verdanke ich, dass ich überhaupt noch am Leben bin, und jetzt gibt er mir die Möglichkeit, diesen Albtraum ein für alle Mal zu beenden. Alleine könnte ich das niemals schaffen, ich brauche ihn und wir brauchen Titus. Wenn ich mich nicht zusammenreiße, ist unser Plan – auch wenn wir im Grunde noch nicht mehr haben als eine Absicht – von vornherein zum Scheitern verurteilt.

»Du bist in letzter Zeit häufig im MediOffice«, stellt Ivy beim Frühstück fest und mustert mich argwöhnisch. »Geht es deiner Hand wieder schlechter?«

Ich fühle mich einmal mehr ertappt und weiß nicht, was ich sagen soll. Tatsächlich ist meine Hand mittlerweile fast komplett verheilt und meine Finger fühlen sich beinahe wieder so an wie vor dem Unfall. Dennoch hat Romulus recht behalten. Auch wenn der Schmerz fast verschwunden ist und nur noch auftritt, wenn ich die Finger zu sehr strecke oder belaste, meine Beweglichkeit ist gegenüber früher deutlich eingeschränkt. Sowohl meinen Ringfinger als auch den Mittelfinger kann ich aufgrund der beschädigten Sehnen nicht mehr vollständig durchbeugen.

»Meiner Hand geht es mittlerweile deutlich besser«, erwidere ich schließlich, als mir klar wird, dass Ivy noch immer auf eine Antwort wartet.

»Was machst du *dann* dort?«, bohrt sie unbarmherzig nach

Ich schüttle den Kopf. Es ist unmöglich, ihr zu sagen, was ich vorhabe.

»Du willst es mir nicht sagen«, stellt Ivy sachlich fest. »Das ist in Ordnung. Ich habe dir schließlich auch nichts davon erzählt, als ich dazu ausgewählt wurde, Spenderin zu sein«, sagt sie mit fester Stimme und starrt auf ihren Teller. »Aber ich werde das Gefühl nicht los, dass du irgendetwas vorhast«, fährt sie angestrengt fort. »Und ich möchte dir nur sagen: Bring dich nicht in Schwierigkeiten, Aida. Und tu das schon gar nicht, weil du denkst, dass du mich vor irgendetwas beschützen musst. Ich bin nicht die Erste, die das überstehen wird, und ich werde auch nicht die Letzte sein.«

Beunruhigt sehe ich mich um, ob irgendjemand unserem Gespräch lauschen könnte. Doch dem fröhlichen Geschnatter um uns herum nach zu urteilen, ist meine Sorge unbegründet.

»Ivy.« Beruhigend lege ich ihr die Hand auf den Arm. »Mach dir bitte keine Sorgen um mich. Ich weiß schon, was ich tue.«

»Da bin ich mir nicht so sicher«, hält Ivy aufgebracht dagegen und senkt die Stimme. »Du bist die Letzte, die sich in irgendwelche Geschichten verstricken sollte, Aida! Bis du deine Probezeit bestanden hast, stehst du unter besonderer Beobachtung.«

»Mir wird nichts passieren, Ivy, bitte glaub mir das einfach und frage nicht weiter nach. *Vertrau mir*!«, sage ich, jetzt mit leisem Flehen. Wenn Ivy sich auf irgendeine Weise in unsere Mission einmischt, macht das die Angelegenheit nur noch komplizierter, als sie ohnehin schon ist.

Ivy wirkt nicht beruhigt. »Na schön.« Unwillig verzieht sie den Mund. »Ich werde keine Fragen mehr stellen. Aber wenn du Hilfe brauchst oder es ein Problem gibt, Aida, dann will ich, dass du mir das sagst.«

»Das werde ich!«, verspreche ich und denke insgeheim, dass das so ziemlich das Letzte ist, was ich tun würde. Um jeden Preis werde ich es verhindern, Ivy in diese Sache mit hinein zu ziehen.

Der Unterricht zieht sich qualvoll in die Länge. Obwohl ich dank des Mentalins ausgeschlafen und körperlich fit bin, finde ich mich in Gedanken immer öfter bei Romulus und unserem Plan wieder. Ich bekomme es kaum mit, wie Mr. Salmon uns am Ende der Stunde einen riesigen Berg an neuen Hausaufgaben und Übungsmaterial aufzwingt. Auch am Nachmittag bin ich schweigsam und grüble vor mich hin. Benjamin, der nicht weiß, was auf einmal wieder mit mir los ist, bedenkt mich alle paar Minuten mit einem besorgten Blick von der Seite. Als ich es vor lauter Nachdenken nicht mitbekomme, wie Clive Newman mich dazu auffordert, für morgen eine Präsentation vorzubereiten, kann auch er sich nicht mehr länger zurückhalten. Bei der nächsten Gelegenheit fragt Ben mich nach dem Grund für meine Zerstreutheit.

»Ich bin nur müde«, antworte ich ausweichend. »Seit ein paar Tagen schlafe ich wieder schlechter.«

Ich kann nur hoffen, dass Ivy ihm nicht erzählt hat, was wirklich los ist. Nachdem Ben es auch nach weiterem Nachbohren nicht geschafft hat, mir eine befriedigende Antwort zu entlocken, lässt er von mir ab. Ich bin erleichtert darüber. Der Gedanke an das, was Romulus über einen möglichen Einbruch bei Techraid gesagt hat, lässt mich einfach nicht mehr los. Jetzt, bei Tageslicht und in Ruhe, kommt mir diese Idee gar nicht mehr so abwegig vor. Ich kenne das Firmengelände schließlich wie meine Westentasche. Wenn es eine Möglichkeit gibt, dort einzubrechen und Waffen zu besorgen, dann werde ich sie finden.

Tag und Nacht denke ich nach, werde immer schweigsamer und unkonzentrierter. Erwische mich einmal mehr dabei, wie ich Ivy und Ben mit meiner Art vor den Kopf stoße. Ich beuge mich über meinen Stapel an Hausaufgaben und habe eine halbe Stunde später noch keine einzige Zeile geschafft. Es ist, als gäbe es nur noch eine einzige Sache auf der ganzen Welt für mich. *Ein* Ziel. Etwas, das alles andere, was bisher wichtig war, in den Hintergrund drängt.

Kapitel 14

»Ich glaube, ich geh jetzt ins Bett!«, sagt Benjamin gähnend. »Du solltest auch schlafen gehen, Aida!« Er steht auf, streckt sich und geht dann zu Ivy, die sich in ihrem großen Sessel eingerollt hat wie eine Katze und bereits vor einer halben Stunde eingenickt ist. Behutsam legt er ihr die Hand auf den Rücken und schüttelt sie sanft, bis sie die müden, verklebten Augen aufschlägt und ebenfalls herzhaft gähnt. »Ab ins Bett«, sagt Benjamin leise.

Ich beobachte die beiden, wie sie sich langsam auf den Weg machen und mir noch »Gute Nacht!« wünschen. Auch ich bin schläfrig. Ich starre auf die komplizierten Formeln vor mir. Komme letztlich zu dem Schluss, dass es Zeitverschwendung wäre, noch länger hier zu sitzen und darauf zu warten, dass sie sich von allein lösen, wenn ich sie nur lange genug anstarre. Gerade als ich anfange, alles in meine Tasche zu räumen, höre ich plötzlich hinter mir ein Geräusch. Ich drehe mich um und sehe tatsächlich Titus zwischen den Regalen erscheinen.

»Puh, ich dachte schon, die gehen nie schlafen!«, sagt er grinsend, schnappt sich einen Stuhl und setzt sich mir gegenüber an den Tisch.

»Was willst du?«, frage ich. Es klingt unfreundlich. Schuldbewusst erinnere mich an meine guten Vorsätze für unsere künftige Zusammenarbeit und das Versprechen, das ich Romulus gegeben habe.

»Erstens: dir das hier geben!« Titus greift in seine Hosentasche und zieht einen zerknitterten Umschlag daraus hervor.

Ohne weitere Erklärungen legt er ihn vor mir auf den Tisch.

Misstrauisch nehme ich den Brief an mich und öffne ihn. Darin befindet sich ein Zettel, auf dem in ordentlichen Druckbuchstaben das morgige Datum und eine Uhrzeit am Abend notiert sind. Ich weiß sofort, was das bedeutet. Es ist der Termin für unser nächstes Treffen. Titus blickt sich suchend danach um, ob uns jemand belauschen könnte, doch wie so oft bin ich die Letzte in der Bibliothek.

»Romulus hat dein Armband für das Untergeschoss freischalten lassen, du musst also nicht den Umweg über Ariana oder den Empfangstresen gehen. Von jetzt an kannst du kommen und gehen, wann du möchtest.«

»Ja.« Ich nicke. »Das war eine gute Idee. Ariana hat beim letzten Mal bereits angefangen, Fragen zu stellen.«

»Was erzählst du Ivy und Benjamin?«, fragt Titus mit hochgezogenen Augenbrauen.

»Ich werde mir etwas überlegen«, antworte ich ausweichend. »Noch etwas?«

Während ich vor wenigen Wochen noch davon geträumt habe, allein mit Titus zu sein, kann ich es jetzt kaum abwarten, dass er wieder verschwindet.

»Ja«, sagt Titus und seine Stimme wird mit einem Mal etwas verlegen. »Ich will mich bei dir dafür entschuldigen, dass ich so grob zu dir war, letztens.« Er lächelt mich aus seinen großen, braunen Augen an und meine Knie werden weich. Nur gut, dass ich bereits sitze. »Ich will mich nicht mit dir streiten. Seit dem Fest bist du irgendwie … komisch … und ich weiß nicht genau, was passiert ist. Ich habe das Gefühl, dass du wütend auf mich bist.«

Gut beobachtet, denke ich feindselig. Doch natürlich kommt es nicht infrage, ihm den wahren Grund dafür zu nennen, weshalb seine bloße Anwesenheit so unerträglich für mich ist. »Da irrst du dich. Ich bin zurzeit nur ein *bisschen* gestresst und deshalb wohl etwas unleidlich. Ivy und Ben können davon ebenfalls ein Lied singen.«

»Klar.« Titus wirkt wenig überzeugt. »In Ordnung. Ich dachte nur, wenn du ein Problem mit mir hast, dann sollten wir darüber reden.«

»Natürlich«, pflichte ich ihm bei und lächle mechanisch.

»Gut.« Titus trommelt nervös mit den Fingern auf den Tisch. »Dann sehen wir uns wohl morgen?«, fragt er und deutet auf den Brief.

»Ja«, antworte ich. Tue so, als würde ich etwas in einem Buch nachschlagen, welches ich eigentlich bereits zur Seite gelegt habe.

»Gute Nacht, Aida!«

»Gute Nacht, Titus!«

Den nächsten Morgen und Vormittag verbringe ich damit, mir zu überlegen, welche Ausrede ich Benjamin erzählen soll. Um ihm zu erklären, weshalb ich heute Abend wieder einmal unterwegs sein werde. Ohne, dass er weitere Fragen stellt, auf die hin ich nicht anders könnte, als ihn anzulügen. Nachdem ich mir stundenlang den Kopf zermartert habe und dabei doch nichts Gescheites herausgekommen ist, frage ich Ivy, ob sie mich decken kann. Wie erwartet reagiert sie ohne jegliche Begeisterung auf meinen Vorschlag.

»Ich soll Ben für dich anlügen, damit du ungestört irgendwelche unerlaubten Sachen machen kannst?«, fragt sie herausfordernd und schaut mich mit einem Blick an, der mir das Gefühl gibt, der schlechteste Mensch der Welt zu sein. »Was soll ich ihm denn bitte sagen?«

»Sag ihm doch einfach, dass ich mich heute doch lieber früh hinlege, weil ich letzte Nacht kaum geschlafen habe«, flehe ich weiter.

»Kannst du ihm das nicht selber sagen?!«, mault Ivy.

»Wenn ich ihm das sage, dann will er sicher von mir in allen Einzelheiten erklärt bekommen, was los ist. Und dafür habe ich gerade einfach keine Nerven, verstehst du?« Ich raufe mir die Haare und schaue mich nervös um, doch noch sehe ich keine Spur von Benjamin.

Schließlich lenkt Ivy ein. »Na gut.«

Sie stöhnt genervt auf und versetzt mir erneut diesen Blick, der mir zu verstehen gibt, dass ich mich dafür zumindest schuldig fühlen soll. Ich drücke sie kurz an mich, flüstere ihr ein leises Danke zu und bin schon auf dem Weg in Richtung Treppenhaus. Ein Blick auf die Uhr sagt mir, dass ich spät dran bin. Eilig betätige ich den Knopf am Fahrstuhl. In der Hoffnung, dass Titus die Wahrheit gesagt hat und mein Chip wirklich freigeschaltet ist. Damit es unten an der Schleuse nicht gleich eine peinliche Situation gibt, wenn ich vor den Augen der Wächter versuche, den Labortrakt ohne Genehmigung zu betreten.

Ein Wächter mustert mich prüfend, als ich die Schranke durchquere und mir fällt ein Stein vom Herzen, als ich sie tatsächlich ohne Probleme passieren kann. Das wird es in Zukunft deutlich leichter machen, ohne Aufsehen zu erregen ins MediOffice zu gelangen. Ich gebe mir Mühe, unauffällig auszusehen, als ich den Gang entlang laufe. Obwohl es bereits abends ist, sind noch immer ein paar Leute am Arbeiten. Ich halte den Blick nach unten gerichtet und rechne damit, jeden Moment angehalten und gefragt zu werden, was ich hier treibe. Schnurstracks eile ich in Richtung der Treppe, die hoch ins MediOffice führt. Ich nehme immer zwei Stufen auf einmal und schlage den Weg zu Romulus' Büro ein, ohne dass ich noch anderen Menschen begegne. Hastig drücke ich die Klinke und halte mich nicht weiter mit Anklopfen auf.

Titus ist bereits da. Er hat sich über den Schreibtisch gebeugt und ist in ein angeregtes Gespräch mit Romulus verwickelt, von dem beide überrascht aufblicken. Als hätten sie nicht mehr mit meinem Erscheinen gerechnet. Das ärgert mich irgendwie, denn ich habe schließlich von uns allen den triftigsten Grund, um hier zu sein. Sofort fällt mir auf, dass von Melody jede Spur fehlt.

»Entschuldigt die Verspätung«, stoße ich atemlos hervor und greife nach einem Stuhl. »Habe ich etwas verpasst? Wo ist Melody?«

»Sie kann heute leider nicht dabei sein.« Titus ignoriert meine erste Frage komplett. Verlegen kratzt er sich am Hals. »Es … geht ihr gerade nicht so gut.« Ich nicke langsam und verdrehe die Augen. *Natürlich, sie hat es sich anders überlegt. So musste es ja kommen.* Titus scheint meine Gedanken sofort zu erraten.

»Es ist nicht, wie du denkst, Aida!«, sagt er heftig. »Ihr Entschluss, diese Sache durchzuziehen, steht genauso fest wie deiner und meiner, klar?!«

Herausfordernd funkelt er mich an. Ich zucke mit den Schultern und sage gar nichts.

»Wir sprechen gerade über den Rat«, unterbricht uns Romulus entschieden, bevor Titus und ich wieder aufeinander losgehen können. Vor ihm auf dem Tisch liegt eine Art Schaubild, auf der um den Präsidenten herum unsere acht Ratsmitglieder mit ihren jeweiligen Ministerien aufgeführt sind. Ich versuche, Titus und meine Wut auf ihn in eine unbeachtete Ecke meines Kopfes zu verdrängen und mich ganz auf Romulus zu konzentrieren.

»Wie ihr sicher wisst, besteht der Rat zu jeder Zeit aus acht Mitgliedern, die jeweils ein Ministerium innehaben. Rex Jenkins wurde als Nachfolger von Greg Livingston zum neuen Verteidigungsminister gewählt und ist derzeit unser größtes Problem. Ihm steht leider auch unser Nachrichtenminister sehr nahe, Quentin Bell.«

Er deutet auf einen streng aussehenden Mann mittleren Alters mit hoher Stirn und schmalen Lippen. Er kommt mir bekannt vor, ich habe ihn bereits das ein oder andere Mal im Fernsehen gesehen. Außerdem stammen von ihm, wie ich sehr wohl weiß, die Anweisungen für die Produktion all der Propagandafilme, die in den Pausen und nach Feierabend bei uns im Fernsehen laufen. Er ist Melodys Chef. Mir war bisher nie klar, wie wichtig die Rolle des Nachrichtenministeriums in Last Haven ist. Jetzt dagegen leuchtet es mir völlig ein, dass eine gerissene Informationspolitik die unerlässliche Grundlage für all die Lügen bildet, die der Bevölkerung aufgetischt werden. Denn sämtliche Nachrichten, Filme, Magazine und Bücher in Last Haven werden dort, in ebenjenem Ministerium, freigegeben.

»Die beiden sind befreundet und Bell teilt die Philosophie von Jenkins und Livingston ohne Kompromisse. Er steht also ebenfalls ganz oben auf der Liste derer, um die wir uns kümmern müssen.« Romulus blickt von der Übersicht auf und schaut Titus und mir mit seinem stechenden Blick in die Augen.

Wir nicken beide zustimmend und ohne zu zögern und beugen uns wieder aufmerksam über den Schreibtisch.

»Das hier «, fährt Romulus fort, » ist unsere Gesundheitsministerin, Melanie Fawner. Ich kenne sie noch von meiner Ausbildung, sie war nur zwei Jahre über mir.«

Sie ist jung, genau wie Jenkins. Was mich nicht überrascht. Nachdem ich erfahren habe, welchen Stellenwert alte Menschen in unserer Gesellschaft haben, erstaunt es mich nicht, dass Jugend zu den Voraussetzungen für eine politische Karriere in Last Haven gehört. Auch Jenkins selbst ist ja kaum älter als ich.

»Sie ist eine brillante Ärztin, aber eine unbarmherzige Frau. Das war sie nicht immer, allerdings wurde sie über Jahre hinweg derart indoktriniert, dass ich nicht glaube, dass wir sie von unserer Sache überzeugen können.«

Ich meine fast, so etwas wie Wehmut in Romulus' Stimme zu hören und blicke unauffällig auf. Nachdenklich betrachtet er das Bild der gut aussehenden Frau mit den langen dunkelbraunen Ringellöckchen. Er kennt sie also persönlich. Es scheint ihm schwer zu fallen, hier zu sitzen und über ihr Schicksal zu entscheiden. Vermutlich waren sie als Kinder befreundet, womöglich hat er sie sogar einmal mehr als nur gerne gehabt.

»Die übrigen Minister sind dagegen voraussichtlich ein geringeres Problem. Bertie Wyman, unser Verwaltungsminister, macht in erster Linie das, was Livingston und Jenkins ihm sagen – allerdings ohne jegliche Überzeugung. Er wird für uns weder ein Hindernis darstellen, noch uns von Nutzen sein. Ähnlich verhält es sich mit Lucia Sanchez, der Ministerin für materielle Ressourcen. Sie wird von Livingston unter Druck gesetzt und hat Angst vor ihm. Leider ist sie derart eingeschüchtert, dass ich keine Hoffnung habe, sie dazu bewegen zu können, uns in irgendeiner Weise zu unterstützen.« Romulus seufzt und macht eine Pause, um uns die Gelegenheit zu geben, das Gesagte zu verdauen.

Aus dem Augenwinkel sehe ich, dass Titus zu mir rüber schaut, doch ich gebe vor, weiter eingehend das Schaubild zu studieren.

»Patricia Hewett«, fährt Romulus fort und zeigt auf eine Frau mit rundem, freundlichem Gesicht und einer schlichten Kurzhaarfrisur. »Ministerin für Bevölkerungsplanung. Ihr Bereich umfasst die gesamte Thematik der kontrollierten Fortpflanzung. Als Chester Fields noch Präsident war, hat sie ihn bei der Forderung nach einer Aufweichung unserer Gesetze unterstützt, doch jetzt steht sie weitestgehend alleine da und ihr sind die Hände gebunden. Sie weiß, dass sie Livingston ein Dorn im Auge ist und hält sich seitdem bedeckt, doch ich bin mir sicher, dass wir auf ihre Unterstützung zählen können.«

»Was macht dich da so sicher?«, frage ich skeptisch dazwischen und Romulus blickt auf, scheinbar erstaunt über die plötzliche Unterbrechung seines Vortrags.

»Dass sie unsere Auffassung teilt bedeutet nicht automatisch, dass sie bereit ist, dafür irgendetwas zu riskieren«, lege ich noch einmal nach.

Romulus runzelt ungeduldig die Stirn. »Sie wird uns helfen, glaubt mir einfach.«

Und schon wendet er sich wieder dem Schaubild zu, als wäre damit alles geklärt. Verärgert kaue ich auf meiner Lippe herum. So abgewürgt zu werden, passt mir gar nicht. Schon *prinzipiell* nicht, aber noch weniger, als ich meinen Einwand durchaus berechtigt finde. Es ist eine Sache, etwas falsch zu finden. Aber eine ganz andere, sein Leben aufs Spiel zu setzen, um es zu ändern.

»Bleiben noch Jonathan Jackson, unser Agrarminister, und Gabriel Thick, der Handelsminister. Beide kenne ich nicht besonders gut und bin mir nicht sicher, wie ich sie einschätzen soll. Sie sind noch nicht sehr lange im Rat und stimmen größtenteils mit Livingston und Jenkins überein. Doch ich weiß nicht, ob sie das aus Überzeugung tun oder ob sie einfach klug genug sind, ihm nicht in die Quere zu kommen. Unterstützung können wir jedenfalls keine erwarten. Patricia wird die beiden in den nächsten Wochen genauer beobachten und vorsichtig aushorchen, um festzustellen, ob sie eine Bedrohung für uns darstellen.«

Romulus kommt zum Ende, lehnt sich in seinem Stuhl zurück und lässt den Blick noch immer nachdenklich über die acht Gesichter gleiten. Was er gesagt hat, stimmt mich nicht wirklich zuversichtlich.

»Also«, fasse ich zusammen. »Verstehe ich dich richtig: Drei Personen, nämlich Jenkins, Bell und Fawner sollten möglichst von der Bildfläche verschwinden, Wyman und Sanchez werden uns voraussichtlich nicht im Weg stehen, über Jackson und Thick wissen wir nicht genug und auf die Unterstützung von Patricia Hewett können wir zählen.«

»Ja, so sieht es aus.«

»Wenn wir eine Verbündete im Rat haben, verschafft uns das einen immensen Vorteil!« Im Gegensatz zu mir scheint Titus weitaus optimistischer zu sein.

»Weiß sie denn, was wir vorhaben?«, frage ich an Romulus gewandt.

»Sie weiß, dass ich nur auf eine Gelegenheit warte, etwas zu unternehmen, doch sie weiß noch nichts davon, dass es langsam konkret wird.«

»Was genau haben wir denn nun vor?« Titus schaut von Romulus zu mir und wieder zu Romulus. »Wir haben uns noch nicht auf einen Plan geeinigt. Wir werden Jenkins, Bell und Fawner doch töten, nicht wahr?«

Ich rutsche unruhig auf meinem Stuhl hin und her und schiele unauffällig zu Romulus, der bei Weitem nicht so entschlossen wirkt wie Titus. Zum Glück, denn mir geht es ähnlich. Mir ist klar, dass – solange Livingston und Jenkins am Leben sind – die Wächter gegen uns vorgehen werden. Sie sind dem Verteidigungsministerium direkt unterstellt. Ein lebendiger Livingston könnte außerdem auch zu einem langfristigen Problem werden, weil er die Menschen in den inneren Ringen ständig daran erinnern würde, was er für sie getan hat. Und was man *ihm* dafür angetan hat. Selbst aus der Gefangenschaft heraus könnte er das Land auf diese Weise vergiften, langsam und unaufhörlich. Bei Livingston und Jenkins werden wir keine Wahl haben. Aber es bleibt Mord.

Romulus wirkt nachdenklich. *Er denkt an Melanie Fawner*, wird mir plötzlich klar. Er schert sich nicht im Geringsten um Jenkins oder Bell, aber er will seine ehemalige Freundin nicht umbringen.

»Vielleicht gibt es eine andere Lösung«, sage ich schließlich, als ich die Stille nicht mehr länger aushalte. Romulus und ich tauschen einen kurzen Blick und ich meine, so etwas wie Erleichterung darin zu erkennen. Darüber, dass *ich* es war, die das gesagt hat.

Doch Titus schnaubt ungläubig. »Und was für eine Lösung soll das sein?« Angriffslustig lehnt er sich nach vorne.

»Es würde doch möglicherweise genügen, die drei erst mal verschwinden zu lassen. Solange, bis Livingston tot ist und die Menschen über die Verbrechen der Regierung unterrichtet sind. Dann können sie sich vor einem Gericht verantworten.« Ich schaue Titus nicht in die Augen, während ich spreche und sehe mir das Bild von Melanie Fawner noch einmal genauer an. Sie hat einen harten Zug um den Mund. Aber vielleicht hat Romulus recht und darunter verbirgt sich noch immer etwas von dem Mädchen, das er gekannt hat.

»Und wie genau willst du die drei gefangen nehmen? Ohne, dass jemand das mitbekommt, versteht sich?!« Titus kocht bereits wieder vor Zorn und ich muss mich zusammenreißen, um mich nicht erneut davon mitreißen zu lassen.

»Dabei könnte uns vielleicht Patricia helfen.« Romulus trommelt nachdenklich mit den Fingern auf dem Tisch und ignoriert unsere Streiterei demonstrativ. »Vielleicht könnten wir die drei sogar schon wenige Tage vor unserem Attentat auf den Präsidenten irgendwo einzeln abfangen. Natürlich würde das nicht unbemerkt bleiben, aber solange niemand auf die Idee kommt, dass *wir* dahinter stecken …«

Ich räuspere mich. »Das hätte den Vorteil, dass die Aufmerksamkeit der Bevölkerung bereits vorher geweckt wird. Wenn nach und nach Mitglieder des Rats verschwinden, wird jeder wissen, dass irgendwas im Busch ist. Wir könnten diese Zeit nutzen, um schon vorab Informationen über die Machenschaften der Regierung unter die Leute zu streuen.«

»Ja, nur werden das leider auch die anderen Ratsmitglieder mitbekommen und entsprechend die Sicherheitsvorkehrungen erhöhen!«, wirft Titus ungehalten ein. »Das wird es uns nicht leichter machen, Livingston aus dem Weg zu räumen. Die einzige Chance, die wir haben, ist doch das Überraschungsmoment!«

Weder Romulus noch ich wissen, was wir darauf erwidern sollen. Natürlich hat Titus recht. Wenn wir vor dem geplanten Putsch bereits für zu viel Wirbel sorgen, können wir nicht damit rechnen, dass Greg Livingston überhaupt auf der Neujahrsfeier auftaucht. Falls diese überhaupt stattfinden würde. Wir müssen wohl doch einen Weg finden, Jenkins, Fawner und Bell am selben Abend unschädlich zu machen.

Romulus kratzt sich nachdenklich am Kinn und sieht erschöpft aus. Ich frage mich, wie viele schlaflose Nächte er selbst bereits wegen unseres Vorhabens hinter sich hat.

»In Ordnung, lasst uns das Ganze noch einmal in Ruhe von vorne bis hinten durchdenken«, sagt er schließlich und Titus und ich nicken im Einklang.

Es dauert noch Stunden, bis wir uns einig sind und uns einen groben Plan für die Nacht der Neujahrsfeier zurechtgelegt haben. Mehrmals erwägen wir zwischendurch, das Gespräch abzubrechen und ein andermal fortzuführen. Doch da wir im Grunde alle drei wissen, dass wir unsere Auseinandersetzung nur verschieben und die Unstimmigkeiten dadurch nicht lösen würden, reißen wir uns zusammen. Zwingen uns dazu, alle Streitpunkte auszudiskutieren. Am Ende steht ein Plan, der für uns alle ein Kompromiss ist, doch ich bin nur noch erleichtert darüber, dass wir uns überhaupt einigen konnten. Dass niemand vorzeitig vor Wut schnaubend das Weite gesucht hat.

Ich bin müde und wünsche mir nichts sehnlicher, als endlich in mein Bett zu kommen. Meine Gedanken kreisen um das Mentalin, das unter meinem Kopfkissen auf mich wartet. Gerade, als ich Anstalten mache, aufzustehen um mich zu verabschieden, wirft Titus, der noch immer vor Energie nur so strotzt, die nächste Frage in die Runde.

»Was passiert eigentlich in dem unwahrscheinlichen Fall, dass wir mit unserem Plan Erfolg haben?! Wir brauchen einen geeigneten Nachfolger für Livingston.«

»Wie wäre es mit Patricia Hewett?«, schlage ich mit wenig Begeisterung vor und verfluche mich insgeheim für mein mangelndes Interesse am politischen Geschehen während der letzten Jahre. Tatsächlich habe ich nicht die geringste Ahnung, wer für so einen Job infrage käme, doch das kann ich vor Titus und Romulus unmöglich zugeben.

Auch Titus scheint von meinem Vorschlag nicht sehr angetan zu sein und verzieht skeptisch das Gesicht. »Was meinst du, Romulus?«

»Nein, Patricia kommt nicht infrage«, erwidert Romulus knapp.

»Und wer dann?«

Romulus antwortet nicht gleich, sondern blickt nachdenklich von Titus zu mir und dann auf seine Hände, die gefaltet vor ihm auf dem Tisch liegen.

»Ihr braucht euch darüber keine Gedanken zu machen«, sagt er dann langsam ohne den Blick von seinen Händen zu nehmen. »Ich habe bereits einen geeigneten Kandidaten gefunden.«

»Und wer soll das sein?«, fragt Titus sofort. Auch meine Neugier ist geweckt und verdrängt für einen weiteren Moment die bleierne Müdigkeit aus meinen Gliedern.

»Das erfahrt ihr noch früh genug, keine Sorge.«

»Ich will es aber *jetzt* wissen, Romulus!« Wütend fährt Titus auf. »Also hör endlich auf, uns hinzuhalten und sag uns, was genau du vorhast! Wenn du möchtest, dass wir dir helfen, dann ist es das Mindeste, uns zu sagen, wofür genau wir unser Leben hier riskieren!«

Er ballt die Hände zu Fäusten und funkelt Romulus zornig an. Ich kann ihm nur zustimmen. Dieses ständige Ausweichen und Hinhalten geht auch mir zunehmend auf die Nerven. Romulus erwidert Titus' Blick zunächst völlig ausdruckslos.

Dann seufzt er tief. »Ihr habt recht. Ihr müsst mir allerdings versprechen, dass das, was ich euch jetzt sage, hier unter uns bleibt«, beschwört er uns mit leiser Stimme. »Wenn auch nur ein Wort davon nach draußen dringt, werden wir alle wegen Hochverrats hingerichtet.«

»Du kannst auf uns zählen, Romulus!« Titus beugt sich eifrig und mit leuchtenden Augen über den Tisch. »Jetzt sag uns schon, an wen du gedacht hast!«

Ein geheimnisvolles Lächeln umspielt Romulus' Lippen. »Ich werde es euch sogar zeigen!«, sagt er leise. »Wartet hier!«

Ohne ein Wort der Erklärung drückt er sich aus seinem Stuhl hoch und verschwindet in einem der Nebenräume.

Verblüfft schaue ich zu Titus, der meinen Blick ebenso überrascht erwidert und dann mit den Schultern zuckt. Schweigend und voller Spannung warten wir darauf, dass Romulus zurück kommt und uns aufklärt. Nach wenigen Minuten hören wir Schritte und richten unsere Aufmerksamkeit erwartungsvoll auf den weißen Vorhang, wo wenige Augenblicke später Romulus' große Gestalt auftaucht.

»Ich möchte euch unseren neuen Präsidenten vorstellen«, sagt er ernst und schiebt den Vorhang komplett zur Seite, sodass wir sehen können, in wessen Begleitung er erschienen ist.

Unwillkürlich fällt mir die Kinnlade herunter, als ich sehe, wen er mitgebracht hat. Für einen Moment habe ich vergessen, wie man atmet. Ich kenne dieses Gesicht, genauso wie jeder in Last Haven es kennt, und doch hatte ich nicht erwartet, es jemals wieder zu sehen. *Das kann nicht wahr sein!*

Mit einem etwas gezwungenen Lächeln deutet Romulus auf den Mann neben ihm. »Chester Fields.«

Titus, der wie ich völlig fassungslos und mit offenem Mund auf den totgeglaubten Chester Fields starrt, findet seine Sprache als erstes wieder.

»Wie ist das möglich?«, krächzt er mit heiserer Stimme ohne den Blick von Fields abzuwenden, der betreten dreinschaut. Als wäre es ihm unangenehm, derart angestarrt zu werden. »Es hieß, er wäre tot?!«

Ich erinnere mich noch lebhaft daran, wie ich vor einigen Wochen mit Ivy, Ben und Maja die schreckliche Nachricht von Chester Fields' plötzlichem Tod im Fernsehen verfolgt habe. An den Schock und die Bestürzung in den Gesichtern unserer Kollegen. Wie kann es sein, dass derselbe Mann, dessen Tod an diesem Tag dem ganzen Land mitgeteilt wurde, jetzt quicklebendig vor uns steht?

»Wir werden euch alles erklären«, sagt Romulus sachlich.

Er zieht einen weiteren Stuhl heran und Titus und ich machen Platz für Chester Fields, der sich schweigend neben mich setzt und uns vorsichtig anlächelt. Noch immer kann ich meine Augen nicht von ihm abwenden. Erst als Romulus ebenfalls Platz genommen hat und zu sprechen ansetzt, richtet sich meine Aufmerksamkeit wieder auf ihn. Zu begierig bin ich, zu erfahren, was das alles hier bedeutet.

»Wie ihr wisst, wurde vor wenigen Monaten die Nachricht verbreitet, dass Chester Fields an einem Schlaganfall verstorben ist. Die – offensichtliche …« Er schmunzelt und wirft Fields einen freundlichen Blick zu. »… Wahrheit jedoch ist: Das war eine Lüge. Wir haben gemeinsam beschlossen, seinen Tod vorzutäuschen.«

»Weshalb?«, fragt Titus sofort eindringlich. »Weshalb solltet ihr so etwas tun?«

»Weil ich krank bin«, meldet sich Fields unvermittelt mit heiserer Stimme zu Wort, ehe Romulus antworten kann. Er streicht sich über das raspelkurze braune Haar und räuspert sich. »Ich leide an akuter Leukämie.«

Romulus seufzt. »Chester und ich kennen uns schon sehr lange. Als er zu mir kam und mir von seinen Beschwerden erzählt hat, habe ich ihn umfassend untersucht. Der Befund war leider eindeutig und hat uns nur eine Wahl gelassen. Es überrascht euch sicher nicht – vor allem dich nicht, Aida! –, dass die Richtlinien des Gesundheitsministeriums in einem Fall wie diesem keine kostspielige und langwierige Therapie zulassen. Sobald jemand von Chesters Erkrankung erfahren hätte, wäre das sein sicherer Tod gewesen. Wir hatten keine Zeit zu verlieren. Die Chemotherapie musste unmittelbar beginnen, also habe ich ihm ein starkes Beruhigungsmittel gespritzt, behauptet, er wäre im Behandlungsraum leblos zusammengebrochen und eine Gehirnblutung attestiert. Nachdem auch einer meiner Assistenten die vermeintliche Leiche gesehen hat, habe ich dafür gesorgt, dass ein entsprechend gekennzeichneter Leichensack direkt im Krematorium landete und verbrannt wurde.«

Ich unterdrücke die Frage, was – oder *wer* – genau sich anstelle von Fields' Leiche in diesem Leichensack befunden hat, als ich den harten Ausdruck in Romulus' Gesicht sehe.

»Und seitdem versteckst du ihn hier?«, fragt Titus ungläubig.

»Ja. Ich bin der einzige, der für dieses Büro und die anliegenden Behandlungsräume einen Schlüssel hat. Ich habe einen Teil des Traktes für Chesters Unterkunft und Behandlung abgetrennt. Das größere Risiko bestand darin, dass jemand in der Verwaltung stutzig würde wegen der Medikamente. Doch glücklicherweise scheint sich dort keiner damit auszukennen, für welchen Zweck sie verwendet werden.

Die erste Zeit war am schwierigsten. Nachdem die Therapie jedoch gut angeschlagen hat und Chester weitestgehend mobil ist, ist es leichter geworden, ihn zu verstecken. Trotzdem steht außer Frage, dass das nicht ewig so weiter gehen kann.«

Während Romulus spricht, mustere ich Chester Fields, der den Kopf ein wenig gesenkt hält, aufmerksam. Ich sehe die Veränderung, die er während der letzten Monate durchgemacht hat. Seine Wangen sind eingefallen, seine Haut wirkt dünn wie Papier und hat einen gräulichen Ton angenommen. Trotz seines jungen Alters schimmert das Grau auch durch sein Haar und seinen Bart. Die Krankheit hat ihn sichtlich mitgenommen und ich habe Mitleid mit ihm. Ich kann mir nicht vorstellen, wie furchtbar es für ihn gewesen sein muss, über Monate hier wie in einem Gefängnis eingesperrt gewesen zu sein. Allein mit seiner Krankheit. Der Angst vor dem Tod. Der Angst davor, entdeckt zu werden. Mit Romulus als einzigem Kontakt zur Außenwelt.

»Mr. Fields?«, setze ich vorsichtig an. Fragend blickt er auf. »Ich nehme an, Romulus hat Ihnen von unseren Plänen erzählt?«

»Das hat er«, krächzt Fields. Trotz des schlechten Gesundheitszustands sind seine Augen wachsam.

»Fühlen Sie sich denn gesundheitlich dazu in der Lage, das Präsidentenamt weiter auszuführen, wenn es uns gelingen sollte, Greg Livingston zu beseitigen?« Ich zwinge mich dazu, ihn anzusehen. Obwohl es mir mehr als unangenehm ist, meine Zweifel daran so offen anzusprechen.

Zu meiner Überraschung lächelt Fields jedoch freundlich. »Ich kann deine Sorge verstehen, Aida, und noch vor wenigen Wochen hätte ich deine Frage verneinen müssen. Doch irgendjemand scheint es gut mit mir zu meinen und ich befinde mich mittlerweile auf dem Weg der Besserung. Die Behandlung schlägt gut an und ich kann dir versichern, dass ich bis Ende des Jahres soweit wiederhergestellt sein werde, dass ich mein Amt wieder aufnehmen kann. Und schließlich …« Er deutet auf Romulus. »… werde ich dabei auch nicht völlig auf mich allein gestellt sein.«

Ich nicke, wenn auch nicht völlig überzeugt. Tatsächlich, mit Chester Fields an unserer Seite wird es wesentlich leichter werden, die Unterstützung der Bevölkerung für unser Vorhaben zu gewinnen. Seine Geschichte wird den Menschen mehr als deutlich aufzeigen, was in unserem Land verkehrt läuft. Zudem steigen unsere Chancen, im Falle eines Erfolgs mit heiler Haut davonzukommen. Denn das, soviel ist mir bewusst, ist nicht unbedingt selbstverständlich. Der Gedanke, dass am Ende *wir* diejenigen sein könnten, die sich vor Gericht verantworten müssen, verfolgt mich schon seit Tagen.

Und trotzdem, wenn ich mir unsere Runde so ansehe und an unser Vorhaben denke, muss ich beinahe laut auflachen. In Gedanken sehe ich uns alle vor mir. Wir sind wirklich eine furchteinflößende Bande! Der stoische Mediziner, der hübsche Choleriker, die depressive Schönheit, eine lebende Leiche und – ich, ja, wer bin ich in diesem Klub? Ich erinnere mich an Rex Jenkins' Worte. *Das schwächste Glied in der Kette.* Mittelmäßig und eine Last für alle. Aber hier fühle ich mich gar nicht so. Obwohl – oder vielleicht gerade *weil* – jeder in diesem Raum mir intellektuell weit überlegen ist, ist meine Anwesenheit hier wichtig, das spüre ich. Meine Stärke liegt auf einer anderen Ebene. Einer, die den anderen schwerer zugänglich ist, weil sie es so gewohnt sind, allein mit ihrem Kopf zu arbeiten, dass sie rasch vergessen, dass es Dinge gibt, über die man mit dem Herzen entscheiden sollte.

Titus, der während unseres Gesprächs still geworden ist, meldet sich plötzlich wieder zu Wort. Pragmatisch fasst er zusammen.

»Gut, ich denke, das Problem der Nachfolge für Livingston hätten wir damit geklärt. Was uns jedoch noch immer fehlt, sind Waffen!«

Ich spüre, wie sich alle Blicke auf mich richten.

»Gibt es eine Möglichkeit, bei Techraid einzusteigen?«

Ich schlucke und atme tief ein. Ich hatte befürchtet, dass dieser Moment im Laufe des Abends noch kommen würde. Aber ich bin auf ihn vorbereitet. »Ja, ich glaube, die gibt es. Ich habe einen Plan!«, sage ich mit fester Stimme.

Ohne Umschweife erkläre ich, wie wir dabei vorgehen müssen. Keiner unterbricht mich, niemand zeigt eine Reaktion bis ich meine Rede beendet habe. Aber ich sehe an ihren Gesichtern, dass sie überrascht sind, vielleicht sogar ein bisschen beeindruckt. Mit jedem Wort, das ich spreche, werde ich selbstbewusster. Ich *habe* etwas beizutragen, bin hier in diesem Raum niemandem eine Last, sondern gehöre dazu.

Romulus ist schließlich der erste, der sich zu Wort meldet. »Gute Arbeit, Aida! Titus, bist du damit einverstanden?«

»Ich bin dabei!«, antwortet Titus wie aus der Pistole geschossen und ich meine, fast so etwas wie Ehrfurcht in seiner Stimme zu hören. Ich spüre, wie sich ein Lächeln auf meinem Gesicht breit macht. Chester Fields mustert mich nachdenklich, aber nicht unfreundlich.

»Ich denke, dann können wir für heute Abend Schluss machen.« Romulus unterdrückt ein Gähnen.

Dankbar, endlich selbst ins Bett zu kommen, stehe ich auf und verabschiede mich von den anderen. Gemeinsam mit Titus mache ich mich auf den Weg zurück ins Ministerium.

Kapitel 15

»Huhu, Aida!« Benjamins Stimme reißt mich aus meinen Gedanken. Unangenehm wird mir bewusst, dass er und Ivy mich anschauen, als würden sie von mir eine Antwort erwarten. Dummerweise habe ich aber die Frage nicht mitbekommen.

»Du bist dran«, sagt Ben munter und deutet auf den Stapel Karten, der vor uns auf dem Tisch liegt. *Schon wieder*, denke ich genervt und muss mich dazu zwingen, gute Laune vorzutäuschen. Ohne großen Elan ziehe ich eine Karte. *Konzentrier dich auf das Spiel, Aida,* ermahne ich mich selbst. Versuche, nicht an den bevorstehenden Abend zu denken. Wenn heute etwas schiefgeht, war es das für mich. Insofern sollte ich umso mehr zusehen, die gemeinsame Mittagspause mit meinen Freunden in vollen Zügen zu genießen. Es könnte sich um meine letzte Gelegenheit dafür handeln. Wer weiß, ob ich die beiden nach heute Nacht noch einmal zu Gesicht kriegen werde.

Ivy gewinnt das Spiel, wie üblich, doch bekomme ich heute von Ivys und Bens freundschaftlichen Kabbeleien, die darauf folgen, wenig mit. So sehr ich mich auch bemühe, ich schaffe es einfach nicht, mich von den düsteren Gedanken an heute Abend abzulenken.

Es klappt auch nicht, als ich kurz darauf gemeinsam mit Ben unser Büro betrete und mich an die Arbeit mache. Nachdem ich ihn zum dritten Mal bitten muss, etwas zu wiederholen, weil ich nicht aufgepasst habe, spüre ich seine misstrauischen Blicke. Und arbeite von da an gewissenhafter.

Nach dem Abendessen bleibe ich noch eine Weile in der Bibliothek, dann verabschiede ich mich unter einem meiner üblichen Vorwände von Ivy und Ben und mache mich auf den Weg zum MediOffice, wo ich mich mit Titus und Romulus treffe.

»Bereit für Schritt eins unseres grandiosen Plans?«, fragt Titus gut gelaunt und strahlt mich an.

Vor Aufregung leuchten seine Augen und er sprüht geradezu vor Tatendrang und Optimismus. Mit eher gemischten Gefühlen nicke ich und schaue zu Romulus, der im Gegensatz zu uns beiden völlig ruhig und gelassen wirkt. Er lächelt mir aufmunternd zu und ich versuche, das Lächeln zu erwidern, wobei ich das Gefühl nicht loswerde, dass es eher einer Grimasse gleicht. Insgeheim verfluche ich mich dafür, dass ich darauf verzichtet habe, mir zur Beruhigung einen Schluck Mentalin genehmigt zu haben.

»Hier, zieht das an.« Aus einem Schrank hinter ihm holt Romulus zwei Sets weißer Kleidung hervor und legt sie vor uns auf den Schreibtisch. Während Titus voller Selbstbewusstsein keine Sekunde zögert und sich das Hemd aufknöpft, stehe ich zunächst einen Moment peinlich berührt da. Überlege, ob es kindisch von mir ist, dass ich mich in einer Ausnahmesituation wie dieser schäme, mich vor den beiden umzuziehen. Romulus ahnt sofort, was in mir vorgeht und deutet freundlich auf den Vorhang, der einen der anliegenden Behandlungsräume abgrenzt. Dankbar lächle ich, schnappe mir die neue Kleidung und verziehe mich dahinter. Dabei fällt mein Blick auf Titus, der mit nacktem Oberkörper nach dem frischen weißen Hemd greift. Der Anblick versetzt mir einen schmerzhaften Stich und ich bin froh, dass hinter dem Vorhang niemand mitbekommen kann, wie meine Wangen rot anlaufen.

»Hier, die solltet ihr ebenfalls tragen.« Romulus reicht uns jeweils ein weißes Armband, genau wie das, welches er selbst am Handgelenk trägt. Wortlos tausche ich mein eigenes gegen das graue Band und lege meine Schiene ab. Prüfend mustert Romulus uns in unserer Verkleidung und nickt. Titus grinst und scheint kaum erwarten zu können, dass es losgeht. Das Namensschild auf seiner Brust weist ihn als *K. Lincoln* aus. Ich schaue an mir hinunter. *D. Emerson* ist mit goldenen Buchstaben auf den grauen Aufnäher gedruckt.

»Kommt!«

Wir folgen Romulus aus dem Büro. Statt der üblichen Richtung schlägt er jedoch einen anderen Weg ein und führt uns in ein Treppenhaus, das weiter hinten im Gebäude liegt. Unterwegs treffen wir auf zwei Ärztinnen, ebenfalls im Weiß des MediOffices. Der Schweiß bricht mir aus und ich starre auf den Boden, um ja keinen Blickkontakt aufzubauen. Bestimmt kennt hier jeder jeden. Doch meine Sorge ist unbegründet. Die beiden sind derart in ihr Gespräch vertieft, dass sie nur flüchtig Romulus einen Gruß zurufen und uns nicht weiter beachten.

Wir steigen die Treppen hinab, bis es nicht mehr weiter geht und landen schließlich in einer geräumigen Tiefgarage, die völlig ausgestorben ist. In Reih und Glied stehen die Krankenwagen des MediOffices auf ihren Plätzen. Hin und wieder zeigt eine Lücke an, dass sich gerade eines der Fahrzeuge im Einsatz befindet.

»Der hier!«, sagt Romulus kurz angebunden und steuert zielstrebig auf einen der Vans zu.

Tun wir das gerade wirklich?! Ich kann es nicht fassen, dass es jetzt tatsächlich ernst wird. Wenn ich diesen Schritt gehe, gibt es kein Zurück mehr. Und noch etwas anderes bereitet mir Bauchschmerzen. *Wenn irgendetwas schief geht, ist das meine Schuld! Es war mein Plan!* Während Titus entschlossen die Fahrertür öffnet und auf den Sitz klettert, legt Romulus mir sanft von hinten die Hand auf die Schulter, als wüsste er genau, was gerade in mir vorgeht.

»Es wird alles gut gehen, Aida!«, sagt er so leise, dass Titus ihn nicht hören kann.

Ich schlucke und schaffe es nicht, ihm in die Augen zu sehen. »Und was, wenn nicht?«

Romulus lächelt. »Tja. Daran will ich lieber gar nicht denken.«

Ich mache mich los, um ebenfalls in den Wagen einzusteigen, doch noch einmal hält mich Romulus zurück. Er greift in die Innentasche seines Kittels und drückt mir einen Revolver in die Hand.

»Für Notfälle«, sagt er knapp.

»Woher hast du den?«, frage ich erstaunt und höre an Titus' scharfem Luftholen hinter mir, dass ihm nicht entgangen ist, was mir Romulus gerade gegeben hat. Wenn Romulus so einfach an einen Revolver kommt, was machen wir dann bei Techraid?!

»Es ist nur eine Leihgabe.« Romulus schaut sich flüchtig um und ich verstehe den Wink und lasse die Waffe schnell verschwinden. »Bis morgen früh. Und ich habe versprochen, dass wir sie nicht benutzen«, setzt Romulus nachdrücklich hinzu. »Das würde nämlich nicht nur uns in Schwierigkeiten bringen. Es ist nur eine Art Versicherung.«

Neugierig hake ich noch einmal nach. »Wer hat sie dir gegeben?«

Aber Romulus missachtet meine Frage. »Das ist wohl der Vorteil daran, wenn einem ein ganzer Haufen Menschen in diesem Land einen Gefallen schuldet«, sagt er stattdessen trocken. »Und jetzt macht euch auf den Weg.«

Eilig steige ich ein und Romulus schlägt die Beifahrertür hinter mir zu.

»Los geht's, würde ich sagen!«, sagt Titus grinsend, klatscht in die Hände und startet den Motor.

Draußen ist es längst dunkel und die Straßen sind kaum befahren. Da Titus seit Jahren keinen Wagen mehr gesteuert hat, dauert es ein paar holprige Minuten, bis er sich wieder daran gewöhnt. Meinen Vorschlag, dem Autopiloten das Fahren zu überlassen, ignoriert er geflissentlich. Nach etlichen, versehentlichen Vollbremsungen und Motorabwürgen geht die Fahrt endlich gleichmäßig und ruhig voran. Hin und wieder startet Titus den Versuch, ein Gespräch anzufangen, doch ich bin nicht in der Stimmung zum Plaudern. Bei der Vorstellung, was auf uns zukommt, wenn wir bei Techraid ankommen, wird mir übel. Tatsächlich beneide ich Titus um seine Energie und Abenteuerlust. Ein wenig erinnert er mich an Meg. Ein Trip wie dieser wäre genau nach ihrem Geschmack.

Abgesehen davon, dass ich zu sehr mit meinen eigenen Sorgen und Ängsten beschäftigt bin, fühlt es sich noch immer eigenartig und unangenehm an, mit Titus allein zu sein.

»Kriegt ihr beide das wirklich zusammen hin?«, hat Romulus mich leise gefragt, nachdem ich ihm und Titus meinen Plan eröffnet habe. So, als wüsste er einmal mehr ganz genau, was ich denke. So, als wäre mein Kopf ein offenes Buch für ihn.

»Natürlich«, habe ich mit Bestimmung geantwortet, als wäre das völlig selbstverständlich, obwohl es alles andere als das ist.

Wir passieren die Tore, die den Regierungsbezirk von Ring B trennen, ohne Probleme, denn Romulus hat uns mit den nötigen Berechtigungen ausgestattet. Hin und wieder werfe ich einen Blick nach links, um zu sehen, ob Titus bereits erste Anzeichen von Müdigkeit zeigt. Doch er wirkt noch immer derart aufgekratzt. *Kein Wunder!* Trotz der späten Uhrzeit war auch ich selbst noch nie weiter von Schlaf entfernt als in diesem Moment. Ich kann kaum still sitzen, so aufgeregt und zappelig bin ich. Anders als Titus, der völlig unbedarft zu sein scheint, schwirrt mir der Kopf jedoch vor Sorgen darüber, wie diese Nacht enden könnte, falls unser Einbruch schief gehen sollte.

Ich versuche, mich an irgendetwas von unserem Weg zu erinnern, um einschätzen zu können, wie lange wir noch zu fahren haben. Schließlich habe ich dieselbe Strecke dieses Jahr bereits mehrere Male zurückgelegt. Doch im Dunkeln kann ich nicht genug erkennen, um mich zu orientieren. Erst, als schließlich hohe, schwarze Schornsteine und bauchige Silos um uns herum in den Nachthimmel ragen, schauen wir uns beide kurz an und ich nicke Titus zu. Wir sind in Ring C angelangt. Zum Firmengelände von Techraid kann es jetzt nicht mehr weit sein.

»Da vorne ist es«, sage ich, sobald ich aus der Ferne den hohen Zaun erkennen kann, der das gesamte Areal umgibt. Titus lenkt den Wagen kurz an die Seite. Zum ersten Mal an diesem Abend meine ich, eine Spur Nervosität in seinem Gesicht zu erkennen.

»Also gut. Es gibt wohl kein Zurück mehr, habe ich recht?«, fragt er und versucht dabei, seiner Stimme einen gelassenen und munteren Klang zu geben. Ich verschränke die Hände in meinem Schoß, um das Zittern zu unterdrücken, und nicke noch einmal. Zu mehr fühle ich mich gerade nicht imstande.

»Keine Sorge, das Reden übernehme ich«, sagt Titus und atmet tief durch. So haben wir es vereinbart. Die Gefahr, dass der Pförtner sich an mein Gesicht erinnern und misstrauisch werden könnte, ist einfach zu groß.

»Dann mal los.« Titus spricht mehr zu sich selbst als zu mir und lenkt den Wagen zurück auf die Straße.

Das Gelände ist riesig und es dauert mehrere Minuten, bis wir die Einfahrt erreichen. Unterwegs sehen wir den ein oder anderen Wächter Patrouille laufen, und auch an der Pforte selbst sind zwei von ihnen zur Sicherheit aufgestellt. Titus fährt bis zur Schranke und sofort kommt der Pförtner, ein untersetzter, kleiner Mann in brauner Techraid-Kluft, angelaufen und klopft an die Scheibe. Titus lässt das Fenster herunter und setzt ein Lächeln auf.

»Guten Abend! Darf ich fragen, wo genau Sie hinwollen?«, fragt der Pförtner in nicht unfreundlichem Ton und lehnt sich gegen den Wagen.

»Wir haben vor etwa einer halben Stunde einen Notruf aus der Zentrale erhalten, dass jemand bei Techraid verletzt ist. Wir beide waren zu diesem Zeitpunkt bei einem Einsatz drüben bei Novacon und sind dann unmittelbar hierher gefahren.«

»Hm, ich weiß nichts von einem Notruf.« Der Pförtner schaut nachdenklich ins Nichts. »Um welche Abteilung geht es denn?«

»Das Lager«, antwortet Titus ohne zu zögern und fährt mit eindringlicher Stimme und ernster Miene fort. »Der Anruf kam von einem gewissen Eduard Reed, der von einer Leiter gestürzt ist und sich dabei schwer verletzt hat. Er war kaum in der Lage zu sprechen, ich muss Sie daher bitten, uns umgehend passieren zu lassen, bevor es für den armen Mann zu spät ist.«

Der Pförtner schlägt sich die Hände vor den Mund. »Oh mein Gott, der arme Eddie! Er ist da um diese Zeit immer ganz allein! Hoffentlich ist es noch nicht zu spät! Vielleicht hat er es gar nicht mehr geschafft, mich darüber zu informieren, dass ihr kommt. Ich lasse euch sofort durch!«

Ich atme erleichtert auf und danke allen höheren Mächten dafür, dass der Pförtner nicht darauf bestanden hat, noch einmal probehalber im Lager durchzuklingeln. Titus hat seine Sache gut gemacht und ihn von der Dringlichkeit unseres Anliegens überzeugt. Während der Techraid-Mitarbeiter Titus den Weg ins Lager erklärt, überprüft einer der Wächter routinemäßig unser Fahrzeug. Anschließend winkt uns der Pförtner eilig durch das Tor und wir rollen langsam auf das Firmengelände. Von der Seite sehe ich, wie Titus sich die schwitzenden Hände an seinem Hemd abwischt.

»Puh!«, sagt er dann und lacht erleichtert auf. »Ich kann's nicht fassen, wir sind wirklich drin!«

Auch ich vergesse für einen Moment meine Angst und alles, was zwischen uns beiden steht, und falle in sein überdrehtes Lachen mit ein. Tatsächlich ist das der kritischste Teil unseres Plans gewesen.

»Wir sollten uns dennoch beeilen, bevor der Pförtner noch auf die Idee kommt, uns irgendwelche Leute zur Unterstützung zu schicken«, ermahne ich uns beide, als wir wieder zur Ruhe kommen und die Lagerhallen vor uns auftauchen. »Da vorne ist die Warenannahme. Da wird er sein!«

Ich zeige auf einen kleinen Vorbau, eher ein Container als ein richtiges Gebäude, der an die größte der drei Lagerhallen angrenzt. Titus steuert direkt darauf zu. Sofort ist die Anspannung zurück. Dass ich überhaupt noch einmal in meinem Leben hier sein würde, hatte ich nicht mehr für möglich gehalten. Nur wenige Gebäude liegen zwischen mir und meiner alten Wohneinheit, wo Meg wahrscheinlich gerade tief schlafend in ihrem Bett liegt. In wenigen Minuten wäre ich dorthin gelaufen. Doch diese Option steht heute nicht zur Verfügung.

Wir steigen aus dem Wagen und ich stecke den Revolver in meinen Hosenbund. Er wird uns das, was jetzt kommt, wesentlich leichter machen. Zielstrebig gehen wir auf die Warenannahme zu, die trotz der späten Uhrzeit hell erleuchtet ist. Das Herz schlägt mir bis zum Hals, als Titus die Klinke herunterdrückt und als Erster den Container betritt. An einem sehr unordentlichen Schreibtisch sitzt ein kleiner, krummer Mann um die fünfzig mit Halbglatze und Brille. Überrascht blickt er auf, als wir eintreten. *Eddie.* Ich frage mich, wie lange es dauern wird, bis er mich in meiner Verkleidung erkennt.

»Na so was, was verschafft mir die Ehre Ihres späten Besuches?«, fragt Eddie gut gelaunt und erhebt sich von seinem Bürostuhl.

Ich schließe hinter mir die Tür und drehe mich langsam zu ihm um, wobei ich all meinen Mut zusammenkratze. Den Revolver aus meinem Gürtel ziehe und auf ihn richte.

»Um Gottes Willen, was ist denn hier los?« Mit betroffener Miene schreckt Eddie zurück. »Was wollt ihr von mir?«

»Wir wollen, dass du uns aus deinem Lager folgende Gegenstände zusammensuchst und sie uns übergibst.« Titus hat wieder das Sprechen übernommen und reicht dem ängstlichen Eddie einen Zettel aus seiner Tasche. Ich bin ihm dankbar für seine Initiative. Tatsächlich weiß ich nicht, ob in diesem Moment überhaupt nur ein sinnvoller Laut aus meiner Kehle kommen würde.

Mit großen Augen überfliegt der kleine Mann den Zettel und schüttelt panisch den Kopf. »Das kann ich nicht machen.«

»Du kannst und du wirst, wenn du nicht willst, dass meine Freundin hier dich erschießt!«, sagt Titus in ernstem Ton und deutet auf mich, die ich immer noch den Revolver direkt auf Eddies Brust gerichtet halte.

Eddie blickt von mir zu der Waffe in meiner Hand und dann – langsam wieder zu mir. Ungläubig kneift er die Augen zusammen und stößt ein heißeres Husten aus, während die Erkenntnis in seinen Augen aufflackert. »Aida, bist du das?«, fragt er fassungslos. »Mein Gott, ja, das bist du, Aida! Was zum Teufel machst du hier?«

»Keine Zeit für Erklärungen«, sage ich kurzangebunden und hoffe, dass meine Stimme sich nicht so zittrig anhört wie sie sich anfühlt. »Das ist kein Scherz, Eddie! Gib uns die Waffen, ansonsten drücke ich ab. Sofort!« Mit einem Klicken entsichere ich den Revolver und in den freundlichen Mann kommt Bewegung.

»Okay, in Ordnung, das wird nicht nötig sein! Ich tu's!«, sagt er hastig und hebt beschwichtigend die Hände vor die Brust. Ohne mich aus den Augen zu lassen, greift er dann erneut nach dem Zettel und liest ihn noch einmal durch. Dabei schüttelt er entgeistert den Kopf und ringt die Hände.

»Folgt mir!«, sagt er dann heiser und deutet auf die Tür hinter seinem Schreibtisch, die ins Lager führt. Hinter seinem Rücken zeigt mir Titus Daumen hoch, bevor er ihm folgt.

Wir kommen in einen Raum, der mit durchsichtigem Plexiglas von den eigentlichen Lagerhallen abgetrennt ist. Ein Fließband, das durch eine Schleuse mit der anliegenden Halle verbunden ist, nimmt beinahe eine gesamte Wand ein. Von meiner Zeit hier weiß ich, dass die Warenverwaltung bei Techraid beinahe komplett automatisiert ist. Die vom Lagerhalter angeforderten Waren werden durch ein komplexes Bandsystem ohne einen Handgriff durch die ganze Halle transportiert, um schließlich hier zu landen. Es braucht nur noch eine einzige Person, um das System zu bedienen und zu überwachen. Und das ist Eddie.

Eddie eilt zu dem Rechner, über den das System gesteuert wird und macht sich an die Eingabe unserer Bestellung. Vor Nervosität stößt er die Tischlampe um, die neben dem Computer steht, und sie fällt mit einem scheppernden Geräusch zu Boden. Titus stellt sich schweigend hinter ihn und sorgt dafür, dass Eddie bei der Warenanforderung keine Dummheiten macht. Mein Arm wird langsam schwer und ich spiele mit dem Gedanken, die Waffe zu senken, während Eddie am Rechner sitzt und tippt. Ein kurzer, scharfer Blick von Titus bewirkt jedoch, dass ich es mir wieder anders überlege.

Es dauert nur wenige Minuten, bis Eddie von seinem Bildschirm aufschaut und mir stumm zunickt. Dabei hat er immer noch diesen Blick in den Augen. Als könnte er einfach nicht glauben, was er da gerade sieht. Ich kann es ihm nicht verübeln. Wie jeder meiner alten Freunde bei Techraid kennt er mich als stilles, besonnenes und vernünftiges Mädchen, dem niemand zutrauen würde, andere Menschen mit einem Revolver zu bedrohen und Waffen zu stehlen. *Wenn Meg hier stehen würde, wäre keiner überrascht.*

Mit einem leichten Summen setzt sich das Band hinter mir in Bewegung, doch ich brauche mich noch nicht umzudrehen. Bis unsere Bestellung hier eintrifft, kann es mehrere Minuten dauern. Ungeduldig schaue ich zu Titus, der ebenfalls nicht recht zu wissen scheint was nun.

»Wenn ihr die Waren habt, lasst ihr mich gehen, oder?«, fragt Eddie kleinlaut in die angespannte Stille hinein.

Der Anblick, wie er eingefallen und ängstlich auf seinem Stuhl kauert, rührt mein Mitgefühl, doch jetzt ist nicht der richtige Augenblick für Sentimentalität. Die Angst vor dem, was unausweichlich folgen wird, schnürt mir die Kehle zu. Doch auf Titus ist noch immer Verlass, obwohl seine Fassade von unerschütterlichem Selbstvertrauen mittlerweile ebenfalls sichtlich ins Bröckeln geraten ist.

»Das ist leider nicht möglich«, sagt er sachlich und mit ruhiger Stimme. »Sobald wir durch die Tür sind, würdest du die Wächter rufen, und das können wir nicht zulassen.«

»Aber …« Eddie verschluckt sich fast an seinen Worten. »Was habt ihr denn dann mit mir vor?«

»Du wirst mit uns mitkommen.« Ich sehe, wie Titus' Hand langsam in die Taschen seiner Sanitäterkluft wandert.

»Was?!«, fragt Eddie entsetzt. »Nein! Nein, ich will nicht mit euch mitkommen!«, ruft er und macht Anstalten, aufzustehen.

Ohne zu zögern zieht Titus das Beruhigungsmittel aus seiner Tasche. Entfernt die Schutzkappe über der Kanüle und versenkt die Nadel in Eddies Hals, noch bevor dieser begreift, was mit ihm geschieht. Für einen Moment leuchtet blanke Panik in seinen Augen auf, doch schon eine Sekunde später beginnt sein Körper zu erschlaffen und schließlich sinkt er wie leblos auf seinem Stuhl zusammen. Ich atme erleichtert auf. Bin froh, seinen ängstlichen, ungläubigen Blick nicht einen Augenblick länger ertragen zu müssen. Ich lasse die Waffe langsam sinken und wische mir den Schweiß von der Stirn. *Was machen wir hier nur?* Ich kann nicht glauben, dass ich selbst es war, die diese Sache geplant hat.

»Hilf mir!« Titus greift dem bewegungslosen Eddie unter die Arme und müht sich damit ab, ihn vom Schreibtisch wegzuziehen. Sofort eile ich ihm zu Hilfe, greife nach Eddies dünnen Beinen und gemeinsam schleppen wir ihn zurück zu unserem Van. Eddie ist deutlich leichter, als erwartet, dennoch keuche ich vor Anstrengung, als wir ihn auf die Liege gehievt haben. Während ich seine Arme und Beine mit Gurten festspanne, holt Titus eine Decke und zieht sie dem armen, schlafenden Eddie bis hoch zum Kinn.

»Das müsste klappen!«, sagt Titus zuversichtlich. »Komm!«, drängt er, während ich noch dastehe und wie hypnotisiert auf das schwache Heben und Senken von Eddies Brustkorb starre, das sich unter der Decke abzeichnet. Ich kann genauso wenig fassen, was ich hier gerade tue, wie er es konnte!

Als wir zurück zur Warenausgabe kommen, steht bereits eine graue Kiste bereit, doch das Band läuft noch immer. Ich werfe einen Blick hinein und sehe die Kanister mit dem Brandbeschleuniger und den Sprengstoff, die wir angefordert haben. Titus hebt die Kiste vom Band und schweigend warten wir auf die noch fehlende. Ein kurzer Blick auf die Uhr an Eddies Rechner lässt die Panik in mir aufflimmern. Wir brauchen zu lange! Titus scheint dasselbe durch den Kopf zu gehen. Nervös springt er von einem Bein aufs andere und kaut dabei auf seinen Fingernägeln.

»Kann man das irgendwie beschleunigen?«, fragt er drängelnd.

»Nein«, erwidere ich zerknirscht.

Nach drei weiteren, qualvollen Minuten hören wir endlich das erlösende Klappern der nächsten Warenlieferung. Die zweite Kiste fährt durch die Schleuse und gleitet auf dem Band direkt in Titus' wartende Arme.

»Alles klar, das sind die Revolver plus Munition!«, sagt er erleichtert und greift sich die Kiste, während ich die Kanister und das Paket mit dem Sprengstoff an mich nehme.

Schnellen Schrittes eilen wir zurück zu unserem Wagen, wo Eddie scheinbar friedlich schlafend auf uns wartet. Titus springt hinein und verstaut die Waffen unter der Liege. Ich bringe derweil die Kisten zurück. Ohne es zu merken, fange ich auf dem Rückweg an zu rennen. Titus schlägt die Tür zu und Eddie verschwindet endlich vor meinen Augen, doch das komische Gefühl in meiner Brust bleibt. Eilig klettere ich auf meinen Sitz und Titus tut es mir gleich. Ich wünschte mir, dass er ein paar beruhigende Worte für mich hätte, doch offensichtlich ist auch ihm nicht nach Reden zumute. Genau wie ich will er nur noch eines: nämlich weg hier, endlich in Sicherheit sein. Er startet den Motor und ich schaue aus dem Fenster, um zu sehen, ob sich draußen irgendetwas tut. Aber alles bleibt ruhig. Gleich haben wir es geschafft, doch noch traue ich mich nicht, mich entspannt zurück zu lehnen. Vor uns taucht das Tor auf und der Pförtner kommt sofort nach draußen gerannt, als er unseren Wagen anrollen sieht. Titus steigt schnell aus und wechselt einige Worte mit ihm. Ich kann nicht hören, was sie sagen, bis Titus den Laderaum öffnet.

»Oh mein Gott, der arme Eddie!«, stöhnt der Pförtner.

»Sie verstehen sicher, dass wir es eilig haben!«, antwortet Titus und schlägt die Tür mit einem lauten Knall zurück ins Schloss. Kurz darauf nimmt er seinen Platz auf dem Fahrersitz wieder ein und wir rollen durch das geöffnete Tor.

Ich kann kaum glauben, dass wir das Firmengelände gerade tatsächlich mit heiler Haut und den gewünschten Waffen verlassen haben. Vor Erleichterung rinnen mir ein paar stille Tränen die Wange hinunter.

»Guter Gott, du kannst dir nicht vorstellen, wie mir am Ende die Muffe ging, Aida!«, sagt Titus mit schwacher Stimme. Von seiner anfänglichen Abenteuerlust ist mittlerweile nicht mehr das Geringste übrig.

»Und ob ich das kann!«, murmele ich stöhnend und wische mir die nasse Wange trocken.

Es geht bereits auf fünf Uhr morgens zu, als Titus den Wagen zurück in die Tiefgarage des MediOffices steuert. Nachdem der aufregende Teil unserer nächtlichen Aktion vorbei war, ist die Erschöpfung über mich hereingebrochen wie ein Wasserfall. Titus hält das Lenkrad noch immer wacker umklammert, während ich mich bereits wieder damit beschäftige, wie ich den Unterricht und die Arbeit heute überstehen soll. Ohne auch nur eine Stunde geschlafen zu haben. Beim Gedanken an das Mentalin unter meinem Kopfkissen überkommt mich ein beinahe wahnsinniges Verlangen nach der beruhigenden Flüssigkeit.

Romulus wartet auf uns, um unsere Lieferung in Empfang zu nehmen. Titus hat ihn bereits vom Wagen aus angerufen und ihn über unseren Erfolg informiert, dennoch steht auch ihm die Anspannung ins Gesicht geschrieben. Er wirft einen kurzen Blick auf den armen Eddie, der sich noch immer nicht rührt und wie tot auf seiner Liege liegt.

»Ich übernehme das ab hier«, sagt Romulus knapp.

Er klopft Titus auf die Schulter, der ihm die Autoschlüssel in die Hand drückt und froh darüber zu sein scheint, die Verantwortung übergeben zu können. Ich ziehe den Revolver aus dem Gürtel und reiche ihn ebenfalls Romulus.

»Gut gemacht, Aida! Ohne dich wäre das nicht möglich gewesen.« Mit einer flinken Bewegung verstaut er die Waffe wieder in der Innentasche seines Kittels. Ich werfe einen letzten Blick auf Eddie, bevor ich mich zum Gehen wende.

»Keine Sorge, ich werde mich gut um ihn kümmern«, versichert mir Romulus, als er die Sorge in meinen Augen sieht. Ich nicke dankbar und geselle mich zu Titus, der bereits auf mich wartet, um mit mir gemeinsam zurück ins Ministerium zu gehen.

Meine Mentalinvorräte neigen sich wieder einmal dem Ende zu, als ich mich für den heutigen Tag fit mache. Ich setze das letzte, verbliebene Fläschchen von meinem Mund ab. Es bleibt nur ein kleiner Rest darin. Genug für maximal eine weitere ruhige Nacht. Ich werde heute Abend wohl noch einmal mit Romulus sprechen müssen. Der Gedanke an dieses ohne Zweifel unangenehme Gespräch verfliegt glücklicherweise sofort, als das Mentalin durch meine Venen strömt und wundervolle Leichtigkeit verbreitet. Ich lege mich für die letzten Minuten ins Bett und warte auf das Klingeln des Weckers. Während ich mich auf das beruhigende, gleichmäßige Schnaufen meiner schlafenden Mitbewohner konzentriere, fällt langsam aber sicher die Aufregung der vergangenen Nacht von mir ab und ich komme zur Ruhe. Dabei fällt mir auf, dass vom

Bett über mir kein Laut herunter dringt. Mit einem Mal bin ich mir sicher, dass Ivy bereits wach ist. Was bedeutet, dass es ihr nicht entgangen sein kann, dass ich die ganze Nacht über nicht in meinem Bett geschlafen habe. Ich kann nur hoffen, dass sie Benjamin gegenüber nichts von meinem nächtlichen Ausflug erzählen wird. Die Geheimniskrämerei beginnt langsam, zusätzlich an meinen Nerven zu zerren.

Kapitel 16

»Wo ist Eddie?« Mit diesen Worten stürme ich in Romulus' Büro.

Ohne anzuklopfen und mich mit einer weiteren Begrüßung aufzuhalten. Von meinem plötzlichen Auftauchen erschrocken wirft Romulus aus Versehen seine Teetasse um. Fluchend springt er auf, greift nach einem Tuch und fängt an, den sich ausbreitenden See aus Pfefferminztee davon abzuhalten, noch weitere Unterlagen zu durchweichen. Ich beobachte ihn schweigend dabei, wie er seinen Kittel, der ebenfalls etwas abgekriegt hat, abstreift und sich dann mit einem Seufzen wieder in seinen Stuhl sinken lässt.

»Hallo, Aida«, sagt er langsam, als wäre nichts passiert, und blickt mich stirnrunzelnd durch die Gläser seiner Lesebrille an. »Was kann ich für dich tun?«

»Ich will zu Eddie!«, wiederhole ich mit fester Stimme und wappne mich innerlich für die unvermeidliche Diskussion, die jetzt folgen wird.

»Kein Problem.«

»Ich lasse mich nicht – oh!« Ich bin erstaunt, als mir klar wird, was Romulus gerade gesagt hat. »Tatsächlich?«

Meine Überraschung scheint Romulus zu amüsieren. »Komm mit!«

Er erhebt sich und geht zur Tür. Völlig verdattert beobachte ich ihn einen Moment lang ohne mich zu rühren, bevor ich ihm nach draußen folge.

»Hier ist es«, sagt Romulus, als wir vor einer Tür ein Stockwerk über seinem Büro stehen bleiben.

Höflich klopft er an, bevor er zur Klinke greift. In einem

schlichten Zimmer liegt Eddie in einem Krankenhausbett. Infusionsschläuche hängen an seinem Handgelenk. Er hat einen Verband um Kopf und Brust und schläft. *Was hat er mit ihm gemacht?* Ich schaue vorwurfsvoll zu Romulus, der jedoch den Kopf schüttelt und beschwichtigend die Hände hebt.

»Keine Sorge, es geht ihm gut. Die Verbände und Schläuche sind nur eine Attrappe. Zu seinem eigenen Schutz.« Ohne Umschweife geht er ans Bett und rüttelt Eddie leicht an der Schulter.

»Ich bin es. Romulus«, sagt er leise und um meine Verwirrung komplett zu machen, schlägt Eddie seine Augen auf und sieht sich beunruhigt um. Als er mich erkennt, öffnet er überrascht den Mund, sagt jedoch nichts.

»Ich lasse dich einen Moment mit ihm allein. Komm danach zurück in mein Büro.« Romulus nickt mir kurz zu und lässt mich mit Eddie allein zurück.

Unschlüssig, was ich jetzt tun soll, schlendere ich zum Bett. Natürlich habe ich mir gewünscht, mit ihm sprechen zu können. Doch jetzt, wo ich vor ihm stehe und in sein verängstigtes Gesicht sehe, weiß ich nicht so recht, was ich sagen soll.

»Ähm … hallo«, beginne ich lahm und komme noch einen Schritt näher. Mein Blick bleibt an dem Beutel mit der farblosen Flüssigkeit hängen, die unablässig in sein Handgelenk tropft.

»Was ist das hier?«, frage ich.

Eddie setzt sich ein wenig auf, um mich besser ansehen zu können. »Nur ein Beruhigungsmittel.« Seine Stimme ist rau und etwas kratzig.

»Hat er dir irgendetwas getan?« Ich nicke in Richtung Tür, durch die Romulus eben verschwunden ist, und Eddie schüttelt vehement den Kopf.

»Nein, er war sehr freundlich. Den Umständen entsprechend zumindest«, fügt er mit einem schwachen Lächeln hinzu und zuckt gottergeben mit den Schultern.

»Was hat er dir gesagt?«, frage ich weiter.

»Nur, dass ich eine Weile hier bleiben muss. Weshalb genau hat er mir nicht verraten. Aber er hat mir versprochen, dass mir nichts passieren wird und dass ich schon bald wieder nach Hause zurückkehren kann, wenn ich dieses Spiel hier mitspiele.« Er tippt gegen den Verband an seiner Stirn. *Nach Hause.* Techraid. Das Wort klingt in meinem Kopf nach. Was würde ich jetzt selbst dafür geben, nach Hause gehen zu können.

»Ich wollte dich noch etwas fragen, Eddie.« Ich senke den Blick und muss schlucken.

»Du willst wissen, wie es Meg und Mike geht.« Eddie seufzt. »Ich hab mir schon gedacht, dass du irgendwann kommen und mich danach fragen würdest.«

Erwartungsvoll schaue ich auf und mein Mund wird ganz trocken. Eddie kratzt sich an der Stelle, wo der Verband an seinen Augenbrauen scheuert. Er setzt sich noch ein wenig aufrechter hin. Mit einer Hand klopft er neben sich aufs Bett und ich komme der Aufforderung nach und lasse mich neben ihm nieder.

»Mike hat mir natürlich davon erzählt, dass du einen Unfall in der Werkstatt hattest und danach verschwunden bist. Nachdem er und Meg am Tag danach erfolglos versucht haben, etwas über deinen Verbleib in Erfahrung zu bringen, wurde ihnen schließlich mitgeteilt, dass du aufgrund deiner Verletzung versetzt wurdest. Du kannst dir vorstellen, wie Mike auf diese Nachricht reagiert hat.« Eddie schmunzelt.

Aber ich stelle mir bildhaft vor, wie der arme Mike seine schlimmsten Vermutungen bestätigt gesehen haben muss. Mike, der wohl immer schon geahnt hat, dass da irgendetwas nicht stimmt. Der instinktiv wusste, was vor sich ging. Und sich doch nicht getraut hat, uns damit zu belasten.

»Tagelang haben er und Meg versucht herauszufinden, wo sie dich hingebracht haben, doch es war einfach nichts zu machen. Aus schierer Verzweiflung ist Meg sogar abgehauen um dich zu suchen, doch schon am Tag später wurde sie zurück gebracht. Seitdem ist nichts mehr passiert.«

Ein glucksendes Lachen löst sich aus meiner Kehle, als ich von Megs erneutem Fluchtversuch höre. Dann stelle ich mir vor, wie jemand vom Nachrichtenministerium ihr in einem stundenlangen, ermüdenden Gespräch einbläut, solche Späße zukünftig besser zu lassen, und mein Lachen erstirbt.

Eddie greift nach meiner Hand. »Sie vermissen dich sehr, Aida. Und ich glaube, auch wenn Mike mir seither nichts mehr von irgendwelchen Plänen erzählt hat, sie haben dich noch immer nicht aufgegeben. Wenn sie wüssten, dass du wohlauf bist – du kannst dir nicht vorstellen, was das für die beiden bedeuten würde!«

Ja. Diese Ungewissheit muss für die beiden das Schlimmste an der Situation sein. Meine Briefe haben sie niemals bekommen, soviel steht jetzt fest. Nach allem, was ich mittlerweile von Romulus erfahren habe, wundert mich diese Nachricht nicht im Geringsten.

»Wie sehr ich mich darauf freue, Mike davon zu erzählen, dass seine Befürchtungen doch nur Hirngespinste waren!« Eddie strahlt mich an.

Ich fasse einen Entschluss. »Das sind sie nicht, Eddie«, sage ich leise. »Mike hat mit allem Recht.«

Eddie schaut mich verständnislos an.

Ich weiß, dass ich ihm nichts davon sagen sollte, doch ich kann nicht anders. Die Worte sprudeln aus mir heraus. »Ich bin hier nicht sicher. Sie beobachten mich, prüfen mich. Und wenn ich nicht die Leistung bringe, die man von mir verlangt, werden sie mich töten«, fahre ich verzweifelt fort. »Genau wie sie alle anderen umbringen, die zu krank oder zu alt sind, um zu arbeiten.«

Eddies Augen weiten sich vor Angst und Unglauben, während er meinen Worten lauscht. Irgendwo in meinem Inneren tut es mir leid, dass ich ihn mit diesem Wissen belaste. Dass ich ihm die gleichen Albträume bescheren werde, die mich selbst Nacht für Nacht quälen. Doch mein Egoismus und das Bedürfnis, mir alles von der Seele zu reden, siegen.

»Das ist der Grund, weshalb wir die Waffen gestohlen haben«, fahre ich fort. »Um etwas dagegen zu unternehmen.«

Plötzlich verspüre ich den dringenden Wunsch, mich für das, was wir Eddie angetan haben, zu rechtfertigen. »Ich musste das tun, weil sie mich sonst umbringen werden«, sage ich mit flehender Stimme und blicke ihn eindringlich an.

Eddie sitzt einfach nur da und starrt mich aus großen Augen an. Ich kann an seinem Gesicht verfolgen, wie das Gesagte sich langsam in sein Bewusstsein frisst. Wie ihm klar wird, was das bedeutet. Es dauert eine Weile, bis er seine Sprache wiederfindet.

»Aida, ich weiß nicht, was du gehört oder gesehen hast, und ob das alles wahr ist, was du mir gerade gesagt hast. Aber wenn es das ist, dann sage ich dir: Was immer ihr vorhabt, ihr könnt das niemals schaffen«, sagt er müde und lehnt sich wieder in sein Kissen zurück.

Enttäuscht schließe ich die Augen. Womit habe ich gerechnet? Mit Verständnis? Mit Zuspruch gar?

»Soll ich Meg und Mike etwas von dir ausrichten, wenn ich sie wiedersehe? Ich meine …« Eddie verzieht den Mund zu einem freudlosen Grinsen. »… *falls* ich sie je wiedersehe natürlich nur.«

Von einer plötzlichen Eingebung getroffen schaue ich verdutzt auf. »Ja«, sage ich langsam, während eine neue Idee in meinem Kopf Gestalt annimmt. »Das wäre sehr nett von dir.«

»Was genau hast du eigentlich mit Eddie vor, wenn ich fragen darf?«, frage ich angriffslustig, als ich mich wenig später erneut in Romulus' Büro einfinde.

Inzwischen hat er sich einen neuen und teefleckenfreien Kittel angezogen. Milde überrascht ob meiner Aufregung mustert er mich mit gerunzelter Stirn.

»Ich habe vor, ihn hier zu lassen, bis wir sicher sein können, dass er keinen Schaden mehr anrichten kann«, entgegnet er gelassen.

»Und wann soll das sein?«

»Sobald wir Chester Fields als unseren neuen, alten Präsidenten wieder eingesetzt haben.«

»Solange willst du ihm also Beruhigungsmittel injizieren und ihn wegsperren?«, frage ich giftiger als beabsichtigt.

Irgendwie ist mir schon wieder danach zu streiten. Wie so oft in letzter Zeit. Meine Worte verfehlen ihre Wirkung nicht. An Romulus' Blick kann ich erkennen, dass meine Anschuldigung ihn verletzt.

»Ich habe diesem Mann kein Haar gekrümmt, Aida! Und soweit ich mich erinnern kann, war der Einbruch bei Techraid *dein* Plan«, erwidert er mit deutlicher Härte in der Stimme.

Das wiederum trifft *mich*, denn natürlich hat er damit vollkommen recht.

Romulus seufzt tief. »Aber lass uns nicht streiten, das führt zu nichts. Manchmal wünsche ich mir, du würdest mir einfach ein wenig mehr vertrauen. Es sind keine zwei Wochen mehr bis Neujahr und noch immer habe ich das Gefühl, dass du mir aus irgendeinem Grund nicht traust.«

Da ich nicht weiß, was ich darauf antworten soll, sage ich einmal mehr gar nichts. Ich habe selbst keine Ahnung, was es mir so schwer macht, Romulus zu vertrauen. Er hat mir und so vielen anderen das Leben gerettet und dabei sein eigenes immer mehr in Gefahr gebracht. Und wenn unser Plan aufgeht, was zugegebenermaßen unwahrscheinlich ist, wird er das ein zweites Mal getan haben. Ohne ihn hätte ich nicht die geringste Chance, aus dem ganzen Schlamassel mit heiler Haut herauszukommen. Und trotzdem wirkt er auf mich so unnahbar. Als wäre er noch immer einfach nur der Arzt, dessen Job es ist, meine gebrochene Hand zu behandeln. *Ja, das ist es,* denke ich. Romulus macht es einem wirklich schwer, zu erkennen, was für ein Mensch wirklich hinter seiner Fassade steckt. Nach all den Wochen, in denen wir gemeinsam geplant und uns verschwört haben, die wir heimlich zusammen gesessen sind und dabei unser Leben riskiert haben, weiß ich doch nicht das Geringste über ihn.

Unauffällig beobachte ich ihn aus dem Augenwinkel dabei, wie er unglücklich auf seine Hände starrt, die er vor sich auf dem Tisch gefaltet hat. Mit einem Mal wünsche ich mir, er würde *mir* mehr vertrauen und seine Geheimnisse und Sorgen mit mir teilen. Ich wünsche mir, er würde mir die Möglichkeit geben, ihn so kennenzulernen, wie er wirklich ist. Nicht diesen unerträglichen Anschein von Unverbindlichkeit, den er sich im Laufe der Jahre des Versteckens und Vertuschens angeeignet hat.

»Entschuldige«, sage ich ernst und meine es völlig ehrlich. »Ich habe das nicht so gemeint. Eigentlich wollte ich bloß irgendetwas sagen, um dich zu ärgern.«

Überrascht schaut Romulus auf. »Danke«, antwortet er mit diesem unergründlichen Blick in den Augen, bei dem mir immer ein wenige mulmig zumute wird.

»Ich wollte dir einen Vorschlag machen.« Ich atme tief durch und sehe, wie sich Romulus abwartend in seinem Stuhl zurücklehnt und mich aufmerksam mustert.

»Es geht dabei ebenfalls um Eddie. Ich habe ihm beschrieben, was wir vorhaben.« Gespannt beobachte ich Romulus' Gesicht, doch er scheint nicht erstaunt oder wütend wegen dieser Neuigkeit zu sein. Wahrscheinlich hat er sich das schon gedacht. Schließlich ist er schlau genug, um eins und eins zusammen zu zählen.

»Keine Details natürlich, aber ich habe ihm gesagt, was in Last Haven mit den Kranken und Alten geschieht, die abgeholt werden. Und ich habe ihm auch erzählt, dass wir einen Umsturz planen.« Noch immer keine Regung außer aufmerksamem, höflichem Interesse. Ich runzle gereizt die Stirn. Man könnte fast meinen, dass ich gerade übers Wetter rede, und nicht darüber, dass ich entgegen unserer Absprache jemandem unsere geheimen Pläne eröffnet habe.

»Er hat mir berichtet, dass meine alten Freunde misstrauisch sind und die Lügen, die ihnen erzählt werden, nicht glauben. Deshalb schlage ich vor, dass wir Eddie zurück schicken. Damit er mit den Leuten bei Techraid spricht und ihnen schildert, was hier los ist.« So, jetzt ist es raus.

Diesmal erfolgt die Reaktion prompt. »Das kann nicht dein Ernst sein, Aida!« Ungläubig öffnet Romulus den Mund und schaut mich skeptisch an. »Unnötig viele Mitwisser sind das Letzte, was wir im Moment gebrauchen können, das sollte dir eigentlich klar sein!«

»Ich meine damit auch nicht, dass er einen Aushang ans Schwarze Brett projizieren soll«, sage ich ärgerlich. »Es geht mir darum, dass wir Unterstützung von Leuten erhalten, die auf unserer Seite sind. Die Zugang zu Waffen haben und uns im entscheidenden Moment helfen können, uns die Wächter vom Leib zu halten, falls etwas schief gehen sollte. Denn das *wird* es wahrscheinlich.«

»Und wie genau willst du wissen, wem du vertrauen kannst? Warum sollten die Leute uns helfen wollen und dafür ihr Leben aufs Spiel setzen?«

»Weil sie – im Gegensatz zu unseren Kollegen im Ministerium und im MediOffice – zu den Menschen gehören, die ganz oben auf Livingstons Liste stehen. Sie werden als erstes dran glauben, wenn beschlossen wird, dass die Bevölkerung wegen der Hungersnot dezimiert werden muss!« Ich muss mich bemühen, nicht laut zu werden. »Du hast es selbst gesagt. Bei Techraid arbeiten haufenweise Menschen, die Greg Livingston für entbehrlich hält. Wenn wir einige von ihnen davon überzeugen können, sich uns anzuschließen, könnten sie den Unterschied machen. Und wenn unser Plan schief geht und wir es nicht schaffen, dann haben sie die Chance, ihr Schicksal selbst in die Hand zu nehmen.«

Romulus wirkt noch immer nicht überzeugt. »Wie willst du sicherstellen, dass keiner von ihnen uns verrät? Ein Einziger, der seinen Mund nicht halten kann, wird uns alle ins Grab bringen. Und außerdem: Du hast doch gesehen, wie verängstigt Eddie ist. Er würde niemals sein Leben riskieren, um uns zu helfen.«

Der Gedanke ist mir ebenfalls gekommen, schließlich kenne ich Eddie besser als Romulus es tut.

»Mike ist die Antwort«, sage ich knapp.

»Und wer bitte ist Mike?«, fragt Romulus ungeduldig und trommelt unruhig mit den Fingern auf dem Tisch herum.

»Er ist einer meiner besten Freunde. Er hat schon immer die Vermutung gehabt, dass etwas in Last Haven nicht mit rechten Dingen zugeht und die Regierung den Menschen etwas verheimlicht. Er ist zu allem bereit, um diese Lügen ans Licht zu bringen, da bin ich mir sicher. Und die Menschen werden ihm folgen. Wir brauchen Eddie nur, um Mike aufzusuchen und ihm alles zu erzählen. Als Botschafter. Den Rest wird Mike erledigen. Eddie kann sich zurückziehen und den Dingen ihren Lauf lassen oder uns weiter unterstützen, das ist ihm selbst überlassen.«

Romulus schweigt, ich nutze die Gelegenheit und fahre fort. »Er muss ja keine Details über unseren Plan erzählen. Es geht mir mehr darum, dass die Leute über die Praktiken von Greg Livingston und seiner Minister informiert sind. Dieses Wissen allein wird dafür sorgen, dass sie einen Aufstand anzetteln. Und wenn bei Techraid erst einmal das Chaos ausgebrochen ist, werden sich womöglich andere anschließen. Sie könnten uns helfen, die Unterstützung der gesamten Bevölkerung zu erhalten. Und die werden wir letztendlich brauchen, wenn wir langfristig etwas verändern wollen!«

Eindringlich rede ich auf Romulus ein und sehe, wie seine Skepsis langsam ernsthaftem Interesse weicht.

»Dir ist hoffentlich klar, Aida«, sagt er nachdenklich, »dass unser Plan damit eine völlig andere Größenordnung erhält? Und dass ein Aufstand bei Techraid nicht ohne Verluste einhergehen wird? Wenn etwas schiefgehen sollte, dann wäre es nicht mehr nur unser eigenes Leben, das auf dem Spiel steht.«

Natürlich habe ich darüber nachgedacht, doch die Gelegenheit erscheint mir einfach zu günstig. »Vielleicht ist es langsam an der Zeit, eine andere Größenordnung anzustreben. Die Menschen haben ein Recht zu erfahren, was mit ihnen geschieht. Und sie haben das Recht, sich dagegen zu wehren, wenn sie es möchten. Keiner soll dazu gezwungen werden, sich uns anzuschließen, es ist ihre freie Entscheidung. Aber es geht auch um *ihr* Leben. Bitte, Romulus, denk darüber nach. Du hast mich gebeten, dir zu vertrauen und jetzt muss ich dich bitten, dasselbe für mich zu tun«, sage ich abschließend mit leiser Stimme und suche seinen Blick.

Ich bin mir noch immer nicht sicher, ob ich zu ihm durchgedrungen bin.

»In Ordnung, ich werde mir das noch mal in Ruhe überlegen. Mehr kann ich dir im Moment nicht versprechen, Aida.«

»Danke Romulus, das weiß ich zu schätzen.«

Zwei Tage später kündigt Mr. Salmon an, dass morgen eine weitere Übung in Strategische Kriegsführung ansteht. Während meine Klassenkameraden aufgeregt tuscheln und eine gespannte Vorfreude sich breitmacht, lege ich den Kopf auf meine Arme und stöhne lautlos auf. Als hätte ich im Moment keine anderen Probleme, die mich wachhalten. Und Strategien habe ich in letzter Zeit mehr als genug ausgetüftelt.

Zu all den Sorgen um das Gelingen unseres Plans und die Aussicht auf den Tod meiner Freunde im Falle unseres Scheiterns sind meine Mentalinvorräte restlos aufgebraucht. Ich habe mich nicht getraut, Romulus bei unserem letzten Gespräch darauf anzusprechen. Und ich habe nicht die leiseste Ahnung, wie ich den morgigen Vormittag ohne einen klaren Kopf überstehen soll. Seit unserem Einbruch bei Techraid habe ich kaum geschlafen und auch die Entzugserscheinungen treten von Tag zu Tag deutlicher in Erscheinung. Der Gedanke an die nächste Dosis Mentalin hat sich hartnäckig in meinem Kopf eingenistet. Er taucht immer dann auf, wenn ich gerade *nicht* damit beschäftigt bin, mir auszumalen, was Livingston und Jenkins mit mir anstellen werden, wenn unser Plan misslingt. Ich stehe komplett neben mir, was mir – den besorgten Blicken von Ivy und Benjamin nach zu urteilen – deutlich anzumerken ist. Heute Abend, nehme ich mir vor. Ich werde nicht umhin kommen, Romulus um eine weitere Ration Mentalin zu bitten.

Bei unserer Sitzung am Abend sind zum ersten Mal alle Beteiligten unserer Verschwörung anwesend. Als ich das Büro betrete, warten bereits Romulus und Chester, die in ein leises Gespräch vertieft sind, sowie Titus und Melody, die ich seit Wochen das erste Mal zu Gesicht kriege, auf mein Erscheinen. Ich tue so, als würde mir nicht auffallen, dass die beiden unter dem Tisch Händchen halten.

Ich verstecke die Hände in meinem Schoß um zu verhindern, dass jemand das Zittern sieht. Als mir plötzlich ohne Vorwarnung heiße und kalte Schauer den Rücken herunter jagen, meine ich einen skeptischen Blick von Romulus aus dem Augenwinkel wahrzunehmen. Eher am Rande bekomme ich mit, wie er den anderen von der Idee erzählt, Eddie zu Techraid zurück zu schicken und dort einen Aufstand anzuzetteln. Titus ist sofort Feuer und Flamme und Chester wirkt nicht im Mindesten überrascht. Offenbar hat Romulus bereits mit ihm über meinen Vorschlag gesprochen. Da Melody sich wie üblich in melancholisches Schweigen hüllt, steht der Entschluss schnell fest.

Ungeduldig schaue ich immer wieder auf die Uhr und dann auf die Stelle an Romulus' Schreibtisch, von der ich weiß, dass dort das Mentalin aufbewahrt wird. Die Tatsache, dass ein weiteres Kästchen voll der beruhigenden Flüssigkeit keine zwei Meter von mir entfernt liegt, verstärkt mein Verlangen danach umso mehr. Es bringt mich beinahe um den Verstand.

»Hast du es eilig?«, will Romulus stirnrunzelnd von mir wissen, als ich zum hundersten Mal auf seine Uhr schiele. Ich fühle mich ertappt und flüstere ein kurzes Nein. Wende meine Aufmerksamkeit wieder dem Gespräch zu und werde dabei das Gefühl nicht los, dass Romulus mich noch immer beobachtet.

Als er nach einer gefühlten Ewigkeit endlich die Besprechung beendet, bin ich völlig fertig mit den Nerven. Meine Bluse ist durchgeschwitzt und klebt an meinem Körper. Chester Fields schaut mich an und ich kann an dem besorgten Ausdruck in seinen Augen erkennen, dass man mir meinen miserablen Zustand deutlich ansieht.

»Alles in Ordnung?«, fragt er leise, sodass die anderen es nicht mitbekommen. »Du siehst aus, als hättest du Fieber.«

So fühle ich mich auch. Aber ich schüttle nur lächelnd den Kopf. »Mir geht's gut«, wehre ich ab und ziehe mir schnell meine Weste über, damit man die nassen Flecken nicht mehr sieht.

»Kann ich dich noch kurz sprechen, Romulus?«, stoße ich dann zwischen zusammengebissenen Zähnen hervor, während Titus und Melody schon Anstalten machen zu gehen. »Allein?«, füge ich mit Blick auf Chester Fields zu, der noch immer seelenruhig auf seinem Platz sitzt.

Ich kann mir vorstellen, dass er es nicht eilig hat, sich in sein einsames Zimmer zurückzuziehen. Doch bei dem was jetzt folgt, will ich ihn unter keinen Umständen dabei haben.

»Klar«, erwidert Romulus freundlich und Chester, der den Wink verstanden hat, verschwindet hinter dem Vorhang im Nebenraum.

Ich drehe mich um, um zu sehen, ob Titus und Melody schon verschwunden sind, doch stattdessen stehen die beiden eng umschlungen an der Tür und küssen sich. Der Anblick trifft mich wie ein Blitzschlag, ich kann die Augen nicht von der Szene abwenden. Ich fühle mich, als hätte mir jemand mit voller Wucht in den Bauch getreten. Erst, als die beiden sich voneinander lösen, uns eine gute Nacht wünschen und den Raum verlassen, kann ich mich wieder rühren. Als ich mich Romulus zuwende, bemerke ich, wie er mich aufmerksam mustert. Peinlich berührt falte ich meine noch immer zitternden Hände vor mir auf dem Tisch und versuche, das eben Gesehene in einer der hintersten Ecken meines Gehirns zu verstauen. Jetzt gibt es wichtigere Dinge zu besprechen.

»Also, was gibt es?«, will Romulus wissen.

»Ich brauche mehr Mentalin!«, schießt es unwillkürlich aus mir heraus, ehe ich mir eine geeignete Strategie für das Gespräch überlegen kann.

»Nein«, sagt Romulus nur knapp.

»Nur noch bis Neujahr.« Meine Stimme hat sich, ohne dass ich es will, in ein eindringliches Flehen verwandelt. »Ich stehe das alles nicht ohne durch!«

Besorgt mustert Romulus meine Hände, die mittlerweile so stark zittern, dass ich es beim besten Willen nicht mehr schaffe, sie ruhig zu halten.

»Aida, du bist abhängig. Das kann so nicht weitergehen.«

»Das muss es auch nicht mehr lange. Nur noch ein paar Tage! Danach kannst du mich ausnüchtern, wenn du willst.«

Romulus wirkt unglücklich. »Das ist alles meine Schuld. Ich hätte dir das Zeug niemals geben sollen.«

»Hättest du das nicht getan, hätte ich die letzten Monate niemals durchgestanden. Nur deinetwegen habe ich es überhaupt bis hierher geschafft. Wer weiß, was Jenkins andernfalls mit mir angestellt hätte. Wir sind so kurz vor dem Ziel, ich brauche keine zwei Wochen mehr, Romulus!«

Er seufzt und schaut mich nur aus traurigen Augen an. Fast könnte ich Mitleid mit ihm haben. Doch ich werde jetzt nicht locker lassen.

»Bitte, ich verspreche dir, ich werde danach nie wieder etwas davon anrühren«, fahre ich leise und beschwörend fort. »Aber jetzt muss ich funktionieren, sonst bringe ich uns alle in Gefahr.«

Einen Moment lang denke ich, dass Romulus zu einem Gegenargument ansetzt. Doch schließlich zuckt er resigniert mit den Schultern. Weil ich ja Recht damit habe. Wir können es uns nicht leisten, dass einer von uns die Nerven verliert, wenn so viel auf dem Spiel steht. Und weiter als bis Neujahr reichen meine Gedanken momentan nicht.

»Also gut, ein letztes Mal«, sagt er und ich atme erleichtert auf.

Ich lasse seine Hände nicht aus den Augen, als er sich daran macht, die Schublade seines Schreibtisches zu öffnen und ein neues Kästchen mit frisch gefüllten Ampullen herauszunehmen. In meinem Blick muss die nackte Gier liegen, denn als Romulus um den Schreibtisch herum kommt und mir die Schatulle reichen will, zuckt er noch einmal kurz zurück. Dann halte ich es in meinen Händen, endlich! Bereits das Gefühl des glatten, kühlen Kunststoffs auf meiner Haut bewirkt, dass mich ein wohliger Schauer durchfährt. Ohne mich beherrschen zu können, öffne ich umgehend die Box, greife nach einer der ersehnten Ampullen, schraube den Deckel auf und stürze den Inhalt des gesamten Fläschchens hinunter. Entsetzt beobachtet Romulus das Geschehen.

»Nicht so viel auf einmal.« Erschrocken greift er nach der Ampulle, doch zu spät.

Ehe er mich davon abhalten kann, habe ich das Fläschchen geleert und warte darauf, dass die beruhigende, gedankenklärende Wirkung des Mentalins einsetzt.

»Ich glaube, das war keine sehr gute Idee, Aida«, sagt Romulus ärgerlich, doch ich beachte ihn gar nicht.

Glücklich spüre ich, wie sich die Wärme von meinem Magen langsam über meine Arme und Beine in die Hände und Füße ausbreitet und ein seliges Lächeln erscheint auf meinem Gesicht. Ich kann mich nicht erinnern, mich jemals leichter gefühlt zu haben als in diesem Moment. Die Menge an Mentalin war mehr als sonst, ja. Doch dafür fühle ich mich auch *noch* besser! Überschwänglich fange ich an zu lachen und mich zu drehen. Alles ist mit einem Mal so bunt und wunderschön und ich fühle mich, als wäre ich im Himmel. Romulus schaut mir nervös dabei zu, wie ich mich im

Raum umsehe, als wäre ich das erste Mal in meinem Leben hier. Das Weiß der Wände, das mir sonst kühl und unpersönlich erschienen ist, leuchtet plötzlich so gleißend hell wie das Sonnenlicht. Der Boden unter meinen Füßen fängt ein wenig an zu schwanken, als wäre ich auf einem Schiff und könnte die Wellen unter meinen Füßen spüren. Der Duft von Pfefferminze dringt in meine Nase und ich atme genussvoll ein. Jeder Atemzug ist eine Wohltat für meinen Körper und meine Seele, und so fange ich erneut an zu lachen und kann mich kaum bremsen, so glücklich bin ich.

»Das war eindeutig zu viel.« Romulus steht hilflos neben mir.

Mein Blick bleibt an ihm hängen, als ich mich zu ihm umdrehe.

»Aida, es wäre vielleicht besser, wenn du dich hinsetzt.«

Ich kann ihn kaum erkennen vor dem gleißenden Licht, das die Wände abgeben. Aber der tiefe Klang seiner Stimme lässt meinen Körper vibrieren und ich taumele in die Richtung, aus der sie kommt. Nur wenige Zentimeter vor Romulus bleibe ich stehen und jetzt kann ich ihn sehen. Wieder schwankt der Boden unter meinen Füßen und beinahe wäre ich gestürzt. Das unergründliche, eisige Grau in Romulus' Augen zieht mich wie magisch an. Hypnotisiert mich. Lässt mich nicht mehr los.

Mit einer Mischung aus Skepsis und Belustigung erwidert Romulus meinen Blick und macht sich bereit, mich aufzufangen. Lächelnd rücke ich noch einen Schritt näher an ihn heran, reiße mich von seinen Augen los und betrachte seine dichten Augenbrauen, das helle Haar. Die Stoppeln auf seinem Kinn, die leicht geöffneten Lippen, die zu einem schiefen Lächeln verzogen sind. Ich bin jetzt so nah, dass ich den schwachen Geruch seines Rasierwassers riechen kann, doch das reicht mir noch nicht. Ich will mehr.

Ohne einen Gedanken an die Konsequenzen zu verschwenden drücke ich meine Lippen auf seine. Völlig überrumpelt macht Romulus einen Schritt zurück. Ungläubig schaut er mich an, doch ich lächle nur und mache erneut Anstalten, ihn zu küssen. Diesmal lässt er mich gewähren und nach einem kurzen Moment des Zögerns erwidert er meinen Kuss. Ich spüre den sanften Druck seiner Lippen und schmecke das Salz auf seiner Haut so intensiv, als gäbe es auf dieser Welt nichts anderes als Romulus und mich. *Ich habe ihn für mich ganz allein.* Ich genieße die vollkommene Leichtigkeit und das Glück, das mich bei jeder seiner Berührungen von den Zehenspitzen bis zum Haaransatz erfüllt. Doch es ist noch immer nicht genug für mich. Als meine Hände sich ohne mein Zutun daran machen, die obersten Knöpfe seines Hemds zu öffnen, greift Romulus mich an den Schultern und löst sich von mir. Milde überrascht hebe ich die Brauen.

»Ich denke, das ist genug für heute, Aida«, sagt Romulus ein wenig atemlos und bugsiert mich auf einen der Stühle, die um den Schreibtisch herum stehen.

»Wieso?«, frage ich lachend und mache mich daran, wieder aufzustehen.

Der Schwindel trifft mich so stark, dass es mir die Beine unter dem Körper wegzieht. Mit einem Mal wird mir schwarz vor Augen und silbrige Sterne tanzen hinter meinen Lidern. Zufrieden seufzend lasse ich meinen Körper in die Dunkelheit gleiten und falle in einen tiefen, traumlosen Schlaf.

Ich erwache auf einer Liege in einem der Behandlungsräume, die an Romulus' Büro angrenzen. Mit schweren Gliedern setze ich mich auf und brauche einen Moment, um mich zu orientieren und mir ins Gedächtnis zu rufen, wie ich hier gelandet bin. Die Situation kommt mir bekannt vor. Schon einmal bin ich hier aufgewacht. Als die Erinnerung zurückkommt, wünsche ich mir, sie hätte es nicht getan. Mir wird flau im Magen bei dem Gedanken daran, was ich getan habe. Am liebsten würde ich verschwinden und nie wieder hierher zurückkommen.

Wo ist Romulus? Es muss bereits mitten in der Nacht sein, doch ich kann mir nicht vorstellen, dass er mich hier allein gelassen hat und einfach in seine Wohneinheit zurückgegangen ist. Ich hieve mich schwerfällig von der Liege und setze mich auf. Ich sollte Romulus suchen und mit ihm über das reden, was vorhin passiert ist.

Gerade, als ich all meinen Mut zusammen gesammelt habe und entschlossen von der Liege springe, kommt mir jedoch eine andere

Idee. Eine bessere. Ich sehe mich um und erkenne den weißen Vorhang, hinter dem das Büro liegt. Dahinter, da bin ich mir sicher, sitzt Romulus, trotz der späten Stunde vertieft in seine Arbeit. Auf Zehenspitzen, um ihn nicht auf mich aufmerksam zu machen, schlage ich die andere Richtung ein. Gehe durch die Tür in einen weiteren, größeren Raum. Ich erkenne ihn sofort wieder. Hier steht der Körperscanner, in dem ich an meinem achtzehnten Geburtstag untersucht wurde. Dieser Tag scheint Jahre zurückzuliegen.

Ich schleiche mich daran vorbei durch die nächste Tür. Durch eine weitere. Dann endlich habe ich gefunden, was ich gesucht habe. Hinter einem Vorhang verborgen liegt die reglose Gestalt von Chester Fields in einem unpersönlichen Krankenhausbett. Er schläft, stelle ich enttäuscht fest. Etwas anderes ist eigentlich auch kaum zu erwarten gewesen.

Vorsichtig nähere ich mich ihm und betrachte sein ausgemergeltes, gräuliches Gesicht mit dem kurz geschorenen Haar. Im Schlaf wirkt er … *jünger* als bei unserem letzten Treffen.

Plötzlich schlägt Chester die Augen auf und ich springe erschro cken zurück.

»Aida!«, sagt er und wirkt dabei nicht weniger erschrocken als ich. »Was machst *du* denn noch hier?«

Ja, was mache ich eigentlich hier? *Vor Romulus weglaufen*, gebe ich mir prompt selbst die Antwort. Doch das kann ich Chester Fields kaum erzählen.

»Ich wollte sehen, wie es dir geht«, höre ich mich sagen und weiß im nächsten Moment, wie unglaubwürdig das klingen muss.

»Um diese Zeit?«, fragt Chester skeptisch und setzt sich langsam auf. Behutsam richtet er seine Kissen und wirft mir einen verwirrten Blick zu. Ich zucke mit den Schultern.

»Tja, ich kann mich nicht beklagen«, sagt Chester lächelnd und bedeutet mir, Platz zu nehmen. Ich ziehe mir einen Stuhl heran und überlege, worüber ich mit ihm sprechen soll. Wir haben bisher keine Zeit alleine zusammen verbracht und es fühlt sich ein bisschen merkwürdig an, hier bei ihm zu sitzen. Ohne, dass Romulus, Titus und Melody dabei sind.

»Wie hast du das ausgehalten, die ganze Zeit allein hier eingesperrt zu sein?« Die Frage ist zwar direkt, liegt mir aber schon länger auf der Zunge.

Glücklicherweise scheint Chester sie mir nicht übel zu nehmen. »Ganz einfach: Indem ich mir immer wieder in Erinnerung gerufen habe, wie die Alternative aussehen würde. Und dass es schließlich nicht für immer so sein würde. Schon bald wird alles anders.« Er schaut mich vielsagend an.

Ich nicke langsam. Ja, in wenigen Tagen wird Chester für immer hier raus sein, so viel steht fest. Ganz gleich, ob unser Plan aufgeht. So, wie es war, wird es nicht mehr sein, zumindest nicht für *uns*. Aber mich beschäftigt etwas anderes.

»Was macht dich so sicher, dass es wirklich besser werden wird?«, frage ich und kaue auf meiner Unterlippe herum. »Du warst schließlich schon einmal Präsident. Woher weißt du, dass die Menschen *diesmal* auf dich hören werden?«

Chester mustert mich nachdenklich, bevor er antwortet. »Du fragst dich, weshalb ich nicht *mehr* unternommen habe, als ich es noch konnte, hab ich recht?«

Ich fühle mich ein bisschen ertappt, weil Chester mit dieser Annahme voll ins Schwarze trifft, und nicke erneut. Auch, wenn seine Amtszeit nicht sehr lange dauerte, hätte er doch die ideale Position gehabt, um die Bevölkerung von den Verbrechen in Kenntnis zu setzen, die um sie herum geschehen. Aber stattdessen ist nichts passiert.

»Ich hatte immer die Hoffnung, dass Diplomatie ausreichen würde, um etwas zu ändern. Und wenn mir mehr Zeit geblieben wäre, hätte ich mit dieser Taktik auch Erfolg gehabt«, setzt Chester überzeugt hinzu. »Du weißt vermutlich, dass der Präsident zwar eine Sonderstellung hat, aber nicht über die Köpfe des Rats hinweg regieren kann.«

»Ja«, sage ich leise. »Das weiß ich.«

Die Stimme des Präsidenten wird bei Entscheidungen stärker gewichtet, doch allein gegen alle kann er sich nicht durchsetzen. Und im Extremfall kann der Rat einen Präsidenten auch wieder absetzen. Die Hürden dafür sind hoch, doch denkbar ist dieses Szenario.

»Ich habe versucht, mehr Bewusstsein für unsere Probleme zu schaffen. Habe auf die Missstände hingewiesen. Ich konnte sehen, wie manche Ratsmitglieder sich langsam, Schritt für Schritt in meine Richtung bewegt haben. Überstürztes Handeln hätte die gesamte Regierung in eine tiefe Krise gestürzt. Das wollte ich um jeden Preis vermeiden. Davon abgesehen, dass ich diese Krise vermutlich selbst nicht überlebt hätte.« Mit einer Hand fährt sich Chester über das stoppelige Haar. »Hätte ich gewusst, dass mir keine Zeit mehr bleiben und sich die Konfrontation am Ende ohnehin nicht vermeiden lassen würde, hätte ich wohl anders gehandelt«, gesteht er nicht ohne gewisse Reue in der Stimme.

»Glaubst du denn, dass die Menschen hier wirklich eine Veränderung *wollen*?«

Ich frage mich, wie meine Kollegen im Verteidigungsministerium reagieren würden, wenn Chester ihnen erzählen würde, was unten in den geheimen Laboren geschieht. Dass die Generation nach ihnen nur geschaffen wurde, um Leistung zu bringen. Dass ihre Eltern anonyme und vermutlich unfreiwillige Spender waren. Und dass nur wenige Meter von ihnen entfernt Menschen hingerichtet werden, die nicht mehr genug für das System leisten können. Wären sie schockiert? Oder ist Livingstons Ideologie, die ja schon etliche Jahre vor ihm praktiziert und propagiert wurde, ihnen längst in Fleisch und Blut übergegangen? Ich denke an Ariana, wie sie mir das Wort *Systemschmarotzer* an meinem ersten Abend entgegenspuckte. An all die abfälligen Blicke, die ich zu Beginn ertragen musste, als ich mit eingegipster Hand durch den Speisesaal spaziert bin. An Erica und Stella, meine Klassenkameradinnen, die jedes Mal hämisch kichern, wenn Mr. Salmon mich ausfragt und ich stotternd und mit hochrotem Gesicht nach Antworten suche. *Nicht alle werden sich über einen Regierungswechsel freuen*, meine ich zu wissen. Gerade hier in Ring A.

»Der Schlüssel zu den Menschen ist das Verständnis für ihre Natur«, sagt Chester kryptisch und mustert gedankenverloren den Schlauch, der aus seinem Handgelenk ragt. »Du hältst es für unmenschlich, wenn jemand seine Stärke ausnutzt, um Schwächere zu unterdrücken. Wenn jemand danach strebt, noch besser und noch stärker zu werden. Aber das ist es nicht. Im Grunde ist es sogar genau dieses Verhalten, dass es uns Menschen ermöglicht hat, evolutionsgeschichtlich so erfolgreich zu sein. Rücksichtslosigkeit, das Streben nach Macht, Brutalität, sie sind ein Teil unserer Natur. Sie sind nicht unmenschlich, sondern ganz im Gegenteil *absolut* menschlich. Auch wenn wir das manchmal nicht gerne wahrhaben wollen. Und wir alle profitieren davon, du genauso wie ich.«

Ein Schatten hat sich über seine Augen gelegt, während er gesprochen hat. »Schau über unsere Grenzen, Aida, und du weißt, was ich meine. Um selbst zu überleben, haben wir uns von unseren Mitmenschen abgeschottet und überlassen sie ihrem Schicksal. Lassen sie verhungern, lassen sie an ihren Seuchen krepieren, lassen sie sich gegenseitig abschlachten. Anstatt ihnen zu helfen, wo es uns möglich ist. Wir alle tun das, wissentlich. Weil wir nur so in der Lage sind, selbst zu überleben.

Man kann die Welt nicht besser machen, wenn man die Augen davor verschließt, dass dieser Egoismus ein Teil von uns allen ist. Das wäre naiv und gefährlich. Nein, man muss einen Weg finden, ihn zu *kontrollieren*. Jenkins hat das verstanden. Besser als Greg Livingston selbst. Das ist der Grund, weshalb Jenkins so gefährlich ist. Gefährlicher als alle anderen. Livingston ist im Grunde nicht mehr als seine Marionette. Jemand, der Jenkins' Ideologie gut verkaufen kann. Meine Herausforderung wird darin liegen, einen besseren Weg zu finden, um die Kontrolle über die Menschen zu erlangen, als Furcht davor zu säen, dass sie ihren hohen Lebensstandard aufgeben müssen.«

Gespannt lausche ich seinen Erklärungen und habe doch Schwierigkeiten, sie zu verstehen. *Kontrolle*, denke ich verwirrt. In dem Zusammenhang habe ich dieses Grundprinzip von Last Haven noch nie betrachtet. Aber was er gesagt hat, macht mir auch ein bisschen Angst. Man hört Chester an, dass er viele Jahre seines Lebens in den inneren Ringen verbracht hat, denn seine Sicht der

Dinge ist so nüchtern und emotionslos, dass ich beinahe darüber erschrecke. Ich bin mir nicht ganz sicher, ob ich seine Einschätzung der menschlichen Natur teilen kann. Aber wenn ich Chester Fields zuhöre, wird mir auch klar, weshalb Romulus solches Vertrauen in ihn setzt. Er ist eben ein Politiker durch und durch. Rational, ein Realist. Nicht naiv oder idealistisch, mit einem Kopf voller Träumereien von einer besseren Welt, die es so nie geben kann. Wenn es einen unter uns gibt, der die Menschen von Last Haven im Angesicht des bevorstehenden Chaos' vereinen kann, dann ist es Chester Fields. Dessen bin ich mir mit einem Mal sicher. Der Mann mit den klugen, wachen Augen in dem vom Krebs gezeichneten Gesicht. Der Mann, der selbst zum Opfer unseres kranken Systems geworden ist.

Wie ich es erwartet habe, sitzt Romulus über irgendwelche Unterlagen gebeugt an seinem Schreibtisch. Als er mich kommen hört, blickt er auf.

»Wie spät ist es?«, frage ich ohne ihn direkt anzusehen und noch bevor er irgendetwas sagen kann.

Es muss bereits Morgen sein. Ich hoffe inständig, dass er den Zwischenfall vom Vorabend mit keinem Wort erwähnen wird.

Romulus wirft einen Blick auf seine Armbanduhr. »Vier Uhr Fünfundzwanzig. Du hast tief und fest geschlafen, da wollte ich dich nicht wecken. Und wahrscheinlich hätte ich das auch nicht geschafft, wenn ich es probiert hätte.«

Er lächelt mich vielsagend an und ich spüre, dass ich rot werde. *Es hat keinen Sinn.* Wir können nicht einfach so tun, als wäre nichts passiert.

»Romulus,« stammele ich und vermeide es immer noch, ihn anzusehen. Stattdessen betrachte ich mit großem Interesse den Fußboden vor mir. »Was gestern Abend passiert ist … das tut mir leid. Das hätte ich nicht tun sollen.«

»Was genau meinst du?«, fragt Romulus amüsiert.

»Du weißt ganz genau, was ich meine«, erwidere ich beleidigt.

»Tja«, sagt Romulus leise lachend und kann seine Belustigung nicht länger verbergen, »wenn dir der Kuss schon so unangenehm ist, dann kannst du von Glück reden, dass ich dich davon abgehalten habe, mir auch noch die Kleider vom Leib zu reißen. Sonst wäre die Situation jetzt wohl noch peinlicher.«

Es macht mich wütend, dass Romulus mein Unbehagen so sehr zu genießen scheint, doch ich weiß nicht, was ich erwidern soll. Also warte ich, bis er mit Lachen fertig ist und wende mich dann mit hochrotem Kopf zum Gehen.

»Warte, Aida.«

Ich drehe mich zu ihm um und warte auf einen weiteren Spaß auf meine Kosten. *Das hast du dir wirklich verdient, Aida!.*

»Vergiss das hier nicht.« Über den Tisch reicht mir Romulus die Schatulle mit dem Mentalin. Die ich in meinem Bestreben, den Raum so schnell wie möglich zu verlassen, beinahe vergessen hätte. Als ich mich jedoch erneut umdrehe, ruft mich Romulus ein zweites Mal zurück. Diesmal zwinge ich mich, ihn anzusehen. Doch von Spott und Häme ist keine Spur mehr zu sehen. Freundlich und mit Wärme im Blick lächelt er mich an.

»Aida, mach dir keine Gedanken wegen gestern Abend.« Er zwinkert mir zu. »Du hast mich geküsst, weil du unter Drogen standest und möglicherweise auch, um dich selbst von dem Kummer abzulenken, dass Titus Melody liebt und nicht dich.«

Wie angewurzelt stehe ich da und versuche zu begreifen, was Romulus gerade gesagt hat.

»Beide Beweggründe kann ich nachvollziehen, aber wenn du mich das nächste Mal küsst, dann hoffe ich trotzdem, dass du dafür einen anderen Grund hast«, fügt er hinzu, entlässt mich mit einem kurzen Nicken und widmet sich wieder seinen Unterlagen.

Vollends verwirrt von seinen Worten verlasse ich ohne eine Erwiderung das Zimmer. Kaum habe ich die Tür hinter mir geschlossen, wird mir plötzlich schlagartig bewusst, dass auch *er* mich geküsst hat.

Kapitel 17

Wenig später beim Frühstück herrscht eine angespannte Stimmung. Nachdem ich am Abend zuvor einmal öfter mit einer fadenscheinigen Ausrede aus der Bibliothek verschwunden bin, scheinen Ivy und Ben wütend auf mich zu sein. Wir wechseln kaum zehn Worte, während wir unser Frühstück hinunterschlingen. Mir kommt das sehr gelegen, denn ich bin in Gedanken ohehin ganz woanders. Im MediOffice nämlich, bei Romulus. Ich versuche, mich im Detail daran zu erinnern, wie es war, als ich ihn im Mentalinrausch geküsst habe. Die Szene noch einmal im Kopf ablaufen zu lassen, um herauszufinden, wie es mir damit geht. In erster Linie ist mir die Sache unglaublich peinlich und ich würde sie am liebsten vergessen. Aber irgendwo unter diesem Gefühl von unsäglicher Schmach versteckt sich noch etwas anderes. Etwas, das ich noch nicht so recht einordnen kann und das mich verwirrt.

Jemand dreht die Lautstärke des Fernsehers auf und ich werde aus meinen Gedanken gerissen. Mit wachsendem Interesse folge ich jetzt den Nachrichten, die gerade ausgestrahlt werden. Wie es scheint, hat Romulus recht gehabt. Livingston hat das Problem der Nahrungsmittelknappheit noch nicht in den Griff bekommen. Es war auch nicht zu erwarten, dass die Rationierung allein unser Problem löst. Eine handfeste Hungersnot steht uns bevor. Es kann nicht mehr lange dauern, bis Livingstons Forderung nach einer Dezimierung der Bevölkerungszahl auch beim letzten Ratsmitglied auf fruchtbaren Boden trifft. Wir können nur hoffen, dass vor Silvester keine voreiligen Entschlüsse mehr getroffen werden.

Ivy ist als Erste fertig mit dem Frühstück. Sie wünscht uns mit knappen Worten und ein wenig kühl einen schönen Arbeitstag, bevor sie davon stolziert. In unangenehmem Schweigen bleibe ich mit Benjamin allein zurück und wende mich wieder dem Fernseher zu, um eine gute Begründung für meine Wortkargheit zu haben.

»Aida, willst du mir nicht endlich sagen, wohin du in letzter Zeit ständig verschwindest?«, durchbricht Ben schließlich die Stille. Ich drehe mich mit der leisen Ahnung zu ihm um, dass mir das folgende Gespräch überhaupt nicht gefallen wird. Trotzdem kann ich ihm nicht ewig aus dem Weg gehen. Ben wirkt richtig verärgert, was seinem sonst so freundlichen und sanften Gesicht einen ganz ungewohnten Ausdruck verleiht.

»Das habe ich euch doch gesagt. Ich fühle mich einfach gesundheitlich angeschlagen und lege mich daher früh hin«, antworte ich lahm. »Meine Probephase ist fast vorbei und der Stress wird allmählich zu viel für mich.«

»Hör auf, mich für dumm verkaufen zu wollen! Ich habe mit Ariana gesprochen. Sie meint, dass du oft erst zurück in die Wohneinheit kommst, wenn bereits alle schlafen.«

Verfluchter Mist! So etwas musste ja früher oder später passieren. Gereizt schnalze ich mit der Zunge. Doch schon einen Moment später regt sich Wut in mir. Wut auf Ben. Was fällt ihm überhaupt ein, hinter meinem Rücken zu Ariana zu spazieren?

Benjamin ist noch nicht fertig. »Was mich am meisten daran stört, ist, dass du offensichtlich kein Problem damit hattest, Ivy in dein kleines Geheimnis einzuweihen, du aber nicht den Mut hast, *mir* ins Gesicht zu sagen, was du die halbe Nacht treibst.«

Er wirkt ehrlich verletzt, doch ich bin verwirrt. Das ergibt keinen Sinn für mich. Scheinbar hat er aus meinem Verhalten nicht die richtigen Schlüsse gezogen, anders kann ich mir seine Worte nicht erklären.

»Und was genau soll das deiner Meinung nach sein?«, frage ich daher vorsichtig und mit ernsthaftem Interesse nach.

»Du hast einen Freund, Aida! Und du triffst dich heimlich mit ihm, weil du Angst hast, es mir zu erzählen.«

Baff lehne ich mich zurück. Mit dieser Anschuldigung hätte ich als allerletztes gerechnet. Beinahe breche ich in ungläubiges Lachen aus, doch der traurige und verletzte Blick in Bens Augen hält mich in letzter Sekunde zurück. Mit anklagender Miene wartet er auf eine Antwort von mir.

»Ben«, sage ich sanft. »Da irrst du dich. Es gibt keinen Freund, mit dem ich mich heimlich verabrede.« Kurz schießt mir die Frage durch den Kopf, ob es sich bei dieser Aussage angesichts meiner Gefühle für Titus und meines Kusses mit Romulus nicht auf eine verdrehte Art und Weise um eine Lüge handelt. An Bens Gesichtsausdruck kann ich ablesen, dass er mir nicht glaubt.

»Was machst du dann?«, will er schroff wissen. Er verschränkt die Arme vor der Brust und schiebt trotzig die Unterlippe vor. Ich denke an den Moment auf der Feier zur Amtseinführung zurück, wo er mir gesagt hat, dass er in mich verliebt ist, und plötzlich habe ich Mitleid mit ihm. Ich denke an all die verschwendete Zeit, die ich mit der völlig sinnlosen Hoffnung auf ein Happy End mit Titus verbracht habe. Auf die Wut, die ich verspürt habe, als mir klar wurde, dass nichts von all den Dingen, die ich für Anzeichen seiner Zuneigung gehalten habe, echt gewesen ist.

»Ben, ich sage die Wahrheit. Es gibt keinen Freund«, wiederhole ich. »Es gibt da jemanden, für den ich Gefühle habe, das ist richtig. Aber leider erwidert er sie nicht.«

Ich kann nicht sagen, wie Ben meine Worte auffasst, denn sein Gesicht wirkt wie versteinert und zeigt keinerlei Regung. Dennoch bin ich froh, ihm die Wahrheit gesagt zu haben. Ihm damit hoffentlich zumindest die Illusion genommen zu haben, wir beide könnten eines Tages ein Paar werden.

»Was mein nächtliches Verschwinden angeht: Ich kann dir nicht sagen, wohin ich gehe, weil es dich in Gefahr bringen würde, wenn du es wüsstest. Auch Ivy darf das nicht wissen. Ihr werdet es bald erfahren, das verspreche ich euch, aber habt bitte noch ein wenig Geduld und vertraut mir. Ich will euch nicht als Freunde verlieren.«

Ich habe mir nicht vorstellen können, wie gut es tun würde, keine Lügen mehr zu erzählen. Auch wenn mir angesichts Bens trotziger Miene die Sorge kommt, dass er womöglich erneut zu

Ariana laufen könnte. *Aber nein,* beruhige ich mich. Es ist schließlich Ben. Der loyale, sanfte Ben, dem ich als einem der wenigen Menschen hier in diesem Gebäude wirklich am Herzen liege.

Ohne eine Vorwarnung steht Ben auf und wendet sich zum Gehen. Bevor er mich allein zurück lässt, hält er noch einmal kurz inne.

»Was immer du vorhast, Aida«, sagt er mit tonloser Stimme. »Sei vorsichtig!«

Die Simulation bei Mr. Salmon verläuft im Großen und Ganzen glimpflich, wenn auch bei Weitem nicht so gut wie letztes Mal. Aufgrund meines unkontrollierten Verhaltens vom Vorabend habe ich mich schweren Herzens dazu entschieden, doch lieber für ein paar Tage auf das Mentalin zu verzichten. Was zur Folge hat, dass es mir schwer fällt, mich vor lauter Gedanken an Ben, Romulus und Titus auf meine Mission – die Verteidigung der Landesgrenze gegen einen Ansturm von feindlichen Alliierten – zu konzentrieren. Am Ende habe ich zwar den Hauptangriff erfolgreich abgewehrt, doch haben einzelne Kämpfer unbemerkt an anderer Stelle einen Weg über die Mauer gefunden. Und bereits ordentlich Schaden an unseren ohnehin von den Missernten heimgesuchten Farmen angerichtet, bevor ich ihrer habhaft werde.

»Wie war's?«, fragt Sammy munter, als ich in die Klasse zurückkomme.

Ich ringe mir ein tapferes, halbherziges Lächeln ab und antworte: »Gar nicht so schlecht.«

Dann lasse ich den Kopf auf meine Arme sinken und versuche, meine Gedanken zu sortieren. Romulus' Worte über unseren Kuss gehen mir nicht mehr aus dem Sinn. Immer wieder stelle ich mir die Frage, aus welchem Grund ich es getan habe. Hat das Mentalin meine Sinne derart manipuliert? Oder hat es mir nur den Mut verliehen, etwas zu tun, was ich unbewusst tatsächlich tun *wollte*? Ich versuche mir vorzustellen, wie es wäre, ihn *ohne* Mentalin zu küssen, doch allein der Gedanke daran fühlt sich eigenartig an. Und außerdem: Habe ich nicht wenige Minuten zuvor noch Qualen gelitten, als ich Titus und Melody zusammen gesehen habe? Möglicherweise hatte Romulus doch recht mit seiner Unterstellung, dass ich nur einen Weg suche, Titus ein für alle Mal aus meinem Kopf zu verdrängen. So sehr ich mich auch anstrenge, es beibt verwirrend.

Meine Besuche im MediOffice habe ich jedenfalls für ein paar Tage ausgesetzt. Nicht nur, weil ich noch immer nicht weiß, wie ich nach unserem Kuss mit Romulus umgehen soll, sondern auch, weil die Tatsache, dass Ben mit Ariana über meine nächtlichen Ausflüge gesprochen hat, mich im Nachhinein doch ein wenig beunruhigt. Die Angst davor, dass Ariana auf eigene Faust Nachforschungen anstellen könnte, lässt mich einfach nicht mehr los.

Weihnachten rückt immer näher und obwohl der Tag für uns nicht mehr ist als ein gewöhnlicher Arbeitstag, hat doch der ein oder andere Zeit gefunden, mit selbst gebastelten Sternen und Girlanden eine festliche Stimmung in den Sozialräumen zu schaffen. Die Zeit verfliegt in einer Geschwindigkeit, die ich nicht für möglich gehalten habe. Während um mich herum bereits wieder freudige Aufregung herrscht und über die passende Kleidung für das Neujahrsfest diskutiert wird, steigt meine Anspannung von Tag zu Tag mehr.

Habe ich früher kaum eine freie Minute meiner kostbaren Freizeit damit verschwendet, mich auf den aktuellen Stand des politischen Geschehens zu bringen, durchforste ich jetzt täglich die Nachrichten auf Hinweise zu Livingstons Vorgehen in der Nahrungsmittelkrise. Es dauert nicht lange, bis erneut darüber berichtet wird, denn das Thema wird von Tag zu Tag heikler.

»Aufgrund der Missernten während der letzten Jahre ist die Versorgung der Bevölkerung mit Grundnahrungsmitteln mittlerweile derart stark gefährdet, dass auch die strikten Einsparprogramme von Greg Livingston nur wenig ausrichten.«

Ich rücke näher an den Fernseher heran, um nichts von dem zu verpassen, was die Reporterin sagt.

»Der gesamte Rat soll daher in den nächsten Tagen zu einer Sitzung zusammenfinden, um eine umfassende Strategie zur Bewältigung der Hungersnot auszuarbeiten. Die Zeit drängt, denn bereits jetzt führt die Unterversorgung zu den ersten gesundheitlichen Schwierigkeiten bei der Bevölkerung.«

»Patricia hat es geschafft, die geplante Sitzung des Parlaments auf die Silvesternacht zu verschieben. Um neun Uhr abends«, murmelt mir Titus einen Tag später im Speisesaal zu, während er sein Armband an den Scanner hält und auf das Abendessen wartet. Ich nicke. Heute Morgen habe ich die Ankündigung im Fernsehen selbst gehört.

Im Gegensatz zu mir war Titus auch in den letzten Tagen in ständigem Kontakt mit Romulus und Chester Fields und hat an den Details unseres Plans gearbeitet. Durch die aktuellen Ereignisse spitzt sich die Lage noch einmal zu. Wir *müssen* handeln – und zwar rasch. Denn länger wird sich der Rat nicht hinhalten lassen.

»Livingston hat auf einen früheren Termin gedrängt. Doch Patricia konnte unter einem Vorwand noch eine kurze Aufschiebung herausholen. An dem Abend soll darüber abgestimmt werden, ob mit der Reduzierung der Bevölkerungszahlen begonnen werden kann.« Titus schnaubt verächtlich. »Und wir wissen beide, wie dieser Beschluss aussehen würde.«

Würde. Auch wenn die Neuigkeit über die Planänderung uns zunächst alle in helle Aufregung versetzt hat, stellt sie sich im Nachhinein doch als absoluter Glücksfall heraus. Tatsächlich verschafft uns die kurzfristige Verschiebung der Sitzung auf die Silvesternacht nicht nur die benötigte Zeit, das drohende Unheil aufzuhalten. Sondern auch die ideale Gelegenheit, den Rat für den Rest der Nacht unschädlich zu machen. Patricias spontane Eingebung, dafür zu sorgen, dass die Minister ausgerechnet an diesem Abend zusammenkommen, war geradezu ein Geniestreich.

»Patricia muss dafür sorgen, dass keines der Ratsmitglieder das Gebäude vor dem großen Feuerwerk verlässt«, sage ich eindringlich. Dieser Teil unseres neuen Plans bereitet mir trotzdem Kopfschmerzen. Die Ministerin für Bevölkerungsplanung muss es schaffen, die übrigen Minister zumindest so lange festzusetzen, bis wir Livingston aus dem Weg geräumt haben. Dieser wird – laut Patricia – nicht an der Sitzung teilnehmen, sondern einen Stellvertreter zur Abstimmung schicken. Er selbst wird wie ursprünglich geplant auf dem Fest die Neujahrsrede halten, die im ganzen Land ausgestrahlt werden soll.

»Was ist mit Jenkins?«, frage ich Titus besorgt. »Wenn es Unruhen bei Techraid gibt, ist es doch unwahrscheinlich, dass er in aller Seelenruhe an einer Ratssitzung teilnimmt. Er wird sich um den Aufstand kümmern müssen.«

»Das kann passieren«, gibt Titus zu. »Wir können nur hoffen, dass er in der Angelegenheit keine allzu große Gefahr sieht. Dass er es seinen Wächtern überlässt, sich damit zu befassen. Wenn das nicht der Fall sein sollte, haben wir zumindest Fawner und Bell vorerst aus dem Weg geräumt. Ganz zu schweigen von den anderen Ministern, die ein unkalkulierbares Risiko darstellen. Und schließlich –«, fügt er zwinkernd hinzu. »– gibt es ja auch immer noch Plan B.«

Ja, Plan B. Ich weiß, was das für mich heißen würde. Und ich bete innerlich zu allen höheren Mächten, dass es nicht dazu kommt.

Die Gewissheit, das Unschädlichmachen des Rates nicht selbst in der Hand zu haben und stattdessen auf den Zufall und die Gerissenheit von Patricia angewiesen zu sein, die ich nicht einmal kenne, gefällt mir nicht. Titus dagegen scheint keinerlei Bedenken hinsichtlich ihrer Fähigkeiten zu haben.

»Vertrau ihr«, versucht er mich zu beruhigen.

Ich greife nach meinem Tablett und folge ihm an einen der Tische.

»Ich hoffe nur, auf deine Freunde bei Techraid ist Verlass«, sagt Titus leise. Das ist es, was *ihm* wiederum die größte Sorge bereitet. Romulus hatte recht, als er zu Beginn unserer Veschwörung, darauf hingewiesen hat, dass gegenseitiges Vertrauen die wichtigste Voraussetzung für unsere Zusammenarbeit sei. Aber Vertrauen fällt uns allen hier schwer. Bevor ich weiter darüber nachdenken kann, erzählt Titus mir von dem Treffen mit Eddie, den Romulus gestern zu einer Nachsorgeuntersuchung ins MediOffice zitiert hat. »Eddie sagt, sie werden kommen«, fügt Titus hinzu und wirkt trotzdem nicht vollends überzeugt. »Wir sollen um Mitternacht mit ihnen rechnen.«

»Wie viele werden es sein?«, will ich aufgeregt wissen. Hat Mike seine Überzeugungskraft spielen lassen und viele Leute animieren können, sich gegen die Regierung aufzulehnen?

Titus legt den Kopf schief. »Vielleicht fünfzig«, sagt er und presst die Lippen zusammen.

Ich stöhne enttäuscht auf. »Das ist nicht genug!«

»Romulus meint, fünfzig schwer bewaffnete Menschen zum rechten Zeitpunkt können für uns den entscheidenden Unterschied machen.« Ich kann Titus ansehen, dass er nur zu gerne an diese Worte glauben würde, es ihm aber genauso schwer fällt wie mir selbst.

»Wir wissen nicht einmal, ob sie es bis in den Regierungsbezirk schaffen«, flüstere ich besorgt.

»Selbst wenn nicht,« Titus will mir wieder etwas Zuversicht eintrichtern, »werden sie die Aufmerksamkeit des Präsidenten und der Wächter auf *sich* ziehen. Je mehr Livingston und Jenkins abgelenkt sind, desto besser ist das für uns.«

Natürlich hat er Recht damit. Trotzdem habe ich Angst. Davor, dass Mike und seine Leute um Mitternacht schon lange nicht mehr am Leben sein werden. Wenn das der Fall sein sollte und die aufständischen Techraid-Mitarbeiter niedergemacht werden, bevor sie uns erreichen, kann ich mir selbst die Schuld dafür geben. Es war meine Idee, Eddie und Mike in unseren Plan mit einzubeziehen. *So weit darf es einfach nicht kommen!*

»Hat Eddie vielleicht eine Nachricht von Mike für mich gehabt?«, frage ich Titus eilig. Gerade hat Ivy den Speisesaal betreten. Uns bleiben nur noch wenige Augenblicke, in denen wir uns ungestört unterhalten können.

»Ja.« Titus lächelt sein wunderschönes Lächeln, bei dem seine weißen Zähne nur so in seinem Gesicht leuchten. »Er sagt, er freut sich schon sehr darauf, dich endlich wieder zu sehen.«

Am Tag vor Silvester kann ich an nichts anderes mehr denken, als die morgige Nacht. Wo ist nur die Zeit geblieben? Es kommt mir vor, als würde mein ganzes Leben nur auf diesen einen Moment zusteuern. Als würden die Stunden umso schneller vergehen, je näher er rückt. Unwillkürlich schaue ich immer wieder auf die Uhr. Nur, um panisch festzustellen, dass schon wieder mehrere Minuten vergangen sind.

Als ich das Klassenzimmer am Morgen etwas zu früh erreiche, stelle ich mit Entsetzen fest, dass Mr. Salmon nicht allein ist. Bei ihm steht der Mensch, den ich im Moment als Allerletztes sehen will. Als sie mich kommen hören, verstummen beide. Mit einem höflichen, aber eisigen Lächeln wendet sich Rex Jenkins mir zu.

»Guten Morgen, Miss Green. Ich hatte gehofft, dass ich Sie hier treffen würde.«

Nackte Panik erfasst mich bei seinen Worten. Ich spüre, wie sich meine Brust schmerzhaft zusammenzieht. *Beruhige dich, Aida*, ermahne ich mich. Übertriebene Nervosität lässt mich nur verdächtig wirken, und das muss ich um jeden Preis vermeiden. Wer weiß, wahrscheinlich geht es um etwas völlig Harmloses.

»Vielleicht hätten Sie die Freundlichkeit, mich für einen Moment zu begleiten. Ich würde gerne etwas mit Ihnen besprechen«, sagt Jenkins mit seiner aalglatten Stimme und mustert mich mit unergründlichem Blick aus seinen hellen Reptilienaugen. An meinen Armen bildet sich eine Gänsehaut. Mit trockenem Mund nicke ich.

»Sie entschuldigen uns, Mr. Salmon?«, fragt Jenkins höflich, wartet jedoch keine Antwort ab und bedeutet mir, ihm zu folgen. Mich durchfährt der absurde Wunsch, einfach davon zu laufen. Mich zu verstecken. Doch stattdessen betrete ich brav wie ein Opferlamm einen der leeren, offen stehenden Seminarräume wenige Türen weiter. Als die Tür ins Schloss fällt, fühle ich mich, als würde eine Falle zuschnappen. Ohne zu wissen, was ich tun soll, warte ich darauf, dass sich Rex Jenkins auf mich stürzt.

»Mr. Salmon hat mich während der letzten Wochen auf dem Laufenden über Ihre Leistungen gehalten, Miss Green«, fängt Jenkins an und beinahe entfährt mir ein erleichtertes Seufzen. Es geht also doch nur wieder einmal um meine Unzulänglichkeiten im Unterricht. Das bedeutet zwar einen weiteren, demütigenden Vortrag über meine schlechte Performance und meine Unfähigkeit, doch damit kann ich leben. Man gewöhnt sich daran.

»Trotz zwischenzeitlicher Phasen, in welchen wir durchaus gewisse Hoffnungen in Sie gesetzt haben –«, peinlich berührt denke ich an meinen Mentalin-gesteuerten Auftritt in der ersten Simulation zurück, »– hat sich während der letzten Wochen doch ein deutlicher Abstieg Ihrer Leistungen gezeigt, wie mir Mr. Salmon mitgeteilt hat.«

Danke, Mr. Salmon, denke ich bissig und verspüre einen ungeahnten Hass auf den kleinen Mann mit der runden Brille.

»Er meinte, Sie wären zunehmend unkonzentriert und hätten Probleme damit, Hausaufgaben und Übungen rechtzeitig einzureichen. Können Sie mir erklären, woran das liegt?« Mit hochgezogenen Brauen blickt Jenkins mich abschätzend an.

Da mir keine Ausrede einfällt, schüttle ich nur demütig den Kopf und warte auf die unvermeidliche Fortsetzung. Die auch prompt folgt.

»Zu allem Übel ist die Vorsitzende Ihrer Wohneinheit vor Kurzem auf mich zugekommen. Sie teilte mir mit, dass Sie in letzter Zeit häufiger erst mitten in der Nacht auftauchen. Dass Sie dabei jedoch auch beim Lernen in der Bibliothek schon schmerzlich vermisst wurden.«

Eiskalt läuft es mir den Rücken herunter, während er spricht. *Benjamin.* Ich werde wütend. Ich hätte wissen müssen, dass sein Nachspionieren bei Ariana noch Konsequenzen für mich haben würde. Starr vor Angst stehe ich da und kann nur hoffen, dass Jenkins aus meinem Verhalten nicht die richtigen Schlüsse zieht.

»Ich frage mich also, Miss Green«, fährt Jenkins langsam und mit schleppender Stimme fort. »Was genau ist es, das Sie davon abhält, sich in angemessener Weise auf den Unterricht vorzubereiten und pünktlich in Ihrem Bett zu sein. Wo sind Sie, wenn Sie abends spurlos verschwinden?«

Mit seinen hellen Augen taxiert er mich, als würde er sich jeden Moment auf mich werfen und mich verschlingen wollen. Hektisch sehe ich mich um. In der unsinnigen Hoffnung, irgendwo einen brauchbaren Hinweis auf eine glaubhafte Lüge zu finden. Aber es ist aussichtslos. *Du musst etwas sagen, Aida*, dränge ich mich. *Sonst machst du dich nur noch verdächtiger.* Auf einmal kommt mir die rettende Idee.

»Ich …«, stammele ich und senke den Blick, als würde ich mich ungemein genieren. Jetzt wäre zum ersten Mal in meinem Leben ein guter Zeitpunkt, um rot zu werden.

»Raus damit!«, fordert Jenkins unwirsch.

»Ich … treffe mich mit jemandem. Einem Jungen«, setze ich hinzu und widerstehe der Versuchung, Jenkins ins Gesicht zu sehen, um seine Reaktion mitzubekommen. Ich seufze verzweifelt. »Ich wollte nicht, dass meine Freunde etwas davon erfahren. Weil ich weiß, dass Benjamin Gefühle für mich hat. Ich wollte ihn nicht verletzen.«

Angesichts der Tatsache, dass ich es allein Ben zu verdanken habe, dass ich mich in dieser verzwickten Situation befinde, hält sich mein schlechtes Gewissen in Grenzen. Ich kann nur hoffen, dass Jenkins nicht von mir wissen will, mit wem *genau* ich mir angeblich die Nächte um die Ohren schlage.

»Soso«, sagt Jenkins nur ausdruckslos und mustert mich prüfend. Ich kann beim besten Willen nicht sagen, ob er mir meine Lüge abnimmt oder nicht.

»Bitte, Mr. Jenkins,«, flehe ich herzergreifend. »Bitte erzählen Sie keinem davon. Ich will Ben nicht als Freund verlieren.«

Unwillig presst Jenkins die Lippen zusammen. »Es liegt mir fern, mich in das Privatleben meiner Angestellten einzumischen, Sie dummes Ding«, sagt er ärgerlich, während ich mich bemühen muss, ein schadenfrohes Grinsen zu unterdrücken.

Meine Geschichte schmeckt ihm überhaupt nicht. Offenbar hat er mit etwas anderem gerechnet.

»Ich kann Ihnen allerdings nur den Rat geben, sich einmal in Ruhe Gedanken darüber zu machen, ob Ihre Prioritäten richtig gesetzt sind. Ich bin mir nicht sicher, ob Ihnen klar ist, in was für einer ernsten Lage Sie sich derzeit befinden. Von Ihrer Performance während der Probezeit wird schließlich abhängen, ob das Land Last Haven auch weiterhin Verwendung für Sie hat.« Seine Stimme klingt kalt wie brechendes Eis, als er weiterredet. »Ich verlange von den Mitarbeitern in meinem Ministerium die allerhöchsten Leistungen. Jeder Ihrer Kollegen wurde aufgrund seiner besonderen Fähigkeiten ausgewählt und von Kindesalter an gefördert. Wenn Sie nicht die ernste Absicht haben, die Chance, die das Land Ihnen bietet, zu ergreifen, wäre jetzt der richtige Zeitpunkt, um mich davon in Kenntnis zu setzen. Dann könnte ich diese Farce ein für alle Mal beenden.«

Jenkins' Stimme ist nicht mehr als ein hasserfülltes Zischen, als er zum Ende kommt. Trotz meiner Erleichterung darüber, dass meine Lüge ihn überzeugt hat, bin ich doch bestürzt über den offensichtlichen Hass, der mir entgegen schlägt. Was habe ich ihm nur getan? Doch ich kann keine plausible Antwort darauf finden. Seine Abneigung gegen mich wirkt so persönlich, obwohl wir uns ja im Grunde kaum kennen. Es ist, als wäre meine schiere Existenz eine Zumutung für ihn. Ich erinnere mich daran, was Ariana gesagt hat. Dass Jenkins Systemschmarotzern gegenüber ungemütlich werden könne. Für ihn bin ich nicht mehr als das – ein störender Klotz am Bein für alle. Ein Geschwür, das man herausschneiden muss, bevor es den gesamten Organismus ins Verderben stürzt.

»Als Dr. Henderson Sie an mich verwiesen hat, hat er mir versichert, Sie wären dazu in der Lage, sich rasch einzufinden. Sie bringen alle Voraussetzungen mit. Sie sind jung und intelligent und trotzdem sind Ihre Leistungen unterirdisch, und ich frage Sie, Miss Green: Wie kann das sein?«

Jenkins schaut mich an, als erwarte er ernsthaft, dass ich ihm eine Antwort auf diese Frage gebe. Als könne er es wirklich einfach nicht fassen, dass das System in meinem Fall versagt, und ich ungeachtet meiner erwiesenen Eignung trotzdem zu nichts tauge.

Ich sehe ihm an, wie ihn diese Tatsache umtreibt. Jeder in Last Haven wird entsprechend seiner Veranlagung für das Gemeinwohl eingesetzt und fügt sich perfekt ein. Es gab nie Abweichungen. Nur mich – aus einem ihm unbekannten Grund erfülle ich meine Vorherbestimmung nicht. Indem ich aus dem Raster falle, bringe ich alles ins Wanken, woran er glaubt. Alles, was ihn *selbst* ausmacht.

Ich bin für einen Moment versucht, ihn für armselig zu halten, aber ich darf ihn nicht unterschätzen. Denn Jenkins ist wie Last Haven, er wird seine Grenzen ohne Rücksicht auf Verluste verteidigen. Trotzdem – für einen kurzen Augenblick vergesse ich den Schmerz darüber, meine Unzulänglichkeit so grausam vorgehalten zu bekommen, und genieße stattdessen die Qual, die ich Jenkins bereite. Ich *will* alles, woran er glaubt, ins Wanken bringen.

»Also?«, fragt er herausfordernd und ich schaue auf meine Zehenspitzen.

»Bitte entschuldigen Sie, Mr. Jenkins. Ich werde in Zukunft alles daran setzen, Ihnen zu zeigen, dass es sich gelohnt hat, mir diese großartige Chance gegeben zu haben«, sage ich leise.

»Raus mit Ihnen!« Jenkins zeigt auf die Tür.

Ich mache, dass ich davonkomme.

Am Abend beschließe ich entgegen aller Vernunft und jeder persönlichen Drohung von Rex Jenkins, doch noch ein letztes Mal vor dem morgigen Tag selbst ins MediOffice zu gehen. Während ich durch die verlassenen Flure gehe, rede ich mir ein, dass es unwahrscheinlich wäre, wenn mir nach all den Wochen ausgerechnet am letzten Tag jemand auf die Schliche kommt. Trotzdem achte ich diesmal ganz genau darauf, ob mir jemand folgt. Die Angst davor, dass Jenkins Ariana oder jemand anderen angewiesen haben könnte, mir hinterher zu schleichen und heraus zu finden, was ich *tatsächlich* treibe, lässt mich nicht mehr los.

Titus hat mich während der letzten Tage über alle Entwicklungen auf dem Laufenden gehalten und unser Plan steht fest. Ich weiß, was ich zu tun habe und ich brauche keine letzten Anweisungen mehr. Trotzdem will ich nicht in den morgigen Tag starten, ohne

Romulus ins Gesicht sehen zu können. Schließlich könnte morgen unser beider letzter Tag auf dieser Welt sein. Ich muss wissen, ob nach dem Kuss zwischen uns alles in Ordnung ist.

Als ich um die Ecke laufe, kommt mir plötzlich Melody entgegen. Vor Schreck bleibt mir fast das Herz stehen.

»Guter Gott, was machst du denn hier?«, frage ich vorwurfsvoll, als ob es *ihre* Schuld wäre, dass ich mich beinahe zu Tode erschrocken habe.

»Oh, hallo, Aida.« Melody lächelt mechanisch. »Ich war nur noch mal eben bei Romulus.«

»Jaaa, da will ich auch gerade hin«, sage ich langsam und mustere Melody aufmerksam. Ihre sonst so perfekt geschminkten Augen sind rot und ein wenig geschwollen, das Make-up verschmiert. Sie hat ohne Zweifel geweint. *Aber weshalb?* Hat sie Angst vor morgen? Im Grunde wäre das durchaus nachvollziehbar, dennoch kann ich nicht anders, als mich darüber zu ärgern. Von uns allen hat Melody schließlich die mit Abstand ungefährlichste Aufgabe.

»Also gut, dann … bis morgen, denke ich.« Ich wende mich zum Gehen.

»Aida, warte. Ich wollte dir ohnehin noch etwas sagen. Bis jetzt hat sich nur noch nicht so Recht die Gelegenheit ergeben.« Unruhig blickt sich Melody um, ob wir auch wirklich allein sind.

Keine Menschenseele ist zu sehen. Auch kein Geräusch zu hören, das einen möglichen Mithörer verraten könnte.

Trotzdem senkt sie ihre Stimme. »Ich weiß, dass du mich nicht leiden kannst. Nein, sag nichts«, würgt sie mich umgehend ab, als ich entrüstet auffahren will. »Ich nehme es dir nicht übel. Du musst mich für ein ängstliches, dummes Püppchen halten und vermutlich hast du damit sogar Recht.«

Ich schürze die Lippen, weil diese Annahme absolut zutrifft, ich das Melody aber niemals ins Gesicht gesagt hätte. Sie scheint auch keine Erklärung oder Entschuldigung dafür zu erwarten, sondern fährt fort.

»Was ich dir nur sagen wollte ist: Ich bewundere dich, Aida. Das habe ich von Anfang an getan. Du bist stark und klug und hast keine Angst davor, das Richtige zu tun, selbst wenn es dein Leben kosten könnte. Ich wünschte mir manchmal, dass ich so wie du wäre und ich hoffe, dass – wenn wir die morgige Nacht überleben – wir vielleicht trotz all unserer Unterschiede Freundinnen werden können.«

Melody holt tief Luft und sieht mich aus traurigen Augen an. Von ihren Worten einigermaßen überwältigt, nicke ich nur schwach und ringe mir ein Lächeln ab. Diese Ansprache kommt so unerwartet, dass ich völlig überrumpelt bin.

»Ja, das wäre schön«, sage ich verdattert und fühle mich ein wenig unwohl in meiner Haut. In Wirklichkeit halte ich mich bei Weitem nicht für so stark, klug und selbstlos, wie Melody mich gerade beschrieben hat.

»Gut, dann bis morgen.« Sie erwidert mein Lächeln mit echter Wärme in den Augen und schon ist sie an mir vorbei gerauscht und um die Ecke verschwunden.

Ich schaue ihr hinterher und spüre einen Anflug von Schuldgefühlen. Meine ursprüngliche Abneigung gegen Melody hat natürlich mit Titus zu tun. Ich erinnere mich daran, dass selbst Ivy der Meinung war, dass Melody wirklich nett sei, und ich ihr aber nicht geglaubt habe. Weil ich es eben auch nicht glauben *wollte.* Und bisher habe ich mir keine große Mühe gegeben, sie besser kennenzulernen.

Nach einem kurzen Zögern und noch immer verwirrt über Melodys Auftritt setze ich meinen Weg zu Romulus fort. Er scheint nicht überrascht über mein unangekündigtes Auftauchen zu sein. Froh darüber, ein unverfängliches Thema für den Einstieg zu haben, frage ich ihn nach Melody.

»Sie sah aus, als hätte sie geweint. Weißt du, was mit ihr los ist? Was wollte sie von dir?«

»Reden«, sagt Romulus schulterzuckend, als wäre damit alles gesagt. Gereizt warte ich auf weitere Ausführungen, aber vergeblich.

»Worüber?«, frage ich schließlich nachdrücklich.

»Nun ja, zum einen hat sie Angst. Zum anderen ist das, was sie morgen Nacht vor hat, ein ziemlich schwerer Schritt für sie.«

»Ich würde liebend gerne mit ihr tauschen«, sage ich und kann es mir nicht verkneifen, genervt die Augen zu verdrehen.

Romulus sieht mich ernst an und runzelt die Stirn. »Sie hat während der letzten Jahre viel durchgemacht, Aida. Mir ist klar, dass du sie nicht magst und mir ist auch klar warum. Trotzdem solltest du versuchen, ein wenig Verständnis für sie zu haben. Seit sie ein junges Mädchen ist, besteht der einzige Zweck ihres Daseins darin, schön auszusehen, intelligent zu sein und gegen ihren Willen jeden Monat ihren Körper dem Reproduktionslabor zur Verfügung zu stellen. Sie ist ein psychisches Wrack. Stell dir vor, wie es für sie sein muss, diesem ganzen Horror ein für alle Mal ein Ende bereiten zu können.«

Ich erwidere nichts, verziehe jedoch skeptisch das Gesicht, was Romulus zum Schmunzeln bringt.

»Gib ihr einfach eine Chance, Aida«, sagt er abschließend.

»Also, weshalb bist du eigentlich gekommen?«, fragt er dann interessiert.

Ja, weshalb eigentlich?, frage ich mich selbst und verfluche mich insgeheim dafür, dass ich mir nicht vorher zurecht gelegt habe, was ich sagen will.

»Ich weiß nicht genau«, antworte ich ehrlich und lasse mich seufzend auf einen der Stühle ihm gegenüber nieder. Überraschenderweise scheint Romulus das als Antwort zu genügen. Er mustert mich wachsam aus seinen stechenden Augen.

»Hast du Angst vor morgen?«, fragt er mich und ich nicke.

»Ich kann dir überhaupt nicht sagen, *wie viel* Angst ich habe. Und du?«

Romulus schüttelt den Kopf. »Ich habe jahrelang in ständiger Angst gelebt. Dass irgendjemand herausfindet, wie ich Diagnosen fälsche, heimlich Medikamente verteile. Versuche, schwerkranke und verletzte Menschen irgendwo einzuschleusen und in Sicherheit zu bringen.« Er zuckt mit den Schultern. »In erster Linie bin ich froh, dass das alles morgen ein Ende haben wird – denn das wird es, ganz gleich, wie die Nacht für uns ausgeht. Ich bin der ganzen Sache langsam müde, weißt du.«

Ja, denke ich. Man kann es ihm ansehen. Die Geheimniskrämerei und die ständige Furcht vor dem entdeckt werden haben Spuren an ihm hinterlassen.

»Ich glaube, ich habe mich noch nie richtig bei dir bedankt für alles, was du für mich getan hast«, sage ich nach einer kurzen Pause. »Ich weiß es wirklich zu schätzen.« Romulus blickt mich aufmerksam an. » Auch wenn das vielleicht manchmal nicht den Anschein hat«, füge ich hinzu und werde ein bisschen rot.

Romulus presst amüsiert die Lippen zusammen. »Besser spät als nie«, erwidert er schmunzelnd.

Einen kurzen Moment sitzen wir einfach nur da und sehen uns an. Und obwohl ich so oft mit meinem Schicksal gehadert und mich gefragt habe, weshalb ausgerechnet *ich* in dieser verzwickten Lage gelandet bin, überkommt mich mit einem Mal die Gewissheit, dass ich doch genau zur rechten Zeit am rechten Ort bin.

»Also«, setzt Romulus an, steht auf und öffnet eine der Schranktüren hinter sich. »Stoßen wir zur Feier unseres womöglich letzten Abends auf dieser Welt noch einmal an?«, fragt er lächelnd und zwinkert mir zu, während er eine bauchige Flasche mit einer klaren Flüssigkeit aus dem Schrank holt. »Das ist eigentlich zum Desinfizieren gedacht, aber ich könnte mir vorstellen, dass *dir* das egal ist.« Er lacht leise.

Ohne etwas zu erwidern, schüttle ich den Kopf und erhebe mich ebenfalls aus meinem Stuhl.

»Das, was ich jetzt vorhabe, will ich diesmal im Vollbesitz meiner geistigen Kräfte tun«, sage ich bestimmt.

Und in wenigen Schritten bin ich bei ihm, nehme sein Gesicht in meine Hände und lege meine Lippen auf seine.

Ich habe mich in den letzten Tagen oft gefragt, wie es wäre, den Kuss zu wiederholen. *Ohne* Mentalin. Hatte Angst, es würde vielleicht merkwürdig sein. So schrecklich distanziert und unpersönlich, wie es mit Romulus auch sonst ist. Aber tatsächlich ist es ganz anders.

Endlich, zum allerersten Mal, habe ich das Gefühl, Romulus wirklich nahe zu sein und ich genieße die ungewohnte Intimität, die sich trotzdem so natürlich anfühlt. Ich spüre, dass es ihm genauso geht wie mir, als seine Hände langsam über meinen Rücken zu meiner Hüfte wandern.

Als Romulus einen Knopf meiner Bluse öffnet, kann ich es jedoch nicht verhindern, dass ich mich unwillkürlich verkrampfe. Sofort lässt er mich wieder los. Natürlich will er mich zu nichts drängen, was ich nicht will. Ich schaue betreten drein, weil mir durch den Kopf geht, dass er jetzt bestimmt daran zurückdenkt, wie ich ihm im Mentalinrausch fast die Kleider vom Leib gerissen habe. Und jetzt stelle ich mich so an und habe noch darauf bestanden, dass ich *nichts* einnehmen möchte, was meine Sinne vernebelt. Aber ich fühle mich so unsicher.

Ich schiele auf die Flasche mit dem Alkohol und wünsche mir, ich hätte doch ein paar Schlucke davon genommen. Einfach nur, um etwas lockerer zu werden. Mein Blick wandert zwischen der Flasche und Romulus hin und her. Ja, ich will das hier genauso, schließlich habe ich sogar angefangen, aber ich habe auch Angst.

Davor, dass sich herausstellen könnte, dass ich nicht das bin, was Romulus sich von mir erhofft.

Ich stehe da, ganz nah an ihm, meine Hände ruhen auf seinen Schultern, und überlege, was zum Teufel ich jetzt machen soll. Ich merke, wie Romulus mich dabei beobachtet, wie ich mit mir kämpfe.

Meine Unentschlossenheit scheint ihn jedoch zu amüsieren, was mich gleichzeitig erleichtert und ärgert. »Keine Eile, Aida«, sagt er und wirft einen Blick auf seine Armbanduhr. »Es ist erst zehn Uhr, du hast noch die ganze Nacht, um zu entscheiden, was du machen möchtest.« Er kann sich ein kleines Lachen nicht verkneifen.

»Das ist nicht komisch!«, fahre ich ihn beleidigt an und löse mich von ihm, aber Romulus zieht mich wieder an sich.

»Ein bisschen schon«, sagt er lächelnd und ich lasse es etwas unwillig zu, dass er mir einen weiteren Kuss gibt.

Sofort ist es wieder da, dieses unglaubliche Gefühl, ihm so nahe zu sein. Genau das ist es ja, was ich will! Keine Mauer zwischen uns, keine höfliche Unverbindlichkeit. Keine Worte, weil wir nie die richtigen füreinander zu finden scheinen.

Wieso haben wir so lange gebraucht, um diesen Weg zueinander zu finden? Ausgerechnet jetzt, da uns nur noch ein einziger Tag von morgen Nacht trennt! Denn wenn alles schief läuft, sind wir beide in ein paar Stunden tot. Wir brauchen mehr Zeit! Für uns.

Jetzt erwidere ich Romulus' Küsse, weil ich weiß, dass es um alles geht und ich für unnötige Angst keine Zeit habe. Ich spüre erleichtert, wie ich von Minute zu Minute sicherer werde. Und dass mir Küssen allein schon bald nicht mehr reichen wird. Es muss uns beiden so gehen, denn unsere Berührungen werden immer leidenschaftlicher. Ich schiebe meine Hand unter sein Hemd und spüre seine warme Haut. Als Antwort darauf öffnet Romulus nun einen Knopf nach dem anderen an meiner Bluse. So wartet er schweigend Geste um Geste, dass ich diejenige bin, die den nächsten Schritt macht.

Die Lagen an Stoff zwischen uns werden weniger und die Nähe zwischen uns immer größer. Ich verliere allmählich die letzten Reste meiner Angst und konzentriere mich ganz und gar auf dieses berauschende Gefühl, endlich einen Weg gefunden zu haben, zu Romulus durchzudringen. Ich spüre, wie ich regelrecht süchtig danach werde. Auch wenn dieser Zeitpunkt denkbar ungünstig ist, um nach etwas süchtig zu werden, weil morgen ja schon wieder alles vorbei sein könnte.

Noch immer sprechen wir beide kein Wort. Nicht einmal, als wir uns irgendwann voneinander lösen und uns in den Raum nebenan zurückzuziehen. Worte reichen uns beiden einfach nicht, das habe ich jetzt begriffen.

Kapitel 18

»Schau mal, Aida!«, ruft Ivy beim Frühstück am nächsten Morgen glücklich und zeigt Richtung Fenster. Ich setzte mein Glas Milch ab und drehe mich, um zu sehen, was sie meint. »Es schneit! Ist das nicht schön?«

»Mhm«, antworte ich und beobachte nachdenklich die dicken, weißen Flocken, die der Wind vor dem Fenster zum Innenhof auf und ab wirbelt. *Schön – ja, aber unserem Vorhaben heute Nacht nicht unbedingt zuträglich.* Ich bin beunruhigt. Ich kann nur hoffen, dass der Schnee nicht liegen bleibt. Er ist zu hell. Im Schutz der Dunkelheit dürfte es für uns deutlich leichter sein, unsere Mission auszuführen.

Im Großen und Ganzen bin ich heute jedoch gelassener als noch am Vortag. Erstaunlicherweise. Eine eigentümliche Schicksalsergebenheit hat von mir Besitz ergriffen, auch wenn immer wieder kurze Anflüge von Panik dieses angenehme Gefühl durchbrechen. Aber ich bin ebenfalls erleichtert. Genau wie Romulus bin ich froh, dass die Zeit des Wartens, Planens und Bangens in ein paar Stunden vorbei sein wird. Und noch glücklicher bin ich darüber, dass ich gestern den Entschluss gefasst habe, ihn noch einmal zu sehen, bevor es los geht. Obwohl ich bei der Erinnerung an letzte Nacht glühende Wangen bekomme, habe ich doch das Gefühl, endlich mit allem im Reinen zu sein. Ich bin bereit. Ich weiß, dass ich meinem Schicksal nicht davonlaufen kann und ich will es auch gar nicht mehr.

In Anbetracht des großen Feuerwerks heute Abend hat sich auch Ivys Laune deutlich gehoben. Sie scheint die feste Absicht zu haben, sich diesen besonderen und aufregenden Tag durch nichts verderben zu lassen. Ihre blauen Augen strahlen, als sie mir erzählt, wie atemberaubend das große Feuerwerk im Park letztes Jahr gewesen ist. Als ich ihr schmunzelnd erkläre, dass ich es ja selbst im Fernsehen gesehen habe, winkt sie energisch ab.

»Ach, das ist doch nicht dasselbe!«, sagt sie bestimmt und wirft ihren blonden Zopf über die Schulter. »Du musst es einfach live gesehen haben. Und das wirst du dieses Jahr auch! Glaub mir Aida, etwas Besseres hast du noch nie erlebt!«

Am liebsten würde ich erwidern, dass ich zum Zeitpunkt des Feuerwerks kaum die Möglichkeit haben werde, das Spektakel zu genießen. Und wenn Mike es mit seinen Leuten tatsächlich bis Mitternacht schaffen sollte, uns zu erreichen, wird der Spaß auch für alle anderen ins Wasser fallen. Bei der Vorstellung, welch ein Chaos im Verteidigunsministerium ausbrechen wird, erhöht sich umgehend mein Puls. *Wenn alles schief läuft, bin ich um diese Zeit sogar schon tot.*

Doch ich lächle und gebe mir Mühe, mich über Ivys gute Laune zu freuen. Als ich ihr jetzt in das hübsche Gesicht schaue, erinnert sie mich unwillkürlich an Melody. Ein psychisches Wrack hat Romulus sie genannt. Und es ist das gleiche Schicksal, das Ivy erwartet, wenn wir nichts dagegen unternehmen. *Das werde ich niemals zulassen.* Umgehend fühle ich mich in meinem Vorhaben aufs Neue bestärkt.

Die Vorfreude auf das große Fest ist im gesamten Speisessaal deutlich spürbar. Etwas wehmütig stelle ich mir vor, wie es wäre, wenn ich genau wie meine Kollegen gerade keine anderen Sorgen hätte als die Frage, ob die Schuhe, die ich mir geliehen habe, für dieses Wetter geeignet sind.

Unsere Festkleidung haben Ivy und ich bereits vor Tagen abgeholt. Im Gegensatz zu dem großen Spektakel, mit dem dieser Vorgang bei der Amtseinführungvon Greg Livingston von statten gegangen war, war die Auswahl diesmal jedoch ein eher nüchterner Vorgang. Da die Temperaturen um diese Jahreszeit bestenfalls um den Nullpunkt herum liegen, lag der Schwerpunkt eher auf dem, was wir *darüber* tragen. Schließlich werden die Feier und natürlich das Feuerwerk bei jedem Wetter draußen stattfinden. Während Ivy sich sofort Hals über Kopf in einen hellen, kuschligen Pelzmantel mit silbernen Knöpfen verliebt hat, waren für mich ganz andere Gesichtspunkte von Interesse. Unauffällig muss mein Outfit sein. Am besten dunkel, sodass ich im entscheidenden Moment ungesehen verschwinden kann. Und bequem, um mich möglichst frei darin bewegen zu können. So habe ich mich letzten Endes für einen dunkelblauen, gefütterten und weit geschnittenen Filzmantel entschieden. Der zwar so gar nicht nach Ivys Geschmack ist, weil er meine Figur nicht genügend zeigt, scheint mir jedoch für meine Zwecke die beste Wahl zu sein. Dazu eine dunkle Mütze, unter der ich mein langes Haar verstecken kann. Und einen breiten, dunkelgrauen Schal, unter dem ich bei Bedarf die Hälfte meines Gesichtes verbergen könnte.

In Anbetracht des anstehenden Festes scheint auch Benjamin, der während der letzten Tage Abstand von mir gehalten, mich während der Arbeit ignoriert und mir nur hin und wieder einen verletzten Blick zugeworfen hat, sich wieder mit mir versöhnen zu wollen. Als er sich zu uns an den Tisch gesellt, schauen Ivy und ich uns überrascht an, machen ihm dann jedoch bereitwillig Platz.

Tatsächlich ist das heutige gemeinsame Frühstück mit den beiden eines der schönsten seit Langem. Ich genieße die kostbare Zeit mit meinen Freunden trotz meiner inneren Unruhe in vollen Zügen. Unbeschwert lache ich mit den beiden über Ivys Freundin Maja, die mit verzweifelter Miene auf uns zukommt und uns ihren neuen Haarschnitt präsentiert.

»Ich wollte mich doch nur für heute Abend schön machen«, jammert sie elend. »Und jetzt sehe ich aus wie ein Mops.«

Ivy bietet großzügig an, ihrer Freundin ihre Pelzmütze zu leihen. Womit sie, wie sie betont, uns allen einen Gefallen tun würde. Nach einem kurzen Moment fällt Maja in unser Lachen mit ein.

Schließlich wird es Zeit für mich, in den Unterricht zu gehen, und für die anderen, sich an die Arbeit zu machen. Auch der Jahreswechsel ist, wie Ariana uns streng belehrt hat, kein Grund, um untätig zu sein. Also verabschiede ich mich von den anderen und mache mich auf den Weg zu Mr. Salmon. Nach meinem letzten Gespräch mit Rex Jenkins fällt es mir schwer, mir meinen Hass auf ihn nicht anmerken zu lassen. Ich frage mich immer wieder, ob er wissen oder ahnen könnte, welche Folgen seine schlechte Beurteilung meiner Leistungen hätte. Wahrscheinlich nicht. Trotzdem würde er mich damit auf direktem Weg in den Bereingiungstrakt schicken, das kann ich nicht so einfach vergessen.

Ich streiche dem kleinen Sammy spielerisch durch die Haare, als ich an ihm vorbei marschiere. Dann lausche ich mit geheucheltem Interesse dem eintönigen Sermon über biologische Kriegsführung, den Mr. Salmon über uns ergehen lässt. *Mein letzter Unterricht.* Egal, wie die Sache heute Nacht ausgeht, morgen wird alles anders sein.

Ich lasse den Blick über meine Mitschüler schweifen, die allesamt still und aufmerksam an Mr. Salmons Lippen hängen. Einmal mehr überlege ich, wie die Menschen hier im Ministerium auf die Enthüllung der Geheimnisse reagieren werden. Mit Entsetzen? Oder doch Gleichgültigkeit? Sie gehören nicht zu denen, die Livingston für entbehrlich hält. Sie sind klug und für das Land unverzichtbar, doch das wird nicht für immer so bleiben. Ob ihnen das klar ist? Oder ist dieser Zeitpunkt noch so weit entfernt, dass diese Vorstellung noch keinen Platz in ihren Köpfen hat? Ich denke an Rex Jenkins, der ja kaum älter ist als ich, und frage mich, ob sich seine Einstellung ändern würde, wenn er selbst irgendwann ins Alter käme oder krank würde. *Vermutlich nicht*, beantworte ich mir die Frage selbst. Unser letztes Gespräch hat mir gezeigt, wie fanatisch Jenkins tatsächlich ist und wie sehr er von unserem System überzeugt ist. Oder glaubt er gar, dass ihm dieses Schicksal nicht droht? Dass sein Leben und seine Leistungen mehr wert sind als die anderer? Dass er nicht austauschbar ist, weil er einer *der* Leistungsträger unseres Landes ist?

Während ich so meinen Gedanken nachhänge, fallen draußen weiterhin Flocken vom Himmel. Obwohl bereits später Vormittag ist, ist es doch nicht richtig hell geworden.

Die letzte Stunde vergeht, ohne dass ich auch nur das Geringste vom heutigen Stoff mitbekommen habe. Ich gehe zum Essen und erspähe Titus und Melody, die zu zweit an einem der Tische sitzen. Melody, die mich zuerst bemerkt, stupst Titus an und macht ihn auf mich aufmerksam. Ich hebe die Hand zum Gruß und setze mich stattdessen zu Ivy und Ben, die sich einige Plätze weiter niedergelassen haben. Diese möglicherweise letzten Stunden zu zweit will ich Titus und Melody nicht nehmen.

Während ich mir den wässrigen Gemüseeintopf in den Mund schiebe, ohne dabei etwas zu schmecken, schiele ich nervös zum Fernseher. Ob es bereits Meldungen hinsichtlich der Aufstände bei Techraid gibt? Doch Fehlanzeige. Ohnehin erscheint es mir unwahrscheinlich, dass das Nachrichtenministerium Bericht darüber erstatten würde. Wo es doch im Interesse der Regierung liegt, die Gründe für den Tumult unter keinen Umständen an die Öffentlichkeit gelangen zu lassen. Kein Grund zur Sorge also. Mikes Aussage zufolge können wir um Mitternacht mit dem Erscheinen der bewaffneten Techraid-Mitarbeiter rechnen. Es bleibt mir nichts anderes übrig, als auf ihn zu vertrauen. Und zu warten. Und zu *hoffen*.

Nach dem Essen drängt Ivy, die es kaum erwarten kann, endlich Schnee unter ihren Füßen zu haben, uns dazu, schon mal für eine Runde nach draußen zu gehen. Also holen wir uns etwas Warmes zum Anziehen – wobei wir die schicken Mäntel jedoch wohlweislich für heute Abend aufbewahren – und treffen uns im Foyer. Ungeduldig nimmt Ivy Ben und mich an die behandschuhten Hände und zieht uns ins Freie, wo bereits die Vorbereitungen für das Fest laufen. Die Kälte schneidet mir wie ein Messer ins Gesicht, trotzdem kann ich nicht anders, als mich von Ivys Begeisterung anstecken zu lassen. Ich lehne meinen Kopf nach hinten und lasse die dicken Flocken auf meine Wangen, Augen und Stirn fallen, wo sie in Sekundenschnelle durch die Wärme meiner Haut zum Schmelzen gebracht werden. Ich strecke die Zunge heraus, um ein paar von ihnen damit aufzufangen.

Ohne Vorwarnung trifft mich dabei ein Schneeball direkt am Hals. Kreischend versuche ich, mir den Schnee aus dem Ausschnitt meiner Jacke zu klopfen und schaue mich nach dem Übeltäter um. Mit durchtriebenem Grinsen winkt Benjamin mir zu. Bereits einen weiteren Schneeball in der Hand, den er lässig hochwirft und wieder auffängt. Lachend stürzen Ivy und ich uns auf ihn und werfen ihn in den Schnee, wo wir ihm das Gesicht einreiben, bis er um Gnade fleht. Als wir wenig später wieder nach innen gehen, sind wir völlig außer Atem, durchgefroren und klitschnass.

Aber ich bin glücklich und dankbar für die Ablenkung und die schöne Zeit mit meinen Freunden. Ich habe ihre Gesellschaft noch nie als kostbarer empfunden als in diesem Augenblick. Während Ivy sich sofort Richtung Wohneinheit verabschiedet, um sich umzuziehen, hält Ben mich noch einen Moment zurück und führt mich in eine ungestörte Ecke des Foyers, wo wir uns trotz unserer tropfenden Kleider auf den gepolsterten Sitzen niederlassen.

»Ich wollte mich noch bei dir entschuldigen«, sagt er und wirkt dabei verlegen. »Es tut mir leid, dass ich dir hinterher spioniert habe. Und noch *mehr* leid tut es mir, dass ich mich seit unserem Gespräch letztens so komisch benommen habe.«

Als ich etwas erwidern will, schneidet er mir energisch das Wort ab. »Nein, ich bin noch nicht fertig. Ich wollte dir sagen, dass ich nicht wütend auf dich bin, weil du meine Gefühle für dich nicht erwiderst.«

Mit hochrotem Kopf betrachtet er seine Fingernägel, während ich mich nervös am Hals kratze. Schon wieder eines dieser unangenehmen Gespräche, die gar nicht schnell genug vorbei sein können.

»Aber ich wünschte mir trotzdem, du würdest mir und Ivy genug vertrauen, um uns zu erzählen, was du all die Zeit über treibst, wenn du verschwindest. Ivy hat den Verdacht geäußert, dass du irgendetwas Verbotenes vorhast, und ich will nicht, dass du dich in Schwierigkeiten bringst.«

Seine Stimme ist leise geworden und ich schaue mich beklommen um, ob irgendjemand in unserer Nähe steht. Doch wir sind alleine. Die Wächter, die den Eingang zum Gebäude bewachen, sind zu weit entfernt, um uns zu hören.

»Sag mir bitte, dass ich mir keine Sorgen um dich machen muss!«, sagt Ben und schaut mir zum ersten Mal während unseres Gesprächs direkt in die Augen. Er wirkt ernsthaft beunruhigt.

»Ben«, flüstere ich heiser und hole tief Luft. »Ich muss tun, was ich tun muss. Es gibt für mich kein Zurück mehr.«

Ängstlich reißt Ben die Augen auf und starrt mich fassungslos an.

»Und *du* musst etwas für mich tun«, fahre ich fort, bevor er etwas erwidern kann. »Wenn heute Nacht das Feuerwerk startet«, sage ich langsam und beschwörend, »dann bring Ivy und dich in Sicherheit.«

»Machst du mir die Haare?«, fragt Ivy munter und setzt sich zu mir aufs Bett, als wir uns am Abend für das Fest zu Recht machen.

»Klar«, antworte ich und mache mich daran, Ivys langes, goldblondes Haar zu bürsten. Genau wie ich es früher für Meg getan habe. Meg, die ich womöglich noch heute Nacht wiedersehen werde! Mit Sicherheit hat sie es sich nicht nehmen lassen, Mike zu begleiten.

So sehr ich mich auch all die Monate danach gesehnt habe, wieder in ihrer Nähe zu sein, so unvorstellbar erscheint mir jetzt der Gedanke, sie inmitten des Chaos, das wir ohne Zweifel anrichten werden, plötzlich vor mir zu sehen. Meg gehört in eine andere Welt. Eine Welt, in der ich mir keine anderen Sorgen machen musste außer der, eine Standpauke von Craig zu bekommen, wenn ich unpünktlich war. Und in der ich mich so unendlich sicher gefühlt habe. Ich war eine ganz andere Person, bevor ich hierher gekommen bin. Zu gerne wüsste ich, was jetzt gerade bei Techraid passiert. Die Gewissheit, dass zu diesem Zeitpunkt die Dinge bereits ins Rollen gekommen sein müssen, jagt Adrenalin durch meinen Körper.

Während ich Ivys Haare flechte, fällt mein Blick auf das Kissen, unter dem sich reichlich Nachschub an Mentalin befindet. Auch wenn ich mir vorgenommen habe, heute Abend darauf zu verzichten, werde ich dennoch vorsichtshalber ein Fläschchen davon bei mir tragen. Nur für alle Fälle.

»Soll ich jetzt *dich* frisieren?«, durchbricht Ivy meine Grübelei. Ich schüttle lächelnd den Kopf. Unter meiner dunklen Mütze wird ohnehin jede Frisur verschwinden.

Als wir uns anziehen, habe ich plötzlich das Gefühl, als würde mich jemand anstarren. Ich drehe mich um und sehe Ariana, die mich prüfend mustert. Schnell wendet sie den Blick ab, als ihr klar wird, dass ich es bemerkt habe. Mir ist ein wenig mulmig zumute, als ich mir meine dicken, schwarzen Strumpfhosen über die Beine ziehe. Was sollte dieser Blick nur bedeuten? Ahnt Ariana etwas? Oder ist sie nur allgemein skeptisch mir gegenüber, seit Benjamin ihr erzählt hat, dass ich all die Stunden, die ich in meinem Bett gefehlt habe, auch nicht mit meinen Freunden verbracht habe?

Der Gedanke lässt mich auch nicht los, als Ivy und ich unsere Mäntel überziehen und uns auf den Weg nach unten machen, wo sich bereits zahlreiche Kollegen versammelt haben. Ein Blick nach draußen sagt mir, dass es aufgehört hat zu schneien. Doch trotzdem bedeckt der bereits gefallene Schnee den gesamten Innenhof wie ein riesiger weißer Teppich. Wegen des Wetters wurden das Buffet und die Getränke dieses Mal im Foyer angerichtet. Angesichts der heute abgehaltenen Krisensitzung im Rat fällt es deutlich kleiner aus als noch im September. Das angebotene Essen ist einfach und wenig, dennoch bin ich mir sicher, dass es anderswo heute zum Fest *noch* weniger oder gar nichts gibt.

Trotz der Kälte hat sich der Großteil der Menschen nach draußen begeben, wo sie sich mit roten Wangen und Nasenspitzen die Hände an heißem Punsch wärmen. Ich schaue auf die Uhr. Fünf nach neun. Ob Patricia hinter den Mauern des Präsidentengebäudes bereits alle ihre Vorkehrungen getroffen hat, um die Ratsmitglieder für den Rest des Abends unschädlich zu machen? Und ist Rex Jenkins dabei anwesend oder hat er einen Stellvertreter zur Abstimmung geschickt wie auch Greg Livingston?

Diese Frage entscheidet darüber, welche Rolle *ich* heute Nacht spiele. Aufmerksam halte ich die Augen nach dem großen rotblonden Mann mit der gut sitzenden Frisur offen. *Keine Eile*, versuche ich mich selbst zu beruhigen. Es ist noch genügend Zeit. Noch muss ich überhaupt nichts tun.

Ich schlendere mit Ivy zum Ausschank, wo wir uns beide einen heißen, alkoholfreien Apfelpunsch holen, der herrlich nach Zimt duftet. Als wir uns auf den Weg in die eisige Kälte machen, tippt mir jemand von hinten an die Schulter.

»Hallo, Titus!«, ruft Ivy fröhlich und fällt ihm zur Feier des Tages um den Hals. »Kommst du mit uns nach draußen?«

»Klar«, antwortet Titus und lässt Ivy vorgehen, als er auch mich umarmt, was sich merkwürdig anfühlt. Ich spüre kühles Metall an meiner Hand. Einer der handlichen Revolver, die Titus und ich aus dem Lager von Techraid entwendet haben. Unauffällig lasse ich die Waffe unter meinem Mantel verschwinden. Wir bleiben ein Stück hinter Ivy zurück.

»Jenkins ist nicht bei der Sitzung«, raunt Titus mir ins Ohr, während wir Ivy durch die wachsende Menschenmenge folgen. »Ich habe ihn vorhin dabei gesehen, wie er einer Gruppe von Wächtern irgendwelche Anweisungen gegeben hat.«

Mein Herz rutscht mir in die Hose. Natürlich nicht. Das wäre auch zu schön gewesen, um wahr zu sein.

»Sonst etwas Auffälliges?«, frage ich und tue so, als würde mich diese Neuigkeit völlig kalt lassen.

Titus bedenkt mich mit einem prüfenden Blick. »Ich habe keinen der anderen Ratsmitglieder gesehen, daher gehe ich davon aus, dass Patricia sich um sie kümmern wird«, sagt er dann nach einer kurzen Pause. »Allerdings habe ich die Sicherheitskräfte, die heute Abend hier abgestellt wurden, beobachtet. Jenkins hat ihre Anzahl erhöht und sie wirken allesamt sehr angespannt. Ich denke, wir können davon ausgehen, dass dein Freund mit seinen Leuten sich bereits auf direktem Wege hierher befindet und unterwegs ordentlich Unruhe stiftet.«

»Hoffentlich blasen sie die ganze Feier nicht noch im letzten Moment ab«, sage ich mit Sorge in der Stimme, aber Titus winkt kopfschüttelnd ab und deutet um sich. »Sieh dich doch mal um, Aida! Das Fest ist bereits in vollem Gange. Jenkins kann nicht wollen, dass hier eine Panik ausbricht oder jemand erfährt, was gerade im Land passiert. Und vor allem, *weswegen*. Er wird alles daran setzen, deine Freunde mit so wenig Aufsehen wie möglich zu stoppen.«

Diese Worte tragen nicht unbedingt dazu bei, mich zu beruhigen. Ich darf nicht darüber nachdenken, was alles passieren könnte. Doch Titus scheint recht zu haben, nichts deutet darauf hin, dass die Feierlichkeiten abgebrochen werden. Und je mehr Jenkins mit Mike und seinen Leuten beschäftigt ist, desto höher ist die Chance, dass unser Plan gelingt.

»Hey, wo bleibt ihr denn so lange?«, ruft Ivy ungeduldig.

Draußen ist es längst stockdunkel. Statt Lampions wurden diesmal Fackeln und Feuerschalen aufgestellt, um die herum sich schon jetzt die Leute scharen, um die Hände in die wohlige Wärme halten zu können. Aus Lautsprechern tönt jazzige Musik und die Stimmung unserer Kollegen ist ausgelassen. Am Rande des Geschehens, wo es etwas ruhiger ist, machen einige Jugendliche eine Schneeballschlacht. Ihr Lachen und Schreien dringt trotz der Musik bis zu uns herüber.

Während Ivy mit Titus über die Arbeit plaudert, schaue ich unauffällig in Richtung Präsidentengebäude. Dort, wo beim letzten Mal die Bühne für Livingstons Rede stand, wurden in einem abgesperrten Bereich die Batterien für das große Feuerwerk aufgestellt. Zwei Wächter sitzen daneben auf ein paar Kisten und stellen sicher, dass keiner der Gäste auf die dumme Idee kommt, sich daran zu schaffen zu machen. Ein paar Drohnen kreisen um sie herum. Ich hoffe, dass Mike daran gedacht hat, sich um dieses Problem zu kümmern. Aber bestimmt hat er das, Techraid hat die Drohnen schließlich produziert. Mein Blick wandert nach oben, wo die hell erleuchteten Fenster darauf schließen lassen, dass Patricia erfolgreich den pünktlichen Beginn der Sitzung durchsetzen konnte.

»Wo ist eigentlich Ben?«, fragt Ivy und streckt sich, um die Schar an Menschen überblicken zu können. »Ich hab ihn noch gar nicht gesehen.«

Auch ich habe ihn noch nirgends entdeckt, könnte mir aber genauso gut vorstellen, dass das an Titus liegt. Ben kann ihn nicht leiden.

Die Zeit, die den ganzen Tag über nur so an mir vorbei geflogen ist, hat wieder deutlich an Tempo verloren und vergeht plötzlich unerwartet langsam. Ungeduldig schaue ich immer wieder auf die Uhr. Mittlerweile habe ich am Rande des Geschehens Rex Jenkins ausgemacht und versuche, ihn nicht aus den Augen zu lassen, ohne dabei Ivys Misstrauen zu wecken.

»Schaffst du das?«, fragt Titus mich, während Ivy sich Nachschub an Apfelpunsch besorgt, und folgt meinem Blick.

Ich nicke und lasse meine Hand langsam unter den Mantel gleiten. Da, fest in meinen Gürtel gesteckt kann ich den Revolver fühlen.

»Da drüben ist Romulus«, sagt Titus und deutet auf die große Gestalt mit dem blonden Haarschopf, die unverwechselbar zu Romulus gehört und die gerade aus dem Foyer tritt. »Wir sehen uns später«, sagt er und wirft mir einen vielsagenden Blick zu, bevor er wieder in der Menge verschwindet.

Liebend gern würde ich mich ihm anschließen. Selbst noch einmal aus Romulus' Mund hören, dass alles gut gehen wird. Doch ich will nicht, dass irgendjemand meiner Kollegen von unserer Verbindung weiß. Zuviel steht heute Abend auf dem Spiel. Und trotzdem, die Versuchung ist groß, einfach zu ihm rüber zu gehen. Dort weiter zu machen, wo wir beide gestern Nacht aufgehört haben. Mit einem Mal habe ich furchtbare Angst davor, dass diese völlig neue und ungewohnte Vertrautheit zwischen Romulus und mir gemeinsam mit unserem ganzen Plan heute Nacht ein schreckliches Ende finden wird.

Ivy kommt zurück und hat Maja im Gepäck. Von Benjamin fehlt noch immer jede Spur, was mich langsam wundert. Noch heute Nachmittag haben wir uns auf das gemeinsame Fest gefreut. Vielleicht hat er andere Kollegen getroffen und kann sich nicht von ihnen losreißen.

Eher um Zeit zu tot zu schlagen als vor Hunger, schlendere ich zum Buffet und bediene mich am süßen Gebäck. Die Uhr zeigt 10:40 pm an. Mein Atem wird flach vor Aufregung.

Mir entgeht nicht, dass die Unruhe der Wächter mittlerweile deutlich gestiegen ist. Und dass es *mehr* geworden sind. Das kann nur bedeuten, dass Mike noch immer da draußen ist. Ich schicke ein Stoßgebet zum Himmel, dass es auch dabei bleiben wird.

Immer wieder sehe ich aus dem Augenwinkel, wie die schwarz uniformierten Sicherheitsleute von Rex Jenkins Befehle entgegennehmen. Ich entschuldige mich kurz bei Ivy und versuche, unauffällig näher an Jenkins heranzukommen. Ich lasse die Menschenmenge hinter mir, gehe in einem großen Bogen um ihn herum und schleiche mich vorsichtig an. Nur wenige Schritte von ihm entfernt, gut verborgen hinter einem schneebedeckten Strauch, komme ich zum Stehen. Bücke mich und tue so, als würde ich meine Stiefel binden.

»– sehen Sie sich doch um, Sie Idiot!« Das ist eindeutig die schneidende Stimme von Jenkins, der sich jedoch Mühe gibt, seine Lautstärke zu drosseln. »Wohin genau sollen wir bitte hunderte von Menschen evakuieren? Und das sind nur diejenigen *hier*.«

»Es werden mit jeder Minute mehr. Und sie kommen immer näher, in gut einer Stunde werden Sie das Verteidigungsministerium erreichen. Sie haben uns einfach überrumpelt. Wir haben nicht genug Leute, zuviele befinden sich gerade auf anderen Einsätzen.« Ich höre den Wächter eindringlich auf Jenkins einreden.

Doch der schnaubt nur verächtlich. »Es handelt sich um eine kleine Gruppe von unorganisierten Rebellen, Oldman. Sie haben noch immer fast das halbe Militär des Landes zur Verfügung. Erzählen Sie mir nicht, dass man diese Leute nicht aufhalten kann.« Die Stimme von Rex Jenkins bebt vor Wut und ich muss mich konzentrieren, um ihn überhaupt verstehen zu können. »Bringen Sie die Angelegenheit zu Ende, ich will nichts Weiteres hören!«

»Verstanden, Mr. Jenkins«, sagt der Wächter geflissentlich und marschiert davon.

Das Adrenalin strömt durch meinen Körper. Mike ist also tatsächlich auf dem Weg hierher und steht kurz vor dem Ministerium.

Und wie Titus vorausgesagt hat, hat Jenkins die Angelegenheit offensichtlich unterschätzt. Ich kann nicht fassen, dass unser Plan wirklich aufzugehen scheint.

Jenkins steht einen Moment einfach nur da und wirkt, als müsste er sich sammeln. In einer fließenden Bewegung streicht er sich den Mantel glatt und fährt sich durchs Haar. Meine Hand sucht automatisch erneut nach dem Revolver in meinem Hosenbund. *Der Moment wäre so perfekt.* Keiner würde mich aufhalten, keiner mich sehen. Doch es ist zu früh. Der Schuss würde innerhalb von Sekunden die gesamte, verfügbare Wächterschar auf den Plan rufen. Ich brauche das Feuerwerk, um meine Tat so gut wie möglich zu tarnen. Und ich brauche Titus, wenn nicht sogar Mike, um zeitgleich zusätzliches Chaos anzurichten. Denn Rex Jenkins ist nicht unser einziges Ziel heute Nacht.

Jenkins geht zurück in die Menge und ich hefte mich an seine Fersen.

»Aida, wo steckst du denn die ganze Zeit?«, fragt Ivy plötzlich und taucht unvermittelt neben mir auf, Arm in Arm mit Maja.

Die hat sich offenbar nicht wie wir mit dem alkoholfreien Punsch begnügt, sondern ordentlich vom Glühwein getrunken, und wird jetzt mehr von Ivy gezogen, statt selbst zu laufen. Ich schaue zurück in die Richtung, in die Rex Jenkins gerade verschwunden ist. Doch er ist nicht mehr zu sehen.

»Verdammter Mist!«, fluche ich leise und Ivy sieht mich mit hochgezogenen Brauen an.

Wie konnte das nur passieren, denke ich verzweifelt und versuche, die in mir aufkeimende Wut auf Ivy zu unterdrücken. Ich hätte ihn nicht aus den Augen lassen dürfen! Nervös lausche ich dem albernen Geschnatter von Maja und Ivy, ohne dass auch nur ein Wort davon in mein Bewusstsein dringt. Fünf nach halb Zwölf. Ich muss Jenkins wiederfinden, und zwar schnell!

Immer mehr Menschen strömen jetzt vom Foyer ins Freie, um keinesfalls den großen Moment des Jahreswechsels zu verpassen. Ein paar Leute verteilen Sektgläser, damit alle um punkt zwölf gemeinsam anstoßen können. Und wo zum Teufel bleibt eigentlich

Benjamin? Besorgt blicke ich zu Ivy. Ich hatte gehofft, er würde meine Warnung ernstnehmen und sich mit ihr in Sicherheit bringen, bevor die große Unruhe ausbricht.

»Ivy«, sage ich ernst und nehme sie zur Seite. Doch Maja ist ohnehin so betrunken, dass ich mir keine Mühe geben muss, etwas vor ihr zu verheimlichen. »Ich möchte, dass du mir jetzt gut zuhörst«, raune ich ihr eindringlich ins Ohr. »Um zwölf Uhr wird es hier sehr ungemütlich werden und ich wünsche mir, dass du davor nach drinnen gehst und dich von diesem Platz hier fernhältst, in Ordnung?«

»Was? Aber das Feuerwerk ist um zwölf«, sagt Ivy ungläubig und schaut mich an, als hätte ich nicht mehr alle Tassen im Schrank. »Und was meinst du mit *ungemütlich*?«

»Vertrau mir einfach, Ivy. Ich muss jetzt los. Glaub mir, es wäre das Allerbeste für dich, wenn du jetzt nicht hier wärst.« Ich nehme ihre Hand und schaue ihr beschwörend in die Augen. »Tu, was ich dir sage, Ivy!«

Dann mache ich mich, ohne mich einmal umzudrehen, davon, um Jenkins wiederzufinden. Ich habe keine Zeit, um nachzusehen, ob Ivy meinen Rat befolgt. Hektisch schiebe ich mich durch das Gewühl in die Richtung, in der ich Jenkins das letzte Mal gesehen habe.

Keine Spur von ihm. Ich gehe an die Absperrung, hinter der zwei Männer gerade die letzten Vorbereitungen für das Feuerwerk treffen, und lasse meinen Blick in alle Richtungen gleiten. Ein Mann bietet mir ein Glas Sekt an, doch ich beachte ihn nicht und laufe weiter. Lasse die Menschenmasse schließlich hinter mir. Gerade, als ich mir vornehme, die Feiernden einmal komplett zu umrunden, hält mich jemand an der Schulter zurück. Ungeduldig fahre ich herum, um denjenigen abzuwimmeln, und erstarre wie vom Donner gerührt. Zwei Wächter, beide groß, kräftig und mit grobem Gesicht, stehen vor mir und lassen keinen Zweifel daran aufkommen, dass ich in Schwierigkeiten stecke.

»Miss Green?«, fragt der eine unwirsch und ich nicke automatisch. »Sie werden des Hochverrats, der Anstiftung zum Mord und der Aufhetzung der Bevölkerung beschuldigt.«

Ich öffne den Mund und schließe ihn wieder, ohne dass ein Laut herauskommt. Mein Kopf ist mit einem Mal völlig leer, als hätte jemand abrupt den Stecker gezogen und mein System abgeschaltet. Während ich darauf warte, dass es wieder hochfährt, spuckt einer der beiden Wächter verächtlich vor mir aus.

Kapitel 19

Die beiden Wächter nehmen mich in ihre Mitte und führen mich durch den Hintereingang in das Regierungsgebäude. Ich mache keine Anstalten zu fliehen. Unter den gegebenen Umständen würde ich ohnehin nicht weit kommen und wenn es ganz dumm liefe, dabei erschossen werden. Und selbst wenn es eine erfolgreiche Aussicht darauf gäbe, zu entkommen, lähmt die Angst vor dem Kommenden und die Sorge um meine Freunde mich noch immer so sehr, dass ich kaum einen klaren Gedanken fassen kann. Es gibt nur eine Frage, die mir im Kopf herumgeht: Woher wissen sie, was ich vorhabe?

»Hier rein.« Der Größere von beiden schiebt mich unsanft vor sich her durch den Eingang und den Flur entlang, bis wir vor einer Tür zu unserer rechten schließlich Halt machen.

Der andere Mann, etwas kleiner, dafür sogar noch stämmiger und mit dichtem, schwarzem Haar sperrt auf. Er schubst mich grob in den Raum, bei dem es sich um einen Seminarraum zu handeln scheint. Ein massiver Tisch mit Stühlen drum herum befindet sich in seiner Mitte und nimmt beinahe den ganzen Platz ein. Sofort fällt mir auf, dass es keine Fenster gibt.

Der Kleinere fordert mich auf, den Mantel auszuziehen, und fängt an, mich zu durchsuchen. Es dauert nur eine Sekunde, bis er den Revolver in meinem Hosenbund ertastet. Mit hämischem Grinsen wirft er ihn seinem Kollegen zu, der uns schweigend von der Tür aus beobachtet. Er fängt ihn auf. Mit einem Klimpern holt er ein Paar Handschellen hervor. Dann legt er sie mir so eng an, dass ich leise aufschreie, wofür ich erneut ein böses Lächeln ernte.

»Mach besser keine Dummheiten, der Boss wird gleich bei dir sein.«

»Der ist bereits da«, tönt eine schneidende Stimme von der Tür her.

Rex Jenkins betritt mit zielstrebigen Schritten den Raum und bedeutet den beiden Wächtern, draußen zu warten. Mit nackter Angst sehe ich ihnen dabei zu, wie sie die Tür hinter sich ins Schloss werfen. Ich wünsche mir fast, sie wären hier geblieben und würden mich nicht mit Jenkins und seinem Reptilienblick allein lassen.

»Soso, Miss Green«, fängt Jenkins leise an und mustert mich mit unergründlicher Miene. »Sie haben sich also dafür entschieden, die Chance, die ich Ihnen gegeben habe, mit Füßen zu treten und einen Aufstand anzuzetteln.«

Ich erwidere seinen Blick standhaft und trotzig. Am liebsten würde ich ihm sein glattes, jugendliches Gesicht zerkratzen und ihn mit seiner perfekt gebundenen Krawatte erwürgen. *Nichts sagen*, ermahne ich mich stattdessen jedoch selbst. Solange ich mir nicht sicher sein kann, dass Titus, Romulus und Melody noch immer da draußen sind und weiter unseren Plan verfolgen, darf ich mich unter keinen Umständen verplappern. Etwas erwähnen, woraus Jenkins schließen könnte, dass ich nicht alleine bin. Jenkins scheint jedoch keine Antwort zu erwarten und redet weiter. Etwas Lauerndes liegt in seinem Blick, das mir eisige Schauer den Rücken herunter jagt. Ich weiche unwillkürlich einen Schritt zurück.

»Ihr Freund Benjamin Wood war vor wenigen Minuten bei mir und hat mir einige interessante Dinge über Sie erzählt, Miss Green.«

Ich halte mitten in meiner Bewegung inne und fühle mich plötzlich, als würde mir jemand die Luft abdrücken. *Das kann nicht wahr sein.* Ich bin fassungslos. *Das würde Ben niemals tun*! Noch während ich diesen Gedanken zu Ende führe, weiß ich tief in meinem Inneren jedoch, dass Jenkins die Wahrheit spricht. Dass es niemand anderes als Ben gewesen sein kann, der mich verraten hat. Selbst wenn ich ihm keine Details über unseren Plan erzählt habe, habe ich ihm mit meiner Bitte, sich und Ivy aus der Schusslinie zu bringen, doch genug gesagt. Jemand anderes kommt nicht infrage.

Meine Gefühle wechseln zwischen Bestürzung, Schmerz über den Verrat, Wut auf Ben und der Angst vor dem, was jetzt mit mir passieren wird. Jenkins genießt meine Reaktion sichtlich und in vollen Zügen. Wie aus weiter Ferne nehme ich laute, krachende Geräusche wahr, die von draußen kommen. *Das Feuerwerk.* Es ist Mitternacht.

»Was Ihre Freunde von Techraid angeht, Miss Green, die Sie auf irgendeine Weise hierhergelockt haben und die sich im Moment kurz vor den Toren zum Ministerium befinden«, fährt Jenkins fort und sieht mich an wie ein wildes Tier, das seine Beute in die Falle getrieben hat und den Moment des Zuschlagens noch ein wenig auskosten will, »sie sind allesamt dem Untergang geweiht. Ich hoffe, Sie freunden sich mit dem Gedanken an, dass Sie allein für den Tod all Ihrer alten Freunde verantwortlich sind. Und für den so vieler anderer, die ich noch opfern werden muss, um die Ordnung in Last Haven wieder herzustellen. Aber vielleicht tröstet Sie die Aussicht, dass Sie mit dieser Gewissheit zumindest nicht mehr allzu lange leben –«

Ein ohrenbetäubender Krach, deutlich lauter als das stetige Donnern der Raketen, übertönt seine Worte und lässt die Wände erzittern. Von der Decke bröselt ein wenig Putz und rieselt auf Jenkins eleganten, schwarzen Mantel herab. Schreie von hunderten von Menschen dringen gedämpft durch die dicken Wände zu uns herein. Zum ersten Mal seit ich ihn kenne, sehe ich so etwas wie Schreck in Rex Jenkins' Blick.

Titus! Jetzt bin ich wieder voll bei der Sache. Ich spüre, wie die Genugtuung durch meinen Körper strömt. Er hat es also geschafft, den Sprengsatz zu zünden. Das bedeutet, dass Jenkins nichts von seiner und Romulus' Rolle in unserem Plan weiß. Dass vielleicht nicht alles umsonst war.

»Was zum Teufel war das?« Jenkins hat sich umgehend wieder unter Kontrolle.

Einer der Wächter kommt schwer atmend zur Tür herein. »Mr. Jenkins, kommen Sie sofort, das müssen Sie sich ansehen!«

Mit einem letzten, kalten Blick wendet sich Jenkins an mich, bevor er sich hastig zum Gehen wendet. »Mit Ihnen bin ich noch nicht fertig, Miss Green.«

Und zu den beiden Wächtern: »Seht zu, dass sie unter allen Umständen in diesem Raum bleibt!«

Schon ist er verschwunden und lässt mich allein zurück, wo ich hören kann, wie von außen die Tür versperrt wird.

Die Ungewissheit über das, was draußen vor sich geht, lässt mich beinahe durchdrehen. Die Geräusche, die durch die dicken Wände zu mir durchdringen, sagen mir, dass mittlerweile im Innenhof das blanke Chaos ausgebrochen ist. Doch was ist mit Titus, was mit Romulus und Chester Fields? Der Gedanke, dass etwas schief gegangen und Romulus bereits tot sein könnte, foltert mich. Treibt mich Minute für Minute näher an den Wahnsinn. Ich sehe mich im Raum um, ohne wirklich zu wissen, wonach ich suche. Da es keine Fester gibt, führt der einzige Weg nach draußen durch die verschlossene Tür. Vor der vermutlich noch immer die beiden kräftigen Wächter stehen, um dafür Sorge zu tragen, dass ich nicht abhaue. Meine Hände sind auf meinem Rücken mit Handschellen zusammen gebunden, sodass ich selbst im Falle einer Flucht nicht die Möglichkeit hätte, mich zu verteidigen.

Auf einmal werden die Geräusche, die von draußen kommen, lauter. Ich meine das Rattern von Maschinengewehren zu hören. Auch das Geschrei der Leute schwillt deutlich an, immer noch untermalt vom stetigen Donnern der Raketen, die automatisch aus der Batterie abgefeuert werden. Etwas geht da draußen vor sich. Atemlos presse ich ein Ohr gegen die Wand, um noch mehr zu hören. Eine weitere Explosion. Aber das kann nicht Titus gewesen sein, denn der hatte nur den einen Sprengsatz bei sich. Im nächsten Moment wird mir klar, dass das nur eines bedeuten kann: Mike ist da!

Ohne Nachzudenken renne ich zur Tür und trete immer wieder dagegen.

»Hier bin ich! Hilfe!«, rufe ich wie von Sinnen.

Ich rechne damit, dass gleich die Gestalt des großen Wächters im Türspalt auftaucht, um mich unsanft daran zu erinnern, weshalb ich hier bin. Doch nichts dergleichen passiert. Womöglich haben sie ihre Position verlassen, als Mike mit seinen Leuten hier aufgetaucht ist. Ich trete weiter gegen die Türe, verzweifelt und in der Hoffnung, irgendjemand würde mich bemerken. Als ich plötzlich das Geräusch von Schüssen ganz in meiner Nähe höre, weiche ich erschrocken zurück und halte den Atem an. Irgendjemand schreit auf dem Gang direkt vor meiner Tür. Eine Frau. Dann ein Mann. Erneut werden Schüsse abgefeuert. Kurz danach ist es wieder still. Ich will mich gerade wieder der Tür nähern, um zu lauschen, da höre ich, wie das Schloss sich mit einem Klick öffnet.

Fassungslos starre ich auf die Gestalt, die grob die Tür aufstößt und einen herzergreifenden Schrei ausstößt, als sie mich zu Gesicht kriegt.

»Aida! Gottseidank!«, ruft Meg und wirft sich mir weinend um den Hals.

Völlig überwältigt schlinge ich meine Arme um sie. Unfähig zu glauben, dass es tatsächlich Meg ist, die da gerade mit hochgebundenem Haar und glänzenden Augen vor mir steht.

»Du bist wirklich gekommen!«, stoße ich heiser aus.

»Klar, was dachtest du denn?«, fragt Meg und grinst mich an. »Wenn du dachtest, ich lasse eine Gelegenheit aus, um Ärger zu machen, dann kennst du mich schlechter als ich dachte!«

Ein ersticktes Lachen löst sich aus meiner Kehle.

»Deine Hände!«, sagt Meg besorgt, als sie sich von mir gelöst hat, schultert ihr Maschinengewehr und blickt sich suchend um. »Wo sind die Schlüssel für die Handschellen?«

»Einer der beiden Wächter hat sie.« Auch in mich kommt wieder Bewegung.

Ich schiebe mich an Meg vorbei nach draußen, um nach den beiden Ausschau zu halten. Keuchend stolpere ich zurück, als ich das Blutbad sehe, dass sich vor meiner Tür ereignet hat. Völlig reglos auf dem Boden liegen meine beiden Wächter. Ihre Körper sind völlig durchlöchert. Neben ihnen kauert in sitzender, vornübergebeugter Haltung an der Wand ein älterer Mann, der mir vage bekannt vor kommt. Auch er ist offensichtlich tot. Aus einer Wunde an seinem Kopf sickert unablässig Blut.

Entsetzt schaue ich zu Meg, die, das Gewehr wieder im Anschlag, an meine Seite tritt und sich nach weiteren Feinden umsieht.

»Welcher von beiden?«, fragt sie knapp und mit einem kurzen Blick auf die beiden Toten.

»Der dort!«, antworte ich leise und kann meineAugen dabei nicht von Megs Gesicht abwenden.

Es wirkt so grimmig und entschlossen, dass ich mich für einen Moment frage, ob es wirklich zu meiner lustigen Freundin Meg gehört. Meg, mit der ich meine gesamte Kindheit Seite an Seite verbracht habe. Und jetzt stehen wir hier, *wieder* Seite an Seite, wie ich es mir in den letzten Monaten so oft gewünscht habe. Aber das Bild ist ein anderes, als das, was ich dabei vor Augen gehabt habe. Ich habe uns nicht neben einem Haufen Leichen gesehen.

Diese ganze Sache war ein Fehler, denke ich erschüttert, während Meg sich daran macht, dem Toten die Schlüssel abzunehmen und meine Hände aus den Handschellen zu befreien.

»Was jetzt?«, fragt sie mit gehetzter Stimme und sieht mich abwartend an.

Sie nimmt dem toten Wächter die Waffen ab und bietet sie mir an. Ich verspüre den Reflex, sie ihr aus der Hand zu schlagen, doch natürlich hat sie recht. Ich brauche eine Waffe. Aufgrund der noch immer eingeschränkten Beweglichkeit in meiner linken Hand entscheide ich mich für den Revolver.

»Wir müssen Romulus und Chester finden«, sage ich und zwinge mich dazu, trotz des Chaos um mich herum einen kühlen Kopf zu wahren. »Sie sind im selben Gebäude, jedoch auf der anderen Seite. Sie kümmern sich um Livingston.«

Zumindest hoffe ich, dass sie das tun! Meg nickt und rennt in Richtung Ausgang. Ich werfe einen letzten Blick auf die drei Toten und versuche dabei, ihnen nicht in die noch immer geöffneten Augen zu blicken. *Das alles ist deine Schuld, Aida!*, flüstern sie mir hinterher, während ich hektisch das Weite suche. *Ganz allein deine!*

Als ich den Innenhof des Ministeriums wieder auf freiem Fuß betrete, stockt mir der Atem angesichts der Szenerie, die sich mir bietet. Das Feuerwerk ist mittlerweile zu einem Ende gekommen, doch noch immer krachen Schüsse. Ein Brand wütet in einem der oberen Geschosse des Verteidigungsministeriums. Doch was mich überwältigt ist die Anzahl der Aufständischen, die sich im Park versammelt und verschanzt haben. Es müssen hunderte sein!

»Das sind mehr als fünfzig!«, entfährt es mir mit schwacher Stimme. Meg dreht sich zu mir um und nimmt mich am Arm.

»Mike kann eben sehr überzeugend sein«, sagt sie und zwinkert mir zu. »Aber was das Beste daran ist: Auf unserem Weg hierher haben auch andere Betriebe in Ring C mitbekommen, was los ist. Mike hat dafür gesorgt, dass sie von der geplanten Bevölkerungsdezimierung erfahren und sie dazu aufgefordert, sich mit uns gemeinsam zur Wehr zu setzen. Viele haben sich uns unterwegs angeschlossen. Einige von ihnen haben seit Tagen kaum noch etwas zu essen erhalten.« Megs Gesicht wird hart. »Sie sind wütend, Aida. Und sie haben nur auf eine Gelegenheit wie diese gewartet.«

Auch wenn ich froh darüber sein sollte, dass unser Plan so gut aufging, fällt es mir doch schwer, mich darüber zu freuen. *Die ganze Sache gerät außer Kontrolle!* Ich habe das Gefühl, dass uns alles über den Kopf wächst und wir etwas ins Rollen gebracht haben, was sich nicht mehr aufhalten lässt. Obwohl genau das unsere Absicht gewesen ist, beängstigt mich diese Vorstellung jetzt, wo ich mit eigenen Augen sehe, was das bedeutet.

Der Anblick des Feuers im zweiten Stock erinnert mich an Melody und ihre Aufgabe, die Labore in Brand zu stecken. Aber Melody kann warten. Ich muss zuerst wissen, ob Romulus und Chester es unversehrt in das Nachrichtenstudio des Regierungsgebäudes geschafft haben. Erst dann kann ich mich auf die Suche nach meinen restlichen Freunden und Rex Jenkins machen, der wahrscheinlich noch immer irgendwo da draußen ist. Wenn Chester nicht bald auf Sendung geht und allen Menschen in Last Haven erzählt, was hier passiert, wird das ganze Blutvergießen, das wir angerichtet haben, umsonst gewesen sein. Und es wird nicht aufhören! Chester Fields ist der Einzige, der diese ganze Sache jetzt noch beenden kann. Bevor sich die Aufstände auf das ganze Land ausbreiten.

Ich versuche, nicht auf die Leichen zu achten, die wir auf unserem Weg um das Gebäude herum passieren. Es handelt sich überwiegend um Wächter, doch hin und wieder ist auch ein Zivilist unter ihnen. An den feinen Mänteln und Mützen erkenne ich, dass sie nicht alle zu den Aufständischen von Techraid gehört haben können. Manche von ihnen wollten einfach nur das Fest genießen. Auf dem Boden daneben liegen vereinzelt silberne, kleine Kugeln. Die Drohnen. Mike muss einen Weg gefunden haben, sie unschädlich zu machen.

Noch immer ist der Park voller Menschen, die schreiend und ziellos auf der Suche nach Deckung umherrennen und versuchen, den Kugeln auszuweichen. Die verbliebenen Wächter haben sich zerstreut, was es ihnen schwer macht, den Rebellen Widerstand zu leisten. Die haben sich größtenteils im völlig zerstörten Foyer und den übrigen Zugängen zum Ministerium versammelt und verschanzt. Weitere Aufständische haben sich am Vordereingang zum Präsidentengebäude positioniert, wie ich erleichtert feststelle. Wenn das Gebäude in unserer Hand ist, sind Romulus und Chester sicher längst bei der Sache.

Die Mitarbeiter des Verteidigungsministeriums, denen der Weg in das Innere der beiden Gebäude versperrt ist, sitzen im Park dazwischen mehr oder weniger in der Falle. Sie müssen sich ihren Weg in die Sicherheit durch das Schussfeld der Aufständischen bahnen. Panisch und orientierungslos drängen sie sich aneinander in der Hoffnung, nicht von einer der vielen, verirrten Kugeln getroffen zu werden. Das Herz bleibt mir stehen bei der Vorstellung, dass sich auch Ivy unter ihnen befinden könnte. Ich bete zum Himmel, dass sie meinen Rat befolgt und sich noch vor dem Ausbruch dieser Hölle irgendwo versteckt hat.

Unaufhaltsam zieht Meg mich hinter sich her, während ich kaum die Augen von der Verwüstung und dem Massaker abwenden kann, das ich angerichtet habe. *Das habe ich nicht gewollt!*, wiederhole ich immer wieder wie ein Mantra in meinem Kopf. Ich wollte keinen *Krieg!* Die Szenen, die sich hier abspielen, erinnern mich auf schreckliche Weise an das, was sich um Last Haven herum im Rest der Welt abspielt. Mord und Zerstörung. Wir haben sie hierher gebracht, in unseren sicheren Hafen, an einen der wenigen Orte in der Welt, der bisher von dieser Krankheit verschont geblieben ist.

Wir ducken uns unter den vereinzelten Kugeln der Wächter durch, die sich hinter Bäumen, Büschen und zum Teil auch hinter den Fenstern des Verteidigungsministeriums verschanzt haben. Eine schlägt so knapp neben meinem Kopf in die Wand hinter mir ein, dass ich vor Schreck über meine Füße stolpere. Eilig lege ich einen Zahn zu. Als uns die Techraid-Leute im Präsidentengebäude kommen sehen, geben sie Deckung und winken uns hastig herbei. Wir schlüpfen zwischen ihnen hindurch und seufzen erleichtert auf, als wir das Schlachtfeld hinter uns lassen und im Inneren des Gebäudes Schutz finden.

Ich sehe mich um, um herauszufinden, wer alles hier ist. Versuche, vertraute Gesichter auszumachen. Und tatsächlich, direkt am Fenster neben dem Eingang steht Chris, der ohne Umschweife zu uns kommt und zuerst Meg und dann mich froh über unsere Unversehrtheit in die Arme schließt.

»Aida, ich bin so froh, dass es dir gut geht!«, sagt er aufrichtig und ich nicke schwach.

So lange habe ich davon geträumt, meine Freunde wieder zusehen. Und jetzt stehe ich ihnen inmitten von Blut, Angst und Zerstörung gegenüber. So habe ich mir das nicht vorgestellt! *Wie denn dann?*, fragt die gemeine Stimme in meinem Kopf. Aber ich weiß es selbst nicht. *Romulus hat gewusst, was passieren würde*, wird mir auf einmal klar, und ich erinnere mich daran, wie ich ihn darum gebeten habe, Eddie zurück zu Techraid zu schicken, um Mike in unseren Plan einzuweihen. Dass die Sache eine andere Größenordnung annehmen würde, hat er gemeint. Und genau das habe ich mir ja gewünscht. Aber jetzt zu hören, wie die Schüsse durch die Nacht peitschen und auch vor Menschen keinen Halt machen, die gar nichts Falsches getan haben, ist viel schlimmer, als ich es erwartet habe.

Meg und die anderen scheinen dagegen durchaus damit gerechnet zu haben, dass unser Plan Opfer verlangen würde. Sie wirken wesentlich gefasster als ich, was wohl auch daran liegt, dass der Kampf für sie schon vor etlichen Stunden begonnen hat. Sie haben auf dem Weg in den Regierungsbezirk eine Schneise der Zerstörung und des Todes hinterlassen.

»Wo ist Mike?«, stoße ich atemlos hervor und sehe mich um. Keine Spur von ihm.

»Er ist drüben im Ministerium.« Chris deutet mit seiner Waffe auf die andere Seite des schneebedeckten Rasens, der von Toten und Verletzten übersät ist. Der Schnee ist stellenweise dunkelrot verfärbt. »Er wird sich so wahnsinnig freuen, dich zu sehen!«

Vor einem Berg von Leichen!, füge ich in Gedanken dazu.

»Was ist mit Chester Fields?«, fragt Meg energisch und durchbricht meine düstere Stimmung. »Ist er hier?«

»Ja. Er und dieser Arzt sind im ersten Stock und versuchen, seine Rede zu senden. Sie wollen dem ganzen Land mitteilen, dass die Regierung gestürzt wurde.« Bei dieser Bemerkung fällt mir ein zentnerschwerer Stein vom Herzen. Romulus lebt. Dennoch horche ich alarmiert auf.

»Ist sie das denn?« Ich denke an Rex Jenkins, den zu töten *meine* Aufgabe gewesen wäre. Und an Greg Livingston, der – solange er am Leben wäre – das offizielle Gesicht unseres Landes bliebe.

»Der Präsident ist tot«, sagt Chris knapp. »Er hatte sich in einem der Räume hier im Gebäude versteckt. Der Arzt hat ihn erschossen.«

Diese Neuigkeit versetzt mir einen Stich, obwohl Romulus damit nichts weiter getan hat, als unseren Plan konsequent in die Tat umzusetzen. Dennoch schmerzt mich die Vorstellung, dass er einen in die Enge getriebenen, vermutlich wehrlosen Mann ohne Weiteres erschossen haben soll. Mehr als mir lieb ist.

»Ist noch jemand anderes im Gebäude?«, frage ich und denke an Patricia und die anderen Ratsmitglieder.

Die, wenn alles nach Plan gelaufen ist, noch immer durch das Beruhigungsmittel außer Gefecht gesetzt im Plenarsaal einige

Stockwerke über uns liegen müssten. »Fünf Stunden mindestens«, hat Patricia Romulus versprochen. »Selbst, wenn jeder nur einen kleinen Schluck aus seiner Tasse nimmt.«

»Komm, Aida!« Wieder ist es Meg, die das Ruder in die Hand nimmt und mir bedeutet, ihr nach oben zu folgen. Da ich nicht genau weiß, in welchem der Räume sich das Studio befindet, laufen wir planlos den Gang entlang und schauen links und rechts in jedes einzelne Zimmer.

»Da ist es, glaube ich!«, ruft Meg. »Da steht eine Tür offen!« Meg erreicht den Raum als Erstes und stößt einen überraschten Schrei aus

Doch ich bin schon neben ihr, als mir klar wird, dass ich besser hätte zurückbleiben sollen. Vor uns steht niemand anderes als Melanie Fawner, die attraktive Ministerin für Gesundheit. Die eigentlich gerade schlafend irgendwo über uns liegen sollte. Die stattdessen jedoch hellwach ist und den Revolver eines Wächters in den Händen hält, mit dem sie direkt auf den Kopf von Chester Fields zielt.

»Keine Bewegung oder Chester wird sterben!«, zischt Fawner.

Mein Blick fällt auf Romulus, der nur wenige Schritte neben Chester Fields hinter dem Redepult steht und kaum merklich den Kopf schüttelt, als er mich sieht. Langsam lasse ich meine Hand sinken, in der ich noch immer die Waffe halte, die ich unwillkürlich beim Anblick von Melanie Fawner gezückt habe.

»Waffen fallen lassen«, sagt sie mit ruhiger Stimme in unsere Richtung.

Ohne zu zögern, lasse ich den Revolver zu Boden fallen, wo er mit leisem Klappern zu liegen kommt. Auf einen Wink hin gebe ich ihm einen Tritt und er schlittert aus meiner Reichweite. Neben mir macht Meg ebenfalls Anstalten, das Maschinengewehr abzunehmen. Umständlich zieht sie sich den Gurt von der Schulter und macht sich daran, die Waffe auf den Boden zu legen. Doch im letzten Moment reißt sie das Gewehr hoch und zielt auf Melanie Fawner. Noch ehe sie den Abzug drücken kann, hat Fawner ihre Hand mit dem Revolver herum geschwenkt und abgedrückt.

Mitten in die Brust getroffen sackt Meg neben mir mit einem überraschten Seufzen und schreckgeweiteten Augen zusammen.

»Nein!« Schreiend lasse ich mich neben sie auf den Boden fallen.

»Nein!«, rufe ich noch einmal panisch und versuche verzweifelt, Meg daran zu hindern, bewusstlos zu werden.

Aus der Wunde auf ihrer Brust quillt Blut hervor und mit jedem angestrengten Heben und Senken ihres Brustkorbs kommt mehr dazu. *Das kann nicht wahr sein! Das kann nicht wirklich passiert sein!*

Ein letztes Keuchen, dann erschlafft Megs Körper und es ist vorbei.

Fassungslos bleibe ich neben ihr sitzen, ihr warmes Blut an meinen Händen, und kann den Blick nicht von ihrem Gesicht abwenden. Das von ihrem wunderschönen, dunklen Haar eingerahmt wird, um das ich sie immer beneidet habe.

»Wenn du nicht willst, dass dir das Gleiche passiert, stehst du jetzt ganz ruhig auf und gesellst dich zu deinen Freunden, ist das klar?« Fawners Stimme ist kalt wie Eis.

Ihre Worte dringen kaum bis in mein Bewusstsein vor. Noch immer starre ich wie unter Hypnose auf Megs langes, hochgebundenes Haar. Fühle, wie meine Glieder langsam versteinern.

»Aida!«, dringt eine sanfte Stimme wie aus weiter Ferne an mein Ohr. »Komm hierher. Du kannst ihr nicht mehr helfen, aber du kannst *dir* helfen.«

Ich schaue auf und sehe Romulus, der mich mitfühlend und mit ernster Miene aus seinen grauen Augen ansieht. Unschlüssig, was ich tun soll, stehe ich langsam auf. *Was hat das alles überhaupt noch für einen Sinn?*

»Aida, komm zu mir«, sagt Romulus erneut.

Wie eine Puppe, deren Fäden jemand anderes zieht, setze ich mich in Bewegung. Kaum bin ich neben ihm angelangt, spüre ich schon seine Finger an meiner Hand, die sich mit meinen verschränken. *Megs Blut klebt noch immer daran,* stelle ich fest.

Melanie Fawner blickt verächtlich zwischen uns beiden hin und her und verzieht die Lippen zu einem spöttischen Lächeln.

»Dein Geschmack war schon mal besser, Romulus«, schnaubt

sie und wirft sich die dunklen Locken über die Schultern. »Aber glücklicherweise habe ich früh erkannt, was für ein verdammter, gutgläubiger Schwächling du bist. Dass du ernsthaft daran geglaubt hast, ihr könntet hier einfach einmarschieren und einen todkranken Mann, der sich kaum auf den Beinen halten kann, auf Greg Livingstons Platz setzen, zeigt mir das einmal mehr überdeutlich.«

»Was dieses Land braucht, ist Menschlichkeit, Melanie«, sagt Romulus mit einer Stimme, die beinahe gelassen klingt. »Chester wird dafür sorgen, dass auch Leute wie *du* das verstehen werden.«

»Unsinn! Was dieses Land braucht, ist *Stärke*!«, faucht Melanie. »Disziplin. Kontrolle. Mut. Die Fähigkeit, schwere Entscheidungen trotz unangenehmer Konsequenzen zu treffen, ist das Einzige, was uns vor der Welt da draußen rettet. Ich werde nicht zulassen, dass ihr in einem Moment alles zerstört, was wir über Jahrzehnte aufgebaut haben!«

Sie wendet sich an Chester, der bisher scheinbar apathisch das Geschehen verfolgt hat. Ich sehe ihm an, wie schwach er auf den Beinen ist. Tatsächlich beschleicht mich die Sorge, dass er jetzt und auf der Stelle zusammenbrechen könnte. Doch seine Augen erfassen nach wie vor wach und aufmerksam jede Bewegung in diesem Raum.

»Hinter das Pult!«, fordert Fawner ihn auf und zielt wieder direkt auf seinen Kopf. »Du wirst den Leuten da draußen sagen, dass euer Plan gescheitert ist, und sie dazu auffordern, ihre Waffen niederzulegen und sich zu ergeben. Es wird ihnen nichts geschehen, wenn ihr diese Farce jetzt ohne weiteren Widerstand beendet. Sie werden dich sehen und auf dich hören, Chester.«

»Das werde ich *nicht* tun, Melanie«, sagt Chester mit einem traurigen Lächeln und schüttelt den Kopf. »Du weißt, dass ich das nicht kann. Und du weißt auch, dass deine Bemühungen, diese Welle der Entrüstung und der Gewalt zu brechen, sinnlos sind. Mittlerweile weiß das halbe Land von den Gräueltaten, die hier während der letzten Jahrzehnte geschehen sind. Und im Laufe der Nacht wird die Nachricht auch in die letzten Ecken von Last Haven vordringen. Es gibt kein Zurück zu gestern mehr, Melanie. Das weißt du ganz genau.«

»Du verdammter Narr!«, schimpft Fawner mit irrem Blick und fuchtelt mit der Waffe vor Chesters Gesicht herum. »Wenn du wüsstest, was ihr angerichtet habt!«

Dann, ohne dass ich etwas dagegen tun kann, greift sie plötzlich grob meinen Arm, entzieht mich Romulus' Hand und drückt mir den Revolver an die Schläfe. Ich fühle, wie das kalte Metall gegen meine Stirn drückt und schaue hilfesuchend zu Romulus, der entsetzt den Mund öffnet.

»Wenn du nicht sofort tust, was ich dir gesagt habe, jage ich dem Mädchen eine Kugel in den Kopf. Das schwöre ich dir! Romulus, starte die Aufnahme und bring Chester auf Sendung!«

Beide stehen einen Moment unschlüssig da und blicken hilfesuchend zum jeweils anderen.

»Ich zähle bis drei!«, schreit Melanie Fawner hysterisch. »Eins –«

»Schon gut.« Endlich kommt Bewegung in Romulus.

Auffordernd schaut er zu Chester, bevor er langsam und mit halb erhobenen Händen in Richtung der Kameras geht und sich daran macht, die benötigten Einstellungen vorzunehmen.

»Du kannst uns nicht mehr stoppen.« Chester wendet sich an Melanie Fawner, bevor er sich hinter dem Rednerpult platziert und die Mikrofone ausrichtet.

Doch sie spuckt ihm nur verächtlich vor die Füße und bohrt den Lauf des Revolvers noch härter in meine Stirn. Panisch schaue ich von Romulus zu Chester, die sich beide bereit machen, auf Sendung zu gehen. *Das kann ich nicht zulassen!* Wenn wir jetzt den Aufstand abbrechen, wird alles umsonst gewesen sein.

Auf einmal kommt mir eine Idee. Ohne Vorwarnung nehme ich die gesamte Anspannung aus meinen Gliedern und sinke an Melanies Schulter gelehnt in mich zusammen, als würde ich ohnmächtig werden.

»Was zum –?«, fragt sie verächtlich, und während ich an ihr entlang zu Boden gleite, rutscht der Lauf der Waffe ins Leere.

Blitzschnell und bevor Melanie begreift, was gerade passiert, ramme ich ihr meinen Ellenbogen mit voller Kraft rückwärts in den Bauch. Ein gurgelnder Laut des Schmerzes und der Überraschung entfährt ihr und der Revolver fällt aus ihrer Hand. Ich ignoriere das Stechen in meinem Arm. Mit einem Satz habe ich die Waffe an mich gerissen und ziele auf Melanie Fawner, die auf die Knie gesunken ist und sich vor Schmerzen krümmt.

Ich habe nicht bemerkt, wie Romulus den Raum durchquert hat, aber plötzlich ist er neben mir. Ich kann die Wärme seines Körpers spüren, so nahe ist er. Mit einer ruhigen, aber bestimmten Bewegung nimmt er mir die Waffe aus den zitternden Händen.

»Was, willst du mich jetzt erschießen, Romulus?«, fragt Melanie und quält sich ein spöttisches Lachen ab, während sie sich langsam wieder auf die Füße kämpft. »Spar dir doch das Theater und leg die Waffe weg. Wir wissen beide, dass du noch nie den Mut gehabt hast, das zu tun was nötig ist.«

»Offensichtlich kennst du mich schlechter, als du denkst«, erwidert Romulus knapp und drückt ohne mit der Wimper zu zucken ab.

Kapitel 20

»Schnell, die Kameras!«, drängt Chester ungeduldig.

Doch Romulus nimmt mich fest an den Schultern und sieht mich eindringlich an. »Aida, wir haben es fast geschafft. Es ist noch nicht zu spät, um aus allem, was geschehen ist, etwas Gutes zu machen.«

Ich starre aus großen Augen zurück und kann noch immer nicht glauben, was ich gerade gesehen habe. *Was hast du denn erwartet?*, fragt die unangenehme, böse Stimme in meinem Kopf erneut verächtlich. *Er hat lediglich zu Ende gebracht, was du angefangen hast.* Der Drang, mich einfach hier und jetzt hinzulegen, meine Augen zu schließen und abzuwarten, bis dieser Albtraum vorbei ist, ist so groß, dass ich mich kaum auf den Beinen halten kann. *Etwas Gutes*, klingt es wie von weiter Ferne in meinem Ohr nach. *Aber was genau soll das jetzt noch sein?*

»Jenkins.« Ich flüstere so leise, dass Romulus mich kaum verstehen kann. »Er ist noch am Leben und irgendwo da draußen.«

»Überlass ihn mir«, erwidert Romulus mit Bestimmtheit, bevor er wieder sanft wird. »Ich will, dass du jetzt nach unten zu den anderen gehst, ihnen sagst, dass sie das Feuer einstellen sollen, und dann dort auf mich wartest. Du hast für heute genug durchgemacht, Aida, den Rest erledige ich. Hast du das verstanden?«

Ich nicke mechanisch und will mich gerade daran machen, zu gehen, doch da fällt mein Blick wieder auf Megs starren, leblosen Körper, der an der Tür liegt. Romulus folgt meinem Blick und gibt Chester ein Zeichen, noch kurz zu warten. Dann hebt er mich vorsichtig hoch, bittet mich die Augen zu schließen und trägt mich nach draußen. Erst, als wir weit genug entfernt vom Studio sind, lässt er mich herunter.

»Bis später!«, sagt er mit besorgter Miene und kehrt zu Chester zurück.

Mühsam schleppe ich mich den Rest des Weges nach unten zu Chris, um ihm zu sagen, dass er und seine Freunde die Waffen niederlegen sollen.

»Wo ist Meg?« Fragend blickt er an mir vorbei, als erwarte er, dass sie jeden Moment hinter mir auftaucht. Vor diesem Augenblick habe ich mich bereits gefürchtet. Ich muss es ihm sagen, koste es, was es wolle.

»Sie ist tot«, krächze ich und schaffe es nicht, ihm dabei in die Augen zu sehen.

Aus Chris' Kehle dringt ein Geräusch, das eher Unglaube als Schmerz ausdrückt. Schon stürmt er an mir vorbei nach oben, um selbst nachzusehen, was passiert ist.

Ich verkrieche mich in eine ungestörte Ecke und versuche, einen klaren Kopf zu bekommen, doch die Bilder der letzten Stunde flackern unablässig vor meinem inneren Auge auf. Meg, die den toten Wächtern den Schlüssel abnimmt. Die schreienden Menschen im Innenhof, verzweifelt auf der Suche nach Deckung. Meg, aus deren Brust das Blut wie aus einem Brunnen hervorquillt. Romulus, der ohne die leiseste Regung seiner ehemaligen Freundin eine Kugel in den Kopf jagt.

Gerade, als mein Kopf zu zerplatzen droht, ertaste ich in meiner Manteltasche etwas Kühles, Glattes. Das Mentalin, das ich mir heute Nachmittag vorsorglich eingesteckt habe. Mein Verlangen nach der Wärme und Leichtigkeit, die es verspricht, ist größer als je zuvor. Die Vorstellung, die schrecklichen Bilder für zumindest ein paar Stunden los zu werden, ist zu verlockend, um der Versuchung widerstehen zu können.

Ich schraube eilig den Deckel herunter und nehme einen großen Schluck. Sofort fühle ich, wie die Anspannung aus meinen Armen und Beinen entweicht. Wie die unsichtbare Klammer um meine Brust, die mir das Atmen schwer gemacht hat, wie durch Geisterhand verschwindet. Ich hole tief Luft und lasse den Sauerstoff durch mein Blut jagen, bis das dröhnende Pochen in meinem Schädel schließlich verklingt. Ich spüre, wie frische Energie mich durchströmt und meine Gedanken schärft.

Anstatt mich weiter auszuruhen, hier nutzlos zu sitzen und auf Romulus zu warten, erwacht in mir neuer Tatendrang. *Jenkins*, so lautet meine Agenda. Romulus und Chester haben ihren Teil des Plans erfüllt, doch wir sind noch nicht fertig. Ich muss Titus finden, und Melody. Und natürlich muss ich das erledigen, was heute Nacht meine einzige Aufgabe gewesen ist. Das ist das Mindeste, was ich nach allem, was ich angerichtet habe, für meine Freunde tun kann.

Ich rapple mich auf und geselle mich zu meinen alten Techraid-Kollegen. Chris ist noch nicht von oben zurückgekommen, stelle ich erleichtert fest. Ein Gespräch mit ihm über Meg ist gerade das Letzte, was ich will. Ich vergewissere mich, dass die anderen das Feuer eingestellt haben. Sie haben auf Chris gehört. Doch noch immer hallen vereinzelt Schüsse durch den Park. Wächter liegen irgendwo auf der Lauer. Ich kann nur hoffen, dass genug von ihnen Chesters Nachricht im Fernsehen verfolgen und sich ergeben. Andernfalls wird diese Hölle erst enden, wenn auf einer von beiden Seiten keiner mehr übrig ist.

Die Tatsache, dass die überrumpelten und verstreuten Wächter ihre Stellung halten, kann nur bedeuten, dass Rex Jenkins noch am Leben ist. Ihnen Anweisungen gibt. Und auch etwas anderes wird mir klar: Wenn Jenkins trotz der Übermacht der Aufständischen auch jetzt noch an einen Sieg glaubt, muss er etwas wissen, was wir nicht wissen.

In diesem Fall darf ich keine Zeit verlieren. Erst, wenn Jenkins nicht mehr dazu in der Lage ist, Befehle zu erteilen, können wir uns sicher sein, dass Chester Fields' Botschaft auf fruchtbaren Boden fällt.

Aber wo steckt er? Die Vermutung liegt nahe, dass er sich im Ministerium aufhält und von dort aus den Widerstand der Wächter koordiniert. Doch um dorthin zu gelangen, muss ich durch den Park laufen. In dem es zwar merklich ruhiger geworden ist, seit die Aufständischen das Feuer eingestellt haben, wo jedoch noch immer die Gefahr besteht, sich eine Kugel von Jenkins' Scharfschützen einzufangen. Durch das Feuer im Ministerium, das munter vor sich hin lodert, ist der Innenhof so hell erleuchtet, dass ich ein leichtes Ziel abgeben werde.

»Was hast du vor?«, fragt plötzlich eine Stimme hinter mir. Chris ist zurück. Seine Augen sind rot und verquollen, aber seine Stimme ist hart und schneidend wie Metall.

»Ich muss Rex Jenkins finden und ihn töten.« Ich deute hinüber zu dem gewaltigen Sandsteingemäuer. Nicht an Meg denken. Das Mentalin hilft mir dabei, mich daran zu halten und mich ganz auf meine Aufgabe zu konzentrieren. »Dafür muss ich durch den Park.« Wie zur Untermauerung meiner Worte knallt in diesem Moment die ratternde Salve eines Maschinengewehrs.

Ein entschlossener Zug erscheint um Chris' Lippen. »In Ordnung.« Ohne weitere Fragen zu stellen, lässt er mich erstaunt stehen und kommt kurz darauf mit zehn seiner Leute zurück. »Wir werden dich decken. Los, bildet einen Kreis um Aida!«

»Hast du den Verstand verloren, Chris?«, rufe ich entgeistert. »Das kannst du vergessen. Ich gehe alleine. Heute Abend wird keiner mehr meinetwegen sterben!«

Chris packt mich unsanft am Arm und wirkt, als würde er mich am liebsten grob schütteln. Dabei kommt er mir so nahe, dass ich die feinen, roten Äderchen in seinen verweinten Augen sehen kann. In seinem Blick liegt der blanke Zorn.

»Ich sag dir jetzt mal was, Aida! Wir sind schon zu weit gegangen, um jetzt da zu sitzen und abzuwarten, bis dieser verfluchte Jenkins Verstärkung anfordert und uns alle dem Erdboden gleichmacht. Wenn wir diese ganze Sache nicht bald beenden, wird das alles hier«, er deutet nach draußen, wo noch immer die Leichen kalt und starr auf dem schneebedeckten Rasen liegen, »umsonst gewesen sein. *Megs Tod* wird umsonst gewesen sein. Das werde ich nicht zulassen! Also bring zu Ende, was du und deine verdammten

Freunde angefangen habt! Und zwar schnell!« Mit diesen Worten drückt er mir einen Revolver in die Hand.

Einen Moment lang stehe ich nur wie vom Donner gerührt da und lasse seine Worte auf mich wirken. Dass er mir die Schuld an diesem Albtraum gibt, schmerzt mehr als alles andere, obwohl ich weiß, dass er recht hat. Doch mir bleibt keine Zeit, um mir jetzt den Kopf darüber zu zerbrechen. Ich kann es nicht zulassen, dass meine alten Kollegen sich um mich scharen, um mir sicheres Geleit zu geben. Sich für mich als Kanonenfutter bereitstellen.

Chris dreht sich zu seinen Leuten um, um ihnen Anweisungen zu geben. Ich nutze den kurzen Augenblick und laufe einfach los. Ich bin froh, das Mentalin genommen zu haben. Ich weiß nicht, ob ich andernfalls den Mut dazu gefunden hätte. Aber es ist das einzig Richtige! Ich höre Chris hinter mir rufen, doch ich beachte ihn nicht weiter.

Mit meiner rechten Hand halte ich die Waffe fest umklammert, während ich über den Schnee in den hell erleuchteten Park spurte. Bis zu Mikes Stützpunkt im Verteidigungministerium sind es keine zweihundert Meter. Ein kurzer Sprint, würde man nicht mitten durch das feindliche Schussfeld laufen. Die erste Hälfte der Strecke schaffe ich beinahe mühelos. Die größte Herausforderung besteht darin, nicht über die herumliegenden Leichen zu stolpern oder im Schnee auszurutschen.

Dann fällt der erste Schuss. Ich schmeiße mich auf den Boden und krieche durch blutigen Schneematsch. Beschleunige mein Tempo und ignoriere die eisige Kälte, die sich durch meinen Mantel frisst. Ein weiterer Schuss. Ich halte den Blick fest auf das Loch in der Wand der dicken Sandsteinmauer gerichtet, wo sich vor wenigen Stunden noch der Haupteingang des Verteidigungsministeriums befunden hat. Nur noch wenige Meter. Ein kleiner, lebloser Körper auf dem Boden rechts vor mir zieht meine Aufmerksamkeit für einen Moment auf sich. Ich halte inne, als ich erkenne, um wen es sich dabei handelt. Es ist der kleine Sam, mein Klassenkamerad.

Ich vergesse meine Mission und robbe zu ihm, obwohl mir klar ist, dass ich jede Sekunde selbst zur Zielscheibe werden könnte. Aber ich muss zu Sam! Ich greife nach seiner Hand und stelle fest, dass sie noch warm ist.

»Sammy!«, flüstere ich verzweifelt, während der nächste Schuss ertönt. Ich beuge mich über den kleinen Körper und sehe sofort, dass für den Jungen jede Hilfe zu spät kommt. Aber er ist noch am Leben! Im Schein des Feuers erkenne ich, wie sich seine Lippen bewegen, doch es kommt kein Laut aus seinem Mund. Die Augen hat Sammy weit geöffnet und er starrt mich an. Ich sehe die Furcht in seinem Blick und selbst das Mentalin vermag nicht zu verhindern, dass mir beim Anblick des sterbenden Kindes die Tränen in die Augen schießen.

Ich muss weiter, das weiß ich. Ich liege durchässt im blutgetränkten Schnee und warte nur darauf, dass eine Kugel mich trifft. Trotzdem bleibe ich und halte Sammys Hand, bis seine Augen leer erscheinen und der stumme Schrei auf seinen Lippen erstirbt.

Für einen Moment, von dem ich nicht einschätzen kann, ob er Sekunden oder Stunden dauert, will ich nur hier liegen bleiben, um in der Eiseskälte neben Sammy zu erfrieren. Seine Hand in meiner. Um den Schmerz und die Trauer der heutigen Nacht nicht länger ertragen zu müssen. Aber mein Wille zu leben und das Mentalin sind stärker. Ich raffe mich wieder auf und krieche weiter. Fast geschafft, nur noch wenige Meter. Ich kämpfe mich auf die Füße und renne das letzte Stück wieder. Als ich meinen Fuß in das Innere des Gebäudes setze, spüre ich einen stechenden Schmerz in meinem linken Oberarm, aber ich kümmere mich nicht darum. Springe das letzte Stück in hohem Bogen in die Sicherheit des Stützpunkts und lasse mich keuchend auf die Knie fallen.

Sofort ist jemand über mir.

»Sie blutet!«, ruft der fremde Mann und berührt mich an der Schulter. Ich stoße ihn unsanft von mir weg.

»Dein Arm!«, sagt er und deutet auf meine linke Seite.

Ich schaue an mir herunter und sehe, wie ein dünnes, rotes Rinnsal durch ein Loch in meinem Mantel tropft.

»Aida?«, höre ich plötzlich eine vertraute, aufgeregte Stimme hinter mir rufen.

Das struppige Gesicht von Mike erscheint über mir. Schon drückt er mich an sich, so kraftvoll, dass mir beinahe die Luft wegbleibt. Ich vergrabe meinen Kopf in seinem Haar und sauge seinen vertrauten Geruch ein. Genieße das schmerzhafte Kratzen seiner Bartstoppeln auf meiner Wange. Habe für einen kurzen, wunderbaren Moment das Gefühl, dass alles gut werden kann, jetzt, wo wir wieder zusammen sind. Bis mir einfällt, dass er noch nichts von Megs Tod weiß. Wir sind nicht *wieder zusammen*. Jemand fehlt.

»Du bist hier!«, flüstere ich an seinem Ohr und Mike drückt mich noch fester.

»Was hast du denn gedacht?«, fragt er lachend und mit beinahe denselben Worten wie Meg zuvor.

Dann lässt er mich los und sein besorgter Blick fällt auf meinen verletzten Arm. Er hilft mir dabei, mich aus dem Mantel zu befreien. Noch immer sorgen Adrenalin und Mentalin in meinem Blut dafür, dass ich die Verletzung kaum spüre.

Im Hintergrund mache ich einige Bildschirme aus, auf denen groß und deutlich Chesters Gesicht zu sehen ist.

»Ich spreche zu Ihnen aus dem Regierungsgebäude, wo in diesem Moment ein Aufstand tobt und das ganze Land in Atem hält. Greg Livingston ist tot. Er hat für die Verbrechen bezahlt, die er diesem Land angetan hat.«

Ich lausche, wie Chester die Bevölkerung über die Hinrichtungen informiert, die unter uns im Bereinigunstrakt des Verteidigungsministeriums stattgefunden haben. Über die Reproduktionslabore. Über den geplanten Beschluss, die Bevölkerung zu dezimieren, um die Hungersnot zu überstehen. Die Menschen werden ihm glauben, da bin ich mir sicher. Seine eigene Geschichte, die Tatsache, dass er noch immer am Leben ist, ist Beweis genug.

»Hiermit richte ich mich an diejenigen, die uns noch immer Widerstand leisten.« Chester blickt ernst in die Kamera. *»Sie verschwenden Ihre Zeit. Sie vergeuden Ihr Leben. Die Menschen von Last Haven werden keine Ruhe geben, bevor nicht eine neue Regierung gewählt wurde. Bevor wir nicht sichergestellt haben, dass es zukünftig keine Unterscheidung zwischen wertem und unwertem Leben mehr geben wird.*

Legen Sie die Waffen nieder und schließen Sie sich uns an. Wir werden Sie mit offenen Armen empfangen!«

Die Gewissheit, dass gerade die Menschen im ganzen Land erfahren, was hier heute Nacht passiert, ist beruhigend und beängstigend zugleich.

»Es ist nur ein Streifschuss«, sagt Mike erleichtert, als er meine Wunde näher inspiziert hat. Er ruft einem seiner Freunde zu, Verbandszeug zu bringen.

»Dafür bleibt keine Zeit.« Nun, da ich sicher hier angekommen bin, rückt sofort meine Mission wieder ins Zentrum meiner Gedanken. »Ich muss Rex Jenkins finden!« *Nur weg hier.* Bevor Mike auch nur daran denken kann, mich zu fragen, wo Meg steckt.

Mike überlegt. »Wir haben das Gebäude mehrere Male komplett durchkämmt, dabei haben wir keine Spur von ihm gesehen. Die Mitarbeiter des Ministeriums haben wir in den Speisesälen zusammengetrieben, dort stehen sie unter ständiger Bewachung. Einige Wächter sind uns aber entwischt und positionieren sich jedes Mal umgehend wieder an den Fenstern, sobald wir mit unseren Suchtrupps weiter gezogen sind. Möglicherweise ist Jenkins bei ihnen. Die Ein- und Ausgänge zum Gebäude haben wir zumindest alle versperrt.«

Ich schüttle ungeduldig den Kopf. Dass Jenkins sich in irgendeiner Ecke verkriecht und wartet, bis die bewaffneten Suchtrupps an ihm vorübergezogen sind, sieht ihm überhaupt nicht ähnlich. Doch wo kann er stecken? Auch die Vorstellung, dass Jenkins sich draußen in der Dunkelheit hinter irgendeinem Baum versteckt hält und abwartet, erscheint mir völlig unrealistisch. Er muss sich einen anderen Ort gesucht haben. Einen, wo er in Ruhe den Gegenschlag organisieren kann.

»Habt ihr die Labore im Keller durchsucht?«, frage ich mit einer leisen Ahnung und beiße mir auf die Lippe.

»Nein«, antwortet Mike langsam und kratzt sich das stoppelige Kinn. »Die Sicherheitstore haben uns aufgehalten und wir haben keinen Sinn darin gesehen, sie aufzusprengen. Stattdessen haben wir an allen Aufgängen Männer positioniert, die darauf achten, dass keiner mehr hoch oder runter kommt. Aber er könnte natürlich schon *davor* dort unten gewesen sein.«

Ungeachtet der Frage, ob Jenkins sich in den Laboren aufhält, bestätigt diese Neuigkeit zumindest eine meiner Befürchtungen: Melody hat es nicht geschafft, das Feuer wie geplant zu legen. Ich kann ihr keinen Vorwurf daraus machen, bin ich doch selbst mit meiner Mission noch keinen Schritt vorwärts gekommen. Bei der Suche nach Jenkins habe ich jetzt also zugleich die Gelegenheit nachzusehen, was ihr zugestoßen ist. *Wenngleich Titus das sicher bereits erledigt hat.* Das bringt mich zu der Frage, wo zum Teufel eigentlich Titus steckt. Ich kann ihn hier nirgends entdecken.

Mikes Gesicht verdunkelt sich, als ich ihn darauf anspreche. »Du meinst den Jungen, der den Sprengsatz im Foyer gezündet hat? Er ist hier.«

Mikes Stimme ist ein wenig schleppend und er sieht mich besorgt an, als würde er mich lieber mit dem verschonen, was jetzt kommt. Ich balle die Hände zu Fäusten und rechne mit dem Schlimmsten.

»Wir haben ihn in eure Bibliothek gebracht, da lagern wir die Verwundeten. Einer der Wächter hat ihn übel zugerichtet. Er ist bewusstlos, aber zumindest noch am Leben.« *Noch.* Mike braucht nicht auszusprechen, was er denkt. Ich verstehe seine Worte auch so. *Das kann sich jeden Moment ändern.* Titus muss sofort ins Medi-Office, mir läuft die Zeit davon.

»Wie viele Leute brauchst du?«, fragt Mike sachlich und winkt einige seiner Kumpane herbei, doch ich schüttle den Kopf.

»Durch die Schranke komme ich nur allein.« Ich halte mein Armband hoch.

»Dann sprengen wir uns den Weg frei.« Mikes Miene ist grimmig.

»Dafür bleibt keine Zeit, Mike!« Ich vergewissere mich, ob genug Patronen in meinem Revolver sind und will gerade los marschieren, da drückt Mike mich noch einmal in einer kurzen, groben Umarmung an sich.

»Pass auf dich auf!«, flüstert er mir zu. Ich nicke knapp, lasse es doch noch zu, dass mir irgendjemand provisorisch etwas um den Arm bindet, und renne dann in Richtung Treppenhaus davon. Dort angekommen wird mir klar, dass ich weder den Aufzug noch die Treppe in diesem, dem westlichen Teil des Gebäudes nutzen kann. Ein Teil der Decke ist beim Eindringen von Mike und seinen Freunden eingestürzt. Titus hat mit seinem Sprengsatz vermutlich dazu beigetragen.

Ich laufe so schnell ich kann durch die Flure, vorbei an bekannten und unbekannten Gesichtern, die mir hinterherblicken, auf die ich jedoch kaum achte. Zielstrebig drücke ich den Knopf, um den Aufzug zu rufen, sobald ich den Nordeingang erreiche. Einige der dort stationierten Rebellen schauen mir skeptisch dabei zu, tauschen ein paar Worte und lassen mich dann gewähren. Keiner scheint damit zu rechnen, dass ich Schwierigkeiten machen könnte.

Endlich bin ich auf dem Weg nach unten. Mit einem hellen *Kling* kommt der Aufzug im Keller zum Stillstand und die Türen öffnen sich vor mir. Die Stille, die mir entgegen schlägt, ist gespenstisch. Kein Laut dringt von oben herunter. Keine Schüsse, keine Explosionen, nicht das prasselnde Grollen des Brandes. Ich halte mein Handgelenk an den Scanner, passiere die Sicherheitsschleuse und betrete leisen Schrittes den verbotenen Bereich. Ich lausche auf verdächtige Geräusche um mich herum, doch alles bleibt ruhig.

Rechts oder links? Ich entscheide mich aus dem Bauch heraus für rechts. Die Richtung, in der der Hauptzugang liegt. Ich lasse die verschlossenen Türen links und rechts von mir vorbeifliegen. Frage mich, ob sich dahinter die grauenvollen Hinrichtungen abgespielt haben oder das Gift für die Spritzen gelagert wird. Genauso gut könnte es sich auch um die Labore handeln, in denen die chemischen und biologischen Waffen entwickelt werden, an denen Titus arbeitet.

Ich hoffe, dass sich Jenkins nicht hinter einer dieser Türen aufhält und ich an ihm vorbei laufe. Doch würde ich jede einzelne von ihnen mit meinem Armband öffnen, könnte es Stunden dauern, bis ich mit meiner Suche fertig bin. Mir bleibt nichts anderes übrig, als darauf zu bauen, dass Jenkins sich hier unten sicher genug fühlt und daher darauf verzichtet hat, sich einzuschließen.

Im Laufschritt eile ich den Gang mit den kahlen, unpersönlichen Wänden entlang und gebe mir dabei Mühe, so leise wie möglich zu sein. Um Jenkins, sollte er tatsächlich hier sein, nicht schon aus der Ferne mein Kommen anzukündigen.

Es dauert mehrere Minuten, bis ich an die erste Abbiegung nach links komme. Ich befinde mich jetzt genau an einer der vier Ecken des Gebäudes. Bisher habe ich nichts Auffälliges entdecken können, doch ich bleibe wachsam und laufe weiter.

Da! War da nicht etwas zu hören? Mitten in der Bewegung halte ich inne, schließe meine Augen und konzentriere mich ganz auf die Geräusche, die mich umgeben. Das Mentalin hilft mir dabei, meine Sinne sind schärfer als sonst. Da ist es wieder, ich kann es deutlich hören. Es klingt wie ein Summen, aber doch ganz anders als das leise elektrische Knistern der Lampen über mir. *Eher wie ein Wimmern.* Ich setze meinen Weg fort, langsamer, und halte den Revolver schussbereit.

Einige Meter vor mir zu meiner rechten Seite ist eine der Türen nur angelehnt. An dem hellen Spalt kann ich erkennen, dass dahinter Licht brennt. Ich schleiche mich auf Zehenspitzen heran, hole einmal tief Luft, stoße die Tür auf und richte die Waffe auf das oder den, was dahinter auf mich wartet.

Beim Anblick der Szene, die sich mir bietet, lasse ich sie jedoch beinahe fallen. In einer Ecke des Raumes sitzt Ivy. Ihre Hände sind hinter dem Rücken gefesselt, ein Stück silbernes Klebeband bedeckt ihren Mund und eine dicke, rote Beule ihre Stirn. Über ihr steht ein junger Wächter, den ich sofort wiedererkenne. Es ist derselbe Mann mit den schlanken Händen und den sanften braunen Augen, der mich am Tag meiner Gesundheitsprüfung bei Techraid abgeholt hat. Jetzt allerdings ist da gar nichts Sanftes an ihm. In den Händen hält er ein Maschinengewehr, dessen Lauf direkt auf Ivy zeigt, die leise wimmernd mit schreckgeweiteten Augen zu mir aufblickt.

»Soso, Miss Green«, sagt eine unangenehm schneidende Stimme vom Schreibtisch aus. Ich drehe mich zu ihr um und sehe das blasse Gesicht von Rex Jenkins.

»Habe ich mir doch gedacht, dass Sie mich irgendwann hier aufstöbern werden. Herzlich willkommen.« Er lächelt sein falsches, höfliches Lächeln. Mustert mich wieder mit diesem lauernden Raubtierblick, der einem das Blut in den Adern gefrieren lässt.

»Ich hoffe, Sie sind zufrieden mit Ihrer Leistung. Im Innenhof stapeln sich die Leichen und wie man mir mitteilte, befinden sich darunter zahlreiche Ihrer alten Freunde, die sich sicher bei Ihnen für diese Ehre bedanken würden, wenn sie könnten. Und wofür das alles?« Er schnippt ungeduldig mit den Fingern. »In wenigen Minuten erwarte ich die Ankunft frischer Truppen aus der Luft und dieser ganze Zirkus wird genauso schnell beendet sein, wie er angefangen hat. Bald wird alles wieder genauso sein, wie es war. Nur, dass es jetzt dank Ihnen ein paar hungrige Mäuler *weniger* zu stopfen gibt.« Ein mörderisches Grinsen entstellt sein Gesicht. »Fast könnte ich Ihnen dafür dankbar sein.«

»Nichts wird mehr sein, wie es war!«, erwidere ich heftig mit ungewohntem Mut, den ich dem Mentalin zu verdanken habe. »In diesem Moment hören die Menschen im ganzen Land aus Chester Fields' Mund die Wahrheit über das, was Sie und die Regierung während all der Jahre vor ihnen verheimlicht haben. Sie müssen verrückt sein, wenn Sie glauben, dass die Menschen sich das noch eine Minute länger gefallen lassen!«

»Die *Menschen* sind nicht dumm, Miss Green!«, sagt Jenkins kalt. »Jeder einzelne von Ihnen hat tief in seinem Inneren geahnt, was wir tun, um die Ordnung im Land aufrecht zu erhalten. Frieden und Wohlstand, in denen wir leben, haben nun einmal ihren Preis. Und solange die Anzahl derer, die von unserer Politik profitieren, größer ist als die der Opfer, die das System verlangt, werden die Menschen diesen Preis bereitwillig bezahlen. Sich weiterhin taub und blind stellen und sich an die Hoffnung klammern, nicht selbst eines Tages zu den Opfern zu zählen.«

Auf eine schaurige Art und Weise erinnern mich seine Worte an das, was Chester Fields zu mir gesagt hat. Dass es in der Natur des Menschen liegt, egoistisch zu sein. Dass es gefährlich und naiv wäre, diese Neigung aus Gutgläubigkeit zu unterschätzen. Jenkins ist schlau genug, sich genau diese Rücksichtslosigkeit zunutze zu machen. Sie zu vermehren, indem er die Angst der Menschen vor einer Verschlechterung ihres Lebensstandards weiter schürt. Auf seine nüchterne, sachliche Art ist er gefährlicher, als Greg Livingston es jemals war.

»Meine Freunde werden niemals aufhören, Widerstand zu leisten«, sage ich mit fester, klarer Stimme, die so gar nicht nach meiner eigenen klingt.

»Doch, das werden Sie. Wenn *Sie* es Ihnen sagen. Auch wenn ich die bisherigen Verluste verschmerzen kann, befinden sich doch zahlreiche Menschen dort draußen, in deren Ausbildung Last Haven einen Haufen Zeit und Ressourcen gesteckt hat. Und um welche es schade wäre. Ganz zu schweigen von meinen Wächtern, an denen ich sehr hänge. Es liegt nicht in meinem Interesse, das gesamte Gelände da draußen dem Erdboden gleich zu machen, doch ich werde es tun!«

Ich zweifle keine Sekunde an seinen Worten. Obwohl ich die Antwort auf meine Frage bereits kenne, stelle ich sie doch.

»Und, weshalb *genau* sollte ich Ihnen helfen?«

»Nun«, sagt Jenkins geschäftsmäßig. »Wie Ihnen sicher nicht entgangen ist, haben George –« Er nickt in Richtung des jungen Wächters zu seiner Seite. »– und ich dafür gesorgt, dass wir Gesellschaft haben, bevor wir herunter gekommen sind.« Er lacht kurz und gemein auf. »Ich hatte auch daran gedacht, Ihren lieben Freund Benjamin mitzubringen. Aber nachdem Sie ja nun wissen, dass *er* es war, der Sie verraten hat, dachte ich, dass es Ihnen vielleicht sogar ganz Recht wäre, wenn ich ihm eine Kugel verpasse. Wenn es um das Leben Ihrer kleinen Freundin geht, ist Ihre Bereitschaft zur Kooperation vielleicht etwas größer?«

Ivy wimmert erneut auf. Angstvoll schaut sie zu Rex Jenkins und versucht dabei, auf die Beine zu kommen. Der Wächter hält sie grob zurück und bohrt ihr den Lauf seines Maschinengewehres in die Magengrube.

In mir regt sich der Zorn. »Lassen Sie Ivy aus dem Spiel! Meinen Sie nicht, Sie hat bereits genug durchgemacht? Monat für Monat, in diesen Räumen hier unten?«

Ich funkele ihn an und sehe, wie sich Verwirrung auf dem Gesicht des Wächters breitmacht. Fragend wendet er sich Jenkins zu. Doch der winkt nur lässig ab.

»Ivy kann sich glücklich schätzen, zu den vielversprechenden Ressourcen dieses Landes zu gehören. Es ist ihre Pflicht, ihr kostbares Genmaterial auch anderen in der Gesellschaft zu Gute kommen zu lassen. Schließlich profitiert sie genau wie alle anderen von unserem System.«

»Ein dreizehnjähriges Mädchen gegen ihren Willen als Spenderin einzusetzen, ist ein Verbrechen!«, halte ich wütend dagegen.

»Ihre Sicht der Dinge kränkt mich, Miss Green. Aber ich bin mir sicher, dass sie aus der schmerzlichen Einsicht resultiert, dass Sie selbst für diese ehrenvolle Aufgabe niemals in Frage kämen«, sagt Jenkins aalglatt. »Ich weiß nicht, wie Sie es geschafft haben, den Eignungstest zu bestehen. Ich gehe davon aus, dass Romulus Henderson da seine Hand im Spiel hatte?« Er wartet keine Antwort von mir ab und sagt bestimmt: »Es muss so gewesen sein. Ich habe von vornherein gespürt, dass da etwas nicht mit rechten Dingen abgelaufen sein konnte. Das System hat noch nie versagt. Es funktioniert, ihr habt nur versucht, es zu überlisten.«

Wie viel ihm diese Erkenntnis bedeutet, höre ich an dem inbrünstigen Ton in seiner Stimme. So sehr hasst Jenkins mich. Mit meiner ihm unerklärlichen Unzulänglichkeit, die es laut meines Eignungstests gar nicht hätte geben dürfen, habe ich alles infrage gestellt, woran er glaubt. Wenn Intelligenz als Kriterium für wertvoll und wertlos nicht mehr verlässlich sind – dann wäre es plötzlich Jenkins selbst, der auf dem Prüfstand steht und beweisen muss, dass er *mehr* ist als nur einer der brilliantesten Köpfe in Last Haven. Und *wer* würde darüber entscheiden und *wie*? Die Gewissheit, dass ich das System betrogen habe und es doch eine einfache Erklärung für mein Scheitern gibt, rückt nun alles wieder gerade, was in Schieflage geraten war. Sein Platz in unserer Welt ist sicher. Das System hat sich nicht geirrt.

Jenkins winkt ab und fährt unwirsch fort: »Aber wir verschwenden unsere Zeit.« Er greift zum Telefon, das vor ihm auf dem Schreibtisch steht. »Ich werde Sie jetzt mit dem Nachrichtenstudio verbinden, in dem sich Chester Fields noch immer aufhält. Sie werden ihm mitteilen, dass ich von unserer Grenze Truppen abgezogen habe. Dieselben Truppen übrigens …« Er bedenkt mich mit einem seltsamen Blick. »… die sich gerade der Stadt Fairfield angenommen haben.«

Ich brauche einen Moment, um zu begreifen, was Jenkins da gerade gesagt hat. Als der Groschen fällt, spüre ich jegliche Kraft aus meinem Körper weichen. *Fairfield*. Meine erste Simulation.

»Ein weiterer Grund, mich heute Abend bei Ihnen zu bedanken, Miss Green. Ihr Vorgehen in der Simulation war inspirierend.« Jenkins deutet eine Verbeugung an, während er die Nummer wählt. Ich kann nicht glauben, was ich da höre.

»Das … das hätte der Rat niemals zugelassen!« Stotternd schüttle ich den Kopf.

Jenkins lächelt. »Der Rat hat diesen Schritt erst gestern einstimmig beschlossen.« Mit einer unwirschen Geste unterbricht er sich und streckt mir den Hörer hin. Sein Blick wird wieder eisig. »In diesem Moment befinden sich hunderte Wächter auf direktem Weg hierher. Wo sie jeden niedermachen werden, der eine Waffe in den Händen hält. Wenn Chester Fields also nur das Geringste am Leben Ihrer Freunde liegt, wird er sie umgehend dazu auffordern, sich zu ergeben.«

Ich schaue zu Ivy, der die Tränen übers Gesicht laufen, und zu dem jungen Wächter, dem die Situation selbst unangenehm zu sein scheint. *Würde er den Abzug drücken?* Ich suche seinen Blick, den er jedoch nicht von Ivys blondem Haarschopf abwendet. Er kaut auf seinen Lippen und ich meine, Unschlüssigkeit in seinen Augen zu sehen. *Er will das hier nicht.* Ohne Frage. Aber wenn ich mich doch in ihm täusche, habe ich in wenigen Sekunden ein weiteres Leben auf dem Gewissen. Meine Gedanken rasen und nur das Mentalin verhindert, dass mir dabei der Kopf platzt. Ich muss mich entscheiden. Und das tue ich.

»Nein!« Erleichtert stelle ich fest, dass meine Stimme bei diesem Wort nicht zittert. »Das werde ich nicht tun!«

Jenkins Augen werden zu Schlitzen und lassen ihn dadurch mehr denn je wie ein Reptil aussehen. Langsam lässt er den Hörer sinken. »Soso. Spüren Sie jetzt, wie leicht es uns Menschen fällt, Opfer zu bringen, wenn es sich dabei nicht um uns selbst handelt? Ich kann Ihnen jedoch garantieren, dass ich zu dieser fortgeschrittenen Stunde nicht mehr für Spielchen zu haben bin, deshalb ist das meine letzte Warnung. Sagen Sie Chester, er soll dafür sorgen, dass die Waffen niedergelegt werden, oder Ivy stirbt hier und jetzt!«

»Nein«, wiederhole ich und schaffe es nicht, der weinenden Ivy ins Gesicht zu sehen, in dem sich jetzt ohne Zweifel die nackte Panik spiegelt. Wenn ich sie ansehe, werde ich das nicht durchstehen!

Jenkins hält einen Moment schweigend inne, dann wendet er sich dem Wächter zu. »George«, sagt er knapp und lehnt sich in seinem Stuhl zurück.

In George kommt Bewegung und einen kurzen, schrecklichen Augenblick lang befürchte ich, ich hätte mich getäuscht. Doch dann wirft er sich die Waffe über die Schulter und strafft sich.

»Das kann ich nicht«, sagt er und schluckt hörbar. »Und ich werde es nicht tun.«

Die Überraschung in Jenkins' Augen ist nicht zu übersehen. Ohne Vorwarnung springt er plötzlich auf und greift nach seiner eigenen Waffe, die er am Gürtel trägt. Aber ich bin schneller. Automatisch und ohne Nachzudenken ziele ich mit meinem Revolver auf Jenkins' Oberkörper und drücke dreimal hintereinander ab. Wie in Zeitlupe strauchelt er, bevor er nach hinten in seinen Stuhl kippt und von dort langsam zu Boden gleitet.

George ist der erste von uns dreien, der seine Fassung wieder erlangt. Unverzüglich macht er sich daran, Ivys Fesseln und Knebel zu lösen und sie auf die Beine zu ziehen. Mit flackernden Augen starrt sie auf den durchlöcherten Leichnam unmittelbar neben ihr.

»Danke.« Mehr fällt mir nicht ein, als ich George gegenüber stehe. »Danke, dass du uns geholfen hast.«

George lächelt traurig und beobachtet Ivy, deren Brustkorb unter den Schluchzern erbebt, als würde sie keine Luft mehr bekommen.

»Ich hatte mal eine Freundin, weißt du«, erwidert er. »Sie war nur ein Jahr älter als Ivy, als man angefangen hat, sie jeden Monat hierher zu zitieren. Vor drei Jahren hat sie sich das Leben genommen.«

»Das tut mir leid«, sage ich schwach und meine es ehrlich, doch gerade beschäftigt mich etwas anderes deutlich mehr. »Kannst du Kontakt zu den Truppen aufnehmen, die hierher unterwegs sind?« George nickt langsam.

»Dann sag Ihnen, Rex Jenkins und der Präsident sind tot. Sie sollen ihren Angriff abbrechen. Der Befehl ist mit Jenkins zusammen gestorben. Es soll keine weiteren Tote geben heute Nacht!«

»In Ordnung.« George erfasst sofort die Dringlichkeit meines Anliegens und macht sich an die Arbeit.

Ich wende mich an Ivy, die noch immer zitternd und völlig aufgelöst da steht und sich nicht vom Fleck gerührt hat. »Ivy«, sage ich sanft und berühre die aufgeschürfte Haut an ihrer Stirn. »Jetzt ist alles vorbei, du musst keine Angst mehr haben! Ich möchte, dass du mit George nach oben gehst. Dort warten meine Freunde auf dich. Dir wird nichts mehr geschehen. In Ordnung?«

Ivy ringt sich ein tapferes Lächeln ab, während ihr weiterhin die Tränen die Wangen herunter laufen. »Kommst du nicht mit?«, fragt sie mit erstickter Stimme.

»Ich habe noch etwas hier unten zu erledigen, aber ich komme in wenigen Minuten nach, das verspreche ich.« Ich werfe George einen Blick zu, der gerade mit seinen Kollegen vom Militär spricht.

»Der Angriff ist bis auf weitere Anweisungen auf Eis gelegt«, bestätigt er einen kurzen Moment darauf und ich atme auf.

»Bring Ivy nach oben und bleib bei ihr!«, bitte ich ihn. »Erzähl den Leuten, was hier passiert ist. Sie werden dir nichts tun.«

George legt den Arm um Ivy, die ihn stumm gewähren lässt. Mit sanftem Druck schiebt er sie zum Ausgang. Ich warte, bis die beiden in die Richtung verschwunden sind, aus der ich vorhin gekommen bin. Dann schlage ich nach einem letzten Blick auf Jenkins' blasses, starres Gesicht den anderen Weg ein. Das Mentalin verhindert glücklicherweise, dass mir bewusst wird, was ich gerade getan habe.

Kapitel 21

Ich konzentriere mich auf mein nächstes Ziel. *Wo ist Melody?* Ist sie überhaupt noch hier unten? Wenn ja, warum hat sie nicht schon längst das Feuer gelegt, wie es vereinbart war?

Und was – kommt mir ein unangenehmer Gedanke – wenn sie gerade in diesem Moment nachholt, was sie zuvor versäumt hat? Dann wäre das ein verdammt schlechter Zeitpunkt für mich, um hier unten zu sein. Diese Eingebung beflügelt meinen Lauf zusätzlich. Ich komme am Hauptzugang vorbei und lasse ihn hinter mir. Keine Spur von Melody. Doch ich habe eine leise Ahnung, wo sie stecken könnte. Rechts und links von mir fliegen Büroräume an mir vorbei, bis ich zu den Probenlagern komme, in denen das Erbmaterial von all den Frauen und Männern von Last Haven gelagert wird, die hier zur Spende genötigt wurden. Ich öffne eine Tür nach der anderen, kann Melody jedoch nirgends entdecken.

Vor dem nächsten Zimmer bleibe ich zögernd stehen. Die schaurige Erinnerung an das, was sich hinter dieser Tür befindet, verfolgt mich seit der Nacht, als Romulus mich hier unten erwischt hat, in meinen Albträumen. Nichtsdestotrotz halte ich mein Handgelenk an den Scanner und drücke sacht die Tür nach innen auf. Sofort schlägt mir die vertraute Wärme entgegen. Ich brauche einen Moment, um mich an das schummrige Licht zu gewöhnen, das den Raum nur spärlich erhellt. Langsam und mit klopfendem Herzen schreite ich an den reihenförmig angebrachten Arbeitsflächen vorbei, auf denen sich wie in der Nacht der Amtseinführung die Zylinder mit der goldgelben Flüssigkeit befinden. Die Flüssigkeit, in der die künstlich gezeugten Föten schwimmen. Ich zwinge mich dazu, nicht in die kleinen, bereits allzu menschlichen Gesichter zu blicken. Stattdessen schreite ich zielstrebig die Reihen entlang. Die Geschöpfe in den Zylindern werden größer, bis sie schließlich die Reife von Säuglingen erreichen.

Ich will gerade frustriert meine Suche nach Melody aufgeben und zurück in den Flur gehen, als ich eine kauernde Gestalt auf dem Boden sitzen sehe.

»Melody!«, stoße ich überrascht aus. »Was machst du hier?«

Ich sinke auf die Knie und rücke etwas näher, um ihr Gesicht im Dämmerlicht besser erkennen zu können. Obwohl ihre Augen weit geöffnet sind, scheint sie mich kaum wahrzunehmen und blickt an mir vorbei, als würde sie in weiter Ferne etwas beobachten. Ich rüttle sie vorsichtig an der Schulter und endlich wendet sie mir ihr Gesicht zu.

»Aida«, stellt sie leise fest. Auf ihrem Gesicht erscheint ein abwesendes Lächeln, das mich irgendwie beunruhigt. »Es tut mir leid.«

»Was tut dir leid?«, frage ich alarmiert.

Mit prüfendem Blick suche ich nach möglichen Verletzungen an Melodys Körper, die ihr eigenartiges Benehmen erklären würden. Doch sie scheint völlig unversehrt zu sein. Ihr dunkelblaues Wollkleid weißt keinerlei Spuren eines Kampfes oder einer darunter liegenden Wunde auf. Ihr blondes Haar ist wie immer tadellos frisiert und das Make-up sitzt perfekt und lässt sie in diesem Licht mehr denn je wie eine Puppe wirken.

»Ich konnte es einfach nicht tun.« Sie schaut an ihrer rechten Seite herunter und ich folge ihrem Blick. Ihre schlanken Finger ruhen auf einem Kanister, neben dem noch ein weiterer steht und in welchen sich der Brandbeschleuniger befindet, den wir bei unserem Einbruch bei Techraid erbeutet haben. »Seit über zehn Jahren wünsche ich mir nichts mehr, als dass dieser Albtraum endlich ein Ende findet. Und jetzt, wo ich die Gelegenheit habe, genau *dafür* zu sorgen, schaffe ich es nicht.«

Melody spricht so leise, dass ich sie kaum verstehen kann. Ihre zaghaften Bewegungen wirken, als würde sie jeden Augenblick zerbrechen wie Porzellan. Ich bin überfordert. Ich habe mit so einigem gerechnet: Dass Melody aufgehalten wurde, bevor sie überhaupt hier runter kommen konnte. Dass sie hier gefangen gehalten oder verletzt und noch schlimmer tot sein könnte. Sie in solch einer seltsamen Stimmung anzutreffen, war jedoch nicht dabei.

»Was hältst du davon, wenn wir das zusammen machen?«, versuche ich es vorsichtig und zeige auf den randvoll gefüllten Kanister. In Melodys Augen schimmern plötzlich Tränen.

»Ich kann nicht«, flüstert sie mit erstickter Stimme und sieht mich dabei verzweifelt an, als müsste ich das doch begreifen können.

»Dann lass es *mich* tun. Du musst es nicht machen.« Ich starte nüchtern einen erneuten Versuch und lächle aufmunternd.

»Siehst du den Kleinen dort?«, fragt Melody und nickt in Richtung des großen Glaszylinders auf dem Tisch gegenüber. Ich drehe meinen Kopf und wage es dennoch nicht, mir seinen Inhalt genau anzusehen. Aus dem Augenwinkel meine ich, eine Bewegung in der honigfarbenen Nährlösung zu erkennen.

»Ich bin seine Mutter. Und womöglich auch die einiger anderer Würmchen. Ich würde sie alle töten. Wie könnte ich das tun? Es ist doch nicht *ihre* Schuld.«

Es war ein Fehler, Melody diese Aufgabe anzuvertrauen, das wird mir jetzt klar. Wie konnten wir sie nur alleine hier runter schicken? Jemand hätte sie begleiten müssen, um ihr in dieser schwierigen Situation beizustehen. *Vielleicht ist es dafür noch nicht zu spät.*

»Ich weiß, wie du dich fühlen musst, Melody«, sage ich, obwohl ich mir darüber alles andere als im Klaren bin. »Nur wenige Meter über uns werden gerade die Toten und Verwundeten gezählt, die diese Nacht gefordert hat. Und die es nur meinetwegen gibt. Und das Einzige, was mich davon abhält, mir dafür selbst eine Kugel zu verpassen, ist die Gewissheit, dass alles in allem – so unbarmherzig das auch klingen mag – etwas *Gutes* daraus entstehen wird. Es wird nicht umsonst gewesen sein.

Sieh es als eine *Chance* an. Nicht nur *du* wirst nie wieder in deinem Leben hierher kommen müssen, sondern auch alle anderen. Auch Ivy. Wir haben jetzt die Möglichkeit, das alles hier –« Ich deute um mich. »– ein für alle Mal zu beenden.«

Aufmerksam mustere ich Melodys Miene, um abzuschätzen, ob meine Worte sie erreicht haben.

»Du bist nicht allein.« Ich lege meinen Arm um ihre Schultern. Bei der Berührung lösen sich plötzlich alle Dämme und die Tränen fließen stumm aus Melodys Augen.

»In Ordnung«, flüstert sie und ich helfe ihr dabei, wieder auf die Beine zu kommen. Ich greife nach den beiden Kanistern und begleite sie zur Tür. »Warte hier auf mich.«

Ich gehe, einen der beiden Kanister noch immer in der Hand, wieder zurück in die dämmrige Dunkelheit. Während ich ein weiteres Mal durch die Gänge laufe, hinterlasse ich eine Spur der scharf riechenden Flüssigkeit auf dem Boden. *Vielleicht hat Melody recht*, denke ich mit etwas mulmigem Gefühl dabei. Es ist ein Verbrechen, was wir hier vorhaben. Wäre ich ohne die Wirkung des Mentalins überhaupt dazu imstande?

»Also gut«, sage ich, als ich wieder bei Melody angelange. »Du nimmst diesen hier.« Ich drücke ihr einen der beiden Kanister in die Hand und bin erleichtert, als Melody ihn mit alter Kraft ergreift. Fast habe ich damit gerechnet, dass sie ihn fallen lassen würde. »Geh damit zum nächsten Ausgang. Das ist der südliche, der westliche ist nicht passierbar«, füge ich hinzu und deute hinter mich. »Ich laufe anders herum und wir treffen uns in ein paar Minuten dort. Einverstanden?«

Skeptisch mustere ich Melodys unbewegte Miene und frage mich, ob ich ihr das wirklich zutrauen kann. *Sie ist ein psychisches Wrack*, hat Romulus gesagt. Und er hat Recht gehabt.

»Ja«, antwortet Melody knapp, schraubt den Deckel ihres Kanisters ab und marschiert zielstrebig los. Bevor ich mich selbst auf den Weg mache, dreht sie sich noch einmal zu mir um. »Danke, Aida.«

Und ohne ein weiteres Wort zieht sie von dannen und hinterlässt dabei eine schmale, durchgängige Spur Brandbeschleuniger auf dem Fußboden.

Noch immer mit gemischten Gefühlen laufe ich los und renne in die andere Richtung davon. Auf einmal habe ich es eilig. Der Gedanke daran, dass ich nach dieser Aktion zum ersten Mal heute Nacht für einen Augenblick zur Ruhe kommen kann, treibt mich an. Die sofort folgende Erkenntnis, dass ich dann nicht umhin kommen werde, mich mit den schrecklichen Dingen zu befassen, die ich gesehen und – noch schlimmer – selbst getan habe, versetzt der Vorfreude jedoch umgehend einen Dämpfer.

Schon nach kurzer Zeit muss ich eine Pause einlegen, um wieder zu Atem zu kommen. Doch sobald ich wieder ausreichend Luft habe, setze ich meinen Lauf fort. Ich passiere den Nordzugang und schließlich den Ostzugang. Renne so schnell, dass ich den Brandbeschleuniger nur so verspritze. Ein paar Tropfen landen auf meiner Hose, doch das kümmert mich nicht. Gleich habe ich es geschafft.

Als ich erleichtert Melodys schlanke Gestalt ausmache, die an der Sicherheitsschleuse zum Südausgang auf mich wartet, hole ich noch einmal das Letzte aus mir heraus. Keuchend und japsend halte ich neben ihr an und versuche, meinen Atem wieder unter Kontrolle zu bringen. Melody zieht derweil die Streichhölzer hervor, die sie in einem ihrer Stiefel aufbewahrt hat. Ein Ausdruck melancholischer Entschlossenheit erscheint auf ihrem Gesicht. *Gut*, denke ich zufrieden. *Jetzt kann nichts mehr schiefgehen.*

»Der Labortrakt ist völlig verlassen. Es kann also losgehen«, stoße ich noch immer atemlos hervor und sehe mir die Schleuse genauer an, hinter der die Tür zum Aufzug und die Treppe auf uns warten. Wir können nicht gemeinsam hindurch. Das bedeutet, dass diejenige, die als Letzte hier bleibt, den Brand legen muss. Und dann rechtzeitig von hier verschwinden, bevor das Inferno startet.

»Soll ich?«, frage ich und schaue fragend zu Melody, die energisch den Kopf schüttelt, in der einen Hand die Streichhölzer, in der anderen den Kanister, mit dem sie beständig Brandbeschleuniger um uns herum verteilt.

»Nein, Aida. Ich werde es selbst tun. Geh nur.«

Ein wenig verwundert über die plötzliche Verwandlung halte ich meine Hand bereit, um den Scanner zu benutzen. Melody verschüttet noch mehr Brandbeschleuniger. Ich schaue ihr stirnrunzelnd dabei zu.

»Ich denke, das reicht«, sage ich und will nach dem Kanister greifen, aber Melody macht einen Schritt zurück. Mit einem Anflug von Bauchschmerzen schaue ich auf ihre Füße, die mittlerweile in der Pfütze stehen.

»Aida, ich wollte dich noch um einen Gefallen bitten.« Melody sieht mir nicht in die Augen. Stattdessen ist ihre Aufmerksamkeit auf das leise Plätschern gerichtet.

Viel zu viel, denke ich. Meine inneren Alarmglocken schrillen.

»Ich möchte, dass du Titus von mir ausrichtest, wie sehr ich ihn liebe. Er ist das Einzige auf dieser Welt, das mir je etwas bedeutet hat.«

Was zum –? Die Erkenntnis, dass hier gerade etwas schrecklich schief läuft, überkommt mich mit voller Wucht, als mir klar wird, was Melody gerade gesagt hat. Wie vom Donner gerührt sehe ich mit an, wie sie den Kanister plötzlich hoch über ihren Kopf hebt und sich den restlichen Inhalt der brennbaren Flüssigkeit über den Körper schüttet.

Noch ehe ich die Beherrschung über meine Arme und Beine wiedererlange, hat Melody bereits den Kanister zur Seite geworfen und ein Streichholz aus der kleinen Pappschachtel gezogen.

»Leb wohl, Aida!«, sagt sie mit fester Stimme und steckt das Streichholz an.

Vor meinen Augen verwandelt sich Melody in eine menschliche Fackel.

Das nackte Grauen ergreift mich. Innerhalb des Bruchteils einer Sekunde verwandeln sich die Flure zu meiner linken und rechten in die Hölle selbst. Doch ich kann den Blick nicht von Melody abwenden, die sich schreiend und hell lodernd in Qualen vor mir windet. Erst als die Flammen auch nach mir greifen und meine Hose in Brand stecken, kommt Bewegung in mich. Panisch halte ich die Hand an den Scanner, stürze in die Schleuse und dann in den Gang dahinter. Blind vor Schmerzen werfe ich mich auf den Boden und versuche, die Flammen zu löschen, die sich unbarmherzig durch den Stoff in meine Haut fressen. Als ich es endlich geschafft habe, robbe ich auf der Seite liegend zur Treppe, wo ich geschützt vor der Hitze und dem Rauch stöhnend liegend bleibe. Die Schmerzen in meinem Bein übertreffen alles Vorherdagewesene um ein Hundertfaches. Ich will den verbrannten Stoff abnehmen und löse dabei einen großen, dunkelroten Hautfetzen mit ab. Umgehend wird mir schwarz vor Augen. *Wir haben es geschafft*, ist der letzte Gedanke, den ich klar fassen kann, und rolle mich auf dem Boden zusammen. Jenkins ist tot, Livingston ist tot, die Labore stehen in Flammen. *Aber um welchen Preis!*

Kapitel 22

Das grelle Licht brennt schmerzhaft in meinen Augen, als ich sie das nächste Mal öffne. Ich muss mehrmals blinzeln, bis ich es schaffe, sie offen zu halten. Die weißen Wände vor mir reflektieren das Tageslicht wie überdimensionale Spiegel.

Der Ort kommt mir bekannt vor, ich bin schon einmal in diesen Kissen aufgewacht. *Ich bin im MediOffice*, denke ich schläfrig und versuche, mich aufzusetzen. Ein brennender Schmerz in meinem rechten Bein, begleitet von einem üblen Ziehen in meinem linken Oberarm nahe der Schulter, lässt mich jedoch sofort wieder zurück sinken.

»Nicht so voreilig, Schätzchen«, sagt eine vertraute Stimme direkt neben mir.

Ich drehe vorsichtig den Kopf, um mir nicht erneut unnötig wehzutun. Mit müdem Gesicht, umgeben von struppigem schwarzem Haar, sitzt Mike an meinem Bett und streckt seine Hand nach meiner aus. Er trägt ein frisches Hemd und hat sich rasiert, wobei schon jetzt die ersten Stoppeln auf seinem Kinn nachsprießen. Trotzdem wirkt er erschöpft, als hätte er seit Nächten nicht mehr richtig geschlafen. Tiefe Ringe umgeben seine Augen. Seit ich im Ministerium angefangen habe, hat er deutlich an Gewicht verloren, wie mir jetzt auffällt. Die Einsparmaßnahmen. Mike muss zu denen gehört haben, die davon unmittelbar betroffen gewesen sind.

Jemand hat eine Infusion in meine Hand gelegt. Aus einem Beutel an einem Gestell oberhalb meines Bettes tropft eine glasklare Flüssigkeit in meine Venen. Ich kann nicht erkennen, worum es sich dabei handelt, doch es interessiert mich auch nicht.

»Was ist passiert?«, frage ich und bemühe mich, die Schläfrigkeit aus meinem Kopf zu verbannen und wieder einen klaren Gedanken fassen zu können. Ich versuche, mir ins Gedächtnis zu rufen, wie ich hierhergekommen bin. So sehr ich mich auch anstrenge, es gelingt mir nicht.

Das Feuer. Eine brennende, heiße Hölle. Das ist das Letzte dieser furchtbaren Nacht, an das ich mich erinnern kann. *Und Melody, die sich vor meinen Augen angezündet hat und verbrannt ist.* Ich schüttle den Kopf, um die schrecklichen Bilder loszuwerden, die umgehend auf meiner Netzhaut erscheinen. *Nicht daran denken. Bloß nicht daran denken!* Aber was ist anschließend geschehen?

»Nun ja«, setzt Mike an und lehnt sich in seinem Stuhl zurück.

»Das Wichtigste hast du wohl noch mitbekommen. Das heißt, wenn man es genau nimmt, hast du dabei ja selbst eine entscheidende Rolle gespielt.« Mike drückt meine Hand kurz und fest und lächelt mir traurig zu.

»Nachdem Jenkins tot war, konnten wir die verbliebenen Wächter dazu bringen, ihre Waffen niederzulegen und Frieden mit uns zu schließen. Da es keinen mehr gab, der ihnen Befehle hätte geben können, haben sie schnell eingesehen, dass weiterer Widerstand keinen Sinn gehabt hätte.«

»Wussten sie von den Verbrechen, die Jenkins und die anderen begangen haben? Und noch begehen *wollten*?«, frage ich leise und denke an George zurück, der es nicht über sich gebracht hat, Ivy etwas anzutun. Dessen Freundin genau wie sie gegen ihren Willen zur Spende genötigt wurde und sich das Leben genommen hat. George wusste zumindest von den Reproduktionslaboren. Aber auch vom Bereinigungstrakt?

Mike bewegt unschlüssig den Kopf hin und her. »Sie behaupten, sie hätten nichts gewusst. Nur Befehle ausgeführt. Die Hinrichtungen selbst haben schließlich in den Laboren im Keller stattgefunden. Sie wurden von Ärzten durchgeführt, nicht von Wächtern. Es lässt sich schwer sagen, ob die Wächter sich darüber im Klaren waren, was mit den Menschen passieren würde, die sie abgeholt haben.«

»Sie haben es zumindest *geahnt*.« Davon bin ich überzeugt. Jenkins' Worte darüber, wie bereitwillig wir uns taub und blind stellen, wenn wir selbst nicht Opfer sondern Nutznießer sind, kommen mir in den Sinn.

»*Du* hast es immer geahnt, Mike, habe ich recht?!«, füge ich bitter hinzu.

»Tja«, Mike seufzt. »Wenn du wüsstest, wie sehr ich mir wünsche, dass ich unrecht gehabt hätte!«

Ich starre an die Decke. Am liebsten würde ich einfach wieder einschlafen und nie mehr aufwachen.

»Es wird ein Gericht geben«, fährt Mike fort. »Die verbliebenen Ratsmitglieder und die Ärzte des MediOffices werden sich öffentlich für ihre Taten verantworten müssen. Dabei wird sich herausstellen, wer sonst noch eingeweiht war. Chester hat diese Neuigkeit heute Morgen erst verkündet.«

»Dann ist Chester jetzt …?«

»Es wird eine Neuwahl geben. Ich gehe davon aus, dass er sie gewinnen wird. Bis es soweit ist, führt er die Amtsgeschäfte jedoch bereits vorübergehend, ja.« Mike nickt ernst und streicht sich ein paar Strähnen aus den Augen.

»Es wird eine Weile dauern, bis das Chaos beseitigt und die Ordnung wieder vollständig hergestellt ist, aber …« Er schenkt mir ein aufmunterndes Lächeln. »… wir haben geschafft, was wir wollten.«

Was wir wollten… Die Worte klingen wie ein schlechter Scherz in meinem Ohr. *Das* wollte ich sicher nicht. Melody, Sammy, meine ehemaligen Freunde und Kollegen, vor allem aber – ob Mike inzwischen erfahren hat, was mit Meg geschehen ist?

»Meg«, krächze ich nur und beobachte die Regung in Mikes Gesicht genau. Sofort verschwindet das Lächeln von seinen Lippen und seine Augen werden eine Spur dunkler.

»Ich weiß.« Er nickt und drückt meine Hand jetzt so fest, dass sie wehtut, doch ich ziehe sie nicht zurück.

»Es ist meine Schuld.« Das Schluchzen kommt plötzlich und ich versuche erst gar nicht, etwas gegen die Tränenflut zu unternehmen. »Ich hätte euch niemals in diese Sache mit reinziehen dürfen! Alles, was passiert ist, ist allein *meine* Schuld!«

»Hey!« Mike erhebt sich von seinem Stuhl und setzt sich zu mir aufs Bett. Ich schlinge den unverletzten Arm um ihn und vergrabe meinen Kopf an seiner Schulter. Sanft streichelt er meinen Rücken. »Wir haben alle gewusst, wie hoch das Risiko war. Keiner von uns hat auch nur eine Sekunde lang geglaubt, dass wir unser Ziel ohne Verluste erreichen würden. Und Meg …« Seine Stimme wird brüchig. »Meg war das genauso klar. Ich hätte sie nie im Leben davon abhalten können mitzukommen! Alles, was sie wollte, war, dich noch mal wiederzusehen! Das einzige, was jetzt zählt, ist, dass dieser Spuk jetzt ein für alle Mal vorbei ist, hörst du? Und das verdanken wir in erster Linie dir und deinen mutigen Freunden.«

Es klopft und zur Tür herein, in seinem weißen Kittel und als wäre seit dem Tag vor Silvester nicht das Geringste geschehen, kommt Romulus.

»Du bist wach«, stellt er erfreut fest, zögert dann jedoch, als er meine verheulten, verquollenen Augen sieht. »Vielleicht komme ich besser später noch mal wieder«, sagt er und wendet sich zum Gehen.

»Nein, bleib bitte«, stoße ich hastig hervor und Romulus hält inne.

Mike rutscht von meinem Bett und schaut von mir zu Romulus und wieder zu mir. Ein wissendes Lächeln erscheint auf seinem Gesicht. »Ich lass euch zwei dann mal allein.«

Er knufft mich in den unverletzten Arm und klopft Romulus im Vorbeigehen auf die Schulter. Als wir allein sind, kommt Romulus näher und lässt sich auf dem freien Stuhl neben mir nieder.

»Lass mich das kurz ansehen.« Routiniert macht er sich daran, den Verband um meinem Arm zu prüfen und sieht sich dann den Druckverband an, der meinen kompletten Oberschenkel einhüllt.

»Wir mussten ein großes Stück deiner Haut transplantieren«, erklärt er mir sachlich, ohne mich dabei anzusehen. »Es wird wieder verheilen, allerdings kann das sehr lange dauern. Und wird wohl auch nicht ohne Schmerzen vonstattengehen.«

Ich nicke höflich, als würde mich das, was er gerade gesagt hat, tatsächlich interessieren. Dabei gibt es gerade nichts auf dieser Welt, was mich weniger schert als mein verbranntes Bein. Romulus scheint zu ahnen, was ich gerade denke. Er seufzt schwer und ich weiß nicht, was ich sagen soll. Er offenbar auch nicht. Die Situation ist merkwürdig. Irgendetwas steht zwischen uns, das kann ich deutlich spüren. Es ist wieder dieses Gefühl, als wäre er ein völlig Fremder für mich. Ich habe gedacht, wir hätten diese Distanziertheit endlich hinter uns gelassen in der Nacht vor Silvester. Wie kann es sein, dass Romulus nach allem, was zwischen uns beiden geschehen ist, jetzt neben mir sitzt und dabei trotzdem so furchtbar weit weg erscheint?

Vor meinem inneren Auge sehe ich den beinahe gelassenen Ausdruck auf seinem Gesicht, als er den Abzug gedrückt und Melanie Fawner getötet hat. Ich frage mich, ob ich selbst genauso kalt und emotionslos ausgesehen habe, als ich Rex Jenkins erschossen habe. Als ich Brandbeschleuniger in einem Raum voller unschuldiger, kleiner Menschenleben verteilt habe. Der Gedanke daran ist so schmerzhaft, dass ich mich unwillkürlich zusammenkrümme. Jetzt ist da kein Mentalin mehr, das mir hilft, die Stimme meines Gewissens zum Verstummen zu bringen. Und der Anblick von Romulus erinnert mich so unbarmherzig an das, was ich selbst getan habe, dass ich am liebsten wegsehen würde. Weil es mir vorkommt, als würde dort in seinem Gesicht meine eigene Schuld geschrieben stehen und mich dazu zwingen, sie immer wieder zu lesen.

»Aida, ich muss dir eine Frage stellen.« Romulus schaut angestrengt auf und muss sich sichtlich Mühe geben weiterzusprechen. Das, was jetzt kommt, gefällt ihm genauso wenig, wie es mir gefallen wird. Noch immer weicht er meinem Blick aus, genau wie ich seinem. Wir schauen aneinander vorbei. »Was ist mit Melody geschehen?«

Ich zucke so heftig zusammen, dass der brennende Schmerz in meinem Bein mir kurz die Sinne vernebelt.

»Wir haben sie nirgendwo gefunden, und da du die Letzte unten in den Laboren warst, frage ich mich, ob du sie dort gesehen hast«, fährt Romulus fort.

Mein Hals ist mit einem Mal so trocken, dass ich mir nicht sicher bin, ob überhaupt ein Laut meine Kehle verlassen kann. Ein zentnerschweres Gewicht drückt auf meinen Brustkorb und presst meine Lungen zusammen, sodass ich kaum Luft bekomme.

»Was ist dort unten passiert?«, hakt Romulus unerbittlich nach und sieht mir endlich ins Gesicht.

In meinem Kopf formen sich die Worte, doch ich schaffe es nicht, sie über die Lippen zu bringen.

»Ist sie tot?«, nimmt Romulus mir diese Aufgabe ab und ich nicke. Romulus seufzt tief und reibt sich die Stirn.

»Sie hat sich angezündet«, presse ich mühsam hervor, lehne mich zurück und verstecke das Gesicht in den Kissen. Froh darüber, es endlich ausgesprochen zu haben. »Ich konnte nichts dagegen tun«, murmele ich dumpf in das Kissen, nicht sicher, ob Romulus meine Worte überhaupt verstehen kann.

Die Angst davor, von ihm auf eine schreckliche Art und Weise für Melodys Tod verantwortlich gemacht zu werden, ist unerträglich. Denn er könnte ja damit recht haben! Ich habe doch selbst gesehen, in welch schlechter Verfassung Melody gewesen ist. Ich hätte ihr das nicht zutrauen dürfen. Ich hätte erkennen müssen, was sie vorhat.

»Ja, so etwas in der Art habe ich mir bereits gedacht.« Romulus' Stimme klingt erschöpft. Die letzten Tage haben nicht nur an mir ihre Spuren hinterlassen.

»Wie geht es dir?«, will ich von ihm wissen, weil ja auch er selbst einiges durchgemacht hat. Ich bin nicht die Einzige, die in der Silvesternacht Schreckliches erlebt hat. Nicht die Einzige, die einen Menschen getötet hat, die zum Mörder geworden ist.

»Greg Livingston?«, füge ich hinzu, weil Romulus nichts sagt, und schaue ihn gespannt an. Ich will wissen, was in ihm vorgeht. Und was in ihm vorgegangen ist, in dem Moment, als er den Abzug abgedrückt hat.

»Ist tot«, erwidert Romulus nur knapp und wirkt dabei unwillig.

Ich presse die Lippen zusammen. Auch, wenn er es nicht sagt, weiß ich doch, dass ich nicht mehr aus ihm herausbekommen werde. Er will nicht mit mir über seine Gefühle reden, und das, obwohl ich so dringend jemanden zum Reden bräuchte. Ich schüttle frustriert den Kopf, weil ich nicht weiß, wie wir auf diese Weise künftig miteinander umgehen sollen. Ich hatte so gehofft, an dem Abend vor Silvester hätten wir die Mauer zwischen uns beiden endlich zum Einsturz gebracht. Aber ich kann es ihm auch nicht verübeln, wir müssen erst verarbeiten, was wir erlebt haben. Vielleicht ist einfach noch kein Platz in seinen Gefühlen für – was auch immer.

»Wie geht es Titus?«, frage ich in die fürchterliche Stille hinein, die sich zwischen uns ausgebreitet hat. Vielleicht können wir ja miteinander reden, wenn es nicht um *uns* geht. Umgehend bereue ich die Frage jedoch wieder. Titus ist ebenfalls kein unverfängliches Thema. Ganz gleich wie gut seine Verletzungen inzwischen verheilt sein mögen, die Nachricht von Melodys Tod wird seinen Zustand sicher nicht verbessern. Wie soll es ihm schon gehen?

»Er wird wieder.« Romulus erhebt sich mühsam und streicht seinen Kittel glatt. »Genau wie Patricia. Wir haben sie gefesselt und geknebelt im Plenarsaal gefunden. Zusammen mit den übrigen Ratsmitgliedern, die noch immer ohne Bewusstsein waren. Wie es aussieht, hat Melanie entweder nichts aus der präparierten Tasse getrunken oder das Mittel hat bei ihr nicht gewirkt. Patricia meinte, Melanie hätte sie sofort überwältigt als ihr klar wurde, dass etwas mit den anderen nicht stimmte.«

Aufmerksam beobachte ich seine Miene, als er von Melanie Fawner spricht, doch sie verrät nicht im Geringsten, was gerade in ihm vorgeht. Kurz überlege ich, ihn einfach zu fragen. *Wie war es eigentlich, deiner ehemaligen Freundin kaltblütig ins Gesicht zu schießen, Romulus?* Sofort verwerfe ich den Gedanken wieder. Es ist zwecklos. Wenn Romulus nicht mit mir über Greg Livingston reden will, wird er es auch nicht über Melanie Fawner tun. Ich selbst bin wohl die Letzte, die ihn für das, was er getan hat, verurteilen darf.

»Was passiert mit den Ratsmitgliedern?«, will ich stattdessen wissen.

»Sie werden ihres Amtes enthoben, bis alle Untersuchungen abgeschlossen sind. Sie werden sich verantworten müssen. Dann wird es eine Neuwahl geben. Schon bald. Diesmal werden nicht nur die Wahlmänner dieses Recht haben, sondern jeder Bürger Last Havens. Der neue Rat wird dann einen neuen Präsidenten wählen, so, wie es die Verfassung verlangt«, erklärt mir Romulus.

Ich nicke. »Chester Fields.«

»Wahrscheinlich«, stimmt mir Romulus zu.

»Was, wenn nicht?«, frage ich besorgt nach. Dann wäre alles umsonst gewesen.

Romulus lächelt. »Wir werden die Entscheidung des Rats respektieren müssen. Last Haven soll keine Diktatur werden. Aber vertrau den Menschen, Aida. Sie wissen jetzt, was hier all die Jahre passiert ist. Sie werden einen Rat wählen, der ihre Interessen vertritt.«

Bei der Erwähnung der Ratsmitglieder kommt mir noch ein weiterer Gedanke. »Was ist mit Fairfield passiert?«

Romulus zuckt erschrocken zusammen. Seine Reaktion versetzt mir einen Stich, der fast noch tiefer reicht als alles andere. Er hat offenbar gehofft, dass ich nichts davon weiß. Was bedeutet, dass er mir diese Information vorenthalten hätte, wenn ich ihn nicht gezielt darauf angesprochen hätte. Um mich zu schonen, nehme ich an. Aber für mich ist es ein Vertrauensbruch. Ich habe ein *Recht* darauf, zu erfahren, was passiert ist. Mehr Recht als jeder andere. Ich bin so enttäuscht und verletzt, weil Romulus mir die Sache verschweigen wollte, dass mir erneut die Tränen in die Augen schießen.

»Hast du gewusst, was sie vorhatten?«, frage ich leise.

Romulus nickt und ich würde am liebsten aufspringen und davonrennen. Romulus sieht zumindest so aus, als würde er sich schuldig fühlen. »Ich habe dir nichts davon erzählt, um dich nicht unnötig aufzuregen«, sagt er.

Ich schnaube verbittert. Als würde das die Angelegenheit besser machen!

Romulus fährt fort. »Ich habe gehofft, sie würden mit dem Angriff noch warten. Als ich erfahren habe, dass Jenkins die Truppen losgeschickt hat, war es zu spät, um noch etwas zu unternehmen.«

»Patricia hat ihre Zustimmung gegeben?« In meinem Schoß ballt sich meine Hand unwillkürlich zu einer Faust zusammen. *Einstim-*

mig beschlossen, hat Jenkins gesagt. *Natürlich* hat sie zugestimmt, trotzdem will ich es aus Romulus' Mund hören. Ich bin so zornig. Auf Patricia, auf Romulus. Dabei ist mir klar, dass ich mich nur deshalb auf diese Wut konzentriere, weil sie weniger schrecklich ist als die Schuldgefühle, die ich beim Gedanken an meine Simulation verspüre.

»Sie war der Meinung, dass es unser Vorhaben erleichtern würde, wenn Jenkins anderweitig beschäftigt wäre, ja. Und damit hatte sie recht. Sie hat zugestimmt, um uns die Wächter vom Hals zu schaffen, sie abzulenken. Wer weiß, wie die Sache sonst für uns ausgegangen wäre.«

»Sind sie alle tot?« Meine Stimme ist tonlos. Romulus' Erklärungen sind mir völlig egal. Was spielt es schon für eine Rolle, *weshalb* es passiert ist? Patricias ehrenvolle Absicht hat den Menschen in Fairfield ganz sicher nicht geholfen.

»Ja«, antwortet Romulus betreten. »Es tut mir leid.«

Ich nicke mit angespannten Kiefern. *Ja, mir tut es auch leid.* Meine Simulation, meine Idee. Ich kann Patricia noch so sehr hassen, am Ende ist es doch *meine* Schuld. Ich erinnere mich an die Befriedigung, die ich im Anschluss an die Übung verspürt habe und würde mich am liebsten übergeben. *Es ist nur ein Spiel*, hat Ivy mich vor Ben verteidigt, der von meinem Vorgehen darin schockiert gewesen ist und es unmoralisch genannt hat. Aber sie hatte unrecht. Mit dem Leben anderer *spielt* man nicht.

Als ich ein paar Tage später aus dem MediOffice entlassen werde, kann ich zum ersten Mal seit ich im Ministerium arbeite ohne die Begleitung eines Wächters über die Straße gehen.

»Soll ich mitkommen?«, fragt Romulus, während er den Verband um meinem Bein wieder wechselt. Ich schüttle den Kopf. Als er gehen will, greife ich aber nach seiner Hand und spüre erleichtert, dass er sich über diese Geste freut. Er lächelt mich an und es ist ein warmes, zärtliches Lächeln, nicht unverbindlich und höflich wie es alle anderen Menschen von ihm bekommen. Es sind nur diese Kleinigkeiten, die darauf hinweisen, dass Romulus und ich mehr sind als nur Verbündete in unserem Umsturz. Aber ich kann es ganz deutlich fühlen, und ich bin mir sicher, dass er es auch spürt.

Die Luft ist kalt und klar. Am liebsten würde ich draußen bleiben, weil ich drinnen oft das Gefühl habe zu ersticken.

Der Haupteingang des Ministeriumsgebäudes ist eine Baustelle und ich muss um das Gebäude herum laufen und einen anderen Zugang nehmen. Bei Tageslicht wird erst ersichtlich, wie groß der Schaden ist, den Mike und seine Freunde bei ihrem gewaltsamen Eindringen ins Ministerium verursacht haben. In der Außenmauer aus massivem Sandstein klafft ein riesiges Loch und ein Teil der Decke ist eingebrochen. Der gesamte Westflügel des Gebäudes wurde vorsorglich gesperrt, da laut Aussage der Statiker noch weitere Einstürze befürchtet werden müssen. Der Brand in den oberen Stockwerken ist mittlerweile gelöscht, doch die rußigen schwarzen Schlieren zeigen noch ganz deutlich, wo er gewütet hat.

Das Kellergeschoss ist völlig ausgebrannt. Laut Romulus wird es noch Monate dauern, bis man es wieder betreten kann, doch das kümmert mich nicht. Ich habe ohnehin nicht vor, dort jemals wieder hinunterzugehen.

Ich frage mich, wie es Titus inzwischen geht. Seine Verletzungen seien weniger schlimm als befürchtet, hat man mir gesagt. Einmal, als ich in meinem Krankenbett lag und nicht schlafen konnte, habe ich den Mut aufgebracht, nach ihm zu suchen. Aber er war nicht wach. Worüber ich eher erleichtert als enttäuscht war, auch wenn mir klar ist, dass ich ihm nicht ewig aus dem Weg gehen kann. Zumindest körperlich geht es ihm wieder recht gut, genau wie mir selbst.

Es schneit wieder. Wenn man die Trümmer der Silvesternacht ausblendet, wirkt der schneebedeckte Park im Innenhof mit den hohen Linden, die sich unter der Schneelast biegen, beinahe friedlich. Die Aufständischen sind mittlerweile wieder an ihre Arbeitsplätze zurückgekehrt. Eine sonderbare Ruhe ist im Land eingekehrt. Trügerisch. Ich bin mir sicher, dass der Brand unter der Oberfläche noch immer schwelt. Dass der Anschein von Normalität nicht mehr ist als eine Fassade. Die eigentliche Arbeit für Chester Fields hat erst begonnen.

Die Toten wurden bestattet und in einer öffentlichen Gedenkfeier, die live im Fernsehen übertragen wurde, betrauert. Auf Mikes Frage hin, ob ich für die Feierlichkeiten gerne für ein paar Stunden das MediOffice verlasssen würde, habe ich vehement den Kopf geschüttelt. Genauso, wie ich auch die Übertragung im Fernsehen nicht sehen wollte. Ich glaube nicht, dass ich das leere Gerede hätte ertragen können.

»Es wird schon sehr bald Wahlen geben. Und die neuen Ratsmitglieder werden Chester Fields erneut als Präsidenten bestätigen, daran habe ich keinen Zweifel«, hat mir Mike bei einem seiner täglichen Besuche erzählt. »Die meisten wünschen sich, Romulus würde Fawners Platz im Rat einnehmen.«

Überrascht habe ich bei diesem Worten aufgeschaut. *Natürlich, eigentlich liegt das auf der Hand.* Romulus würde einen guten Politiker abgeben, davon bin ich überzeugt.

»Er hat abgelehnt. Er wird sich nicht zur Wahl aufstellen lassen«, hat Mike hinzugefügt und mich prüfend aus seinen schwarzen Augen gemustert.

Im Grunde interessiert es mich wenig zu erfahren, wie die Neubesetzung des Rates aussieht. Auch Romulus hat nicht ein einziges Mal davon gesprochen, als er Tag für Tag den Verband um mein Bein gewechselt hat. Überhaupt sprechen wir wenig miteinander, seit ich im MediOffice erwacht bin. Obwohl es so vieles gibt, was ich ihm gerne sagen würde. Wie dankbar ich ihm für alles bin, wie sehr ich ihn für seine Kraft bewundere, wie leid es mir um seine eigenen Verluste tut. Ich suche seine Nähe und weiß anschließend doch nicht, was ich mit ihm anfangen soll. Ich erinnere mich daran, wie wunderbar wir uns verstanden haben, als wir Berührungen anstelle von Worten haben sprechen lassen, doch mehr als Romulus' Hand zu nehmen, traue ich mich irgendwie nicht. Obwohl ich es gerne möchte.

Auch Romulus macht keinerlei Anstalten, mir näher zu kommen, und ich fange an mich zu fragen, ob ich nicht zu viel in unsere gemeinsame Nacht hineininterpretiert habe. Haben wir uns vielleicht nur deshalb einander so verzweifelt an den Hals geworfen, weil wir davon ausgegangen sind, dass wir nur noch einen Tag zu Leben hätten? Vielleicht habe ich nur etwas gefühlt, weil ich es fühlen *wollte*?

Ich bin ratlos. Ich denke an die Filme, in denen Melody mitgespielt hat. Fast immer gab es darin eine Liebesgeschichte, aber die Situation zwischen Romulus und mir ist so anders als die Szenen im Film, dass ich mir nicht sicher bin, ob wir beide ein Paar sind oder nicht. Ich traue mich auch nicht, ihn danach zu fragen, weil ich Angst habe, dass er die Frage für lächerlich und dumm hält. Denn genau das ist sie wahrscheinlich. Titus und Melody hatten dieses Problem ja offenbar nicht, wenn man die beiden zusammen gesehen hat, wusste man, dass sie mehr sind als Freunde. Aber auch, wenn man das bei Romulus und mir nicht sieht und wir beide nicht so recht wissen, was zu tun ist, und trotz all meiner Zweifel, fühlt es sich doch irgendwie so an, als wären auch wir beide mehr als das.

»Geh nicht weg«, erinnere ich mich eines Nachts gemurmelt zu haben, als ich aus einem Albtraum hochgeschreckt bin und reflexartig nach ihm gerufen habe. Das Zimmer kam mir viel zu groß vor – zu viel Raum für die Geister von Jenkins, Sammy und den Einwohnern von Fairfield, die sich in meinem Traum um meinem Bett herum aufgestellt und auf mich herabgeblickt haben.

»Du musst sie von mir fernhalten«, bat ich Romulus, noch halb in meinem Albtraum. Die Schmerzmittel vernebelten mir die Sinne.

»Wen?«, wollte er ruhig wissen, aber das zu erklären, wäre nur erneut furchbar schmerzhaft gewesen. Mit schiefem Lächeln setzte Romulus sich zu mir ans Bett. Er sah so furchtbar müde aus. Als hätte er schon seit Tagen nicht mehr geschlafen. In meinem Dämmerzustand griff ich nach seiner Hand und er sagte: »Keine Sorge, Aida. Ich gehe nirgendwohin.«

»Du solltest schlafen«, murmelte ich und schloss die Augen wieder.

Romulus antwortete mit einem knappen »Nein.«

Ich konnte spüren, wie ich allmählich wieder ins Reich meiner Albträume hinüberglitt. Dabei wollte ich Romulus doch noch etwas sagen. Dass er doch einfach *hier* schlafen soll. Wir könnten uns gegenseitig vor unseren Geistern beschützen. Aber dann war ich eingeschlafen, noch bevor ich die Worte formen konnte. Doch ich wusste: Romulus war bei mir.

Ich steuere auf das Präsidentengebäude zu, in dem Chester Fields sich mittlerweile provisorisch eingerichtet hat. Doch ist es nicht er, zu dem ich will, sondern Mike. Mike, der als einziger von meinen alten Techraid-Kollegen noch nicht in Ring C zurückgekehrt ist, sondern bis zu meiner Entlassung aus dem MediOffice in der Nähe bleiben wollte. Als ich gerade in den verschneiten Innenhof hinaustrete, ruft eine Stimme hinter mir meinen Namen. Ich drehe mich um und sehe Benjamin, der langsam in der Tür nach draußen erscheint. Er bleibt unschlüssig stehen, als würde er es nicht wagen, sich mir unaufgefordert zu nähern.

»Was willst du?«, frage ich erschöpft und vergrabe meine Hände in den Manteltaschen, um sie vor der eisigen Kälte zu schützen.

»Aida.« Er sucht nach den richtigen Worten. Ich kann die Qual in seinem Gesicht erkennen, die diese Situation ihm bereitet, doch ich bin nicht bereit, ihm die Sache zu erleichtern. »Ich wollte mich bei dir entschuldigen.«

Schweigend betrachte ich ihn einfach, ohne etwas zu erwidern.

Bis er es nicht mehr aushält und weiterspricht. »Ich weiß, dass du denkst, dass ich dich an Jenkins verraten habe, weil ich eifersüchtig war. Aber das ist nicht wahr.« Seine Stimme wird jetzt flehentlich und fahrig streicht er sich mit der Hand durch das kurze, blonde Haar. Ich müsste zornig sein. Schließlich hat Bens Dummheit mich fast das Leben gekostet. Aber da ist keine Wut in mir, sondern Leere. Ich fühle gar nichts. Ben fährt fort. »Ich habe mir Sorgen um dich gemacht und wollte dich lediglich davor bewahren, etwas Dummes zu tun. Ich wollte dich *beschützen*.«

»Hör mal, Ben.« Müde und der ganzen Konversation überdrüssig schüttle ich den Kopf. »Im Moment will ich einfach nur meine Ruhe haben und nach Möglichkeit vergessen, was in dieser Nacht passiert ist. Es wäre nett, wenn du mich das versuchen lassen könntest.« Ich setze meinen Weg fort, ohne ihn weiter zu beachten.

»Heißt das, wir werden trotzdem noch Freunde sein?«, ruft er mir verzweifelt hinterher. Am liebsten würde ich mir die Ohren zuhalten, um nichts mehr hören zu müssen.

»Das weiß ich noch nicht«, sage ich und lasse Ben mit hängenden Schultern und schuldbewusstem Gesicht hinter mir zurück.

»Und, wie hast du dich entschieden?« Mike nimmt mich zur Begrüßung in den Arm und lässt seine Hände auf meinen Schultern ruhen, als er sich von mir löst. Seine Augen leuchten wachsam.

»Ich werde hier bleiben.« Die Worte gehen mir nur schwer über die Lippen. Zu groß ist die Angst vor dem Ausdruck der Enttäuschung auf Mikes Gesicht.

Doch er nickt verständnisvoll und seufzt tief. »Ja, das habe ich mir schon gedacht. Ich kann es dir nicht verübeln.«

Die Entscheidung, ihn nicht zurück zu Techraid zu begleiten, ist mir schwerer gefallen, als ich gedacht hätte. Ich habe mich im Ministerium zwischen all den Wunderkindern wie Titus und Ivy nie am rechten Platz gefühlt, trotzdem widerstrebt es mir, das alles so ohne Weiteres hinter mir zu lassen. Ausschlaggebend für meine Entscheidung war jedoch die Erinnerung an Meg. Selbst, wenn ich zurückginge, würde es doch nie wieder dasselbe sein ohne sie. Wenn einer meine Beweggründe nachvollziehen kann, dann ist das vermutlich Mike. Und natürlich gibt es da noch Romulus. Romulus, den ich in meiner Nähe haben will, obwohl wir beide nicht so ganz wissen, wie wir jetzt, wo es keine geheimen Treffen im MediOffice mehr gibt, miteinander umgehen sollen.

»Mach dir keine Sorgen, wir werden uns trotzdem regelmäßig sehen«, sagt Mike und lächelt aufmunternd. *Ja,* denke ich, und versuche, nicht schon wieder in Tränen auszubrechen. Das wird in Zukunft mit Sicherheit einfacher werden, als es noch vor wenigen Wochen war.

»So einiges wird sich verändern.« Mike schaut mich mit vielsagendem Blick an. »Die ersten Wahlen, an denen wir alle teilnehmen werden. Zum ersten Mal in der Geschichte des Landes wird die Meinung aller eine Rolle bei der Besetzung des Rates spielen. Selbst die eines Anlagenführers bei Techraid.«

Ich muss schmunzeln, weil ich weiß, wie viel gerade *diese* Errungenschaft für Mike bedeutet. Dass endlich auch die Menschen in den beiden äußeren Ringen die Gelegenheit zur Mitsprache haben und sich Vertreter wählen können, denen ihr Wohl am Herzen liegt.

»Und du brauchst keine Angst mehr zu haben«, fügt Mike freundlich hinzu und greift nach meiner Hand, auf der noch immer die hässliche Operationsnarbe zu sehen ist. Ich nicke tapfer und versuche mir vorzustellen, wie es sein wird, wieder am Unterricht teilzunehmen und im Büro zu sitzen, ohne dass dabei der Druck auf mir lastet, bei mangelnder Leistung im Bereinigungstrakt zu landen. Vielleicht macht mir die Arbeit irgendwann sogar einmal Spaß. Ich kann meine Pausen mit Ivy oder Romulus verbringen und womöglich wird auch Titus sich wieder soweit erholen, dass er zu seinem ursprünglichen Leben zurückkehren kann. Ich klammere mich an diese Hoffnung auf Normalität mit aller Inbrunst.

»Pass auf dich auf!« Noch einmal drückt Mike mich kurz an sich, dann macht er sich auf den Weg zurück.

Trotz der Kälte und der Nässe setze ich mich draußen auf eine der Bänke und genieße das Alleinsein. Selbst, als es dunkel wird rühre ich mich nicht vom Fleck. Im schwachen Licht der Lampen beobachte ich gedankenverloren die weißen Wölkchen, die bei jedem Atemzug aus meinem Mund kommen. Meine Hände zittern, doch es liegt nicht nur an der Kälte.

Kein Mentalin mehr, lauteten Romulus' Worte. An seinem strengen Blick habe ich sofort erkannt, dass jedes weitere Bitten sinnlos gewesen wäre.

Jetzt, einige Tage später, spüre ich, wie das schreckliche Gedankenkarussel aus Angst, Schuld und Schmerz etwas langsamer wird. Trotzdem zeigt der Entzug seine Wirkung und das Schlimmste steht mir noch bevor. Das Zittern und die Schweißausbrüche werden mich noch einige Zeit begleiten, das hat Romulus mir versichert.

Ich bleibe sitzen, bis die Kälte so weit in meine Glieder eingedrungen ist, dass ich nur noch mit Mühe und Not auf die Beine komme. Ich schaue nach oben und stelle fest, dass hinter etlichen Fenstern das Licht mittlerweile erloschen ist. Dann mache ich mich auf dem Weg nach Innen.

Das Auftauen meiner eisigen Hände schmerzt, doch ich nehme es kaum war. Wie in Trance nehme ich den Weg nach oben, wo meine alte Wohneinheit völlig unversehrt auf mich wartet. Als ich leise die Tür öffne, sehe ich, dass meine Mitbewohnerinnen sich inzwischen schlafen gelegt haben. Erleichtert darüber, mit niemandem sprechen oder die neugierigen, mitleidigen Blicke der anderen Frauen ertragen zu müssen, lege ich mich mitsamt meiner nassen Kleider ins Bett. Ziehe mir die Decke bis zum Kinn. Kurz darauf spüre ich, wie sich über mir etwas bewegt. Es ist Ivy, die die Sprossen nach unten klettert und ohne zu Fragen zu mir ins Bett schlüpft.

»Du bist wieder da«, flüstert sie und kuschelt sich an mich. »Ich wollte dich besuchen, aber Ariana hat mich nicht gelassen. Ich hatte schon Angst, dass du nicht wieder zurückkommst.«

»Keine Sorge,« flüstere ich zurück.

Plötzlich weiß ich ganz sicher, dass es die richtige Entscheidung war, hierzubleiben.

Ich denke an all die schönen Stunden mit Ivy und Ben, die wir gemeinsam in der Bibliothek und unter den Linden im Innenhof verbracht haben.

An Titus' funkelnde Augen, die voller Tatendrang unter seinem Lockenschopf hervor schauen.

An Romulus, der sich wie selbstverständlich an mein Bett setzt, bis ich eingeschlafen bin. Vor allem an Romulus.

»Ich gehe nirgendwohin.«

Danksagung

Es gibt viele Menschen, die mich auf dem Weg zur Veröffentlichung von »Last Haven« unterstützt haben und denen ich herzlich Dankesagen möchte.

An erster Stelle steht da mein toller Mann Justin. Ich würde ihm am liebsten eine Auszeichnung geben für die Unterstützung, die ich bei meiner Schreiberei von ihm erhalte. Er ist der beste Mann, den man als angehende Schriftstellerin haben kann.

Meiner Schwester Franzi und meiner lieben Freundin Nadine danke ich ganz besonders fürs Probelesen und die vielen Verbesserungsvorschläge, die ich von ihnen erhalten habe. Außerdem für ihr großes Interesse und ihre Begeisterung, für ganz viel Motivation und Unterstützung.

Bedanken möchte ich mich außerdem bei Sophie Wittmann und der Autoren- und Projektagentur Gerd F. Rumler, die in meinem Manuskript Potenzial gesehen und mich unter Vertrag genommen haben. Ohne sie wäre »Last Haven« wiederum nicht auf dem Schreibtisch von Eliane Wurzer vom Piper Verlag gelandet, bei der ich mich für die reibungslose und freundliche Zusammenarbeit bedanken möchte. Besonders spannend war die Lektoratsphase für mich und deshalb gibt es zum Abschluss ein ganz dickes Dankeschön für meine wunderbare Lektorin Theresa Schmidt-Dendorfer für ihr Engagement, die ständige Erreichbarkeit und die konstruktive Kritik.